云间雪

YUNJIAN XUE

下

夏日紫 著

山东画报出版社

图书在版编目（CIP）数据

云间雪·下 / 夏日紫著. -- 济南 ：山东画报出版社，2017.11

ISBN 978-7-5474-2350-0

Ⅰ. ①云… Ⅱ. ①夏… Ⅲ. ①长篇小说－中国－当代 Ⅳ. ①I247.5

中国版本图书馆CIP数据核字（2017）第083432号

YUN JIAN XUE

云间雪·下

夏日紫 著

责任编辑 李新宇
总 监 制 梁　洁
策划编辑 刘芬兰
统筹编辑 周　航 刘淑花 邹学欢
装帧设计 杨湘豫
封面绘制 阿卫衞
主管部门 山东出版传媒股份有限公司
出版发行 山東畫報出版社
社　址 济南市经九路胜利大街39号 邮编 250001
电　话 总编室（0531）82098470
市场部（0531）82098479 82098476（传真）
网　址 http://www.hbcbs.com.cn
电子信箱 hbcb@sdpress.com.cn
印　刷 湖南天闻新华印务有限公司
规　格 169毫米×233毫米
18印张 290千字
版　次 2017年11月第1版
印　次 2017年11月第1次印刷
定　价 28.00元

目录

CONTENTS

何谓失去？一朝绝色死，世间徒留断肠人。

何谓拥有？他捧心而来，江山柔情皆为聘。

满目山河空念远，不如怜取眼前人。

1 纵风散雨收

汉白玉铺就的地面上映出檀木云顶，珠帘玉璧，满室熏香袅袅。

金丝楠雕龙御案上，有一青花釉里红笔洗，黑色的墨汁在水中缓缓晕开。

“一叶扁舟云水间，情丝如烟上九天。”

玄楚在刚完成的画作上题上这行字，飘远的思绪被自己的几声咳嗽拉了回来。

他在寿陵落下了畏寒怕冷的毛病，一到更深露重的时候就容易发作。

神医花飞雨说，这毛病要好好调养一年才能有所缓解，可他总是不遵医嘱。

“皇上如果真这么喜欢胜雪姑娘，不如就封她为妃吧。母后那边，臣妾去说。”皇后齐敏端来一碗刚熬好的汤药，递到玄楚面前。

皇上从寿陵回来后整个人都变了，她从他的身上看到的不再是一个冷血帝王，而是一个会思念、会动情的普通人。

齐敏觉得，这一切都是因为那个被皇上从寿陵带回来的姑娘。

这些日子，皇上一直留在她的凤栖殿里，外人只以为她这个皇后有多受宠，但其实他们不知，皇上来凤栖殿，并不是因为有多喜欢她这个皇后，而是为了保护那个住在落雪苑里的天胜雪。

后宫的阴谋算计远比战场的厮杀惨烈，谁也无法预料自己的明天。今日你或许是宠冠后宫的爱妃，明日就可能变成空寂冷宫中的疯子，皇上的恩宠就如天边的云烟，一阵风过，说散就散。

那个让皇上兴师动众的天胜雪早已成了后宫女人的公敌，若这个时候皇上还日日流连在落雪苑，天胜雪怕是命不久矣。

不但如此，齐敏觉得皇上会来她这里，除了要堵住后宫那些女人的嘴外，更重要的是，他有心结未解。三年夫妻，虽从未行过周公之礼，但她对他了解颇深。

只要皇上在画画的时候始终皱着眉头，便说明他遇见了无法解决的难题。

玄楚将黑乎乎的汤药一饮而尽，看着空碗，思量着皇后的建议。

胜雪醒来后完全忘了自己是谁，忘了过去，性格也变了。

以前的她古灵精怪、胆大包天，现在的她却战战兢兢、沉闷寡言。花飞雨说，等她找回记忆，才能变回以前的她。

可醒来后的胜雪已经不止一次问他她的来历，她为什么会失忆，她又为什么会无缘无故地住在宫里。

为了让胜雪安心养病，玄楚答应等她痊愈的那天就会回答这些问题。

明天就是最后的期限了，按照他和胜雪的约定，如果他再不说，胜雪就要离开皇宫，自己去寻找记忆。

玄楚是不会允许胜雪离开的，可一旦将过去发生的事情如实说出，她定会像当初一样恨他；若不说出实情，就意味着要撒谎。

一个谎言的诞生，就意味着后面要用千千万万个谎言去掩盖，他不但要一直编造谎言，还要一直瞒下去。

他不想让自己和胜雪之间到最后只剩下谎言，所以他困惑、纠结。

“现在还不是时候。朕和她之前有很多误会，朕不想她日后想起过去，会恨朕。”玄楚心里清楚，若是胜雪没有失去记忆，不仅不会当他的妃子，还会把他当作仇人。

“皇上，请看。”齐敏拿起毛笔在玄楚画好的画上甩上几滴墨汁，“虽然这几滴墨汁现在看是这幅画的污点，但只要稍加修饰和掩盖，就能让它们变成这幅画的一部分，让人根本看不出来这幅画原本的样子。有时候，善意的谎言能化解很多的误会。”

说完，齐敏就将那些污点改成了一群飞鸟。

玄楚看着这幅被改动的画，久久未动，似乎在思考该怎么做。

绿树自成荫，盖覆庭院深。夜静月侵廊，花影醉人心。

玄楚进来的时候，看见一身白衣的胜雪坐在窗前，凝视着远处的天空。

夕阳的余晖在她的身后勾勒出一个美丽的剪影，有种画中仙人的空灵感。

头部的伤，除了令她失去记忆外，也让她的眼睛受到了影响。一到夜晚，光线稍微暗一些，她就看不见东西，时常会感到恐惧不安。所以她刚醒来的那几天，他将她留在自己的御书房里养伤，待到她的眼睛被花飞雨治好后，才赐她住进了这落雪苑。这些日子，随着身体的康复，她的情绪也稳定了很多。

听宫女说，她从早上一醒来，就坐在窗前看着天上的云发呆，还跟照顾她的宫女谈起，总觉得那云后面有什么东西在等着她。

她喜欢穿白色的衣服，还爱看天空的白云，她在梦中的呓语……种种迹象都表明，尽管她失去了记忆，潜意识里却还存留着对白岚的深深眷恋。

她迟早全都会想起来，这只是时间问题。

玄楚让八宝等在门外，独自走进屋内。

“胜雪姑娘，皇上来了。”宫女小声提醒。

胜雪忙收回视线，恭敬又怯懦地在玄楚面前跪下。

每次看到她这样，玄楚的心里就莫名烦躁。

当初那个敢用雪泣攻击他，敢对他大呼小叫，敢跟他畅饮谈笑的胜雪真的从她身上消失了。

“平身吧。”玄楚坐下，整理一番思绪后，开口道，“今日，朕是来还你记忆的。”

“朕接下来的每句话，每个字，你都要仔仔细细地记清楚，朕只说一遍……”

玄楚告诉胜雪，她本是北霖国送来给他建造寿陵的工匠，阴差阳错之下她救了身为皇帝的他。他发现她在医药上颇有研究，于是将她调到寿陵的暖阁做他的贴身婢女，照顾当时身上有伤的他。后来泥石流席卷了大半个寿陵，灾后暴发可怕的瘟疫，她在救治伤员时表现优异，屡立功勋，他升她为司药御侍。再后来，他被兽人攻击，她为救他伤到头部，醒来后便失去了记忆。

“你的过去就是这样，可有什么疑问？”玄楚受到皇后齐敏的启发，决定将胜雪的部分记忆还给她。但他隐瞒了那些会令胜雪痛苦的记忆，让她暂时不要想起过去，也不要离开他。

胜雪沉思了许久，低头问道："奴婢是否还有家人？"

"关于这个，朕也不知。若你真想知晓，朕派人去北霖打探一下。不过，如果朕是你，便不会打听此事。"

"为何？"她终于抬起头来。

"以往北霖送来建造寿陵的工匠，从来没有人能活着回去。你的家人既舍得送你来南礼，怕是已当你死了。"

为了不让胜雪再生其他的疑惑，玄楚只能这样告知她。关于过去，她知道得越少，谎言就越不容易被揭穿。

"奴婢知道了，谢皇上。"胜雪又低下头。

玄楚看不到她的表情，却能从她忽然垮下的肩头得知，这样的过去对她打击很大。

"你不用谢朕，要不是你几次救朕有功，朕也不会破格升你为司药御侍。"玄楚装作跟她并不是很熟悉的样子，用一板一眼的语气继续说，"前些日子你身体不适，朕看在你是朕救命恩人的分上，免了你在宫中的事务。如今你既已康复，从明日起，便去司药局复命吧。"

"遵旨。"胜雪忽然跪下去，"奴婢还有一事相求。"

"说。"

"奴婢既已忘却过去，在没有回想起过去前，不想再被过去困扰，恳请皇上赐奴婢一个新名字。"

胜雪的要求让玄楚有些讶异，他从没想过将过去告知她后，她的第一反应是与过去划清界限。一个新的名字，意味着一个新的开始。

这让玄楚心中有几分欢喜，又有几分忧愁。

"你心里可有中意的名字？"

"请皇上赐奴婢一个云字。"

此时的胜雪心中是矛盾的，玄楚告知的记忆令她痛苦，她希望今后的人生不再为任何人牺牲，不再成为任何人的弃子，不再跟过去有任何牵扯，所以，她不要自己再叫"天胜雪"。

同时，她心中又很想知道自己被送来南礼的原因，究竟是什么让她的家人舍弃了她？这个答案也许就藏在那层层的云朵后面，总有一天，她会找到它。

“朕允了。”

玄楚何尝不知她心中所想，他只能苦笑，希望谎言能维持得更久一些。

玄楚又逗留了一阵后，才不舍地离开了落雪苑。

离开前，他告诉胜雪，落雪苑今后就是她在宫中的住处，有什么需要的东西可让宫女直接去内务府领。

胜雪认为这样不妥，希望皇上能允许她去司药局和其他人一起住。

虽然她是这宫中的新人，还有很多规矩都不懂，但这些天她偶然间听到了宫女们的议论。

她们说她是皇上从寿陵带回来的女人，说皇上遍寻名医为她治病，说最受宠的萧贵妃都没能要来的落雪苑，如今皇上却让她住在里面，说皇上从没对哪位娘娘如此上心，说她一定是皇上喜欢的女人，日后是要当主子的……她们的话，她都记在心里。

她也曾怀疑过自己和皇上的关系，想过自己和皇上之间肯定发生过什么，她在宫里才会有如此特殊的待遇。可她也只在醒来的第一天从他的眼中看到了宠爱和眷恋的情绪，第二天，他再来落雪苑的时候，眼里风轻云淡。

现在，他把过去的事儿告诉她，她忽然明白他此前变化的原因了。

想必，以前的她三番五次救了他，他曾对她动过心，看到她受伤，他才那般着急上火，担忧关心。

人总是害怕失去还没拥有的东西，所以，他对她的那些好，她都能理解。

只不过她身份太过卑微，当她醒来后，他就放心了，冷静下来才发现以她的身份根本配不上他，更不配得到一个帝王的心，所以，他拉远了与她之间的距离，看她的目光里也不再有温情，变回了高高在上的皇帝。

她不想去问他，以前的天胜雪和他之间有什么感情上的纠葛。

如果他真的在意，真的想找回那段感情，刚才就会把那些往事都告诉她，可是他没有说。关于他和她之间，除了君臣之外，其他的只字未提。

所以，她想，他应该不希望她回忆起与他之间的那些过往。既然这样，她也更不想去奢望那些遥不可及的东西。

她已经不再是那个被送来建寿陵的工匠天胜雪，她是云，是宫里一个普普通通的宫女。

她不希望自己再享受什么特权。

因为，不曾拥有就不会失去。

“你是朕的救命恩人，自是不能跟其他人一般待遇。你先在这里住下，等朕想好了你的去处再另行安排。”玄楚不再给她开口的机会，走出落雪苑。

夕阳渐沉，霭霭暮色笼罩了整个皇宫，在御书房批阅奏折的玄楚召见了前来兴师问罪的神医花飞雨。

“你为什么要那样骗她？”

今日花飞雨照常去落雪苑为胜雪诊脉，听她讲起自己的过去——被玄楚删减过的过去。

“你难道有更好的谎言？”玄楚没有抬头，继续批阅奏折。

“我……”

花飞雨一时语塞，他确实没有更好的谎言，所以当胜雪一直追问他以前是不是认识她，是不是知道她的过去时，他不知如何回答。

他亲眼见证了白岚和天胜雪之间的一切，从两小无猜、青梅竹马，到长大后的不离不弃，再到最后的阴阳两隔……他和玄楚一样，不敢把过去发生的事情完完整整地告诉胜雪。

“至少我不会告诉她，她是被亲人抛弃的！”花飞雨想到，如果让碧水山庄的天庄主知道自己被皇帝污蔑成抛弃宝贝女儿的无情父亲，他一定会派人行刺皇上的。

前些日子，庄主还派人传信给他，让他仔细照顾雪儿，尽早带她回山庄。他隐瞒了胜雪的事，敷衍说她好不容易离开山庄，玩野了心，要过段时间再回去。

知道胜雪跟他在一起，庄主才放心，不再派人满世界寻她。

“难道要让她知道自己的过去是大小姐吗？”

如果告诉她，她是碧水山庄的大小姐，那又要如何去圆她是被北霖送来南礼当工匠的谎言？

“她虽然失忆了，却并没有变傻。”玄楚终于放下手中的朱笔，“说吧，你来找朕还有什么事？”

“我要离开一段时间，你要保护好她。半年后，我再来接她走。”

“你要去哪儿？”玄楚并不关心花飞雨要去做什么，而是担心如果这半年内胜雪的病情有什么异常的话，他不知道去哪里找人。

“这个你不用管。反正在这宫里我已经有熟人了，如果胜雪病情有什么问题，我自会知道。”花飞雨从怀里拿出一个瓶子丢给玄楚，“还魂丹，给你。”

“朕在宫里有侍卫保护，有太医照顾，不需要。”玄楚不屑道。

“话别说得那么早，你身上有什么问题你自己应该比我清楚。要不是看在你舍命跳入圣池救胜雪的分上，这粒还魂丹，千金不换。”花飞雨一甩他绣满花花草草的衣袖，转身往外走。

“花飞雨……”玄楚冲他的背影叫道，“她还有可能恢复记忆吗？”

“这就要看你是否愿意让她想起来了。”

月光照进清冷的殿内，将满室忧愁拉得好长好长。

凤栖殿内，皇后齐敏秘密召见一位宫女，将一个小瓷瓶交给她，吩咐她放在茶水中给她的主子喝下。宫女跪地哭求，不敢答应此事。皇后以其宫外家人的安危要挟，逼她同意。

宫女走后，照顾皇后的艾嬷嬷不解：“皇后娘娘若真想除了那女人，老奴愿亲自动手。”

“嬷嬷，那不是毒药。”皇后齐敏只说了这一句，就不再多解释。

她入宫三年，虽然被人加害过多次，却从没有过害人之心。她不想自己的双手因一个不爱自己的人而染满鲜血，不想让自己成为那些可笑女人中的一员。

就算再嫉妒天胜雪，她也不会杀了对方。

瓶里装的是忘川之水，据说喝下之人能忘记过去。这本是她给自己准备的，想着如果哪一天她被打入冷宫，可以用它忘记一切。如今，她把这忘川之水给了胜雪，是希望胜雪彻底忘记过去，活在皇上为其编造的谎言中。

与此同时，慈宁宫内灯火通明，萧贵妃正在给太后看她新寻来的一种奇花。

“姑母，这韦驮花极难寻得，箫儿特意寻来，专门献给姑母看的。”

太后看了几眼，觉得它并无独特之处。

“姑母不知，这韦驮花只在夜晚开放，每次开放的时间只有短短一个时辰。”萧贵妃正解说着，那桌上的韦驮花便开始发生变化。

先是花筒慢慢翘起，淡紫色的外衣缓缓打开，紧接着，洁白的花瓣全部展开，雪白而华丽的花朵在夜晚绽放异彩，一时间，屋内幽香四溢。

太后被韦驮花的美惊艳，一边品尝着萧贵妃做的糕点，一边命画师把此刻的情景画下来。

一个时辰后，花冠闭合，娇艳的韦驮花便迅速凋谢了。

“妙哉，妙哉。还是我的箫儿懂得如何哄姑母开心。”太后抚摸着萧贵妃的纤纤玉手，对她赞赏连连。

她这个侄女打小就生得标致，长大后更是数一数二的美人，再加上嘴甜、用心，她可是打心眼里喜欢。可惜当年箫儿生了一场水痘，错过了为皇上选后的时机。入宫后凭着她在背后运筹帷幄，才在短短三年之内让箫儿坐到贵妃的位置。但贵妃毕竟只是贵妃，就算在后宫中仅低于皇后一人，也依然低人一等。这些年，她一直在为箫儿筹谋，计划着要将箫儿推上后位，这样的话，一旦箫儿诞下龙子，他日就是王位的继承人，她的娘家就再无后顾之忧。

“姑母觉得，这韦驮花像不像宫里的某个人？”萧贵妃意有所指地说，“当初皇上将那人带进宫来的时候，箫儿还担心她会抢了皇上的宠爱。今日箫儿听说，皇上并没有要纳她为妃的想法，只让她当了个司药御侍。姑母如今大可放心了。”

太后闻言瞥了眼萧贵妃，语气有些责难地问：“箫儿今日是来试探哀家的？”

“姑母恕罪。”萧贵妃自知那点花花肠子已被太后看穿，有些惊慌地跪在地上。

今日她来送花讨太后欢心是次要目的，主要目的则是打探太后的心意。她故意说反话，提醒太后不要因为皇上暂时对天胜雪没有纳妃之意，就对天胜雪姑息。皇上让天胜雪当司药御侍，表面上看天胜雪是失了宠，但傻子都看得出来，皇上将落雪苑赐给她绝对是另有深意。

“起来吧。”太后收起脸上的怒意，“你一心为了皇上，何罪之有？那天胜雪留在宫中一日，哀家便一日不得安心。只是有些事不宜操之过急，哀家也不想因为那个天胜雪，而和皇上之间有了嫌隙。”

“那姑母的意思是？”

太后叫来全公公，让他把这盆韦驮花送到皇上的御书房，接着又叫高嬷嬷取来一身在烛光中闪着耀眼金光的衣裙，送去淑妃的贤灵宫。

“告诉淑妃，过几日就是中秋节，哀家许久没看她跳舞了，让她准备准备吧。”

“姑母，这么漂亮的裙子，为什么要送给贤灵宫那个贱人？”萧贵妃不但嫉妒太后把这么漂亮的裙子给淑妃，更嫉妒太后有意让淑妃在中秋节的家宴上出风头。

太后淡定地抿了口茶：“有些事让别人替你去做就够了，不要脏了你的手。”

萧贵妃还是不明白，太后让她把耳朵凑近。

“还是姑母的手段高，箫儿先谢过姑母。”萧贵妃喜笑颜开地说。

“你若是真想谢哀家，就快些生个龙子。三年了，后宫中没一个妃子的肚子争气的。”太后责难地扫了眼萧贵妃的肚子，让她快些回坤仪宫去。

萧贵妃前脚刚回到自己的坤仪宫，后脚八宝公公就到了，说皇上夜晚来坤仪宫就寝，让她准备准备。萧贵妃给八宝塞了几个元宝后，就命人速速准备。

八宝看了看怀里的元宝，心想：皇上主子啊，不是奴才对您不忠心，而是这盛情实在难却，奴才若是拒绝了，怕是日后连伺候您的机会都没了。所以，奴才就勉为其难地先收着，日后您要是问起，奴才一定如数上交，绝不私藏。

八宝这奴才精着呢，他怎会不知道皇上对萧贵妃的宠爱不过是碍于太后的面子，今日若不是全公公拿来一盆韦驮花，皇上是绝不会来这坤仪宫的。

可怜的皇上主子，为了落雪苑的那位做了这么多，牺牲这么多，对方却是一点也不知道啊。

第二天，当胜雪去司药局复命的时候，就听到宫女们议论，说皇上昨晚留宿坤仪宫，和萧贵妃琴瑟和鸣，好恩爱。

说不上来为什么，胜雪忽然有些庆幸自己不是他后宫妃子中的一人，要不然，此刻听到这些她定会伤心。

“云御侍，八宝公公让你把皇上的汤药送到坤仪宫去。”一个宫女走过来告诉她。

自从皇上赐了她新的名字后，大家就叫她云御侍，她主要负责为皇上一个人抓药、熬药、送药。

“能带我去坤仪宫吗？”胜雪头痛，她在宫里人生地不熟，早上来司药局都是由落雪苑的宫女领来的，如今她只记得回落雪苑的路，至于其他地方，根本不知道方位啊。

“恐怕不行，我还要把贵妃娘娘的衣服送到辛者库呢。”

胜雪求助地看向其他人，大家都装作没听见的样子，假装去忙其他事情。

眼看皇上的药就要熬好了，如果不能尽快拿过去，一旦凉了，她可是要受罚的。

司药局的那些掌事宫女只跟她讲了跟司药局有关的各种规矩，避免她一人犯错连累所有人。至于其他的事情，却没有一个人告诉她。

要不是她认识那些草药，恐怕连今日按方抓药这样简单的事情都做不好。

当她按照太医的方子把皇上要用的药都备好后，才真的相信自己失忆前是学过医术的，因为那些草药的名字和功效她全都能一一说出来，就像早就有人将这些东西放在她的脑子里一般。

好奇怪，为什么这些记忆没有失去呢？

“云御侍，我带你去吧。”一个胖乎乎的宫女走过来说，“我家主子住的地方离坤仪宫不远，我正好经过那儿。”

“多谢。”胜雪将已经熬好的药汤放进食盒中，跟着这个叫梅子的宫女离开司药局。

一路上，胜雪也不敢多言，跟着梅子穿过一道道宫门，一条条宫道。可走着走着，胜雪就觉得有些不对劲，于是她停下来问：“坤仪宫还有多远？”

“就在前面，马上就到了。”

“你确定我们走的方向对吗？怎么觉得我们在一直绕圈子呢？”胜雪虽不认识路，却发现她们走的方向一直在变。

“现在是大臣们上朝的时间，后宫女眷要避开外臣，所以我带你绕了一段路。”梅子指着不远处一座金色屋顶的宫殿说，“那里就是贵妃娘娘的坤仪宫，我只能送云御侍到这里了。”说罢，她就往相反的方向走了。

胜雪心中生疑，她明明说是顺路才带自己一起走的，现在却走了相反的方向。

难道这是一个陷阱？

胜雪想起神医花飞雨离开前对她的叮嘱，他说这宫里有太多的尔虞我诈、阴谋诡计，让她要学会保护自己，如果遇到自己解决不了的事情一定要去向皇上求助，如果皇上也帮不了她，就晕倒装病。

胜雪当时问他为什么要去向皇上求助，花飞雨说，那是皇上欠她的，皇上一定会还。

她不过是救了皇上，皇上也救了她，他们两个现在应该是两清了啊。

胜雪看着手中的食盒，犹豫着要不要送到坤仪宫去。

送去的话，汤药已凉，她会受罚；不送的话，她更会受罚。

要是她能早一点看穿这是个陷阱就好了。

究竟是什么人要害她呢？她刚刚入宫而已，没有得罪任何人啊。

胜雪怀着忐忑的心情，拎着食盒来到坤仪宫。

从她踏进院子的那一刻，美人的欢声笑语就开始灌进她的耳朵。

胜雪不敢抬头，轻手轻脚地走过去："皇上，该喝药了。"

玄楚的笑意一下子凝结在眼底——她怎么来了？

为了让母后放心，他今日特意不上早朝留在这坤仪宫里陪萧贵妃。为了不让胜雪看到他和萧贵妃在一起逢场作戏的样子，他特意叮嘱八宝，让胜雪把汤药送到御书房，等他应付完坤仪宫的人，再去那里。

为什么胜雪会来这里？为什么她进来之前没人禀告？

这一刻，玄楚好想把怀里的萧贵妃推开。

一定是她让人把胜雪叫来的，还吩咐宫人不让禀告，故意让胜雪看到这一幕。

想到这个女人丑恶的嘴脸，玄楚真想将她立刻打入冷宫，但理智让他没有这样做，而是借口说风大，让宫女取来一件披风为萧贵妃披上，巧妙又不露痕迹地松开了怀里的人。

"皇上对臣妾如此体贴，臣妾真不知该如何回报皇上。"萧贵妃像根柔软的柳枝般缠在玄楚身上。

"那就再给朕吹一曲《春江花月夜》吧。听到爱妃的箫声，再苦的汤药也让人甘之如饴。"玄楚挑逗地勾了下萧贵妃的下巴，逗得美人脸颊绯红。

萧贵妃本名萧若水，因吹得动人的箫曲被皇上赐名萧箫。作为后宫之中唯一被皇上亲自赐名的女人，萧贵妃把这当作是恩宠。但真正的原因只有玄楚一人清楚，叫萧箫是因为他懒得去记她的名字，改成同音的字就只为提醒他自己——这个女人是母后送来的，是萧家的人。

“臣妾遵旨。”萧贵妃喜笑颜开地去吹箫了，玄楚这才可以好好地坐正身体。

“皇上，请喝药。”胜雪将药碗从食盒里拿出来，还没端上前就被萧贵妃身边的丁嬷嬷叫住：“等一下。”

丁嬷嬷接过药碗，用手背试了试碗的温度，大怒地喝道：“好个大胆的贱婢，胆敢给皇上喝这么冷的药。来人啊，把她带下去关起来！”

“丁嬷嬷，你是不是误会了云御侍？”玄楚站起来，从丁嬷嬷手里拿过药碗，“这药只有喝凉的才有效用。”

说完，玄楚将汤药一饮而尽，这下嚣张的丁嬷嬷立马灭了气焰，跪在地上直求饶。

萧贵妃见自己的奴才犯了错，也没心思继续吹箫，走过来安抚玄楚：“皇上不要生气，丁嬷嬷也是好心。都怪这贱婢，也不知道解释一下，害得丁嬷嬷误会，让皇上如此动怒。”

“她不解释是朕的吩咐。爱妃难道忘了，朕是皇帝，关于朕的衣食住行都是机密。”

“是臣妾的疏忽，请皇上责罚。”萧贵妃嘴上求罚，心里却一点也不服气。

很明显玄楚在为胜雪开脱，但她又说不出反驳的理由，只能自认倒霉。

在宫里皇上的衣食住行是不能提及的禁忌，一旦被有心之人获知这些信息，就会给皇上的安全带来风险，但后宫之中，最容易买来的消息就是关于皇上衣食住行方面的，所以，皇上的药究竟是要冷着喝，还是热着喝，若是萧贵妃想知道，很容易就能办到。

“爱妃的人也是关心朕，朕不会这么小气。”玄楚扶起萧贵妃，对跪着的丁嬷嬷说，“自己去领三十板吧。”

“皇上？”萧贵妃讶然。皇上不是要放过她的人吗？怎么又要打三十板子？丁嬷嬷已经上了岁数，别说三十板子，就是十板子也能让她去了半条命啊。

“爱妃若觉得罚轻了，那便再加十板子。”玄楚扶着萧贵妃的手，温和地笑着说。

萧贵妃急忙摇头，再也不敢多说一个字。

这就是她爱上的男人，一个永远无法违逆的冷血帝王，他的笑里永远都藏着杀人的利刃，就连他的温柔也是可以让人上瘾的剧毒。

“皇上，皇上……”八宝气喘吁吁地跑进来，不等他开口，就被皇上呵斥：“慌什么慌？”

“皇上……”八宝迅速扫了眼院中的情况，看到胜雪跪在地上后，心中立马透亮，“左丞相有紧急军情要奏见皇上。”

“朕今日答应了爱妃要陪她一整天，有什么军国大事让他明日再奏。”玄楚搂住萧贵妃的腰道。

“可是，皇上……”八宝很为难。

“给朕滚下去！”

玄楚抬起萧贵妃的下巴，宠溺地看着她说：“爱妃陪朕去湖上泛舟如何？”

萧贵妃虽然骄纵，却明白军国大事和后宫争宠之间的利害关系，后退一步，跪在地上恳请道：“臣妾突感身体不适，怕是不能陪皇上泛舟了。”

“好好的，怎么突然不适了呢？来人啊，去传太医！”

“臣妾这边有太医照顾，还请皇上以国事为重，移驾御书房吧。”

“这……”玄楚表现得有些为难，思索片刻之后说，“既然如此，那爱妃就好好休养，等朕处理完军国大事，再来和爱妃一起泛舟。”

玄楚朝外走去，路过胜雪身边的时候，对她呵斥道：“司药局没事做了吗？还不快走！”

“是，皇上。”胜雪起身，跟在八宝身后离开了坤仪宫。

胜雪要去的司药局和御书房是不同的方向，所以跨出坤仪宫的大门后，胜雪就要往左边走。

“你要去哪儿？”玄楚拉住她的手。

刚才在里面，她看到他和萧贵妃亲热的样子，脸上却没有丝毫异常。一想到她根本不介意他和谁在一起，玄楚心中就百般不是滋味。

今日要不是他维护她，萧贵妃肯定会借题发挥，让丁嬷嬷惩罚她。他替她化解了危机，她竟然一点也不感激他？

难道，她没有心吗？就算她忘了过去的一切，他也不允许她这样对他。

“回皇上的话，奴婢要回司药局。”胜雪不敢抬头看他，心中对他语气中的怒意感到不解。

他在气什么？气我送汤药送晚了吗？还是气我打扰了他和美人亲热，破坏了他的兴致？

“不许去！跟朕去御书房！”玄楚霸道地拉着她的手往右边走。

胜雪挣脱不开，停下道：“奴婢会跟上的，请皇上让奴婢自己走。”

“朕不许！”玄楚更紧地握住她的手。

“皇上这样只会令奴婢的处境越来越危险。”胜雪也不怕得罪他，实话实说道。

今日这件事，一看就是后宫妃子的争风吃醋导致的，如果不是因为皇上对她的某些做法让萧贵妃有了醋意，萧贵妃也不会设下这样的阴谋害她。

所以，当他救了她时，她并不感激。

“危险？”玄楚举起两人十指交握的手，大声地告诉她，“朕是皇帝，有朕在，就不会让你有危险！”

胜雪不懂了，皇上突然这样强势表态，又是什么用意？

玄楚发现胜雪在狐疑地打量他，他也察觉到自己言语间流露出了太多情绪，不再跟胜雪多说，执拗地牵着她回了御书房。

“给朕研墨！”一跨进御书房的门，玄楚就松开她，换了种漠然的语气。

这忽热忽冷的变化，真让人不太适应啊。

胜雪听话地去研墨，玄楚叫来八宝，问他左丞相在哪儿。

八宝尴尬地看着玄楚，心里那个着急：皇上啊，您明知道刚才在坤仪宫奴才我是故意撒谎的，现在您问奴才要左丞相，奴才去哪里变人啊？

“回皇上的话，左丞相他突感身体不适，先回府了。”八宝缩着脖子继续撒谎。

“军国大事，岂能耽搁！就是快病死了，抬也要把他给朕抬来！”玄楚大吼，八宝麻溜儿地爬起来，出宫去传左丞相了。

玄楚回过头，发现胜雪一直在盯着案上的那盆韦驮花看。

母后派人送来这盆花的时候，他本不懂是何深意，在知道韦驮花开的花期极为短暂后，就瞬间明白了。这是母后在暗中提醒他，胜雪可以像韦驮花一样消失得很快，所以他才去宠幸了萧贵妃。

当初他带胜雪回宫的时候，曾和母后大吵一架，最后是他哄骗母后，说自己身上的寒毒只有胜雪的师父神医花飞雨可以根治，母后才让步，让他许诺不专宠胜雪，就可以容她在后宫之中。但玄楚了解，以母后的性格，就算她不自己动手，也有办法让胜雪死得合情合理。

如今母后迟迟没有动作，并不代表她真的接纳了胜雪。

玄楚总感觉会有什么事情发生。

今天坤仪宫的事，怕是暴风雨前的一道闪电。

“你喜欢它？”玄楚问。

此时不是韦驮花开花的时间，花枝看上去并没有什么特别之处。

“这是韦驮花吗？”胜雪问，“奴婢好像知道一个关于它的故事。”

“什么故事？说来听听。”玄楚也很好奇，对于花草，他了解得并不多。

“韦驮花，又叫昙花。传说昙花是一个花神，一年四季都开花，后来她爱上了为自己浇水除草的年轻人。玉帝知道了这件事，处罚花神，将她贬为一生只能开一瞬间的花，不让她再和情郎相见。为了阻止两人相爱，玉帝还把年轻人送去出家，赐名韦驮，让他忘记前尘，忘记花神。多年过去，韦驮已经忘了花神，可花神依然忘不了他。她知道每当暮春时分，韦驮会上山采春露，于是就选在那个时候，拼尽所有的力气，开得最美，只为吸引韦驮的目光。可是千百年过去了，韦驮却始终没有记起她……”

讲到这里，胜雪感觉有眼泪从她的眼角滑落。在她准备去擦的时候，一只温热的手已经抢先替她擦掉了。

“你怎么哭了？”玄楚困惑地看着指腹上的泪滴。

胜雪急忙跪下：“奴婢该死！”

她也不知道是怎么了，这个故事是谁告诉她的，她是什么时候知道的，一点也想不起来，只是当她回忆起这个故事的时候，忍不住伤怀，只觉得自己的心有种被人揪着般的痛楚。

“起来。”玄楚不悦地擦掉指腹上的泪滴，将她扶起来，“你是朕的救命恩人，以后没有外人在的时候，不许你在朕面前自称奴婢，也不许你跪朕！”

他本想忍下去的，忍着看她如何在自己面前扮演好一个普通宫女的角色。可现在，他忍不了了！他无法忍受她在他面前如此卑贱怯懦的模样。

“可是……”胜雪纠结地看着他。

“这是圣旨，你若不遵，朕就罚你！”

“奴……”胜雪刚要回答“奴婢遵旨”，玄楚就抓紧她的胳膊提醒。

“我懂了。”胜雪只能改口称“我”。

她越发觉得看不懂玄楚了。如果他对她有那方面的想法，为什么要让她去司药局？可如果他对她没那方面的想法，又为什么要如此特别地对她？难道他和她之间，并不是她所想象的那种简单的男女关系？

你为什么对我这么好？这个问题，胜雪没能问出口。

见她改了口，玄楚才松手，看向那盆韦驮花对太监吩咐："把这盆花给朕拿出去扔了。"

"皇上！"胜雪惊呼，"可以把花送给我吗？"

"这花不吉利。"玄楚还有半句话没说——它惹你伤心了。

"我不在乎。求皇上将它赐给我。"

"为什么？"

"它让我想到了自己。"胜雪失去了记忆，花神爱的人也是。她不知道自己的眼泪是为这个凄美的故事而流，还是为了她自己。

"赏你了。"

胜雪想不起来，他却能猜到，关于韦驮花的故事一定是白岚跟她说的。留下这盆花，也许会对胜雪恢复记忆有所帮助。

"谢皇上。"

这时左丞相在殿外求见，玄楚便命胜雪先下去候着。

2 为问花何在

在耳房里候着的胜雪，等着等着就困倦地打起盹来。醒来时，外面的天已经黑了，屋里亮着灯，一身红衣的玄楚正在灯下批阅奏折。

胜雪惊慌地站起来，一件红色的大氅从她的身上滑落。

是他在她睡着的时候，为她披上的吗？

“醒了？”玄楚放下手中的笔走过来，将大氅捡起来又重新披在她的肩膀上，“天冷了，小心着凉。”

“皇上……”胜雪有些局促地抓着大氅，心中有万千疑惑，想问却不知道从何问起。

“夜深了，朕送你回落雪苑吧。”

“不敢劳烦皇上，我可以自己回去。”胜雪有些受宠若惊。

“你若是认得路，今日又岂会着了别人的道？”

玄楚披上另一件红色大氅，走过去拉开门，坚持要送她回去。

在她睡着的时候，他已经将今日的事情查了个清楚，只是那个叫梅子的宫女被找到时，已经溺死在湖里，没能查到真正的幕后指使者。

八宝早在门口等候，见主子出来，连忙举起宫灯为主子照明。

“走啊，难不成，还想让朕拉着你走？”玄楚回头问。

胜雪抱起韦驮花低头跟上，一路上都很安静，连呼吸都不敢太大声，脑子里是各种各样杂乱的念头。

他这样对她，究竟是把她当作什么呢?

奴婢，情人，还是朋友?

“在想什么？”玄楚停下脚步问身后的胜雪，这样的她让他很不习惯。

“没想什么。”胜雪敷衍道。

“八宝。”玄楚命令，“把花拿走。”

胜雪惊诧地抬起头，以为玄楚改变主意不把花赐给她了，将花盆往怀里抱紧了几分，却还是被八宝拿走了。

“先把它送到落雪苑，朕陪她熟悉熟悉宫里的环境。”说罢，玄楚拉起胜雪的手继续向前走。

“出了朕的御书房，往左是钟粹宫，往右是玄穹宝殿。你的落雪苑便在御书房的左侧，穿过钟粹宫，经过绛雪轩，再走过御花园，就到了。”

玄楚牵着胜雪的手，走在空无一人的宫道上，将这后宫里各个宫殿的位置都一一讲解清楚。

今夜月光皎洁，胜雪不但能看清玄楚脸上细微的表情，还能看到他眼中跳跃的光芒，那是一种单纯而浓烈的喜悦之情。

“落星！”

玄楚大叫一声。不等胜雪反应过来，她身体一轻，人已被玄楚抱上万春亭的亭顶。

胜雪没站稳，身体有些倾斜，玄楚一把搂住她的腰，温柔地将她扶正。

明亮的月亮悬在玄楚身后，在他身上笼上一圈朦胧的光晕，万千星光仿佛坠落在他深邃的双眸中，胜雪一时间有些看痴了。

“又有一颗落星，快许愿！”玄楚像个孩子一样在胜雪面前许着愿望，这样的他让胜雪有种说不上来的熟悉感。

记忆中，好像有谁也这样幼稚地许过愿望。

“你怎么不许愿呢？”玄楚有些失落。

对落星许愿的事还是她教给他的，如今她却一点都不记得了。

“那些落星不是扫把星吗？”胜雪不明白，对着扫把星许愿，愿望会成真?

“如果只落一颗星，那是扫把星，如果落一片星，就是许愿的星星了。”玄楚复述着曾经天胜雪告诉他的这件事，天胜雪说是白岚告诉她的，她对此深信不疑。后来她将这个告诉了玄楚，玄楚也不疑有他。

“原来是这样，可我没有愿望要许。”胜雪坐下来，今晚的夜色太美。

浩瀚的苍穹，星辉熠熠，偶尔几颗落星滑过，刹那光华，点亮了夜的迷离，也成就了夜的诡秘。万籁俱寂的夜，广袤辽远的夜空，让人感觉自己渺小得仿若一粒尘埃。

“怎么可能没有愿望呢？”玄楚也坐下来，“你不想找回自己的记忆吗？”

胜雪摇摇头，看着满天繁星说：“不想。”

“为什么？”玄楚不解，“就算是丢了一样东西，普通人都会想着找回来，你为什么不想找回自己的记忆？”

“没有原因，就是不想而已。”胜雪也曾想过去找回记忆，可每次只要一回想，就会头痛欲裂，尝试了几次之后，她决定放弃。

“人终究是要向前看的，不是吗？”

从她叫自己“云”开始，过去失去的，对她而言就变得不那么重要了。

玄楚开心地大笑起来：“哈哈哈！说得好！说得好！”

胜雪被他爽朗的笑声吸引，侧脸看过去。

这一刻，她深深感觉到，和她在一起时他的开心，与他和萧贵妃在一起时的开心是截然不同的。与她在一起时，他的开心更纯粹，更发自内心。

可是，她为什么要这样比较呢？她不过是司药局的一个奴婢而已，根本不配和贵妃相提并论。

胜雪收回思绪，同时也收回落在玄楚脸上的目光，重新抬头看着星辰，让心灵在此时的静谧中得到彻底的放松。

当胜雪不再看他时，玄楚这才侧过脸去看她。

他好想知道，刚刚那一刻，她从他的脸上看到了什么；好想知道，刚刚那一刻，她的脑子里想到了什么。

她真的一点都不记得，曾经的某个夜晚，她和他一起仰望夜空对落星许过愿?

虽然和她在一起的美好记忆，如今只有自己记得，但如果今后的无数个夜晚，她能像现在一样安静地坐在他身旁，陪他一起看月亮数星星的话，那么失去的那些记忆，不要也罢。

胜雪醒来的时候，人已经在落雪苑里。

宫女们都不知道她是什么时候回来的，她自己当然也不知道，但她相信，玄楚一定知道。

用过早膳，八宝就急匆匆地来宣旨，让胜雪这几日不用去御书房伺候，留在落雪苑完成皇上吩咐的事情。

内容嘛，倒是让胜雪一点也不意外。

玄楚让八宝拿了张后宫地图来，让胜雪在中秋节前务必记牢这张地图上的所有内容。

“皇上说了，若云御侍能把地图记得清清楚楚，皇上就赏云御侍一个愿望，但倘若云御侍记不住，那就要满足皇上的一个要求。”八宝一字不差地复述着皇帝的圣旨，连语气和表情都力求做到一模一样。

“奴婢接旨。”胜雪接过圣旨。

“云御侍，离中秋节只有三天时间了，你可要加紧哦。”八宝神秘地在胜雪耳边提醒，“每年中秋皇上都会有别出心裁的要求。云御侍若是有兴趣，可以向旁人打听打听，这样也许对云御侍恢复记忆有帮助。”

“谢公公提醒。”

送走八宝，胜雪就把地图摊在桌子上开始记。

胜雪发现自己的记忆力很好，仅仅半天的工夫，就把这张细致的地图记得清清楚楚。

不知道以前的我是怎样的人？这么好的记忆力，不知道会用在哪里？胜雪有些好奇地收起地图，走到那盆韦驮花面前，开始为花浇水、施肥。

昨晚她一定是睡着后被皇上送回来的，错过了花开的时间。不知道下次开花是什么时候。

“云御侍，你不做天灯吗？”落雪苑的宫女小满走过来问。

胜雪不懂。小满告诉她，每年中秋节宫里都有放天灯的习惯，要是谁的天灯做得漂亮，飞得高，还能得到皇上的赏赐。

“大家都说宫里阴气太重，放飞的天灯可以帮那些冤魂早日升到极乐世界，为我们活着的人带来福祉，你不做一盏为自己祈福吗？”

胜雪摇摇头，她既不想要赏赐，也不信那些神鬼之说，她只想知道另一个问题：“听说皇上每年都有别出心裁的要求，你知道都是哪些吗？”

“这个啊，”小满一提起，就忍不住笑起来，贴着胜雪的耳朵小声说，“我入宫的那一年皇上刚登基，后宫中也只有皇后和淑妃两位主子。皇上在御花园宴请群臣，很多大臣都带着家眷来赴宴，希望自家小姐能飞上枝头。结果皇上在宴席上提了一个特别要求，还许诺，谁若能做到，就纳她为妃。”

“你猜皇上提了什么要求？”小满忍着笑意继续说，“皇上说，谁能把宴席上所有的月饼都吃光，就封她为月妃。”

“可怜了那些大家闺秀，一个个都是纤弱的身子，哪有那么大的胃口啊。”

“就只是吃月饼？”胜雪觉得这个要求虽然过分，却也有可以化解的办法，毕竟皇上当时只是说都吃光，却没说多久吃光。如果有个聪明的女子答应了这个要求，把月饼都收起来带走，一天吃一块，也总有吃光的那天。

“这还只是开始。第二年，皇上还是照例宴请群臣，还是一样有不死心的大臣。皇上又提了一个要求——谁能有勇气剃光头，就封她为光妃。这一下，可吓坏了当时在场的小姐们，生怕自己的秀发被皇上下令剃光了。”

“皇上他不过是说说而已，应该不会真的要人剃光头发吧？”胜雪觉得这个要求有点恶作剧的意思。

“云御侍，你平时总在皇上身边伺候着，难道不知道皇上是个怎样的性子的人吗？”小满有点同情地看着胜雪。

他给她的感觉是温和又霸道、细腻又睿智，有些难以捉摸，却不知在旁人眼中的皇帝是另一种样子。

“总之一句话，伴君如伴虎。以后的日子还长着，云御侍慢慢就会明白的。”小满说着，拿起刚刚编好的天灯在院子里试飞起来。

忽然，胜雪的心剧烈一痛，像是有什么东西刺了她一下。

她的眼前出现一个模糊的画面，画面中有一男一女正在一起放天灯。

“云御侍，你怎么了？”小满担心地扶着她，发现她脸色苍白。

画面消失了，胜雪的心口却还残留着刚才的痛意：“没什么，可能昨晚没有睡好。”

“我扶你进去休息吧。”

“没事，不用了。”胜雪看了眼她身后的天灯，问道，“你能教我做天灯吗？”

“好啊！我教你。”

小满拿来了做天灯的材料，不等她开始教，胜雪就自己做了起来，不一会儿，一盏漂亮又结实的天灯便做好了。

小满佩服胜雪无师自通的能力，说自己学了三年还不如胜雪做的天灯好看，还反过来让胜雪指点她。

胜雪看着手中的竹条，对自己的过去又多了一丝好奇。

她家以前是开灯铺的吗？为什么她能这么快就做出这么好看的天灯？这样的技能即便她完全忘记了，身体却还记着。

她以前一定做过不少天灯，如果不是用来补贴家用，又会用来做什么？

做好了天灯，胜雪又开始在灯上画各种图案装饰，当她拿起笔的时候，身体又做出习惯性的举动。

“云御侍，你这是画的什么啊？”小满好奇地看着灯上的图案，“像只猫，又像只狗。”

“狐狸，这是狐狸。”胜雪微笑着说。

天灯上的图案就是简单的几笔，草草的一个头像，却像是练习了好久，经常画一样。因为无论胜雪画多少次，那些图案都是一模一样的。更奇怪的是，她心里很清楚地知道，这个让其他人都分辨不出来的图案，其实是狐狸。

她为什么会画这样的图案？难道有什么特别的理由？

“这是狐狸啊？看上去一点都不像呢。”小满如实评论，“云御侍，你还是画点其他的吧。皇上画画特别好，你这样的天灯是一定无法入他的眼的。”

“没关系，我不求赏赐，只求开心。”胜雪不理小满的劝说，用竹条又多做了好几盏天灯。

到了中秋节这天，八宝来找胜雪的时候，发现落雪苑的院子里摆满了天灯。

“我说云御侍，这些天你都在做天灯？皇上吩咐的事，记得如何了？”八宝担心不已。当初皇上让他来传旨的时候特意交代，如果到了中秋节胜雪还是不认识路的话，就要克扣他的俸禄。

“公公请看。”胜雪凭着记忆在雪白的宣纸上画出了一幅完整的地图。

“厉害！厉害！这下咱家就安心了。”八宝佩服着胜雪的记忆力，而后悄悄告诉她，皇上命她酉时三刻去畅音阁候着。

胜雪送走八宝后，落雪苑就剩下她一个人。

按照宫里的规矩，中秋节这天，除了当值的宫女和太监外，其他人都可以出宫跟家人团聚。而留在宫里的人，如果不需要伺候主子则都聚在玉水湖畔放天灯。

胜雪算了算时间，如果她和小满一起去玉水湖畔放天灯，再折回畅音阁就势必要晚了。于是，她打算带着自己做好的第一盏天灯，先去畅音阁，再找个地方把天灯藏起来，等忙完皇上吩咐的事，再找个没人的地方悄悄放天灯。

胜雪路过御花园的时候，看到那里灯火通明，歌舞升平，好不热闹。

今日是中秋宴，皇上他为什么要我去畅音阁候着？胜雪心中困惑，经过长廊时，看到两个宫女在长廊里伸着脖子眺望。

“听说，今晚贤灵宫的淑妃娘娘穿了一条闪闪发亮的裙子为皇上献舞，大臣们都说淑妃娘娘是仙女下凡呢。”

“听说那条裙子上面缀满了南海的珍珠，还有孔雀翎，价值连城。”

两人的议论声传进胜雪的耳朵，虽没有亲眼所见，脑子里却勾勒出了一幅淑妃穿着发光的裙子在月光下翩翩起舞、惊艳众人的画。

萧贵妃的箫声她是听过的，婉转动人，余音绕梁；想必淑妃的舞姿也是轻盈美妙，动人心魄。

他拥有着秀丽壮美的万里江山，也拥有着天下最美、最出色的妃子，应该什么都不缺了吧？

胜雪来到畅音阁的时候，阁楼里空无一人，她将做好的天灯藏在花圃中后，才有些不安地走进去。

远处的歌声隐约地飘进来，胜雪想到如此美妙的夜晚，皇上在明月下品尝着美酒佳肴，欣赏着莺歌燕舞，不会再来这冷清的畅音阁吧？也许让她一个人在这里孤单地度过中秋节，就是皇上今年想到的“特殊要求”。

再多等一个时辰，如果皇上不来，她也不会再继续等候。

反正八宝公公传话时说让她酉时三刻候着，又没说候到什么时候。

胜雪坐在畅音阁的台阶上，双手撑着下巴，无聊地看着夜空中的圆月。

“明月几时有，把酒问青天，不知天上宫阙，今夕是何年……”胜雪情不自禁地吟出这首词，可惜只能说出这几句，至于这首词后面是什么，她却怎么也想不起来。

以前的我，家里一定很贫寒，没钱给我请先生，所以才连一首完整的词都念不出来。胜雪难过地想着。

这是她失忆后过的第一个中秋节，虽然并没有抱有太大的期待，但如果就这样平淡地过去，又难免会有些小伤感。不记得过去，就意味着可以从头开始。那么这一次，她还会像以前一样被家人抛弃，送去建造寿陵吗？

家人……她的家人究竟有谁？他们现在又在哪里？

一个红色的人影从夜空中飞掠过来，双脚落地的瞬间，手中飞出一条长鞭，鞭子抽打在畅音阁院中摆放的一面大鼓上，发出了“咚”的一声。

胜雪惊得一下子站起来，左顾右盼，除了这个红衣男子外，再也看不到其他人。

红衣男子的脸上戴着面具，她看不到他的容貌。只见他凌空又抽了一鞭，击中院中的那棵桂花树，朵朵黄色的花朵从树上飘下，沁人心脾的花香弥漫在每个角落。那红衣男子像一团燃烧的火焰在花雨中继续击鼓跳舞，每一个鼓点都让人心跳加速，每一个舞姿都让人迷醉。

鼓声时缓时急，男子的身姿也随着鼓点舞动得忽快忽慢，手中的鞭子仿佛变成了一只柔软又纤细的玉手，肆意撩拨着人的心弦，让胜雪的心跟着他的舞姿忽高忽低，完全失去了控制。

胜雪如痴如醉地看着，完全忘了身在何处，当那男子停下舞姿走向她时，她竟然鬼使神差地伸手要去揭开他脸上的面具。

他握住她的手，阻止了她。这一举动让她清醒过来，意识到自己失了分寸，想抽回自己的手，他却不放开。

“你是谁？”胜雪问，心中想到一连串的问题。

他是皇上请来宫里跳舞的男舞姬吗？他为什么会在这里？偷偷排练吗？面具之下究竟是怎样的一张脸？

他没有回答，只是静静地凝视着她。

月亮从云层后露出来，将银白色的月光洒在他的面具上。

胜雪的心没来由地紧张起来，想逃却无法移动半步。

他的目光中带着纠结挣扎，和月光纠缠在一起织出一张密实的大网将胜雪整个人困在里面，抓住她的视线，绑住她的心脏，让她在这一瞬完全忘记思考，也忘记了呼吸。世界静得只能听见她急促的呼吸声。

终于，他像是下定决心般，松开一只手，将脸上的面具缓缓地拿开。

万物仿佛一刹那黯然了……

她醒来的第一天，就惊叹于他的美，养病的那些日子，曾偷窥过他的美，但后来，知道了他的身份，知道了自己和他之间的差距，这让她自卑，不敢再直视他。

此刻，这种美，如此突然又强烈地向她席卷而来，她有种眩晕的感觉。

“皇上……”

她喃喃地叫了声，怀疑眼前的人只是幻觉。

玄楚心中的那点期待仿若刹那的烟火，在眼中渐渐淡去。

曾经她那么执着于学舞，那么喜欢看他跳舞，他以为今晚的这段舞会唤醒她对过去的一点点记忆，然而，他失败了。

那些对他而言非常重要的记忆，对胜雪来说，或许什么都不是。

“你……”玄楚艰难地开口，他不知道这一刻要说什么，因为事情的发展和他预想中的完全不一样，“会跳舞吗？”

“我想，我应该不会。”胜雪回答，她本来习惯性地想说“奴婢”，但开口时又想到皇上的吩咐，见这里四下无人，就用了会让她有些胆怯的“我”字。

玄楚将手中的面具丢在地上：“朕今晚找你来，本想让你陪朕好好排练一曲，既然你不会，便算了吧。”

胜雪不说话，走上前，接过玄楚手中的长鞭。她见过他在院中舞鞭，那鞭子对他来说应该很宝贵，所以不会像面具一样随意丢弃。

玄楚将鞭子交给她，看着她低着的头，一时间不知道要说些什么，气氛有些尴尬。

“你……”还是玄楚先开了口，毕竟两人这样一言不发地站在院子里吹冷风，只会更尴尬。

“吃过月饼了吗？”

胜雪点点头，小满今天给她拿来了月饼，她吃了一点，发现自己并不喜欢吃甜食。

气氛又一次僵了下来，玄楚第一次发现，和人交流是如此困难。要是以往，他不想说话的时候，可以选择安静，但眼前的情况不同，陪在他身边的人是胜雪，他希望听见她的声音，希望她能和他再多些交流。

“那个……”胜雪和玄楚同时出声了，胜雪脸一红，又低下头。

“说吧，想问朕什么？”

“皇上，你做天灯了吗？”胜雪问，她也觉得今晚的气氛太怪异。

“那是宫里的女人们才会做的东西。”听她提到天灯，玄楚心中压抑着火气。

他如此专注地为她跳舞，她怎么会一点反应也没有，倒是想起了另一个人？

天灯……那是她和白狐狸才有的记忆，不属于他。

“哦。”胜雪从他的语气里听出了不悦，偷偷瞥了眼藏在花圃中的那盏天灯，心想，还是等皇上走了，她再偷偷地放吧。

“你想不想学跳舞？”玄楚突然转身问道。

“不想。”胜雪回答得毫不犹豫。

她不傻，刚才玄楚眼中的那点情绪，她都看在了眼里，也能很明显感觉到，皇上看着的人并不是如今的云御侍，而是过去的那个她。她想，也许舞蹈是曾经的她和皇上之间的共同回忆，她不想再回到过去，所以，她拒绝。

“为什么？”他锲而不舍地问。

“没有什么为什么，只是不想而已。”

玄楚见她如此坚决，也无法再说什么。他正打算带她去畅音阁内品尝自己特意命人准备的各种小吃时，八宝急匆匆赶来，禀告说淑妃娘娘忽然昏倒，太后让皇上速去贤灵宫。

玄楚恨恨地瞪了眼八宝，他吩咐过，今晚不许任何人来打扰他和胜雪。

八宝为难地缩着脖子，如果不是太后的懿旨，他就是死也不敢来搞破坏啊。

玄楚纠结地看了眼身后的胜雪，终于还是离开了。

“恭送皇上。”

玄楚远去的背影，让胜雪心中有些落寞。

他的出现，他的舞蹈，让这个孤单寂寞的中秋节变得那么与众不同，就像一场梦一般。但梦终究是梦，梦醒后一切都会恢复成原样。

他是皇帝，是后宫所有妃子的天，不会留在她一个人身边。

可他为什么要给她这样的一场梦呢？

胜雪好后悔自己没有勇气，在刚才那样的环境下，没能问出困扰自己许久的疑惑——她失去记忆前，和皇上之间究竟是怎样的关系？

她能感觉到皇上对她的在意，同样也感觉到了皇上刻意的疏离。究竟发生了什么，才会让她和皇上之间的相处变成了如今这般？

胜雪从花圃中找出自己做的天灯，用火折子点亮后，缓缓送上夜空，目送它越飞越远。

一双手从身后伸过来搭在了胜雪的肩上，这一刻，她脑中只想到玄楚。

转身之后，眼底的笑意在陌生人面前顿时散去。

“你是谁？”胜雪从没见过他，虽然他长得绝美，却让她有种害怕的感觉。

“你不认识我？”

胜雪摇头。

“你怎么能不认识我？怎么可以忘了我？”他粗暴地抓起她的手腕，将她猛地拉到他的身前，捏住她的下巴，让她仰视着他，道，“仔细看看这张脸，给我想起来！”

“放开我！再不松手，我叫人了！”

他的样子好像一个疯子。

“叫人？那狗皇帝为了和你在这里私会，早支走了畅音阁的所有守卫！现在，就算我把你杀了，也不会有人赶来救你！”

他对皇上如此不敬，肯定是皇上的敌人。他对宫里的情况这么清楚，肯定是混在宫里很久的奸细。那么他究竟是谁？为什么要这样对我？胜雪在心中猜测着这人的身份。

“为什么要杀我？我和你有什么仇怨？”胜雪心想，今晚就算要死，也要死得清楚明白。

“你欠我的，不是仇怨，而是债！”他将胜雪又拉近一点，这下他们的鼻尖都快要碰到一起了。

他怒火中烧地看着她，不甘地在她脸上寻找着什么。

“放开！不管以前的我欠了你什么债，现在的我都会还给你。”

“还我？”他大声质问她，“你都不记得自己是谁，更不认识我的脸，你拿什么还我？”

“只要你告诉我欠了你什么，就算是要我的命，我也会还给你！”

“你的命？你怎么好意思在我面前说是你的命？如果没有他你早就死了！你的命是他给的！你怎么能忘了一切，更忘了他？”他咆哮道。

当听到她醒来后失忆的消息时，他还以为是她的计谋，用失忆来假装忘了过去，潜伏在狗皇帝身边，寻找机会替白岚报仇。今晚，他特意来找她，却看到她和狗皇帝在这里暧昧不清的画面！想到白岚的死，想到她的移情别恋，他就再也控制不住心中的怒火。

这个陌生人，就是白岚的双胞胎弟弟，北霖国送来当质子的黎王。

今夜要不是皇帝中秋宴请群臣，他这个质子很难正大光明地进到这皇宫里来。

“他是谁？你又是谁？我的命怎么会是他给的？他现在在哪儿？”白黎的话成功地引起了胜雪的好奇心。

“我是谁，你不用管。但他，你必须给我记起来！”白黎捧住胜雪的脸，让她的眼中只有他的那张脸，用一种想把话语狠狠砸进她内心的力度沉沉地说，“他是这世上最爱你的人，也是你在这世上最爱的人！”

胜雪的头“嗡”地响了一下，“最爱的人”四字像闪电滑过她的心脏，有种难以言喻的悲伤从她心底涌上来，她的眼眶迅速地湿了。她以为自己是被家人抛弃的人，是多余的、没有人在意的人，不会有人关心她、喜欢她。如今，这个男人告诉她，她不但有守护神，还有意中人……这个人，一定不是玄楚，那是谁？

“他和你长得一样？”胜雪想到，他一直让她看他的脸，“你和他是什么关系？他现在在哪儿？”

“你怎么可以这样对他？”白黎挫败地发现，不管他说什么都不能唤起她的记忆。她是真的忘得干净彻底啊！

“告诉我他叫什么？”胜雪迫切地问。

白黎抓紧胜雪的双肩，一字一顿地说：“给我听清楚了，他叫白狐狸。”

他没有说白岚，是因为他知道“白狐狸”三个字是胜雪对白岚的专有称呼，对她来说意义更深刻。

胜雪一下子呆怔在那里，她画在天灯上的狐狸，平日喜欢白色，这一切现在终于找到了原因。

当她听到这三个字的时候，心口的痛也在告诉她，她的心记得这个名字。

眼泪从她的眼眶毫无征兆地流下来。

“你想起来了？”白黎惊喜地问。

胜雪又摇摇头，她的身体记得，她的心记得，却唯独脑海中什么都不记得。

“白狐狸！是你整天挂在嘴上的白狐狸！是你愿意牺牲一切去救的白狐狸！更是你说过，这辈子非他不嫁的白狐狸！你怎么能忘了？怎么可以忘了？”白黎失控地摇着胜雪的肩膀。

“如果我们真那么相爱，那你告诉我，他现在在哪儿？”胜雪也被逼急了。

她是真的一点也想不起来，但如果真像他说的，她曾有一个爱他胜过爱自己生命的人，那么在她受伤的这段时间，在她醒来后的这段时间，他为什么一次都没有出现？

“他……”胜雪的问话，让白黎一下子没了底气。

看着胜雪那纯净而清澈的双眸，冷酷无情的他竟没有勇气把真相说出口。尽管，他一上来就逼迫她，但他心里清楚，一旦胜雪找回记忆，失去白狐狸的痛苦会将她彻底击溃。

“你告诉我，他在哪儿？”这次换胜雪来逼问白黎。

“我会带他来见你！”白黎再次握紧胜雪的肩膀，警告她，“在那之前，管好现在放荡无耻的自己，别和狗皇帝走太近！”

尽管她在狗皇帝面前表现得小心翼翼，却总是在不经意间抬眸偷偷打量玄楚。那种小女儿家的羞涩和欢喜，白黎这个局外人看得真真切切。

正是因为受不了胜雪那样对玄楚，他才如此生气。

他可以原谅她忘了自己，却无法原谅她忘了白狐狸。

他会让她想起过去的！一定，必须，想起来！

胜雪回到落雪苑的时候，小满她们都已经回来了，看到大家脸上洋溢的欢笑，胜雪的心更落寞了。

闯进畅音阁的男人成功地搅乱了她如今平静的生活，也打乱了她那颗无欲无求的心。

这个夜晚，她睡得很不安稳，总觉得有个白色的影子在自己面前出现，恍恍惚惚地听见自己在梦中呼唤一个人的名字：“白狐狸……”

3 容我醉时眠

云天幂幂漏微光，疏懒惟添睡思长。

以前的胜雪期待着每一天的醒来，因为对她而言，现在的每一天都是上苍的恩赐。而今，这种心态有了变化，她开始有些不想早起，因为醒来对她而言就意味着面对和回忆。

如果那个男人说的都是真的，过去的她有深爱的人，如今的她就不该再放任自己的心。

也许等那个他出现在她面前的时候，她就能想起过去的一切。

胜雪穿戴好，像往常一样来到司药局给皇上煎药。

“听说皇上昨夜住在了贤灵宫。”

“坤仪宫的那位砸了一夜的东西。”

“要是我也肯定会气死的。听说淑妃的那条裙子就是太后娘娘赏赐的，而且昨晚皇上中途离席后，淑妃忽然晕倒，也是太后派人将皇上叫去贤灵宫的。”

“你说太后娘娘是什么想法？贵妃娘娘不是她的亲侄女吗？”

“还能是什么想法，皇上登基三年，后宫一直没有诞下皇嗣，太后娘娘就算再宠着贵妃娘娘，也不可能让她一人独宠啊。”

……

胜雪默默地听着这一切，心里苦笑。

昨晚皇上为她一人跳舞，她曾有一刹那认为自己在他眼中是独一无二、不可替代的。

但最后呢？

他的妃子病了，他便毫不犹豫地丢下她走掉。

胜雪再次觉得庆幸，庆幸她不是皇上的女人，庆幸她还没有彻底丢了自己的心。

一切都还来得及吧，来得及找回她的过去，找回她的心，找回她该真正珍惜的人。

白狐狸……胜雪抬头看向窗外的白云，心中再次默念出这三个字。

每当这个时候，痛楚便如细密的丝线般在她的心底慢慢蔓延，试图让她在记忆的深渊中回想起什么。

昨夜之前，她是排斥和抗拒这种痛楚的，如今，她却是接纳和忍受的。

她想，她应该找回自己的过去，因为那个叫白狐狸的男人给她的心和身体留下了不可磨灭的印记。

“云御侍，皇上的药熬好了吗？八宝公公来催啦。”

“好了，我这就送去。”胜雪将熬好的汤药盛到碗中放进盒子里，走出司药局的时候，脚一崴，一下子扑倒在地，小腿重重撞在门槛上，半天没爬起来。

“大胆云御侍，竟敢打翻皇上的药！”刘司药跑过来训斥。胜雪强忍着痛，从地上爬起来，却根本无法正常站立。

“来人啊，把云御侍拖出去！”

“刘司药，好大的架势啊。”站在门口的八宝看到这一切，走上来压制了刘司药，“云御侍是皇上的人，刘司药难道不知道吗！”

刘司药见八宝公公都不计较药被打翻的事，自然变了脸，连连点头赔笑说好话。

八宝公公见她识趣也没有再刁难她，让她派人进去再熬一服药给皇上送去后，就要亲自送胜雪回落雪苑。

胜雪当然不会同意，她谢过八宝的好意并托他转告皇上，说因为腿伤恐怕有段时间没办法亲自给皇上送药，希望皇上能恩准她休养一阵子。

八宝知道皇上一定不会不准的，于是让胜雪安心养伤，如果有任何需要就让人直接去找他。

胜雪再次谢过八宝后，才转身离开。

因为腿伤，她不得不扶着墙艰难地一点点往前走，虽然额头上都是汗，她的嘴角却微微翘起。

这样，她就不会再见到他了吧。

其实那一摔，是她自己绊了自己，故意演给八宝看的。

胜雪前脚刚回到落雪苑，玄楚后脚就带着太医到了。

小满一脸羡慕，胜雪心里却有种说不上来的滋味。

她想过，皇上知道她受伤的消息后一定会担心，但没想到他会这么担心。

太医给胜雪开了一些涂抹的药膏和一些祛瘀活血的药方，又叮嘱了一些注意事项。

当玄楚问他，胜雪的腿什么时候能完全好的时候，太医却有些支支吾吾。

“回皇上，云御侍此番伤了骨头，怕是要一个月才能完全好起来。”

“要这么久？”玄楚问。

“已经是按最快的估算了。若是急于求成，怕是会适得其反。”太医如实答道。

“一个月就一个月吧，去吩咐司药局，给她用最好的药材，务必让云御侍早日好起来。”

“臣遵旨。”

“退下吧。”玄楚语气不好地命令，他眉头紧蹙，将胜雪卷起的裤管小心翼翼地放下。

“皇上，男女授受不亲，还是我自己来吧。”

“你的身体，朕哪里没见过，有什么好避嫌的。”玄楚脱口而出。

气氛一下子就僵住了。

胜雪惊呆了，八宝一脸愕然。

他说了什么？

难道她已经委身于他了吗？想想看，在寿陵那种地方，作为一个皇帝肯定不会带后宫妃子去的，既然他说了她在寿陵时一直在他身边伺候，那么这个“伺候”是不是也包括了暖床？

胜雪的脸“唰”地一下就红了。

皇帝主子啊！你怎么把这事说出来了？不是说好了要在胜雪姑娘面前假装过去什么事都没有发生过吗？这下，还怎么解释啊？八宝干着急。

朕是见过她的身体，这件事她不记得了，难道要朕再说，她也见过朕的身体，才能缓解这份尴尬？玄楚很想让时光倒流。

“咯咯。”玄楚干咳两声，起身转移话题道，“朕明日就命人把这宫里所有的门槛都统统拆掉！”

“皇上，万万使不得！”胜雪着急了，她只不过是想找个借口不去见他，没想到弄得如此兴师动众，会连累到整个宫里的门槛。

“皇上，云御侍说得对啊。若是真的拆了宫里所有的门槛，太后那里……”八宝也在一旁提醒。

玄楚又看了眼胜雪的伤腿，不悦道：“罢了，朕就只拆了司药局的门槛总行了吧。”

“皇上，”胜雪从床上跪了下去，“请皇上不要再为奴婢做任何事了。”

“你……”

她又改口称自己为“奴婢”，一下子让玄楚觉得有道鸿沟横亘在两人中间。

“奴婢不过是北霖送来为皇上建寿陵的工匠，幸得皇上赏识，才能升任御侍一职。若皇上再对奴婢如此厚爱，只怕奴婢福薄承受不起。还请皇上让奴婢安安静静地待在落雪苑，找回奴婢的记忆吧。”说完，胜雪就给玄楚磕了个头。

“你想找回记忆？”

一夜之间，是什么让她改变了心意？

“是。”胜雪坚定地答。

“你……”玄楚看着面前跪着的胜雪，双拳攥紧，欲言又止。

她为什么要找回记忆？为什么在她要找回记忆的这段时间，不让他出现呢？难道她已经想起了什么，所以不想见他？

“求皇上成全奴婢。”胜雪再一次磕头恳求。

看着她忍着腿上的伤痛，如此卑微地求他，他只好先把心里的那些困惑一一压下去。

“八宝，扶她起来。”

八宝去搀扶胜雪，没有得到应允的她依然坚持要继续跪着。

玄楚见她这样，有些恼怒地一甩衣袖：“即日起，司药局的云御侍禁足于落雪苑！为期一月，任何人不许进入！”

闲云潭影日悠悠，物换星移几度秋。

只有短短一个月的时间，对于落雪苑的小满来说，却仿佛度过了几个春秋。

小满整日蹲在院中的那棵银杏树下，双手撑着下巴，眼巴巴地看着紧闭的院门唉声叹气。

自从皇上下了禁足令，连累她也不能离开落雪苑。

比起爱玩爱闹的小满，胜雪倒是觉得这样的清净日子挺不错，至少她可以静下心来好好回忆自己的过去。

可惜一个月过去了，眼看着腿伤也好了，对于过去她还是一点也没有想起来。

看着院中被自己打理得很好的花草，胜雪心中叹道：要是记忆只靠除草浇水就能重新长出来该多好！

不知那日出现在畅音阁的陌生人还会不会出现？

他说过会带白狐狸来见她，她一直在等着。

也许见到白狐狸，她就能想起过去的一切了。

一个月禁足令到期了，胜雪腿伤也好了，重新回到司药局。

迎接她的不是刘司药的刁难和斥责，而是一个令后宫乃至整个南礼都兴奋不已的消息——

淑妃怀孕了！皇室后继有人了！

相对于其他人对这件事的重视，胜雪倒是觉得此事与她关系不大。

皇上正值壮年，妃子们也都风华正茂，妃子有喜，虽然值得庆祝，但也不至于举国欢庆吧？更何况怀孕的不是皇后，只是一个淑妃。

“云御侍，你的腿伤可是完全好了？”刘司药假惺惺地问道。

“回刘司药，奴婢的伤已经完全好了。”

“既然这样，你替云雀把菟丝子晾晒起来。”

“可皇上的药……”胜雪没忘记自己的本职，现在快到皇上服药的时间了。

“皇上狩猎去了，你要送去狩猎场吗？”刘司药嗤笑了句，就把药房的钥匙丢给了胜雪。

他不在宫里了啊？胜雪有点意外，接过钥匙就去药房取菟丝子，并将它们仔细地晾晒起来。

想来这上等的菟丝子一定是给淑妃娘娘准备的，因为菟丝子可以安胎。

想到这菟丝子是淑妃要用的东西，胜雪晾晒得非常仔细，原本一个上午就可以完成的事，她忙了整整一天。等她闲下来的时候，大家都已经去吃晚饭了。

胜雪回到落雪苑，小满早已做了满满一桌可口的饭菜在等她。今天是解禁的第一天，她就像被放出笼子的小鸟，一大早就出去了，傍晚才赶回来。

饭桌上，喜欢八卦的小满把自己这一个月来错过的宫里的各种新鲜事，一样不落地都说给了胜雪听。

大的八卦有皇上这次狩猎只带了萧贵妃一人，但临行前，皇上赐了皇后一个由东齐进贡的深海珊瑚雕琢而成的摆件，价值连城；小的八卦有，太后娘娘将一个叫春喜的宫女赏给御书房的卫公公对食，七天后，这个叫春喜的宫女竟然跳井自杀了！

“云御侍，你说像我们这样的宫女，是不是能平安地活到出宫就是我们今生最大的幸运了？”小满有些黯然地问。

胜雪不忍骗她，点点头安慰道：“在宫里，只要我们谨言慎行，不做出头鸟，不攀高踩低，像影子一样，就一定能平安地活到出宫。”

“云御侍，你也想出宫？”小满诧异，以前她从没感觉到云御侍有想出宫的念头，感觉她是个很安于现状、随遇而安的女子。

“想。”胜雪看向窗外。

半月升了起来，虽然光华不如满月时那么亮，却并不影响它的美。

阴晴圆缺，这世间万物，圆满也好，残缺也好，都会有它动人的一面。

一道白色的影子从胜雪窗前的花圃中蹿过。

胜雪冲出房间来到花圃中，在花草丛中发现一双琉璃般的蓝眸。

“猫咪咪？”胜雪低唤着，想把这只蓝眼的白猫抓出来，当她的手刚伸进草丛里时，白猫就抓了她一下。

胜雪皱起眉头，急忙收回自己的手，那白猫就如魅影般从花圃中消失了。

“云御侍，你在外面做什么呢？”小满追出来问。胜雪将受伤的手藏在身后道："刚刚院子里跑进了一只白猫，一转眼又不见了。"

"白猫啊，那一定是淑妃娘娘养的。宫里就只有淑妃娘娘养了白猫，可是自从淑妃娘娘被太医诊断出怀孕后，太后娘娘就让人把猫拿走了，现在寄养在慈宁宫里。太后娘娘说，等淑妃娘娘平安诞下龙嗣，再把猫还给淑妃。"小满说到这里，忍不住怀疑道，"可是慈宁宫离这里这么远，那只猫是怎么跑到我们院中的呢？"

"也许是换了新地方，它不太适应，趁人不注意就溜了出来，结果迷了路，这才跑到我们院中的吧。"胜雪猜测。

"大概是吧。"

两人回到各自的屋中，准备休息。胜雪在收拾床铺的时候，发现枕头下面有一个竹筒。

那并不是普通的竹筒，外表看上去没有任何的开口，但竹筒上却有一些奇怪的凹槽。

胜雪拿起竹筒摇了摇，听到里面有什么东西在响，于是她把竹筒对着烛光仔细研究。

说来也奇怪，她虽然是第一次收到这样的竹筒，却好像以前见过般，很容易就解开了竹筒上面的机关，将它完好无损地打开来。

一张字条被她从竹筒里倒了出来，上面写着：明日戌时，飞虹殿，白狐狸。

是白狐狸给我的字条？他来到宫里了？胜雪攥紧手中的竹筒，在房内四下查看。

这竹筒是白狐狸亲自放在我枕头下面的，还是他托人放的？他是什么时候放的呢？如果他真的来到了宫里，为什么不和我见面，反而要约在其他地方？那座飞虹殿在宫里是禁地，不许任何人进入。他约我在那里见面，是不是为了避人耳目？

原本平静的夜晚被这张字条彻底打乱，胜雪在床上翻来覆去地睡不着，她真的好想时间过得快一点，这样她就能尽早见到白狐狸。

他有多高？是胖是瘦？是黑是白？

他有多大？会不会是个老头子？

他长得好不好看？性格好不好？

……

胜雪的脑中被各种各样的猜测占满，最后她对自己说，不管他是高是矮，是胖是瘦，是老是少，是美是丑，只要他真的爱她，她都会接纳他，会去尝试着重新爱上他。

带着这样的想法，天蒙蒙亮时，胜雪才睡了一会儿。

一整天，在司药局的她都有些心不在焉。刘司药见她一会打翻了药汤罐，一会弄错了草药量，就狠狠训斥了她一顿，罚她清理整个司药局。

这些活，原本要三个人干一个时辰才能做完。

胜雪心里惦记着夜晚的会面，没有抱怨什么，晚饭都没吃就开始埋头清理。

她终于在约定的时间前，干完了刘司药吩咐的事，关好院门就匆匆赶往飞虹殿。

虽然她进宫的时间并不长，但身边有个特别爱八卦的小满，所以她对于宫里的旧事还是知道一些的。

听说飞虹殿是先帝给最宠爱的妃子建造的，可惜那个妃子住了没两年就突然香消玉殒了。先帝太过悲伤，就命人封了这座宫殿，不许任何人进入。当年伺候过那个妃子的人也全都被灭了口，关于那个妃子的事是宫里的禁忌，谁也不能提及。

气势恢宏的飞虹殿虽久无人住，但仍透着不可忽视的尊贵与奢华。

大门上的金线应该是今年新描的，石板上没有一根杂草，石阶也被人打扫得十分干净……

胜雪小心地推开门，走进了飞虹殿。

殿里的一切倒是让她小小地惊诧了下，无论是布局、摆设、花圃的设计，还是院中的那棵银杏树，无一不和她住的落雪苑一模一样！只不过飞虹殿的院子更精致，更宏大些。

白狐狸为什么会选在这里见面？他真的会来吗？

胜雪站在银杏树下，看见月光从茂密的枝叶间洒落下来，变成一根根发光的琴弦。晚风吹过，树叶飒飒作响，宛如在奏响一曲美妙的月光曲。

是不是再过几年，落雪苑的那棵银杏树再长大一些，站在树下的时候，也能看到如此美景？

胜雪正出神地看着，一双手从后面温柔地蒙住了她的眼睛，陌生的气息猝不及防地袭来。

“猜猜我是谁？”陌生的嗓音让胜雪的心脏快速跳动着。

“白狐狸？”胜雪将蒙住自己双眼的那双手拿下来，缓缓地转过身。

面前的人一身白衣，五官柔美而空灵，特别是那双多情的眼睛，在这样的月色下似乎有着让人沦陷的魔力。

他果然和上次她在畅音阁里见过的那个男人有着一模一样的面孔，只是他和那个男人给人的感觉却截然不同。

“雪儿，你不记得我了吗？”他抓住了胜雪的肩膀，有些委屈地看着她问。

“他应该告诉过你，我撞到了头，失去了以前所有的记忆，所以……对不起。”胜雪受不了他眼中的悲伤，被他这样注视着，胜雪的心像被针扎一样痛。

她失忆前一定深爱着他，这一点，她的心给了她答案。

“对不起，是我没有保护好你。”

他慢慢靠近，将胜雪揽进怀里，一股淡淡的梨花香袭来，她的心剧烈地疼痛起来，于是她推开他，背过身，捂着胸口大口地深呼吸。

“雪儿，你怎么了？是不是哪里不舒服？”他紧张地再次靠过来，胜雪急忙阻止他：“先不要碰我。”

他受伤地站在原地。

“我想我们需要一步步来，这样我的身体才能承受住。”胜雪不忍看到他难过，解释说。

“好，我不急。”他走过来，将一个黑色的布袋递到胜雪的手中，“打开看看，我给你带什么了？”

胜雪好奇地拿过袋子，发现那里面装着一个罐子。

“打开吧，你一定会喜欢的。”他笑着说。

胜雪把罐子打开来，一瞬间无数萤火虫从里面飞了出来。这些绿莹莹的小生命在院中飞舞着，美得让人忘了呼吸。

“还记得我第一次为你抓萤火虫时的情景吗？”他走近胜雪，“你说你也想变成一只萤火虫。我说不可以，你问我为什么，我告诉你，萤火虫的生命很短，只有五天的时间……”

胜雪打断他的话，脱口而出道：“你说我是要陪你这辈子、下辈子、下下辈子的人，五个轮回都嫌短。”

“雪儿，你记起来了？”他激动不已。

胜雪擦掉脸上不知何时流下的眼泪说："快了吧。"

他的眼中又蒙上了失落："我会让你一点点都想起来的。"

"为什么一开始你没有来找我？"胜雪不明白，在她受伤的时候，他在哪儿？是在南礼，还是在千里之外的北霖？就算她的家人放弃了她，将她送去建陵，他又怎么会同意？他难道不明白建寿陵是有去无回的差事？如果他真这么爱她，为什么不阻止她去？又为什么不带她逃走？为什么在她受伤失忆后，却冒险闯进危险重重的南礼后宫，来与她见面？

"因为，你我都是北霖的细作。我们来到南礼是为了找一张藏宝图，后来你受伤失忆被南礼皇帝带进后宫，他就一直禁止你与外界联系。为了不暴露身份，我一直不敢贸然前来。直到一个月前，我的弟弟，也就是被送来北霖当质子的黎王进宫，才确认你是真的失忆了。"

我是北霖的细作？我们是来偷一张藏宝图？他没出现的原因是不能暴露身份？

一时间胜雪心中关于身世的困惑似乎都解开了，但她隐隐觉得有些不对。

"雪儿，你是不是怀疑我的话？"他好像看出了她的心事。

"我以为自己就是一个被送来建寿陵的普通工匠……"

"你以为南礼皇帝为什么会对你这么好？那是因为他知道那张藏宝图被我们偷走了，他在你身上没找到，就趁你失忆之际对你好，想买通你，从你手中拿走藏宝图！你以为自己为什么会受这么严重的伤？你以为为什么黎王回去后，我过了一个月才能来见你？那是因为当初他发现我们偷走藏宝图后，曾追杀我们！是他害得你重伤失忆，也是他差点杀了我！不，更准确来说，他以为他已经把我杀了，却没想到我命大，侥幸活了下来。所以，你还要相信他的话，还要被他蒙蔽吗？" 听到胜雪被玄楚洗脑，他的语调突然抬高，心中的怒火控制不住地就要喷发出来。

胜雪忽然觉得眼前这个人和那个黎王很像。

"对不起，是我不该太信任那个人。"

"不要跟我说什么对不起！以前的你，绝不会因为这点事就道歉！"他生气地抓住她的手臂，眼中满是怒火。

"你，吓到我了。"胜雪害怕道。

他意识到这点，扭过头去，紧紧地闭上双眼，深吸一口气，再次回过头来的时候，又恢复成最初的温文尔雅的模样，松开手歉然地说："对不起，是我太激动了。"

“没关系，我能理解。”

“雪儿，你一定要尽快想起来。这样我才能尽早带你离开这监牢一般的皇宫。”

“为什么现在不走？”

“因为藏宝图当初在你身上，只有你找回记忆，才能想到究竟把它放在了哪儿。”

“非要找到它不可吗？”

胜雪觉得，也许之前他们会为了国仇大义牺牲爱情，冒险来南礼当细作。那么在经历了这么多，二人差一点就阴阳两隔之后，难道他还没有看透世事，没想过抛开一切，两人远走高飞？

“是的，必须要找到它。”

“在你眼里，国仇大义是不是比我还要重要？”胜雪直白地问。她不懂失忆前的自己为什么会做出那样的选择，但现在的她突然觉得很委屈。

她不要当什么英雄，更不要做什么细作，她只想和自己心意相通的人一起过平平淡淡的生活。

“不，雪儿，在我心里，你比任何人、任何事都重要。但现在我们必须要找到藏宝图，不然日后你找回记忆后，一定会恨我。”他信誓旦旦地说，“相信我，雪儿，我是你必须相信、也是唯一可以相信的人。因为，这世上，没有谁比我更爱你……”说完，他捧住胜雪的脸就吻了下去。

胜雪的大脑有一瞬间的空白……

这是她失忆之后第一次与人亲吻，对失忆后的她来说，意义等同于初吻。

与心爱之人的亲吻，不该是激动、眷恋和欣喜的吗？为什么她会这么安静？甚至是死一般的静……心出了什么问题？为什么不痛了？是被这个吻治愈了吗？还是出了其他问题？

“别这样！”胜雪推开他，捂着自己的嘴唇，将内心的真实感受说出来，“你让我觉得越来越陌生。请你慢慢来，好不好？”

他的眼底闪过一抹受伤的神色，双拳在身体两侧握紧道：“好。以后没有你的同意，我绝不会再这样对你。”

“时间不早了，我要回落雪苑了。”胜雪转身要走。

他拉住了她，又立马放开道：“三天后，我们还在这里见面，如何？”

“好。”

胜雪离开了飞虹殿，一路快步走回落雪苑，关上门靠在门后，忽然无力地滑坐下去。

不一样！和她昨晚想的一点也不一样！她怎么可以是个细作？怎么可以是因为一张藏宝图才受到如今这样的待遇？

白狐狸怎么会是那样的一个人？他的一切完美到让她自卑，一开始她能感觉到心底深处有种无法克制的情绪在涌动，可在他亲了她之后，她的心就如同死海般寂静无声了。

胜雪眼泪溢出眼眶，她蜷缩着身体，不让悲伤扩散。

只是这份难过，是因为无法记起白狐狸而难过，还是因为被玄楚欺骗而难过呢？

胜雪自己也找不到答案。

夜色笼罩着质子府，在精致典雅的书房中，香炉静静升起袅袅青烟，刚刚回府的白黎脱掉身上的斗篷，扔在贵妃榻上。

“王爷，事情都已经安排妥当，这几日就能成事。”蒙着面的仆人走上前，压低声音禀告。

“你确定这样做真的能让她想起来？”白黎有些担心。

“这事小的已经打听清楚了。当初花飞雨神医说过，要想让胜雪姑娘想起来，就只能用以毒攻毒的办法，只是皇上心疼胜雪姑娘，不想再让她受伤，最后两人才都放弃了。”

“现在，也只能这样了。”白黎挥挥手，让那人退下。

“王爷，让妾身伺候你沐浴吧？”宠姬媚儿走上来要替白黎脱掉身上的那件白衣，手刚碰到衣服，就被白黎按住。

媚儿感觉到了白黎不悦的心情，急忙谄媚地笑道：“以往总看到王爷穿深色的衣服，今日换了白色，倒是更加英俊了。”

白黎抓住宠姬媚儿的手，震怒地问：“你说什么？”

本想拍马屁的媚儿知道自己说错了话，急忙求饶道：“是媚儿看错了！”

“再看错，本王挖了你的眼睛！”白黎甩开媚儿的手，“滚！”

空空荡荡的书房内，转眼间就只剩下白黎一个人。

他站在烛火下，出神地盯着身上的这件白衣静静地站了好久。

她相信了他就是白岚吧？可为什么相信了，却还是找不回她失去的记忆？

难道说，她连对白岚的爱也都一起遗忘了？

今晚，白黎按照哥哥白岚讲述的他与胜雪的一些过往，将自己伪装成哥哥白岚的样子去飞虹殿见胜雪。按照预想，胜雪一看到白岚，就会受到刺激，想起所有的过往。但现实却是，她想起的只是过去的冰山一角。

这样的结果不是白黎想要的，所以，他只能进行下一步计划。他必须让胜雪尽快地变回以前的那个她，这样她才能帮他打开机关盒，拿出藏宝图。

只是……白黎下意识地用手指摸了摸自己的双唇，那里似乎还残留着胜雪双唇的温度……

这是他第一次吻她，虽然她的反应让他失望，但还是让他的心悸动了。

下次，他会以黎王的身份去吻她。

他要让她知道，哥哥白岚不在了，她还能依靠他！

白黎扯下身上的那件白衣，将它随意地丢弃在地上，对门外的婢女道：“沐浴更衣！”

4 暮杀步千险

虽然一夜未眠，胜雪还是照例早起，像往常一样前往司药局，像往常一样被刘司药派去干一些体力活。

胜雪知道这是刘司药在故意整她，却一点办法也没有。既然她不想和皇上再有牵扯，就不能在这种时候去企求皇上的庇护。以前的她不知道自己的身世，尚且不会那样做，如今的她就更不会了。

反正那刘司药也不敢真的伤害她，索性忍一忍，等她找回记忆，找到藏宝图，就能离开这可怕的皇宫了。

晌午时分，刚晾晒完草药的胜雪正准备吃午饭，就有两个面生的公公冲进来将她拖到了一间陌生且空旷的屋子里。

“高嬷嬷，您看，她手背上当真有伤。”一个白脸小公公在检查完胜雪的手后向一个老嬷嬷禀告。

“云御侍，你可知罪？”高嬷嬷走到胜雪面前，双手叉腰地喝问。

胜雪一脸茫然：“云不知所犯何罪，还请嬷嬷明示。”

“你不知道？”高嬷嬷阴狠地瞪着胜雪问，“昨晚你从司药局离开后，并没有直接回落雪苑，究竟去了哪儿？”

胜雪心一惊，难道自己去飞虹殿的事被人发现了？

“畅音阁附近的玉湖。”胜雪答道。

这畅音阁和飞虹殿在同一个方向上，昨晚她走得很小心，怕被人跟踪，故意从玉湖附近绕道，想来是没人看到她去飞虹殿，要不然昨晚她就会被发现，然后被抓个正着。

“你去玉湖做什么？”高嬷嬷继续问。

“昨晚是十五，听闻玉湖边的杨柳晓月很美，便过去看看。”胜雪有些感激这段时间听小满说的那些八卦，让她找到一个可以令人信服的借口。

“赏月？”高嬷嬷显然是不信，一把抓起她的手腕，用力地往后一扳，道，“我看云御侍是借赏月的机会，做了一件大事吧？”

胜雪心中更加困惑，难道高嬷嬷所逼问的事和飞虹殿无关？

“把东西拿过来！”高嬷嬷命令，白脸小公公拎上来一个篮子，将篮子上的盖子打开，里面躺着一只死相很惨的白猫。

胜雪心里一咯噔，突然感到大事不妙。

“有人看见淑妃娘娘的白猫前天夜晚跑进了你的落雪苑，今早那只白猫就出现腹泻呕吐的症状，死了。太医说是中毒死的。一定是前夜你被猫抓伤后，怀恨在心，昨晚就把从司药局偷走的蓖麻子喂给猫吃，将它活活毒死了，是不是？”高嬷嬷说得有理有据，让胜雪根本没有任何反驳的机会。

有人证，看到白猫跑进了落雪苑；有物证，这几天她在司药局确实一直在负责晾晒草药，如今她的手背上有伤，有了毒杀猫的动机，昨晚她又没有不在场的证明……再加上之前玄楚对她照顾有加，如今对她置之不理，而淑妃又恰巧有孕……任谁也会认为，她是因为失宠，妒忌淑妃，才有了杀死淑妃养的那只白猫的举动。

是谁在设局陷害她？还是说，那只猫死了，需要有人来背这口黑锅，找她当替死鬼？

胜雪早就听说这后宫之中尔虞我诈，她以为只要安守本分，只要默不作声，就能避开这一切，没想到麻烦还是这么快就找上了她。

“问你话呢！快说，是不是你毒死了淑妃娘娘的白猫！”高嬷嬷不客气地拽起胜雪的头发。

“嬷嬷既然都已定案了，还让我说什么？”

胜雪想过，如今她的身份是云御侍，不是普通的宫女，就算犯了错，也要先交慎刑司审问，然后才能定罪受罚。若此刻她为自己做无谓的辩解，少不了会被这群人虐打拷问，倒不如先以退为进，暂时保全自己，再另想办法。

“好，把她带过去。”

高嬷嬷指使白脸小公公将胜雪带到桌子前，从怀里掏出一张纸：“既然你已认罪，就照着这上面的供词抄一份，签字画押！”

胜雪看那白纸上写着令人触目惊心的供词，当即拒绝：“高嬷嬷难道忘了，我是御侍，要送慎刑司审问，定罪后才能签字画押。”

“慎刑司每天有那么多案子要审，怎会有精力审你这种小案子？况且，如今人证物证俱在，你自己也默认了罪行，还走那些个过场做什么！快些抄一份，然后画押！”高嬷嬷按住胜雪的胳膊，拿起她的手将毛笔塞进她手里，胜雪当然不会照抄一份，高嬷嬷见胜雪执意不抄，索性就按着她的手准备直接画押。

胜雪清楚，这一按自己就真的百口莫辩了，于是她用另一只手抓着高嬷嬷的胳膊和她拧着劲儿。

“云御侍，你这是做什么？快松手！”高嬷嬷咬牙切齿地说。

“我与嬷嬷远日无怨，近日无仇，还请嬷嬷高抬贵手放我一马。”胜雪抓着她的手哀求着。

“不是嬷嬷不放你，是你的命不好。早点画押认罪，你也少受点皮肉之苦，早点解脱！”高嬷嬷一用力，就将胜雪的一只手强行掰开来。

胜雪情急之下，张嘴就咬向高嬷嬷的手，高嬷嬷哀号一声：“还愣着干什么，快把她给我拉开啊！”

白脸小公公和其他人一起冲上来，胜雪以一人之力根本无法抵抗，很快就被拖开。

趁着混乱之际，胜雪一脚踢开身边的白脸小公公，从他的钳制下逃脱后，拔腿就往门外跑。高嬷嬷急声叫道：“快！拦住她，拦住她！”

胜雪被一群奴才堵在院子里，他们朝她围上来，很快就再次抓住了她。

“该死的贱婢，竟敢咬我！”高嬷嬷气得捏起胜雪的下巴，狠狠扇了她一个耳光。

胜雪顿时觉得眼前一黑，耳朵嗡嗡直响。

高嬷嬷这一巴掌，应该是使出了十分的力气，胜雪觉得耳膜此时像是蒙上了一层什么东西，听声音有些不太真切。

"敬酒不吃吃罚酒！嬷嬷我今天就让你好好尝尝这罚酒的滋味！"

被惹恼的高嬷嬷抓起胜雪的头发将她从院子里往屋里拖。

胜雪觉得头皮都要被她扯下来，只能双手抓着高嬷嬷的手，恳求她饶过自己："高嬷嬷，求求你放过我，好不好？那猫不是我毒死的，不是我。"

"你说不是就不是？嬷嬷我刚才可是亲耳听见你认罪了！"高嬷嬷根本不理会胜雪的哀求，将她拖上一级级台阶，快要进屋时，胜雪用力抓住门槛不松手。

"松手！"高嬷嬷大喝，用脚去踩胜雪的手，胜雪就是死死地抓着不松开。

高嬷嬷见胜雪还在拼死反抗，恼怒之下，按住胜雪的头狠狠地撞上门槛："我看你松不松！"

胜雪只觉得一阵天旋地转，有股湿热的东西从额头上流下来，剧痛之后，她感觉脑袋像被无数的细针在扎一样，痛得她连视线都有些模糊了。

她只能松开手，高嬷嬷毫不留情地将她扔进屋内。

她的头再次撞上地面，这一次，她觉得有什么东西在脑袋里爆开了一般，太多凌乱不堪的画面一闪而过。太阳穴突突直跳，好像血管马上就要爆裂般……一种说不上来的熟悉感攫住了她的心。

"你要是聪明，就给我乖乖地照抄一份，然后画押！"高嬷嬷将桌子上的那份供词丢在胜雪面前的地上，将红色的砚台也拿到她面前，"否则，嬷嬷我让你生不如死！"

说完，高嬷嬷就狠狠掐了胜雪的肩膀一下。

胜雪脑中的某个机关一下被触发，杂乱无章的画面顿时如井喷般从她的脑中涌出，她感觉自己的头都要炸开了，痛苦地大叫："啊！"

或许是因为这一声叫得太过凄惨，把高嬷嬷吓了一跳。但很快，高嬷嬷又镇静下来，再次拽起胜雪的头发，让她仰头看着自己："别跟嬷嬷我玩花样，快画押！"

胜雪根本没精力去管她在说什么，甚至有些希望高嬷嬷能更狠地拉拽自己的头发，这样也许就能让自己从此刻的头痛中解脱出来。

无数画面在胜雪脑中闪现，但它们闪现的速度太快，胜雪根本看不清楚，每当一个画面闪过的时候，胜雪就有种灵魂从身体里被抽离的感觉。

是什么？究竟是什么令我这么痛苦？！胜雪一边强忍着体内传来的异常的痛感，一边和高嬷嬷拉扯。

“都过来，帮我按着！”

高嬷嬷按住胜雪的手准备强行签字画押的时候，门外传来宫女通传的声音：“皇后娘娘到——”

高嬷嬷眼见出了意外，急忙将胜雪的手印按在她事先准备好的认罪书上。

声音刚落，一行人簇拥着一个衣着华贵、气质优雅的女子走了进来。

“老奴参见皇后娘娘。”高嬷嬷急忙松开胜雪，跪在地上请安。

胜雪此刻头痛欲裂，根本无力请安，趴在地上，身体蜷缩着，双手捧着头，用仅存的一点理智保持着最后的清醒。

皇后齐敏看了眼地上奄奄一息的胜雪，眉头一皱，心想还是来晚了一步。皇上离开前曾特意吩咐过，让她保护胜雪周全，没想到这些人动手这么快。

“高嬷嬷，你这是在做什么？”心中已对此事有所了解的齐敏故意问道。

“回皇后娘娘的话，奴婢正在审问一个犯人。”

“什么犯人，又所犯何罪？”齐敏问。

“回皇后娘娘的话，犯人乃是司药局的人，前夜被淑妃娘娘养的白猫抓伤后，怀恨在心，便毒死了淑妃娘娘养的白猫，老奴这里人证物证都有，犯人刚刚也都认了罪。”高嬷嬷将那张按了手印的认罪书呈上。

齐敏看了一眼认罪书，顿时心中冷笑一声。

白猫死亡事件一看就是阴谋，究竟是谁要设计陷害胜雪？若是皇上最不放心的太后设的这次的局，绝不会有这么多漏洞，所以，应该不是太后的主意；那么是萧贵妃？可萧贵妃陪皇上狩猎去了，以她的能力还不足以远在千里之外还能操控整件事；那么主使人是淑妃？

淑妃肚子里的花花肠子不比萧贵妃少，若是以往，她布下这样的局想除了胜雪，齐敏倒是认为可信，可现在她有孕在身，何苦要费心思去对付一个连妃子都不是的御侍？以淑妃的性子，当下只要她安心养胎，平平安安地生下皇子，日后定会富贵无边，不该在龙胎还未稳的时候折腾这些事，给未出生的龙子造杀孽。

“高嬷嬷，这可是你说的用来毒死猫的蓖麻子？”皇后齐敏的贴身婢女如心拿出了一包黑色的蓖麻子。

“回皇后娘娘的话，正是此物。”

“那好，你吃了吧。”齐敏淡淡地说，就好像赏她吃的是几块糕点。

“皇后娘娘饶命！皇后娘娘饶命啊！”高嬷嬷跪在地上求情。

“本宫不过是让你吃了它们而已，何来饶命一说？”

“皇后娘娘，这蓖麻子若吃下去，会中毒而死的啊。”

“原来是这样，这么说连你都知道，这蓖麻子不但能毒死猫，更能毒死人了。”齐敏拿起一粒蓖麻子在手中看了看，若无其事地继续说道，“如果本宫没记错，像这样有毒性的东西，司药局都管理得相当严格，不但进量和用量都有记录，就连经手人也都有详细记录。所以，你替本宫想想，这蓖麻子是如何被云御侍从司药局偷走的？”

“这……”高嬷嬷一时语塞，看了眼躺在地上痛到抽搐的胜雪，诬陷道，“一定是她趁着刘司药不注意的时候把蓖麻子偷走，昨夜，她可是最后一个离开司药局的。”

“不是我！我没有偷……”胜雪忍着痛艰难地为自己辩驳，才刚说出一句话就觉得胃里翻腾得厉害，急忙捂住嘴巴，将涌上喉咙的东西又强行咽了下去。

齐敏把这一切都看在了眼里，心中着急，又不能表露，只能加快审问速度：“这样啊，那就派人把刘司药给本宫叫来。本宫倒要问个清楚明白。”

不一会儿，刘司药就被人带来，一路上她已经打听过前因后果，见到皇后娘娘就跪在地上为自己辩解哭诉，说像蓖麻子这样有毒的药都被锁起来，钥匙她从不离身，所以绝不会被云御侍偷走钥匙，再偷走蓖麻子。

“这么一来，云御侍就不可能从司药局偷走蓖麻子了？”齐敏确认道，急于澄清自己的刘司药立马点头认同，还用自己的项上人头作保，说那毒死白猫的蓖麻子绝不可能来自司药局。

“高嬷嬷，你也听到了，云御侍不可能偷走蓖麻子。”

这刘司药虽然和胜雪的私下关系不好，但也不会在这个时候落井下石，因为一旦她搬起石头，一定会砸中自己的脚。如果她也怀疑胜雪是从司药局偷走了蓖麻子，那么保管蓖麻子的她就有失职之罪，到时候免不了要受责罚。所以她自然会聪明地把自己、把整个司药局同白猫的死撇清关系。

“可是皇后娘娘，云御侍确实被淑妃娘娘的猫抓伤过，而且昨夜她一个人在玉湖旁鬼鬼祟祟的，一定和白猫的死有关啊。”

“你说的是这种抓伤吗？”齐敏用眼神示意了下，她的贴身婢女如心露出自己手背上的伤口给高嬷嬷看。

“淑妃的这只猫性子暴戾，平日里除了淑妃外，其他人都不得靠近它。这宫里上上下下被它抓伤的没有几十，也有十几吧。所以，本宫问你，何以高嬷嬷认定，只有被抓的云御侍对那只白猫有杀意？”

“因为……”高嬷嬷思索了半天才接话，“因为她嫉妒淑妃娘娘怀了龙子，而她却被皇上禁足。”

“荒唐！”齐敏怒斥，“云御侍不过是一个小小的御侍，何来嫉妒一说？”

言下之意，云御侍既不是妃，也不是嫔，不是皇上的女人却嫉妒淑妃，去跟皇上的妃子争宠，让外人知道了岂不说她这个皇后没有掌管好后宫？

“回皇后娘娘，云御侍虽然只是个小小御侍，但毕竟也是个女人。前些日子，她被皇上照顾着，定是生了不该有的念头。如今失去皇上的恩宠，淑妃娘娘又喜怀龙嗣，云御侍一定怀恨在心，为了飞上枝头，什么事都做得出来，还请皇后娘娘明鉴啊。”高嬷嬷振振有词地说。

齐敏心中冷笑，若胜雪真有心飞上枝头，这会儿早就是可以随意要你这狗奴才脑袋的主子了。

“那依嬷嬷的意思，这人心隔肚皮，只要是这后宫里的女人，只要曾经被皇上恩宠，如今就都会因嫉妒而生杀意？也包括本宫在内了？”齐敏扬起语调，虽表面上波澜不惊，但言语中杀气腾腾。

高嬷嬷一下子害怕了，趴在地上求饶：“老奴不敢！还请皇后娘娘饶命啊！老奴一心为查出杀猫的真凶，给淑妃娘娘一个交代，若此番对杀猫真凶放任不管，日后怕是会出大事啊。”

“好一张搬弄是非的嘴！为了给淑妃一个交代，就可以随意诬陷，枉顾人命？这样还要王法做什么！”

就在齐敏准备对这件事做个了结的时候，一个太监急匆匆地小跑而来，禀告说慎刑司的安大人派人传话，说有个宫女前去认罪，说是她毒杀了淑妃的白猫。

“这怎么可能？”高嬷嬷下意识地问出来。

齐敏也是同样的想法，但她不能这个时候发问，借此机会，她站起来宣布道：“既然真凶已认罪，那云御侍就是无辜的。来人啊，送云御侍回落雪苑。”

婢女如心走上前将地上的胜雪扶起来，胜雪感激地想要谢谢皇后，刚说出一个字就突然呕吐一地。

“大胆！敢对皇后娘娘不敬！”高嬷嬷刚想借题发挥，胜雪就失去意识昏了过去。

“快传太医！”皇后命令。

有宫女认罪，就坐实了齐敏心中最初的怀疑，这件事绝不是表面上看上去那么简单。如果有人要设计陷害胜雪，就不会留下这么多破绽。这个认罪的宫女又是谁派来顶罪的？难道除了她，皇上还吩咐了其他人保护胜雪？

不过，眼下也顾不上去考虑这么多，胜雪的情况看上去不太妙。

胜雪被送回落雪苑后，太医很快就来了。

如心请来的太医是齐敏的心腹，所以在太医给胜雪检查前，齐敏对他做了一些小小的交代——不许把胜雪的真实病情告诉任何人。

胜雪有呕吐的表现，不得不让皇后齐敏想到怀孕的那种可能上去。

若胜雪是皇上的妃子，若在胜雪之前没有妃子怀孕，若皇上此刻就在宫中……胜雪有孕这件事，她一定不会隐瞒。可现在，她必须叮嘱太医，若胜雪真的有孕，千万不能透露半点消息。

好在经过太医的详细诊断后，确认胜雪并没有怀孕，至今还是处子之身。胜雪会呕吐，是因为头部受到重创引起的，虽然伤口有点大，但血已止住，只要按时上药敷药，静心调养便能很快痊愈。

听到胜雪还是处子之身的时候，齐敏有些意外，又有种说不出的释然。

原来皇上是真的不喜男女之事，所以即便是对自己喜欢的女人，也没有越雷池半步。

“皇后娘娘，还用派人去通知皇上吗？”如心问。

齐敏看了看床上躺着的胜雪，思量许久，决定道：“先缓几天吧，等她好些了，再派人去通知皇上。”

会做这样的决定，一是不想再把胜雪推到风口浪尖之上，二是不想让皇上看到这样的胜雪后难过。

她爱过人，知道爱一个人的滋味。

“来人啊，给本宫好好照顾云御侍，不得有任何差池。”齐敏又交代了太医一番，这才离开落雪苑。

她一个皇后，为了一个小小的御侍亲自审问白猫被杀案，背后肯定会被人议论，说她自降身份。

但那又如何呢？她本来在意的从不是皇后这个头衔，而是自己在他心里的分量。

胜雪在一片白茫茫的雾中走了很久，她感觉有人一直在远处叫她，那声音好熟悉、好温暖，也令她好心酸，她的身体在听到那个声音后就失去了控制，如提线木偶般被那声音牵引着一直往前。

“是谁？是谁在叫我？”胜雪对着白雾大喊，没有人回答她。

她看到很多黑影在白雾中闪动，当她追过去，拨开白雾，却什么也没有。

她焦灼不安，她在白雾中如无头苍蝇一般到处乱跑：“这是哪儿？有没有人啊！”

“雪儿……”

“雪儿……”

那个声音如影随形，魔咒般地唤着，唤得她头痛欲裂，唤得她心如刀割。

“别叫了！求求你别叫了！”胜雪用力捂着耳朵，根本无法将那声音屏蔽掉。

再也无法忍受的她声嘶力竭地大吼：“你是谁？你究竟是谁？！”

也许是这一声喊得太过用力，她终于从梦中挣扎着醒过来，睁开眼睛的那一刻，胃里就翻江倒海一般，“哇”的一声又吐了一地。

醒来后的胜雪再也听不到那个声音，头痛和心痛感也都渐渐退去了，只是人好像中了邪一般，不管吃什么、喝什么都会呕吐不止。太医用了各种办法，始终不能止吐，最后只能给她用了点安神的汤药，让她再次入睡。

一进入梦中，胜雪就再次被那可怕的大雾笼罩，那个令她痛苦的声音也再次出现。

胜雪被折磨得快要疯掉了，她跪在地上，无助地哭泣：“求求你放过我，好不好……”

也许是她的眼泪感动了可怕的梦魇，在她落下第一滴泪的时候，大雾就很快消散了。

胜雪擦干脸上的泪痕，抬起头来，发现在大雾背后竟然藏着另一个天地。

她在山林间看到了一个巨大的山庄，听到有两个孩童在山庄里面追打嬉闹，那个小男孩将秋千推得好高好高，坐在上面的小女孩欢喜地叫着：“白狐狸，再高一点！再高一点！”

……

这是什么？我的回忆吗？胜雪首先意识到了这点，于是她站起来，那山庄内的一切就顿时移到了她脚下，她能看见，却无法触摸。

“雪儿，你为什么不来救我？”熟悉的声音再次从天空传来。

“你是不是白岚？是不是你？”

“雪儿，你为什么不来救我？”没有回答，只是同样的问话。

“你在哪儿？我去哪儿救你？”

“你知道的，你知道的！”

“我不知道！你告诉我啊！”胜雪着急了。

“你知道的，知道的……”

声音越来越小，忽然消失了，一同消失的还有胜雪脚下的那个山庄。

“告诉我你在哪儿？告诉我啊！”

她又一次醒了，又一次剧烈地呕吐着。

太医们不敢再隐瞒病情，急忙禀报皇后。可就算皇后来了，也依然束手无策，不管是针灸，还是药石，都不能阻止胜雪的呕吐，她吃什么吐什么，短短两天的工夫，人就骨瘦如柴。太医说，如果再无法止吐，胜雪的病情怕是会很快恶化，于是他们建议继续用之前的办法，让胜雪沉睡，等找到新的止吐之法，再让她醒来。

听到太医的办法，胜雪心中顿生惧意，她害怕再次昏睡，害怕再次陷入那个可怕的梦魇，于是她抓住皇后的手，求皇后不要让她昏睡。

齐敏以为胜雪是害怕昏睡之后无法醒来，握着她的手，用只有两个人听得见的声音说：“别怕，本宫已经派人去通知皇上。等皇上回来，你就会没事的。”

胜雪哭着摇头，却还是再次被迫喝了药入睡。

这一次，胜雪没有再看到那个山庄，而是重新被白雾包裹。

她昏昏沉沉地在白雾中一直走，一直走。

没有再听见任何人的声音，四周是死一般的沉静。

不知道走了多久，她好像听见有人说话的声音，这声音像是从一个鼓里发出的，有些闷，却能听得清楚。

"怎么会这样？是谁伤了她！"

皇上？是他的声音！他回来了？胜雪觉得自己好像听见了玄楚的声音，好想睁开眼睛，却根本控制不了自己的身体。

她有些费解，这样的自己究竟是在做梦，还是已经清醒了？

"花飞雨那边有消息了吗？他人在哪儿？"

"回皇上的话，神医那边还没有消息，但奴才已经吩咐下去全力寻找。皇上，您骑了一天一夜的马，要不先休息会儿，等有了消息……"

"滚出去！都给朕滚出去！"大怒的玄楚打断八宝的话，把屋里的人都赶了出去。

胜雪觉得自己的手被一双温暖的手轻轻托起，紧紧握在手里，她甚至能感受到玄楚呼出的气息拂过自己的皮肤。

"对不起，朕不该丢下你。"

玄楚歉然地说着，用一块帕子小心地擦着胜雪脸上因痛苦而冒出的冷汗，当他的指尖触碰到胜雪时，胜雪的心跳明显快了几拍。

"夜深了，月亮却没有出来，明天或许是个雨天。"玄楚坐在床边，和昏睡中的胜雪聊着，"还记得我们在寿陵的时候吗？"

"母后日日催朕回宫，朕想离开却又惦记着你，怕你被人欺负，就找各种理由留下。后来，你实在太惹朕生气了，朕几天不见你，真的决定要回宫的时候，却在竹林意外碰到了你。"

"那时候，你中了白树林的毒，把朕当成了其他人，说了很多大逆不道的话。朕一气之下，推开你，打算留你自生自灭。"说到这里，玄楚停下来，将胜雪的手又再次握在手里，"可最后，朕还是没能狠下心。"

"也许这就是老天给朕的考验，让朕一次次救你，一次次原谅你，一次次放任你……"玄楚将胜雪的手心贴在自己的脸上，"这辈子，朕和你注定会纠缠不清了。"

这晚，玄楚就这样在胜雪的床前守了一夜，说了一夜。

第二天皇后齐敏来劝他休息，却被他无情地拒绝，还命人把那日审问胜雪的高嬷嬷等人全都杀了，一个不留。

太医开了些汤药，却很难喂胜雪喝下。

“朕来。”玄楚接过汤药，屏退了其他人后，用口含着药，一点点小心地喂入胜雪口中，“朕一定不会让你有事。答应朕，不要放弃……”

他的小心翼翼让胜雪的心揪了起来。

失去记忆后玄楚为她做的一切，对她说的每一句话，都落在她心里，令她心里满满的都是温柔和感激。

这些感觉对胜雪来说是全新的，她不知道该如何面对，更不知道该如何处置，她只是将它们收藏在一起，一天一点，一天一点，直到它们满溢出来，再也藏不住……

她很清楚，玄楚的深情都不属于现在的自己，不属于云御侍，可她却已经陷在这段感情里，再也挣扎不出来了。

“皇上，药来了！”八宝气喘吁吁地跑进来，将一个锦囊交给玄楚。

玄楚打开来，锦囊里是一个药丸，还有一封信：呕吐不止，或许是头部再次受创的表现，此番会有记忆苏醒的征兆，留心观察，一旦有异，速速派人通知。

收起信，玄楚将药丸喂入胜雪口中。

药丸进入胜雪身体的那一刻，胜雪感觉四周的白雾出现了变化，好像忽然有了生命般，竟然生出了双手，死死掐住她的脖子，恶狠狠地对她说：“该死的人是你！你为什么活着？去死！去死！去死！”

胜雪拼命挣扎，窒息感让她迅速失去反抗力，她想呼救，却一个字也说不出来。

她觉得身体仿佛被压成了薄薄的一张纸，意识在一点点消失，她惊恐地看到那白雾凝聚成了一个人影，那个人的容貌竟然和她一模一样！

很快，她的意识连同她自己，就在白雾中消失不见了。

“胜雪，胜雪……”

玄楚紧张地握着胜雪的肩膀，焦灼地唤着她的名字。

服药后的胜雪表现得很痛苦，他担心她的病情继续恶化。

胜雪睁开双眼，看清近前的人是玄楚后，伸手就掐住了他的脖子，眼神中的杀气令玄楚的心一冷。

是她！是她！真正的胜雪。

“为什么要杀知画和桃姐？！”胜雪的力气从来没有这么大过，一下子就将玄楚按倒在床上，“为什么要阻止我救白狐狸？！”

“是你杀了她们！是你害死了白狐狸！我要杀了你，杀了你！”

玄楚抓住胜雪的手腕，想用力掰开，最终却放弃了。

胜雪眼里的恨令他心碎，如果杀了他可以抚平她内心的伤痛，可以让她不再如此痛苦的话，他想，不如成全她……

“皇上！护驾！快护驾！”

八宝恰巧进来送热水，看到胜雪将皇上按倒在床，还掐着皇上的脖子，当即就吓得丢掉了手中的水盆冲上来救驾。

“松手！快松手啊！”八宝去扯胜雪的手，却根本拉不开她。

侍卫们冲进来，狠狠敲在胜雪的脑后，胜雪就再次晕了过去。

“皇上！皇上！”八宝急忙将玄楚扶起来，“太医！快传太医！”

“闭嘴！”玄楚握住八宝的手，艰难地喝止，“不许叫太医，朕没事。”

“可是，皇上……”八宝见皇上脸色苍白，心中担心不已。

如果侍卫晚一点赶到，皇上可就真会被她活活掐死啊。

“都退下，刚刚的事，谁敢说出去半个字，杀。”

玄楚摸着被掐痛的脖子，看着床上昏过去的胜雪，再次陷入沉思。

花飞雨说，胜雪的头部因为再次受创，有可能引发记忆苏醒，那么刚才那一刻，是否意味着花飞雨的猜测已经变成事实？胜雪她已经找回了过去的记忆？

真是这样的话，他该如何面对她？

想到她对他的杀意，忽然觉得自己刚才放弃抵抗是那么愚蠢。

以他对她的了解，如果真的杀了他，那么完成心愿后，她肯定会选择自杀，好去九泉之下与她的白狐狸见面。

所以，他必须尽快找出知画和桃姐莫名失踪的原因，消除她对他的误解，再一点点开导她，让她重燃活下去的希望。

“八宝！”玄楚将八宝叫进来，“吩咐下去，今日起，将云御侍禁足于落雪苑，没有朕的命令不许任何人探望。”

“还有，速派人去边城，将锦衣叫回来。”

“可是皇上，边城最近有一伙流寇，慕将军他……”

“让慕夜行去。”

在寿陵的营地时，玄楚为逼文九日现身，将慕夜行弄成重伤。后来花飞雨将受伤的慕夜行带出营地，却又因胜雪受伤而将人带进宫里一起养伤。

因为不想让胜雪再受刺激，玄楚就一直没让慕夜行和胜雪见面，伤好后将他送回了慕府，一直以戴罪之身被关在府中。

如今玄楚要慕锦衣回来，是想从他口中听到更多有关文九日的消息。玄楚相信，当年文九日以闵旭的身份在营地里作怪时，有很多事，慕锦衣是知道的。玄楚需要找出知画和桃姐的下落，哪怕两人如今早已是白骨一堆，他也要知道事情的来龙去脉，这样才能解开胜雪的一个心结。

让慕夜行去边城除流寇，也是给他一个戴罪立功的机会。

此前他希望胜雪恢复记忆，后来他又害怕她恢复，现在他却不得不面对她已经恢复记忆的这个现实。

有得亦有失，也许因为他拥有太多，当他想要单纯地寻求一段感情时，往往比别人要艰难千万倍。或许他等到最后都未必会有一个结果，但只要他还在前行的路上，对未来的那点希望就能照亮他的整个余生。

玄楚将胜雪的情况飞鸽传书给神医花飞雨，希望他能分析下胜雪的情况，让他告诉自己该怎样做才能让胜雪情况稳定。

回到御书房后，已经三天三夜没合眼的玄楚疲惫不堪地倒在龙榻上，胸口一阵疼，一阵发紧。

当年他和敌军交战七天七夜，都不曾像此刻这么疲累。

“皇上，淑妃娘娘求见。”八宝小声地在门外说道。

他很清楚此刻的皇上最需要的就是休息，肯定不想被任何人打扰。若来求见的是其他人，他都会替皇上挡回去，可来的人是淑妃，那可是后宫中第一个怀有龙嗣的娘娘啊。

“让她滚。”玄楚厌烦地说。

他外出狩猎时，母后托人传来喜讯，说淑妃有孕了，当时他冷笑了两声。

怀孕？那女人怎么可能怀孕？中秋节那晚，他并未临幸于她，没想到竟然还能折腾出一个龙嗣来？好啊，他倒要看看，这淑妃肚子里的龙嗣到底是个什么东西！

门外的淑妃听到这样一句冷言冷语，当即脸色就很难看。

听闻皇上忽然回宫的消息后，她激动不已，以为皇上是因为听到她怀孕的消息才中途停止狩猎匆匆回宫。没想到，皇上一回宫就去了落雪苑，这三天来，更是没有离开那里一步。

好不容易得到消息，说皇上回了御书房，她带着亲手做的食物想来讨好一下，没想到只等来这样一句。

若是以往，她定会识趣地回去，可如今她有了他的第一个孩子，她认为他对她会不一样。于是她摸了摸自己尚未隆起的腹部，走上台阶道："皇上，臣妾最近新学了一道养生汤，足足熬了三个时辰，不如皇上趁热尝尝？"

御书房内没有任何回应，八宝怕淑妃尴尬，走上前安慰她："娘娘，皇上这会儿怕是已经歇息了。不如娘娘明日再来吧。"

"我要见皇上，你一个奴才还敢拦着，让开！"淑妃忍不住了，推门就要进去。

这时候，门从里打开，玄楚走了出来。

"皇上，我……"就在淑妃准备献殷勤地说明自己的来意时，玄楚打断她，看向八宝，呵斥道："淑妃娘娘有孕在身，如何能侍寝？"

"皇上，这……"八宝明白皇上的心思，顺着接话道，"不知皇上今晚打算传召哪位娘娘？"

"朕不在宫中这些天，皇后替朕打理宫内大小事务，着实辛苦。"玄楚旁若无人地对八宝说着，"传皇后侍寝。"

玄楚转身前，像忽然想起什么，又停下来对淑妃说："爱妃熬的养生汤就留下吧，给皇后好好补补。"

"皇上，臣妾……"淑妃遭此待遇，心里既愤恨又觉得不公，可玄楚根本不理她，甚至都没有正眼看她一下，再次将她拒之门外。

受到如此对待，淑妃若再继续留在这里，只会令自己更加难堪："臣妾告退。"

看着淑妃愤愤不平地离开，八宝无奈地摇摇头。

怀了龙嗣又怎样？皇上他根本不屑一顾啊。

不一会儿，皇后齐敏就来了。

她走进御书房，看到玄楚失魂落魄地躺在床上，像具没有灵魂的躯壳。

“皇上。”齐敏坐在床边，没有多问也不多言，静静地等玄楚先开口。

许久后，当齐敏以为玄楚已经睡着时，玄楚说：“她想起来了。”

“皇上准备怎么办？”

“朕是要将她关在这宫里一辈子，还是放她离开？”玄楚自问着。

“关着她，她会爱上皇上？还是放她离开，她会爱上皇上？”

玄楚摇摇头，无论他做什么，她都不会爱上他，她的心里只有白狐狸，哪怕白狐狸死了，她也不会再爱上其他人，更何况她现在对他有误会，只会恨他，更恨他。

“那臣妾以为，不如就关着她一辈子吧。”

“为什么？”

“既然无论如何她都不会爱上皇上，不如就让她恨着皇上吧。爱与恨，都是人世间最难释怀和遗忘的情感，只要皇上能留在她心里，爱也好，恨也好，又有什么区别。”齐敏这样说，对玄楚的同情更多了几分。

这个对任何人都冷漠无情的男人，把他所有的爱都倾注在胜雪身上。如果回报他的不是同等的爱，那么即便是恨也好，总好过一无所获。

“恨……”

玄楚思量着这个字，脑中闪过刚刚胜雪的那双眼睛，那双恨意滔天，恨不得将他撕裂的眼睛。

“她已经恨上朕了。”玄楚毫不掩饰地说出这个事实，将自己不想面对的事吐露出来。

齐敏再也忍不住地俯下身，在玄楚的唇上落下蜻蜓点水般的一个吻：“那就让她更恨吧。”

更恨吗？玄楚在心里咀嚼着这句话，终于困倦地合上眼睛。

风徐徐恻恻清寒，夜沉沉悠悠哀愁。

5 万籁此俱寂

胜雪醒了，是真正意义上的那种醒了。

她知道自己是谁，知道自己来自哪里，知道自己的过去是怎样的，知道自己喜欢谁，也知道自己憎恨谁。但她不想知道，失去记忆后的这段时间里她经历了什么。

她的眼睛不知道出了什么问题，世界在她眼中只剩下灰、白、黑三种颜色。

再娇艳的花儿在她眼里，也透着死亡的气息。

她一点也不在意这些，因为从在地宫里白狐狸用雪泣瞄准他自己的时候，她的世界就已经彻底崩塌了。

如今，她的身体虽被困在落雪苑里，无法离开，她的心却早已飞到了千里之外的白头山，飞到了那个可怕地宫。

白岚死前的一幕不停地在她脑海中回放。她的头像是被拳头重重击打过一般，疼得她根本无法思考。她痛苦地拍打着落雪苑的大门，叫嚷着："放我出去，放我出去！"

没有人敢放她出来，大家都以为她疯了。

"云御侍，你别这样！求求你别这样！"

小满担心地冲过去扶住她，想要将她劝回屋内。胜雪用力将她推开，小满跌倒在地上，被石头割伤了手掌。

也许是小满呼痛的声音让胜雪停了下来，她回头看到小满的那一刻，眼睛一亮，跑到小满面前，抓住小满的双肩欣喜地问：“知画，是你吗？你还活着，是不是？”

“云御侍，我不是知画，我是小满啊，你连我也不认识了吗？”小满困惑地看着胜雪，心想她难道真的疯了？

“小满？你怎么会是小满？你明明是我的知画！”胜雪握住小满的手腕，“我小时候淘气，打翻了火炉，是你用手臂替我挡住，所以你的左手臂上……”胜雪撸起小满的左袖，却没有发现任何的伤疤，“怎么会这样……”

失望让胜雪冷静下来，她看着面前这张熟悉的面孔，终于发现这个女子跟知画在容貌上还是有些许不同，而且她看上去比知画年幼不少。

“你今年多大？”胜雪紧张地问。

“过完年就十五了。”

“你的左后背上是不是有个胎记？”

“你怎么知道？”

“是你，你就是知画失散多年的妹妹！”胜雪将小满拥进怀里。

当年知画替她挡住火炉在手臂上留下疤痕后，胜雪内疚不已。知画还安慰说，这样她就不会忘记自己失散的妹妹身上的胎记也在左边了。

也是在那一天，胜雪知道，知画有个失散多年的妹妹，当时家人逃难，母亲将妹妹放在竹筐里，不想遇见山贼，家人忙于逃命，不知怎的就弄丢了妹妹。后来他们回去找，却怎样也找不到。知画为了贴补家里，卖身到碧水山庄当奴婢，这些年，也始终惦记着自己的妹妹。

只是知画永远也想不到，自己心心念念的妹妹被一户人家捡去后养大成人，又送进宫里成了宫女。

看着面前的小满，胜雪决定替知画好好地照顾她、保护她。

“云御侍，知画是谁？我怎么会是她失散多年的妹妹？”小满被胜雪的话弄得一头雾水，自己家中只有个弟弟，什么时候又多了个姐姐？

“她……”想到知画的死，胜雪就心痛不已，但她不打算把这件事告诉小满，不想让小满在知道自己身世的同时，又要面对失去的痛苦。

“等时机到了，我会让你知道的。”胜雪决定等自己带小满回碧水山庄后，再把知画的事详详细细地告诉她。

“嗯，小满不急。”小满点头，心想这云御侍一定是脑子坏了，现在不能和她较真，顺着她就好。

小满把胜雪的情况告诉了八宝公公，八宝又急忙告诉了皇上。

皇上派去一群太医，他们把胜雪捆绑在床上，开始对她用针灸、灌药等各种办法，缓解她的头痛。

但胜雪并不喜欢这样，她要出去，要离开这里，要去救她的白岚！

所以她开始破口大骂，愤怒地大喊：“狗皇帝，我会杀了你！我一定会杀了你！”

她已经好几次想杀了他，他在圣池欺负她、占她便宜的时候，他在寿陵害死知画和桃姐的时候，他害得慕夜行奄奄一息的时候……但这些，都比不上他在地宫里阻止她去救白岚的那次让她更恨他。

胜雪愤恨地大喊着，直到嗓音变得沙哑，直到再也发不出任何声音。

云御侍究竟用她的身体做了什么？为什么她变得如此虚弱？

落雪苑外，八宝公公将取来的红色披风披在玄楚身上，小心翼翼地请示：“皇上，太医说云御侍已经睡了，您不如回去歇着吧。”

皇上一下早朝，就来了这里，一直站在门外，不吃不喝，也不进去，就听着院内胜雪的辱骂还有太医们带出来的消息。

八宝心疼自己的主子，又不知道该做些什么。

“她是胜雪，不是云御侍。”玄楚看着落雪苑的大门，笃定地说，“让太医好好为她调养身子，不许她再出任何意外。”

“是，皇上。”

八宝心里想，云御侍也好，胜雪也好，不都是院里的那个女人吗？而且真要比较的话，他觉得还是云御侍好一些，至少不会让皇上如此揪心难过。

凤栖殿内，皇后齐敏也听闻了落雪苑的事，叫来婢女如心，将一瓶药交给她：“吩咐下去，加大剂量。”

如心虽有些担心，却不敢言语，接过药瓶，迅速退下。

风云再起，暗夜来袭。

这场为爱而战的战争里，齐敏愿意成为不为他所知的隐秘助力。

宫外的质子府内，白黎听闻了宫里传来的消息后，再也坐不住了。

当晚，乔装打扮后，他悄悄混进了宫里。

落雪苑虽然被限制了进出，但皇上并没有派侍卫看守，所以武功高强的白黎轻易就翻墙而入。

白天折腾了太久，这会儿太医们早已离开，宫女们也都歇息了。白黎推开门，轻手轻脚地进入胜雪的卧房。

当他来到床榻前时，看到不知何时已经醒来的胜雪正在用牙咬手腕上捆绑的绳索。

发现有人靠近，胜雪急忙停下来，抬头看去。

“白阎罗？”

只一眼，胜雪就认出这个在月光下的人是白黎，不是她的白狐狸。

白黎心中有种说不上来的滋味，打消了脑中本打算继续假扮白岚的念头，走到胜雪的床前：“你想起来了？”

“帮我松开，我就告诉你。”胜雪并不直接回答他。

白黎犹豫了下，这才解开捆绑胜雪的绳索。

胜雪手脚完全自由的那一刻，她迅速抽走白黎腰间的长剑，刺向他的胸口。

幸好白黎向来警觉，险险从床边闪躲开，愠怒地喝问：“你疯了吗！”

这一切事情的起因，不就是因为眼前的这个白阎罗吗？如果他当初没有向白岚求救，白岚又怎么会突然不告而别？如果不是为了保护他，白岚又怎么会中毒？如果不是因为他不同意救白岚，胜雪又怎么会和白岚分开，迫使白岚冒险来救她，最终导致悲剧的发生？白黎才是始作俑者，才是害死白岚的凶手。

“是你害死了我的白狐狸！如果你当初答应我救他，我就不会离开他，被送去建寿陵，白狐狸也不会冒险来救我，更不会被困在那个地宫里！是你害死了他！”胜雪声声泣血，挥剑朝着白黎砍去。

白黎伸手抓住胜雪挥过来的剑，用力一拉，将她死死圈在他的怀里，胳膊顿时被划了一道。

“冷静点！害死白岚的不是我，而是玄楚，是北霖的董太后！”

白黎用手臂将胜雪勒住，让她无法挣脱：“我和白岚的事，你应该都知道了。要不是当年董太后害死了我们的母后，我和白岚又怎会分开这么多年？他又怎么会中毒！”

“可你明明能救他的！为什么不救？为什么不救！”

“因为我所做的一切，也都是他所希望的！”

胜雪激动地挣扎着：“撒谎！白狐狸怎么会不希望你救他？！”

“他是没有说过不让我救他，但他想要的和我一样，就是要杀死董太后，替我们的母后报仇！”白黎将当年和白岚见面后的事告诉胜雪，说白岚提过在碧水山庄的事，提过胜雪，说胜雪是他最爱的女人，说他这辈子最大的心愿就是娶她为妻。

“我曾给过他选择的机会，如果他不想替我们的母后报仇，当时就可以离开，回碧水山庄娶你，可他选择留下。我还曾警告他，复仇这条路会布满荆棘，会生死难料，他还是选择留下。所以，在他中毒之后，我才没有答应你救他的条件，而是以此作为要挟，逼你去南礼建寿陵！”白黎停顿一会儿，又继续说，“只有你才能打开机关盒的事，我也告诉了他。我说过，这个计划或许会牺牲你，可他……”

“他怎么说？”听到这里，胜雪的心已经被眼泪的汪洋淹没。

“他说，就算他死也不会让你受到一丝一毫的伤害。”

白黎回忆着白岚说这话时的语气，分毫不差地说给了胜雪听。

胜雪的心痛不可抑，她的白狐狸做到了所有他承诺过的事情，除了娶她之外。

回想起在地宫里的情况，他会选择用雪泣自杀就是为了逼自己离开，就是不想让自己也陷入危险之中。

“如果你早点告诉我这一切，我未必不会愿意被你送去建寿陵！你是白狐狸的弟弟，怎么可以用他来要挟我？”胜雪泪流满面地问着，“你明明可以治好他，然后我和白狐狸一起去帮你找文九日，一起帮你复仇。可你生生将我们分开，让白狐狸为了救我身陷险境。就因为你的要挟，害我和白狐狸少了多少在一起的时间？你知不知道，我有多少话还没有跟他说？你知不知道啊！”

“我当时并不知道你有那么爱他！”白黎的心因胜雪的眼泪紧紧揪起，他没有真正爱过什么人，不知道爱一个人可以为对方牺牲到哪种程度。

“呵呵，”胜雪冷笑，推开白黎，“那你现在知道了吗？知道我有多爱白狐狸了吗？可你知道了又能怎样？你能把我的白狐狸还给我吗？能把他还给我吗！”

“云御侍，你在跟谁说话呢？”

住在隔壁的小满被胜雪激动的声音吵醒，揉着惺忪的睡眼推开胜雪的房门，看到一个侍卫拿着剑站在屋内时，顿时睡意全无，转身就喊：“有刺客！”

白黎急忙将事先准备好的面具戴在脸上，飞身追上去，抓住奔逃中的小满，正要杀她灭口时，胜雪赶过来，阻止道："别杀她！"

"她看到了我。"

"但她一定认不出你。"胜雪恳求地看着白黎，"我被关在这里，都是她在悉心照顾。"

胜雪不准备把小满的身世告诉任何人，不想让他人知道这个秘密后，利用这点，令小满陷入危险。所以她要守口如瓶，对任何人都不能提及。

白黎犹豫片刻，抬手用剑柄将小满击晕："妇人之仁。"

他不想在胜雪刚醒来的时候，就给她留下自己嗜血残暴的坏印象，反正是个小宫女，事后若想杀她，轻而易举。

"抓刺客！"

落雪苑内冲进一群侍卫，将乔装后的白黎围了起来。他们是被小满的呼救声引来的。

胜雪见此情景，担心白黎被抓，急中生智地往白黎那边侧倒，让自己沦为了他手中的人质。

"别过来，否则我杀了她！"白黎将剑架在胜雪的脖子上，威胁侍卫后退。

侍卫头目不想放走刺客，又不敢伤害这落雪苑的主人，悄悄命人去通知御书房。

白黎用胜雪当人质，先顺利离开落雪苑，一路往宫门的方向走去。

今晚的动静闹得太大了些，他很难突出重围离开，眼下只有先离开皇宫，再另想脱身的办法。

"放开她！"

玄楚出现在两人离开的宫道上，他一身红色的衣衫，手握长鞭，一头长发在夜风中张扬地飘起，仿若冥界之火。

"他果然赶来了。"白黎嘲讽地说。

"放开她，朕饶你一命。"

玄楚将长鞭在空中用力一甩，炸响的声音划破了整个深夜的宁静。

"你来换她，我就放她走。"白黎故意说道，他倒要看看，这个玄楚可以为胜雪牺牲到哪种程度。

“朕答应你。”玄楚没有多想，就一口答应下来。

“皇上，万万不可啊！”

八宝着急地劝阻，可玄楚根本不理，他扔掉长鞭，让所有人都退后，就要走上前。

“等一下。”白黎突然叫停，“绑住你的手再过来。”

“大胆！”八宝怒喝，“区区一个刺客竟然敢对皇上如此无礼！”

白黎也不搭理八宝，只是把握剑的手又朝胜雪靠了靠，玄楚立马发话：“拿绳子来！”

“皇上……”八宝当然要劝了，但玄楚心意已决，他也只能按照皇上的吩咐，拿来绳子将皇上的双手捆绑起来。

玄楚将捆好的双手举起来，一步步朝胜雪走过去。

他目光中的坚定，让白黎有些吃醋地紧贴胜雪的耳根说：“看来你当云御侍的时候，给他灌了不少迷魂药啊。”

胜雪瞪了白黎一眼，她才不想知道自己是云御侍的时候和玄楚之间发生了什么，她只知道玄楚是杀了桃姐和知画的凶手，是害死白岚的凶手。

“现在可以放她走了吗？”玄楚来到白黎面前，白黎将胜雪用力推出去，迅速把剑架在了玄楚的脖子上。

“你想要什么，说出来，朕一定满足你。”玄楚不知这刺客的目的，询问他的同时，想要打探他的底细，顺便为自己寻求逃脱的机会。

“听闻慕锦衣此次回京带回一张边关布阵防御图，把那东西给我，我就离开。”白黎也不傻，他当然知道皇帝玄楚在想什么，于是他故意这样要求，以转移玄楚的注意力。

“去，拿给他。”玄楚看着八宝吩咐。

很快八宝就把图取过来，白黎又要了一匹马，让所有人都后退，宫门大开后，他劫持着玄楚，纵马离开了皇宫。

锦衣卫在后面策马狂追，又不敢太靠近，怕皇上有危险。

马背上的白黎回头轻蔑地看了眼追兵，不屑地冷哼了一声。

玄楚套话道：“你是北霖人？”

这边关布阵防御图是慕锦衣专门为对付北霖所准备的，上面有他绘制的关于要塞的兵力分布，以及城与城之间的密道。有了它，北霖进攻南礼就轻而易举了，所以只有北霖人最想得到它。

白黎没有回答。

玄楚继续说："不过你们的董太后未免太小看我南礼，就算你拿到图，没有人接应，你又如何离开我南礼？如果朕是你，此刻弃暗投明才是明智之举。"

玄楚认为，如今北霖是董太后执掌实权，要防御图的人只可能是她。

这样的认定，正好中了白黎的计谋，他就是要玄楚对董太后不满。

"我若真的弃暗投明，你能确保不杀我？"白黎假装被说动。

"朕可以确保放你一条生路。"

白黎骑马来到郊外的九峰山，利用这里千回百转的地形，很快就甩掉了追兵。他带着玄楚跳下马后，让马跑去相反的方向，继续引开追兵。

"你走吧。"白黎打算放玄楚走，本来抓他也不是自己的初衷，若真的将事情闹大，只会更难收场。

"你真的不打算弃暗投明？"

"什么是暗，什么又是明？老子今天冒死去偷图，只为了报太后的知遇之恩。就算你给老子金山银山，老子也不会变节！快走，小心老子改了主意，杀了你！"白黎故意用粗犷的腔调说。

"人各有志，你会后悔的。"

玄楚假装离开地转过身，以白黎没有想到的速度迅速地解开双手上的绳结，绳索在他手中变成了鞭子一样的武器，凌空朝没有防备的白黎抽去。

白黎虽闪躲及时，还是被绳索抽打过的气流逼退得很远。这时，他才想起自己的疏漏之处。

八宝是玄楚身边伺候多年的公公，他和玄楚之间的默契是不需要言语的，一定是刚才八宝捆绑玄楚的时候，用了一种玄楚轻易就可以解开的打结方法，而且这绳子并不是普通的绳子。

"朕说过，你会后悔的。"玄楚将绳子的一端缠绕在自己手上，向白黎发起了猛烈的攻击。

玄楚不会允许这个差点伤害了胜雪的人还继续活在这世上，更不会允许他带走那么重要的布阵防御图。

白黎因为之前被胜雪划伤了胳膊，这会儿应付起玄楚的攻击有点吃力。他的剑法虽然很好，却为了不暴露身份，而不得不在招式上有所保留，这样一来，玄楚就更占优势。很快白黎就被玄楚逼到了一条河旁。眼见追兵也赶了过来，白黎不能再继续恋战，用了一招鬼影剑法刺中玄楚的肩膀后，转身跳入河中，消失不见。

玄楚肩膀受伤，没有下水追击，对赶来的追兵吩咐，让他们沿河寻找，生要见人，死要见尸。

“皇上，您……”因为玄楚穿的一身红衣，又加上是深夜，侍卫们并没有看出玄楚的异常，但八宝却发现了。

“闭嘴。”玄楚制止了他，将他手中抱着的披风抽过去披在身上，纵身跨上马后，扬鞭往皇宫赶。

刚才胜雪被刺客劫持，他没能确认胜雪是否受伤，担心她再次受到什么刺激，现在是归心似箭。

回到宫中的时候，已经是寅时三刻。八宝担心玄楚的伤势，建议先传太医，玄楚却命令他不许多事，更不许将自己受伤的事吐露半个字。

“八宝求皇上了，龙体为重，传太医来瞧瞧吧。”忠心耿耿的八宝在玄楚即将踏进落雪苑的院门时，抱住了玄楚的腿，跪下恳求。

“松开。”玄楚漠然地命令。

“奴才知道皇上担心什么，可如果皇上不及时处理伤口，万一病情加重，到时候瞒也瞒不住。太后若是问起来，一定会责难胜雪姑娘的啊！”八宝明白，皇上如果找了太医，他为了保护胜雪而以身涉险的事就会传遍整个皇宫，太后定然是不会放过胜雪的。

“去慕锦衣那里给朕取些金疮药来。”玄楚吩咐，踢开八宝后走进了落雪苑。

他是皇帝，如果八宝从太医那里拿药，肯定会引人怀疑。而慕锦衣是整天征战沙场，在刀尖上过日子的人，必然是备了很多金疮药的，从他那里拿药，就不会泄露消息。

落雪苑内此刻只有胜雪的房间里亮着灯，站在门前，玄楚内心很挣扎。

胜雪恢复记忆后，他一直躲着不见她，若不是今晚听闻她被刺客劫持，他估计还不会和她见面。

不知道她是不是受到了惊吓，或者有没有哪里受了伤？

玄楚刚进入屋内，就遭到了胜雪的偷袭。原来胜雪听到了动静，就躲在门后，玄楚刚一进来，她就用打碎的花瓶碎片朝玄楚刺去。

玄楚一个转身握住那尖锐的碎片，顿时被碎片割破手掌，鲜血直流。

一只手被困，胜雪又用另一只手去打玄楚，玄楚将她的两只手都紧紧握住，这才挡住了她的攻势。

“放开我！我要杀了你！”胜雪咬牙切齿地说。

“好像很久前你就对朕说过同样的话，可结果呢？你还是没法逃脱，更没能杀了朕！”见胜雪还有气力杀他，玄楚心中的担忧就散去了，取而代之的却是更大的失落和伤心。

“只要我活着，就早晚能杀了你！”

胜雪抬腿朝玄楚的下身踢去，玄楚不得不松开一只手去挡。胜雪被放开的那只手的衣袖中滑落出一枚她用发簪改造成的利器，她握住它就朝玄楚的腹部刺去。

没有防备的玄楚被胜雪刺中腹部，急忙握住她的手腕，将利器从腹中抽出。为了完全控制住胜雪，他一个翻身将胜雪压在地上，双腿压制住胜雪，双手握住胜雪的手举到她的头顶之上。

“为什么要这样对朕？！”玄楚悲伤地问胜雪，“难道朕对你做的一切，你都完全看不到，感受不到吗？！”

他为救她，甘愿被刺客俘虏；为救她，被刺客弄伤；为关心她，连伤口都没有处理……她却一点也看不到，一点也不在意。

“这是你应得的报应！你这个冷血无情的禽兽！”

“那朕今晚就禽兽给你看！”

玄楚霸道地强吻下去，他已经被胜雪误会太多，他的心被胜雪伤了太多次，也伤得太深，他觉得自己快要被这种无法澄清的误会逼疯，快要被这种无法承受的伤痛击溃，快要压抑得无法呼吸了！他需要给自己一个喘息的机会。

“嗯……”

胜雪没想过他会这样吻过来，在她的意识中，以玄楚对她的感情，要么是将她当成旧情人的替身，要么就是朋友……他不该这样吻她，即便是要报复她，也不该是以这样的方式。

胜雪痛苦地挣扎，可她的力气根本就无法和玄楚抗衡，于是她咬他的唇。这一举动刺激了玄楚，他一只手把胜雪的两只手握住，另一只手撕开了胜雪的衣领，露出她雪白的香肩。

当他火热的唇落在胜雪肩上的时候，她的大脑“轰”地一下空白了，她清楚地认识到，正在侵犯自己的是个被欲望冲昏了头脑的男人！

“放开我！放开我！”胜雪害怕地大喊，恐惧和不安令她的身体发起抖来，脑袋针扎般剧痛着。

“不要！不要……”

随着头痛的加剧，胜雪眼前的世界渐渐蒙上了一层血红色，当全世界都陷入这片血红色之后，她的意识就开始模糊，无助的泪水在她的脸颊上泛滥，她的挣扎和呼喊也变得越来越弱。

当她停止挣扎时，玄楚也停下了进一步的侵犯，他抬起头来，看到胜雪昏了过去，心急如焚地将她抱起来，对门外的八宝大喊：“传太医，快传太医！”

“为什么不能相信朕？”玄楚将胜雪抱在怀里，抚摸着她苍白的脸，擦掉她脸上的眼泪，“这世上，朕是最不希望看到你流泪的人，却是令你流泪最多的人。告诉朕，要怎样做，才能让你不这么恨朕……”

太医来了，玄楚为了不暴露自己的伤势，躲在屏风后面。待太医为胜雪诊断之后，他才走出来。

“回皇上，太医说在云御侍头上的伤彻底好之前，不能再受任何刺激了。”八宝将太医留下的药膏呈上来，递给坐在胜雪床边的玄楚。

玄楚用指腹将药膏轻轻擦在胜雪额头的伤口上。

自己真是个禽兽！怎么可以这样对她？玄楚自责不已。

他也不知道自己刚才是怎么了，怎么会如此失控地伤害她？她醒后，一定会更恨他吧……想到这里，玄楚停了下来。

“既然无论如何她都不会爱上皇上，不如就让她恨着皇上吧。爱与恨，都是人世间最难释怀和遗忘的情感，只要皇上能留在她心里，爱也好，恨也好，没有什么区别。”

“她已经恨上朕了。”

“那就让她更恨吧。”

……

与皇后齐敏的这番对话出现在玄楚的脑中，他看着仍在昏迷中的胜雪，终于为自己的那番冲动行为找到了理由。

知画和桃姐的死，慕夜行的受伤，白狐狸的死……这些都不是他做的！他不甘被胜雪这样误会，不甘因为那些误会被胜雪憎恨，但眼下他既无法为自己澄清，又无法让胜雪相信他。所以，既然无论他做什么胜雪都会恨他的话，不如让他做一些真的会让胜雪憎恨的事情，这样被她恨着，他的内心也会平衡很多。

但当他真的这样做了后，才发现自己错了，错得非常离谱。

爱也好，恨也好，是不需要任何理由的。既然他没有任何理由地爱上了胜雪，又何苦纠结一个被她憎恨的理由呢？

“皇上，您的伤，还是让奴才给您清理一下吧？”八宝端着一盆热水，拿着从慕锦衣那里取来的金疮药担心地说。

“把东西放下，出去候着。”玄楚给胜雪上完药后，又吩咐说，“准备一套干净的衣服送来。”

“可是，皇上，您的伤……”

“朕自己会处理。出去。”

玄楚帮胜雪换了一套干净的衣服，又帮她擦了擦脸，当擦到她的手的时候，玄楚发现她的双手攥得很紧。玄楚一根根小心地掰开她的手指，将手指上的血迹一点点擦掉。

如果能把你脑中关于今晚的一切记忆都擦掉就好了，那样，你还只是单纯地因为别人的事而恨着我……玄楚难过地想着，将胜雪被清理干净的手放进被子里。

打理完这一切，他才察觉到自己身上的伤痛，微微皱起眉头起身来到桌子前，脱掉上衣后，用热水和毛巾清理肩膀及腹部的两个伤口，一个是被刺客刺伤的，一个是被胜雪刺伤的。

胜雪觉得自己在一片云雾中飘了好久，忽然被一道闪电击中，然后重重地落了下去。

当她惊恐地睁开眼睛时，人躺在落雪苑中，屋内亮着一盏烛火。

一个男人半裸的背影在烛火的映照下，显得有些不太真实。

胜雪揉了揉眼睛，确定自己是真的看到了一个男人的背影后，意识猛然清醒过来，急忙坐起来想下床去请安，却因为头痛而停在半途。

她的动作引起了玄楚的注意，他没有转身看她，而是继续一边为自己擦拭伤口一边道：“你想杀朕，不急于这一时，等你彻底好了，朕会给你机会的。”

我要杀皇帝？胜雪被玄楚的话吓到了，她忍着头痛走过去，跪在玄楚身后道：“奴婢罪该万死，求皇上饶命。”

玄楚的动作蓦然停下，他转过身，不可思议地看着眼前的人。

她是胜雪，还是云御侍？

“你……”玄楚盯着胜雪的眼睛，在那一片平静中知道了答案。

“起来吧。”玄楚轻叹，心中是说不出的滋味。她又变成了云御侍，那个唯唯诺诺、小心翼翼的女人。

“谢皇上。”胜雪忐忑地站起来。

她只记得自己被高嬷嬷逼供，后来皇后来救了她，再然后她因为头上的伤口而剧烈呕吐不止，太医们不得不让她昏睡过去，之后她在一个可怕的梦境中被困了好久。

“你……”玄楚想问她是否记得之前的事情，却又不知如何开口，“现在感觉如何？”

“回皇上的话，奴婢感觉好多了。”比起之前呕吐不止，现在的她只不过有些头痛。

“朕说过，没有外人在的时候，不许用奴婢自称。”玄楚不喜欢看到她这样。

胜雪想了想，决定顺从他的要求，毕竟在她呕吐不止、昏迷不醒的时候，他曾衣不解带地一直照顾她。

“皇上，让我来帮你吧。”胜雪发现，玄楚有一个伤口在后边肩膀上，他很难自己擦到。

玄楚没有拒绝，将毛巾交给胜雪。

从伤口的样子来看，一个是剑割伤的，一个是利刃刺伤的，胜雪不解，贵为皇帝的他是如何把自己弄伤成这样的？为何不叫太医来处理伤口呢？

这些疑惑，胜雪还没有来得及问，就被玄楚肩膀上的一个文身吸引了。

她的手停在了这朵并蒂雪莲上。

为什么会文这样的文身？胜雪觉得这种式样的文身不适合文在贵为九五之尊的皇帝身上，文这种图案的人应该是女子，或是娇弱白净、手无缚鸡之力的书生。

“在看什么？”玄楚问。

“并蒂雪莲。”胜雪随口就答了出来。

玄楚这才想起，有些尴尬地将衣服拉上去，想要遮挡住。

“还没上药呢，别急。”胜雪将他的衣服又重新拉下来，将金疮药抹在伤口上，又把伤口包扎好。

“现在好了，可以穿上衣服了。”胜雪说着，替皇上穿好。

胜雪想到自己能这样伺候他，能为他做这些事，她心中有种淡淡的甜蜜。

当她替玄楚系领口的盘扣时，玄楚握住了她的手，抬起她的下巴：“你真不记得，朕的伤是怎么来的？”

胜雪看着玄楚，想到她刚醒来时他说的话，壮着胆子猜测：“难道是我……”

玄楚见她眼中流露出了害怕和不安的神色，便确信她是真的不记得，于是松开她，下了很大的决心说：“如果朕说，这伤是你刺的，你想杀了朕，你会怎样？”

“求皇上饶命！”胜雪跪下去。

白狐狸说她是细作，留在宫里是为了找藏宝图，难道她昏迷后做了什么事暴露了自己？

“你起来，朕要告诉你一件事。”玄楚严肃地说。

胜雪却下意识地摇头：“我不想知道。”

“你必须知道。”

玄楚将她拉起来，按坐在自己对面，把她的真实身份还有过去都完完整整地告诉了她。

“现在你知道，你为什么要杀朕了吧？”玄楚释然地问着，这个藏在他心里的秘密终于被他说出来了。

他不想再骗她，因为胜雪就在云御侍的身体里，随时都有可能醒过来，他不想当胜雪完全醒过来后，知道自己作为云御侍时对他做过的事，会痛苦，会恨她自己。

胜雪呆呆地坐着，脑中被玄楚硬塞进来的那些记忆填满，她觉得自己的头好沉好沉，根本无法思考。

“今晚你早些睡吧。明日朕撤了你的禁足，你想去哪里，便去哪里。想来杀朕的话，朕也不会让人阻止你。”玄楚起身准备离开。

“你说我是碧水山庄的大小姐？”胜雪站起来，“是为了要救白狐狸，才被送来南礼建寿陵？”

“你说我和你曾是最好的朋友？”

“你说我以为你杀了我最好的姐妹，还害死了我的白狐狸？”

……

每问一句，胜雪就觉得有人在她的胸口用锤子狠狠捶了一下，疼得她不得不捂住胸口。

玄楚没有回头，只是轻轻地点点头。

他没有在这段记忆中添加任何为自己辩解或澄清的东西，把胜雪对他的误会也原原本本地告诉了她。

胜雪有些明白，为什么另一个自己会如此憎恨玄楚，恨到要杀了他。

但她又该如何选择？逼自己成为那个天胜雪，逼自己把那些根本没有印象的过去塞进脑子里，然后憎恨眼前的这个人吗？

做不到，现在的她根本做不到。

“你告诉我，白狐狸他现在究竟是生是死？”

玄楚用沉默回答了她。

“你说白狐狸和北霖国的黎王是兄弟？那黎王现在在哪儿？”

胜雪有些困惑，如果玄楚说白狐狸死了，那在飞虹殿和她见面的人又是谁？

“就在质子府中，你若是想见他，朕明日便传召他进宫。也许看到他，你就能想起白狐狸，毕竟……”玄楚的脑海中闪过两人的脸，“他们兄弟二人长得一模一样。”

还记得当日，白黎被当作质子送来南礼，他在大殿之上见到白黎，真的以为白狐狸没有死，还欣喜了一阵，后来他才知道，白黎不是白狐狸，白黎就是黎王，而白狐狸就是当年外界认为已经死了的北霖大皇子白岚。他们兄弟是双胞胎。

玄楚想到胜雪说过，白狐狸被黎王钳制，她为了救白狐狸才被送来南礼的，他对这个黎王就更厌恨了。

果然如传说中一般，嗜血无情，连自己的双胞胎哥哥都要利用！

这样的人，要不是顾及他的身份，玄楚绝不会让他活到现在。所以，玄楚虽然赐了他一座质子府，却处处克扣他吃穿用度上的开销，让他在太京的日子并不太好过。

把白黎的事告诉现在的胜雪，玄楚也有点小私心，如果胜雪真的相信他说的话，那么一定会憎恨白黎，会把白狐狸的死也算在白黎的头上。如果胜雪要杀白黎，他一定不会阻止。

“一模一样？”胜雪不知道自己现在该相信谁的话，或者说，她该相信什么话。

“你若是不信，可以当面问他。”

玄楚有些等不及要证明自己说的都是真的，于是他把八宝叫了进来，让他现在就去把黎王传召进宫。

很快，八宝回来复命，说黎王白天骑马时，不小心从马上摔下，摔断了胳膊和腿，无法进宫。

“朕的命令他一个质子也敢违背！去，把他给朕绑进宫来！”

“等一下，”胜雪叫住八宝，“既然黎王有伤在身，不如皇上准许我出宫去见他。”

“这怎么行！朕是皇帝，他是质子，朕让他进宫，就算爬，他也要给朕爬进来！”

胜雪摇摇头：“皇上是九五之尊，让黎王进宫，他自是不能违背。只是皇上刚刚说了，无论我想去哪儿，都不会再阻止，所以，请皇上让我出宫。”

听到“出宫”两个字，玄楚的心缩紧了。

这一天，还是要到了吗？她的选择还是要离开？

“好，朕派人送你出宫。”虽然心有不舍，但他还是答应下来。

该来的总会来，该面对的迟早要面对。也许胜雪出宫后会变得比现在快乐。

“谢皇上。”

“朕上朝去了。”说完这句话，玄楚就离开了落雪苑。

旭日东升，朝霞初染，远处的亭台，近处的阁楼，都被万道霞光所笼罩。

美景如画，浮生若梦，胜雪看着那朝阳，突然有种重生的感觉。

6 潭影空人心

“云御侍，这是今年新做的桂花茶，小满给你泡一壶尝尝。”小满热情地给胜雪泡好了一壶香气四溢的桂花茶。

“谢谢你，小满。”胜雪端起桂花茶，细细品尝。

也许是这桂花茶的香味能令她心平气和，因此，从上次大病清醒后，她格外偏爱这种茶。

此时的她已经吃过早饭，梳妆整理后等待送她出宫的人出现。

“应该是小满谢谢云御侍。”小满红着眼，“若不是云御侍那晚从刺客手中救了小满，小满这会儿早成了冤魂。”

回想起那晚的经历，小满至今仍心惊肉跳。

“关于刺客的事，你能讲述一遍给我听吗？”胜雪扶着受伤的头，假装有些头痛地说，“我记得不是太清楚了。”

小满坐下来，把自己当时看到的、经历过的以及听来的事都告诉了胜雪。说完后，她也像宫里其他的宫女一样，一脸憧憬又羡慕地撑着下巴感慨：“以前只知道皇上治国严苛，不想皇上也有如此温情暖心的一面。如果有一天我被劫匪劫持，也能有那么一个人愿意牺牲自己和我做交换的话，我一定非他不嫁！”

“皇上他这样做，也许是有其他考虑……”胜雪说着。

玄楚是皇帝，他乃万金之躯，竟然用自己去交换她？胜雪想过，也许玄楚对她说的那些过去并不全都是真实的，也许正像白狐狸说的，这世上真的只有她知道藏宝图在哪儿，所以玄楚才会对她这么好，也许就因为那张藏宝图，玄楚才会骗她、哄她、护她。但一张藏宝图而已，就能令胜雪对玄楚的意义重于他的生命，重于他的锦绣河山吗？

胜雪不想细想，也不敢再继续深想。

无论玄楚做了什么，让他心甘情愿的人是胜雪，不是云。

“可是云御侍，小满有一点不明白。皇宫这么大，为什么刺客偏偏跑到我们落雪苑来？”小满的疑惑也是胜雪和玄楚心中共同的疑惑。

“也许是刺客迷路了，误打误撞地进了落雪苑。”

嘴上这样说，真相又是如何？究竟是谁要掳走她？

御书房内，下了早朝的玄楚匆匆将慕锦衣叫来，问他关于刺客的抓捕情况，以及他对刺客身份的推断。

“回皇上的话，依臣看，刺客的身份有四种可能。”慕锦衣分析，“第一种，是碧水山庄的庄主派人来接天胜雪回去，不过如果真是庄主派的人，天胜雪昨晚肯定已经消失在皇宫里；第二种，是文九日派来的人，几个月前文九日消失后就再也没有音信，如今他派人来劫走天胜雪或许是为了打开机关盒；第三种，是知道了机关盒秘密的董太后，她派人来索要机关布阵图是假，想掳走天胜雪、得到藏宝图是真；第四种，是黎王。天胜雪出事前，是受他要挟来南礼找寻文九日，虽然文九日如今下落不明，但黎王对此事未必会放弃。而且，昨夜与皇上交手的刺客胳膊受了伤，黎王就恰巧从马上摔下弄伤了自己。”

“派人去盯着黎王。”

玄楚摩挲着头发，思量整件事，文九日、董太后和黎王都有嫌疑，究竟谁才是那个刺客真正的幕后指使？

“另外，朕要你去暗中保护胜雪，不许她有任何闪失。”

派慕锦衣这样的大将军去保护胜雪，可谓是大材小用，但把这件事交给别的任何人，玄楚都不放心。

“臣遵旨。”

“记住，这是你欠朕的。”玄楚提醒慕锦衣。

当初在营地，若不是他被文九日迷惑也不会引发后续的一连串事件，害玄楚被胜雪如此误会。

现在玄楚刻意将他从边关调回，除了是对他能力的信任，更因为他是当初唯一和文九日有过接触的人，玄楚希望他能找出文九日，彻底消除胜雪身边各种潜在的危险。

晌午刚过，八宝匆忙而来，没有多余的解释，带着皇上的令牌送胜雪出宫。

离开落雪苑前，小满依依不舍地与胜雪告别，希望她在宫外的生活能够开心快乐。

胜雪擦掉小满脸上的泪水，最后一次回头看了眼落雪苑，带着心中的爱与痛，毅然地转身离开。

出宫见黎王，确认白狐狸的生死，虽然是她此次出宫的主要目的，但还有一个目的，她没有向任何人明说。

她不要再当天胜雪的替代品，她要去过云的生活，她要把这一切恩怨情仇带走，她要让他的眼中少些悲伤……这才是她——云，唯一可以为他做的。

宫外的一切对第一次离开皇宫的胜雪来说是那么新鲜有趣，她却无心去看。

她在思量见到黎王时，要问的话，要知道的真相。

下轿后，八宝交给她一个包袱：“里面是皇上给姑娘准备的细软。”

“替我谢谢皇上。”

“胜雪姑娘，”八宝叫住即将转身的胜雪，“扑通”一声跪在她面前，“奴才求姑娘一件事。”

“八宝公公，你这是做什么？快起来。”胜雪去搀扶八宝。

“奴才求姑娘，无论日后是否想起过去，都不要再出现在皇上面前了。”说完，八宝朝胜雪磕了三个响头。

“我答应你。”胜雪扶起八宝，“我也求公公一件事，好好照顾皇上，他……是个好人。”

说完这句话，胜雪就迈上了质子府的台阶。

来开门的是一个白发苍苍的管家，问明了胜雪的身份后将她带进府中。

“王爷，云御侍来了。”管家让胜雪进房间后，退了出去关上门。

胜雪站在原地，有些胆怯地远远看着床上的那个人。

如果真相像玄楚说的那样，这个白黎是个为达目的连亲哥哥都能见死不救的人，那么他的心该有多冷血……

“怎么不靠近点？怕我吃了你？”白黎翻个身，一脸悠闲地躺在床上。

“为什么要骗我？”胜雪走到近前，开门见山地问，“他已经死了对不对？飞虹殿那晚，是你在假扮他，对不对？”

白黎一下子坐起来，仔细盯着胜雪看了许久，烦躁地一拍床板：“怎么又变回去了！”

“是你！”

胜雪忽然想到，昨晚她变回云御侍的事，除了皇上玄楚外，就只有那个刺客知道。因为小满说，她曾和刺客在房间里说了很久的话。

“什么是我？”白黎假装听不懂地半靠在床上。

“骗我说我是北霖细作的人是你，骗我说白岚还活着的人是你，骗我说只有找到藏宝图才能离开的人也是你，昨晚在落雪苑试图劫持我的人还是你！我不明白你为什么还要用谎言来欺骗我，为什么不放过我？白岚已经死了，我对你还有什么利用价值？”

白黎的反应已经证实了一件事——玄楚说的那些过去都是真实的。

“谁告诉你白岚死了？你见到他的尸体了吗？还是说，他一失踪，你就变了心，移情别恋地看上了狗皇帝！”

胜雪被问得不知如何回答，虽然她和玄楚都没有看到白岚的尸体，但按照玄楚的描述，在当日如此危险的情况下，白岚不可能有生还的机会。

“我没有变心！我只是不记得了。”胜雪有些心虚地避开了白黎的目光。

“既然你没变心，那就证明给我看啊！”白黎激动地跳下床，抓住胜雪的肩膀，让她无法避开他的视线，“也证明给我那可怜的哥哥白岚看看，看看他深爱的女人如何替他报仇！又如何为了他，辅助我继续这场复仇！”

“是你对他见死不救，我为何还要帮你？”

“因为白岚曾经用他的命换了我的命！因为我是他在这世上最后的亲人！我若是死了，他不会原谅你的！”

“既然你也说白岚是你在这世上最后的亲人，当初你为何不救他？”

“这是我们兄弟之间的事，不用你管。你只要记着一点，你的命是白岚救的，你这一辈子都欠他！更不许忘了他！”

白黎说的这些事宛如一块巨大的石头，压在胜雪的心口：“现在的我是云，不是天胜雪！我要过属于云的生活！我不要再想起过去！更不要和过去纠缠不休！放开我！让我走！”

胜雪试图推开白黎，白黎一怒之下将她拉拽到床上，就势压下去：“不管你忘了什么，都无法改变你就是天胜雪的事实！她就在你的身体里，总有一天，她还会再醒过来！你逃不掉的！哪也去不了！”

“那我就自杀！用我的命偿还你哥哥白岚的命，用我的死，结束这一切！”胜雪不知道从哪里来了一股勇气，直视着愤怒中的白黎，不计后果地说。

“死？”白黎被胜雪脑中的这个念头惊到，他没有想过当胜雪知道真相后会是这样的反应。

如果她死了，那这世上就无人能打开机关盒，他的复仇计划就无法实现了。

“我不会让你死的。”白黎的眼神忽然暗下去，胜雪顿觉空气变得寒冷起来，他盯着她，犹如一头猛兽盯着一只羔羊。

“先让你体会一下生不如死的滋味，让你知道，死是什么后果！”说罢，白黎就撕开了胜雪的衣服。

他玩弄过各种性格的女人，有妩媚的、有矜持的、有贞烈的，但不管是哪种女人，一旦有了身体上的亲密接触，就会一改最初的态度，认命也好，臣服也好，都会变得对他言听计从。

他要用这样的方法去征服这个女人。

胜雪被吓到了，她拼命地挣扎反抗，甚至想要咬舌自尽，但白黎捏住她的下巴，想要强吻她。

就在胜雪绝望地以为自己这次真的在劫难逃时，身上的力量骤然一轻，白黎被一个蒙面人抓起来，扔到一旁。

“你是谁？”白黎警惕地看着这个蒙面人，分析对方的来历和身份。

蒙面人不说话，用被子将衣不蔽体的胜雪包好，扛起来就要走。

白黎拔剑拦住他，蒙面人和白黎缠斗了一阵，最后蒙面人一掌击中白黎的伤口，他这才无力地放下剑，眼睁睁地看着蒙面人带着胜雪离开。

如果这是在北霖他的黎王府，蒙面人绝对插翅难逃！

虽然他在质子府中偷偷豢养了一批杀手，但不到关键时候，绝对不能暴露，否则他在太京的处境就危险了。

蒙面人一走，宠姬媚儿就出现道：“王爷，要不要派人去跟踪？”

白黎想了想，决定道：“不用了。”

“王爷，您的伤口又裂开了，媚儿先去给王爷烧点热水，再来伺候王爷换药。”

刚才白黎在房中强迫胜雪的时候，胜雪惊恐的叫喊声几乎传遍了整个质子府，一直在墙外听着的媚儿心中很不是滋味。

“不，给本王换身衣服，本王要进宫面圣。”白黎决定道。

他得到消息，慕锦衣被皇上秘密召回了太京。他曾在战场上和慕锦衣交过手，虽然蒙面人没有说话，但对方的招式和身形，都有八分像慕锦衣。

想到胜雪又变成了云御侍，想到她突然出现在质子府中，又突然被慕锦衣救走……白黎有理由相信，这应该是皇帝玄楚用的计谋——让胜雪来试探他，探探他的口风，然后再派慕锦衣暗中保护她。

有些庆幸，刚刚他和胜雪谈话时，自始至终没提到机关盒，如果被玄楚知道机关盒在他白黎的手中，那一切怕是会前功尽弃。

进宫前，白黎交代媚儿，让她给郡南王写封密函，将这里的事详细告知郡南王。

再有三个月，玉河的河面上就会结冰，董太后肯定会派兵攻打南礼，而那时北霖国内兵力空虚，他正好可以有所行动。如果他无法在三个月内完成和郡南王的约定，就会失去郡南王的支持，进而失去打败董太后的最佳时机。

究竟要怎样才能让胜雪一直是天胜雪，让现在的这个云御侍彻底消失呢？

带着这样的疑问，白黎进了宫。

胜雪被慕锦衣带离质子府后，安排在一家客栈休息。

“今晚，你先在这里休息，明早会有马车送你出城。”慕锦衣吩咐，他接到的命令是送胜雪安全地回碧水山庄，所以即便她差点被白黎轻薄，他也不想将这件事告诉皇上。

他了解皇上，一旦知道这件事，绝对会不管不顾地杀了白黎，到时候北霖正好有机会起兵，两国一旦开战，又将民不聊生。

“谢谢这位英雄。不过，我们以前见过吗？”胜雪看着蒙面人露在外面的一双眼睛问。

“不认识。”慕锦衣敷衍地答道，将另一包细软丢在桌上。

皇上给的那包细软肯定比这包贵重，却遗落在质子府里，他不会为了一包细软再冒险回去取。

“这些东西够你路上用了。等你到了地方，也不会再缺它。”

“你要送我去哪儿？”

“去你该去的地方。只有在那里，你才能真正安全。”

劫后余生的胜雪坐在椅子上发呆，白黎给她带来的恐惧和痛苦似乎还没能从她的脑子里彻底消除。她又一次意识到，离开皇宫，离开了他的保护，她是那么弱小。

夜深人静，星辉点点，明月高悬。

同一个月亮，在高墙红瓦的宫内和广阔的宫外，看到的未必是一样的光景。

作为质子，没有皇帝宣召，白黎连宫门都进不了。守门的侍卫说已经去通传，却让他在宫门外等到天亮。

为避免被玄楚怀疑，白黎将受伤的胳膊狠狠撞在石头上，掩盖原有的伤口，伪造成摔下马后造成的重伤。按照大夫的诊断，这伤筋动骨一百天，白黎短期内是不能再用这个胳膊做任何事，但胜雪出现后，一时情绪失控的他就忘了身上的伤。

这会儿缓过神来，再次加重的伤势让他很难再去忽视。

霜寒刺骨，久站让白黎已经有些坚持不住了，幸好他有功夫的底子撑着，否则脸色苍白的他早就晕倒在地。

早朝后，宫里才传来消息，让白黎去御书房见驾。白黎拖着有些虚脱的身体，一步步走进宫门。

本以为到了御书房见到玄楚后，他就能说服皇帝相信他不是刺客。可到了御书房外，他连皇帝的面都看不到，八宝公公说皇上正在审监造司送来的新寿陵图纸，于是白黎又只能站在院子里等。

与此同时，萧贵妃和淑妃都聚集在皇后宫中。

一个奴才背来一个大麻袋，将里面的人放出来后，皇后齐敏顿时惊住了。

怎么是她？皇上不是已经派慕将军护送她回碧水山庄了吗？

胜雪眼前的黑布被摘掉，惊慌无措的她看着眼前的一切，心中顿感不妙。

“大胆云御侍，看见皇后和本宫，竟敢不行礼！”萧贵妃趾高气扬地呵斥。

胜雪只觉后腿窝一软，被人踹倒在地上。

“奴婢参见皇后娘娘，贵妃娘娘，淑妃娘娘。”胜雪急忙行礼。

“还不把你毒害淑妃娘娘腹中龙嗣一事从实招来！”萧贵妃喝问。

“奴婢没有毒害龙嗣，请娘娘明察。”

毒害龙嗣是诛九族的罪名，她死也不会认。

“嘴硬是吧。本宫可有人证和物证！”萧贵妃叫来司药局的刘司药，让太医拿来淑妃每天服用的安胎药的药渣。

刘司药做证，淑妃娘娘服用的安胎药中的菟丝子是前段时间云御侍一人负责晾晒的。太医做证，说正是因为菟丝子被人动了手脚，才直接导致淑妃滑胎。

“本宫听闻，前几日你还用蓖麻子毒死了淑妃的白猫！”萧贵妃指着胜雪，用一种毋庸置疑的语气说，“一定是你嫉妒淑妃有孕，先毒死淑妃养的白猫，后毒害龙嗣！”

“奴婢没有！”胜雪否认。

“萧贵妃，白猫中毒一事已有人去慎刑司认罪，此事与云御侍无关。”皇后开口。

昨晚淑妃滑胎一事已经震惊朝野，可皇上却一点也不在意，就吩咐她查明真相即可。今早，萧贵妃就说找到了凶手，没想到带来的人竟是胜雪。

这很明显是一场阴谋，若没有证据，就很难再草率地替胜雪澄清，因为涉及龙嗣，必须要有一个交代，此事倘若处理不好，怕是会引火上身。

皇后给贴身婢女如心使了个眼色，让她偷偷去通知皇上，否则以她一人之力，今日保不了胜雪的安全。

“皇后怕是还不知道吧？昨晚慎刑司的大牢中有人畏罪自杀了，那个人便是前几日主动认罪毒杀了白猫的宫女。”萧贵妃得意地说，“听说，这个宫女的家人前段时间生了一场大病，没钱治病差点病死家中。不知怎的，一夜之间，这家人又有了钱，不仅治好了病，还买了田地。昨日慎刑司的人为查宫女毒害白猫一事，到这宫女家中搜寻，发现一张典当收据。皇后娘娘猜猜看，这家人典当了什么，才会一夜之间富贵的？”

皇后不语，淑妃猜道："难道是那宫女从宫里偷盗的金银首饰？"

萧贵妃摇头，从袖里拿出一样东西，扔在胜雪面前。

"不知云御侍是否觉得眼熟？"

一颗夜明珠从木盒里滚落出来，璀璨的光彩夺人心神。

她刚醒来的那几天，因为怕黑总做噩梦，皇上就把唯一的一颗夜明珠赏给了她。后来她的病情好起来，不再需要这颗珠子，也就没留意它被收在了哪儿。

"现在，你没法再狡辩了吧！"萧贵妃喝问。

她一口咬定，胜雪因为嫉妒淑妃有孕，毒死淑妃的白猫，为给自己洗脱罪名，就用夜明珠买通一个需要用钱的宫女，让这个宫女替自己顶罪。只是后来这宫女知道典当夜明珠的事暴露，为了保全自己的家人，才选择自尽身亡。

"夜明珠虽是皇上赐予奴婢的，但奴婢病好之后就没有再用过，不知道是如何又是何时流失到了宫外。对于在慎刑司自杀的那个宫女，奴婢连名字都不知晓，更无从谈起买通她顶罪的事。所以，奴婢没有做过萧贵妃所言之事，奴婢无法认罪。"胜雪坚持。

"你以为否认一切就能摆脱罪责？"萧贵妃冷起脸命令，"来人啊！给我用刑！"

"等一下。"皇后终于开口，"萧贵妃，此案涉及龙嗣，你我在这里草率用刑，未免不妥。万一有疏忽，屈打成招，就会放走害死龙嗣的真正凶手。"

"皇后娘娘，如今人证物证俱在，何来屈打成招？"萧贵妃早就猜到皇后会阻拦她，但今天她早有准备，绝不会像白猫事件那次一样轻易放过胜雪。

"萧贵妃，所谓的人证，一个是刘司药，她不过是安排云御侍晾晒草药而已，至于草药是何时被人动了手脚，又是谁动的手脚，她并不曾亲眼看到；至于在慎刑司自杀的那个宫女，死人如何来指认凶手？而所谓的物证，更是难以令人信服。这后宫之中，包括本宫在内，谁的宫里没有丢过东西？若仅仅因为夜明珠被典当，就认为是云御侍用它去买通了那个宫女，那未免太没有说服力。"皇后淡定地分析着，与萧贵妃的步步紧逼不同，她善于用冷静的头脑和有效的方法去改变局势，就像打太极一样，用四两拨千斤之力，打败对手。

"更何况，这宫里上上下下，都知道这颗夜明珠被皇上赏给了云御侍。即便云御侍真的要买通那宫女，又岂会傻到用夜明珠做报酬？据本宫所知，皇上赏给云御侍的金银珠宝不在少数，比起典当一颗夜明珠的危险，用别的金银珠宝岂不是更安全？所以，本宫认为，此事一定另有蹊跷。不如将此事交由大理寺审理，也好给皇上、给淑妃、给大臣们一个交代。”

胜雪感激又佩服地看着皇后齐敏。

这个恬静雍容的女人，身体里的力量和脑子里的大智慧，足以撑起她头顶上的凤冠。

她是一个有能力，有资格站在玄楚身边的皇后。

萧贵妃没想到自己会遗漏这点，虽然计划有点被打乱，但她还是继续坚持道：“皇后娘娘说得没错，目前来看，这些证据确实不足以证明云御侍杀死了龙嗣。但同样，也没有确凿的证据证明云御侍她没有对草药动过手脚，没有买通宫女，没有毒杀龙嗣。龙嗣一事非同小可，太后她老人家因为龙嗣被害一事深受打击，将蟠龙杖赐予妹妹我，让我全力查找凶手。所以，我觉得，宁可误杀千人，不可放过一个！”

说着，萧贵妃就让人把蟠龙杖请了出来。

“求皇后娘娘替臣妾做主，早日查出真凶。”淑妃也委屈地跪下求情。

这下齐敏不好再替胜雪开脱，只能期盼如心快点把皇上带来。

“给我用刑！”萧贵妃命令。

“啊！”

随着拶子被奴才用力拉紧，胜雪发出了一声凄厉的惨叫，被夹在刑具中的十指仿佛瞬间被砍断了般，痛楚直冲她的大脑。

“是不是你毒死了淑妃腹中的龙嗣？”

“我没有。”胜雪忍痛说，她的两只手臂已经痛得完全没了知觉，不知道这样的折磨什么时候才能停止。

“还敢嘴硬！给我夹！给我狠狠地夹！”萧贵妃咬牙切齿地说。

胜雪已经被痛苦折磨得没有了叫喊的气力，她跌倒在地，脑袋里昏昏沉沉的。

“还不招，给我再上夹棍！”

萧贵妃等不及地又加重刑罚，当胜雪的双腿也被夹棍夹伤时，她混沌的意识短暂地清醒了片刻，又陷入了昏迷。

看见胜雪被折磨得奄奄一息，皇后齐敏再也忍不住喊道：“住手！”

“皇后娘娘，这是？”萧贵妃不悦地问。

“淑妃刚刚小产，身子虚，这等血腥的场面，对她的身体无益。依本宫之见，还是将此事交给大理寺审理。”

“多谢皇后娘娘的关心，臣妾身子无碍，只求能早些找出凶手，为臣妾那还未出世的可怜孩儿报仇。”淑妃对胜雪的恨，除了丧子之恨，更有夺宠之恨。

想到正是因为胜雪，皇上才对她和她的孩子漠不关心，这种恨就更难平息。

“既然淑妃妹妹都说无碍，那臣妾就继续用刑了！”萧贵妃给丁嬷嬷使了个眼色，丁嬷嬷从袖子里拿出了一根长长的尖钉。

齐敏心口一紧，认出那东西就是可怕的追魂钉。

“住手！”

在丁嬷嬷准备用追魂钉钉入胜雪的肩膀时，皇后齐敏又一次喝止。

“这样的逼供与屈打成招有什么区别？”

“皇后娘娘，若不用刑，她又怎会乖乖地招认呢？”

“本宫自有办法让她开口。”皇后看向丁嬷嬷，命令她道，“把人放了！”

“谁要放了害死龙嗣的凶手啊？”太后的声音传进来，众人纷纷起身行礼。

太后在宫女的搀扶下，一步步走进来：“哀家今早痛失皇孙，身心俱伤。听闻皇后找到了凶手，便过来看看，究竟是哪个胆大包天的奴才敢对哀家的皇孙下毒手？”

皇后不语，萧贵妃替皇后回答：“就是下面的那个贱婢！”

太后看向齐敏问：“可怎么刚刚进来的时候，听见你要放人呢？”

皇后齐敏跪了下去，与此同时，她在心里对玄楚说了一句“对不起”。如今的情况已不是她一个人能掌控的，如果皇上再不出现，她真的无法再保全胜雪。

“回母后的话，臣妾是想将人送去大理寺审问。”齐敏回答。

“送去大理寺，她就会招认了？” 太后反问。

“太后，箫儿认为，与其交由大理寺审问，不如我们自行审问。只要下足了功夫，就不愁她不开口。”

“淑妃，你怎么看？”太后问淑妃，毕竟是她失去了孩子。

“臣妾痛失龙嗣，对凶手恨之入骨。今日若不审出一个所以然来，无法给我那可怜的孩儿一个交代。何况夜长梦多，臣妾也是认为越早审问出凶手越好。”

“嗯，”太后点头，“既然你们两个意见一致，那就继续审吧。哀家倒要看看，究竟是谁，那么狠心！”

萧贵妃见来了撑腰人，气势更足了，吩咐奴才用冷水把胜雪浇醒，打算继续用刑拷问。

“云御侍，我最后一次问你，为什么要害死淑妃的孩子？是不是有人指使你这么做的？”萧贵妃命人抓住胜雪的头发，拉起她的头。

这一问，皇后齐敏心中一凛，敏锐地发现，这场阴谋的目的或许并不仅仅是陷害胜雪那么简单，她们真正的矛头是要指向她！

为什么偏偏把胜雪送到凤栖宫来审问？因为幕后人料定她会帮胜雪。为什么追问是谁指使？正是为了要引导胜雪说出她们想听到的那个人的名字！

太后在看到胜雪的容貌之后，惊恐地从座位上站起来，害怕地指着趴在地上的胜雪，吞吞吐吐道：“她……她……是谁？”

萧贵妃不解太后的反应，想到太后并没有见过胜雪，走上前解释：“太后，她就是云御侍。”

云御侍？她就是那个被皇帝带回宫的天胜雪？

她怎么和那个贱人长得如此像？

她究竟是谁？

皇帝他究竟在做什么！

“用刑！给哀家用刑！”太后有些惶恐地大叫，她的反应让所有人都有些意外。

丁嬷嬷在萧贵妃的指使下，拿起追魂钉钉入胜雪的肩膀。

当血肉被生生刺穿的时候，胜雪脑中的某扇门蓦然间被打开了。

她看到了同样的逼供场面，感受到了同样的痛楚。

她看到了记忆中的天胜雪被一个公公用刑，听到天胜雪在神志不清时，呼唤着“白狐狸”……她意识到自己过去的记忆又回来了！一时间内心的恐惧完全压过了身体上的痛楚。

她害怕那些记忆回来后，自己就变成了天胜雪；害怕随着记忆的苏醒，云就会彻底地从这个世界上消失。

她一边努力压制脑中那些记忆的涌出，一边忍受着身体上的折磨，她觉得自己快要撑不下去了。

这时，她看到了地上的那颗夜明珠……

不可以在这个时候想起过去！不可以变成天胜雪！我答应过自己，不再给他带来任何伤害和痛苦！在我离开这个皇宫，离开他之前，绝不能让天胜雪再回来……

胜雪用意念保持着最后的清醒，紧咬着下唇，不发出一丝声音。

“快说，是谁指使你毒害龙嗣的？”丁嬷嬷恶狠狠地逼问。

血腥又残忍的画面让皇后齐敏转过头去，不忍再看。

她究竟是谁？天底下怎么会有长得如此相像的两个人？

为什么我没早点见到她？否则，绝不会让她活到现在！

太后的情绪渐渐冷静下来，看着地上不吭一声的胜雪，恨意丛生。

许多年前，那个叫虹的女人将她的丈夫迷得神魂颠倒，如今这个和虹长得一模一样的女人又把她的儿子迷得魂不守舍。

难道说这张脸就是上天给她的劫难？

她不会让自己败在这张脸上，十五年前她赢了，如今，她依然会赢。

“丁嬷嬷，哀家听闻你那里有种药，抹上之后可以让人奇痒难耐，最后抓破血肉而死？”太后打断了毫无进展的用刑。

“回太后娘娘的话，那药……”丁嬷嬷小心地看向萧贵妃。

那药以前有，是用来惩罚犯错的宫女的，后来皇后觉得太残忍，就下令禁用了。

“不如拿出来试试，或许能让她开口呢。”太后下了命令，丁嬷嬷也不再顾忌地从荷包里拿出一包药粉，准备倒在胜雪的伤口上。

“等一下！”齐敏再一次站了出来。

那药粉撒上后的情状有多可怕，她曾亲眼见过，正因为如此，她才下令禁止。

此时胜雪已经被刑具伤得体无完肤，若是再用上药粉，她不敢想象会是怎样的惨状。

“母后，臣妾认为，与其再继续严刑逼供，不如先将人关起来，派人去搜集更有力的证据，直接定罪。毕竟云御侍曾救过皇上，目前也不过是有嫌疑而已，若因此就被重刑逼供，日后皇上问起，臣妾也很难交代。”

“皇后，哀家有一事不明。”太后一脸严肃地问，“听闻审理白猫被毒杀一案时，皇后便诸多偏袒这贱婢。今日淑妃痛失龙嗣，人证物证俱在，皇后还一味袒护，难道皇后有什么把柄在这个贱婢手中？”

皇后齐敏紧张地低头回答：“臣妾并无任何把柄在云御侍手中，只因皇上去狩猎前曾交代臣妾好好关照云御侍，所以在这件事上，臣妾认为，不如请皇上亲自审理。”

时间拖到现在，齐敏想到一定是如心出了什么意外，没能见到皇上。

她的这座凤栖殿，今日怕是被太后的人封锁了。

“皇上日理万机，难道还要他耗费精力在这些事情上？”太后不悦地拍了下凤椅，“今日，哀家亲自审理，若是皇上日后责怪此事处理不当，也由哀家一人承担！”

“来人，用刑！”

“母后……”

就在齐敏不知如何才能阻止胜雪再受伤害的时候，一个太监急匆匆地走进来：“启禀太后娘娘，北霖黎王在殿外求见皇后娘娘。”

太后瞥了眼皇后，心想她怎么和北霖黎王有来往？不过这黎王来得也正是时候。

“宣。”

白黎带着一个包袱走进殿来，一一行礼道：“北霖黎王参见太后娘娘、皇后娘娘、贵妃娘娘、淑妃娘娘。”

“哀家听闻黎王前几日坠马，摔得严重，怎么不留在质子府养伤，反倒来了皇后的凤栖殿？”太后开门见山地问。

“小王今日进宫，本想向皇上献上一份大礼，却碰巧皇上不在宫中，小王这才将礼送来了皇后的凤栖殿。”

“哦，什么大礼？”

白黎将手中的包袱打开来，一颗血淋淋的人头露出来。

在场的众人都吃了一惊。

“大胆黎王，你这是什么礼？”萧贵妃掩着嘴，呵斥道。

“请太后娘娘明鉴，小王这礼是……”白黎跪下去，将自己事先想好的说辞全部说出来。

白黎说前日坠马并不是意外，而是人为。

他通过调查发现，那日马匹异常是因为被人投喂了毒药。白黎顺着毒药的线索查到那毒药来自宫中，就在他猜想究竟是谁要害死他的时候，这个叫小鑫子的奴才来到黎王的质子府，说他是北霖人，说他听到皇上要加害黎王的消息，特意来提醒黎王小心，还劝说黎王尽早离开南礼。

身为质子若擅自离开，不但是死罪，更可能导致两国发动战争，所以白黎没有听从这个小鑫子的话，而是让人暗中调查他的背景。

就在昨日，皇上派云御侍来探望他的伤势，他深感皇上的体恤，就更没有离开的念头。今日一早，当这个小鑫子又出现在质子府的时候，白黎才发现这是怎样的一个圈套和阴谋！

“太后可知，今早小鑫子来质子府对小王说了什么？”白黎卖了下关子才继续说，“这奴才竟然说皇上怀疑是我令淑妃滑了胎，要杀了我，他冒着被杀头的风险来跟我通风报信，让我尽快离开！”

“我心知有诈，就问他，皇上因何怀疑是我害死了龙嗣？毕竟我一直在质子府，没有传召，根本无法入宫。那奴才说，皇上查出令淑妃滑胎的药草就是五行草，而五行草是我北霖所特有的草药，宫中司药局所有的五行草都是来自北霖，而北霖最大的草药商又恰恰是小王侧妃的父亲，有很大的机会可以在五行草上动手脚。那奴才还说，加上前日，小王摔下马，皇上担心我已经猜到是皇上所为，认为我是报复皇上，才令淑妃滑了胎，准备派人来质子府将我抓起来，就地正法。”白黎看向座上的太后，继续说，“太后明鉴，小王虽是北霖的黎王，但处处受董太后挟制，几次险遭毒手。迫于无奈，小王才自愿来南礼当质子。小王入太京半年来，皇上对小王礼遇有加，又怎会突然要加害小王？所以，那奴才说皇上派人给小王的马下毒、加害小王一事，小王根本不信。”

“当今日得知淑妃滑胎，小鑫子又来质子府劝我离开时，我就怀疑，这奴才是董太后派来的奸细！后来，我在这奴才的身上发现了这个，识破了他的身份，他拔出匕首要杀我，幸好我的宠姬会武功，才保住了我的命。狗奴才发现阴谋失败，当场自尽。我只好砍了他的人头，带进宫中，献给皇上。”

白黎拿出一块令牌，上面刻有董太后的专有标记，接着道：“小王以为，这一切都是董太后的阴谋。她先派人加害小王，再让这奴才用谎言来欺骗小王，试图让小王和皇上之间生出嫌隙，让小王因为害怕而私自逃离南礼，到时候皇上再派人追杀小王，就正好如了董太后的意。只不过小王并没有中她的圈套，于是她又使出更狠的第二招，让这个奴才在淑妃的药里动手脚，令皇上误会是小王害淑妃滑胎。如果当时小王真的听信了那奴才的话，逃离了质子府，就坐实了小王是真凶的罪名，到时候董太后正好借皇上之手杀了小王。所以，太后，小王今日来献人头，更是献出了小王的诚意，希望太后和皇上能相信小王的忠心，保我一命。”说完，黎王又恭敬地跪下。

这样一番人证物证都有的说辞，在外人听来，整件事就是董太后一人的阴谋，为了除掉黎王而设计一切。

可太后却不是仅凭一个人头、一块令牌就能被轻易忽悠的人。

“黎王的怀疑有些道理，但哀家认为，董太后若真想除了你，何不在质子府里下功夫，反倒舍易求难，跑到我守卫森严的南礼后宫来动手脚？难道董太后不怕东窗事发，皇上查出害淑妃滑胎的真凶，举兵讨伐北霖？”

“太后有所不知，小王虽人在南礼，但小王的人脉却留在北霖。北霖最大的两项贸易一个是药材，一个是石材。而小王侧妃的父亲是北霖最大的药材商，小王妾室的家族是北霖最大的石材商，本王正妃的父亲则是北霖的兵部尚书，这一切都是父皇在世时留给小王的保命符。有了他们，董太后想杀小王，就既不能正大光明，也不能暗中刺杀。她只有借助他人之手，编造出一个令他人信服的理由，才有可能避免在小王死后北霖国内出现动荡。

“只有让小王死在皇上手中，董太后才能说服小王背后的力量去支持她，讨伐南礼。

“所以，这次淑妃滑胎，不单是要加害小王一人，更是连皇上都一起算计了。”

白黎此刻不得不佩服自己的前瞻性，在来这里前，他想到了太后会怀疑的很多问题，做好了充分的准备。

话说一个时辰前，他还站在御书房的院子里等皇上的召见。

后来，慕锦衣神色匆忙地跑进御书房，不一会儿，玄楚就和他一起急匆匆地离开了皇宫。

八宝说皇上有急事要去处理，让他先回质子府等着，所以他才离开了御书房。

为弄清玄楚去做什么，他在御花园的假山里秘密见了自己安插在宫里的奸细，也就是那个被他砍了脑袋的小鑫子。从小鑫子嘴里，白黎听到，原本被安排去护送胜雪的慕锦衣把人弄丢了，回来禀告皇上，皇上就六神无主地和他一起出宫找人了。

“王爷，还有一件事，今日凤栖殿外的侍卫全换成了太后宫里的人。”

白黎问他是否知道发生了什么事，小鑫子摇头，说太后的人口风很严，他很难打探清楚，但他怀疑应该和淑妃娘娘滑胎一事有关系。

白黎又细问了淑妃滑胎的细节，最后他想到了一种可能。

“没什么事，奴才就先退下了。”

在小鑫子转身要离开的时候，白黎迅速掏出匕首，刺向了他，将人杀死之后，砍下他的头包了起来。

他必须去凤栖殿一趟，就算最后会给自己惹来麻烦，他也必须进去，因为胜雪或许就在里面。

当他来到殿内，看到地上躺着的那个奄奄一息的女人时，他藏在袖子里的手悄悄握紧。不管现在是谁在控制这具身体，对白黎而言它都是属于天胜雪的，伤害它，就是在伤害天胜雪。

“黎王的忠心本宫一定会转告皇上。”皇后齐敏舒了口气，看向太后，请示道，“母后，臣妾认为，淑妃滑胎一案已真相大白，不如就这样结案吧。”

“既然黎王都已经这样说了，哀家又有何理由不相信，这一切都是北霖董太后的阴谋？”太后有些不平，她很清楚白黎是为了救胜雪，却一时也无法再提出新的质疑点。

“那黎王今日就请先回吧。”皇后齐敏命令道，“来人啊，送云御侍回落雪苑！”

“慢着。”太后叫停刚刚扶起胜雪的宫女，今日，她是无论如何也不会让这个和虹长得一模一样的胜雪活着离开的！

“哀家突然想起来，虽然黎王是被董太后设计陷害，那又如何证明这个云御侍不是董太后安插在我南礼后宫的奸细？哀家可是记得，她本就是北霖送来给我南礼建寿陵的贺礼。听闻她在营地里行为不检，勾引皇上，才被破例带回宫中，封为御侍。也许她和那个小鑫子是同党，她也是害淑妃滑胎的凶手。”太后指着胜雪说。

“太后说得对。单凭那小鑫子一人之力，如何能在后宫中搅起如此大的风浪，定是有人暗中配合支持。”萧贵妃又站了出来，“而那个人，一定是她！”

皇后齐敏的心再次悬了起来，好不容易黎王才替胜雪洗清罪名，现在又让她重新被怀疑，而且这一次，她杀人的目的不仅仅是因为女人的嫉妒，还因为她是敌国的奸细。

“小王可以证明，云御侍不是奸细。”白黎开口道。

“怎么证明？”太后问。

白黎从靴子里拿出一把匕首，走向胜雪。胜雪此刻被身体和脑袋的双重疼痛折磨着，痛苦地趴在地上。白黎走近她，将她凌乱的头发撩起，露出她的脸，单手扶着她的头，在她的耳边低声说了一句：“记住，这是你欠本王的。”

说完，白黎抬起头，用匕首逼问：“云御侍，你可是我北霖的奸细？”

已经痛到无法说话的胜雪，艰难地摇摇头。

“那你可是我北霖人？”胜雪又摇摇头，玄楚说了，她的家在南礼的碧水山庄。

“你是否恨我们北霖人？”

胜雪还没有反应，萧贵妃先坐不住了，说白黎问的问题都无关紧要，让他别再浪费时间。然而，就在这个时候，匕首不知怎的就握在了胜雪手中，并迅速刺进了白黎的腹中。

“快把黎王拉开！”齐敏大叫，侍卫急忙冲上来，将白黎和胜雪分开。

“大胆云御侍，竟敢刺杀黎王！给我杖毙了！”萧贵妃借机发挥。

“等一下。”白黎捂着被刺伤的腹部，艰难地看着座上的太后，“太后容禀，云御侍本不是我北霖人，她的真正身份是南礼碧水山庄的大小姐，当年她的未婚夫被董太后抓住，以此为要挟逼她来南礼建寿陵，并暗中查找藏宝图的下落。只是后来董太后见她迟迟未完成任务，便杀了她的未婚夫。试问一个对董太后恨之入骨的南礼人，又怎会替董太后卖命，做她的奸细呢？”

白黎低头看着自己鲜血直流的伤口说：“这一刀，便是证据。她的内心有多恨董太后，就有多恨我们北霖人。”

齐敏在内心对白黎的这番说辞和举动佩服不已。

虽然刚才的一刹那事情发生得太快，大家都没看清胜雪是如何夺走白黎手中的匕首并用它刺伤白黎，齐敏心中却明白，被夹了手指的胜雪根本无法握紧那匕首，更别说用它去刺伤人了。

这一切很明显，就是白黎自编自演的戏，为了替胜雪洗清怀疑，他宁愿伤害自己。

“你说她是我们南礼人？怎么可能？我不信！”萧贵妃第一个不接受。

“但事实确实如此，萧贵妃若是不信，可以派人去碧水山庄打探一下。”白黎说道。

失血过多已经让他的视线开始模糊了，他怕自己下一秒就会倒下，怕自己倒下后就无法再保护胜雪。

“母后，臣妾认为，此事牵扯太广，案情太过复杂，不如还是等查明一切后，再做定夺吧。”齐敏说道，只要能拖过这一时，等皇上出现，一切问题自然而然就迎刃而解了。

“眼下也只能这样了。来人啊，把云御侍带下去关起来，送黎王回质子府疗伤。”

“谢太后。”白黎终于放下心来。

“太后，这……”萧贵妃却不能接受事情就这样暂停。

“哀家也累了，箫儿，你送哀家回宫。”太后压制着她的情绪，让她送自己回宫。

“恭送太后。”

送太后回慈宁宫的路上，萧贵妃就不高兴地抱怨起来，不明白太后为什么舍弃这么好的机会。

“傻箫儿，你没看出那黎王抱定了要护那贱人的决心吗？如果哀家再紧紧相逼，他怕是会死在我南礼的后宫中，到时候正中了北霖董太后的下怀，引起两国战争，就是给皇上惹麻烦了。”

“那我们就真的要放过那贱人？”

“怎么可能放过？”太后阴险地笑着，“这后宫中，被关起来却突然暴毙的人还少吗？”

“箫儿明白了。”萧贵妃终于笑了起来。

太后不过是换了个方式要胜雪的命，而且因为白黎的出现，也打乱了太后想栽赃皇后齐敏的计划。

“可是，箫儿心里还是不痛快，凭什么淑妃那个贱人比我先怀孕？”萧贵妃摸着自己平平的腹部，吃醋地说，“皇上一定会因为她滑胎而怜悯她，只会更宠爱她的。”

“这你就说错了。”太后奸笑道，“这件事后，只怕皇上会将她打入冷宫，或是直接赐死。”

“为什么？箫儿不懂。”

“因为，淑妃她从来都没有怀孕……”太后告诉萧贵妃，淑妃怀孕是她一手策划的，不过是让太医在淑妃的膳食中动了手脚，让她的信期推后，并出现呕吐的症状，再加上太医的喜脉诊断，大家就都相信淑妃是真的怀了孕。之后，再让她来了信事，就说她滑胎，栽赃陷害给胜雪。

此举有几个目的，一是可以消除朝中关于皇上无后的流言，二就是可以除了胜雪，三还可以借机扳倒皇后。可惜出了黎王这个意外。

“没有怀孕？那可是欺君之罪，皇上他若是查出来……”萧贵妃担心不已。

“皇上他其实心里明白得很，淑妃腹中并没有他的子嗣。若真要追查这件事，也可以把罪名都安在淑妃头上，说她为了争宠假孕。反正当初给她诊出喜脉的太医已经死了，死人是不会开口为她辩驳的。”

“姑母，皇上他怎么知道淑妃腹中没有孩子呢？他是不是那方面真的有问题？”萧贵妃胡思乱想着，这些年皇上也宠幸过不少女人，怎么就没一个人怀孕呢？

“不许胡说！皇上的问题不在身体，而在这里。”太后指着心口，脑中闪过了胜雪的那张脸。

她一定要弄清楚这个女人的来历，一定要知道她的儿子为什么把这样一个女人留在了宫中。

当年虹妃死后，先帝一怒之下杀了飞虹殿里所有的人，还把宫中所有见过虹妃的宫女和太监都赶了出去。先帝死后，除了她这个皇后之外的其他妃子都殉葬了。如今这后宫中，见过虹妃的人应该就只有她和皇上了。

皇上他一定是有什么目的才把胜雪带进宫的。

白黎一出宫门，自家小厮就担心地迎上来，扶住浑身是血的他：“王爷，你怎么受伤了？小的这就送您回府。”

“别管本王，去找皇上，就说胜雪有难，让他速速回宫。”白黎抓住小厮的手吩咐。

“可是，王爷你还在流血，小的还是先送您回府吧。”

“快去！”白黎推开他，“本王还死不了。”

小厮见王爷如此坚持，只能不放心地转身离去。白黎捂着仍不停流血的腹部，一点点走回自己的质子府。

他的身后留下一条蜿蜒的血迹，在夕阳的映照下犹如一道魔鬼的泪痕。

今日之事，他绝不会轻易忘记。

那些伤害了胜雪，逼迫了他的人，他一定会全须全尾地讨回来！

胜雪被关在黑暗湿冷的密室中，身上的痛楚远不及剧烈的头痛。她艰难地举起已经没有知觉的手捂着耳朵，阻挡住不知从哪里传来的声音。那声音曾经出现在她的梦里，如今却似乎从梦里传了出来。

“把身体还给我！你不该活着的！把身体还给我！”

“不！不！”胜雪害怕地大喊，“不要这样对我，不要这样对我！”就在她和身体里的天胜雪抗争的时候，密室的门被打开，丁嬷嬷带着两个太监走了进来。

“把人拖出来！”太监走进去将胜雪从地上拖了出来，一直拖到后院的井口边。

“扔进去吧！”丁嬷嬷命令，“日后若是有人问起，就说云御侍趁送饭的工夫逃出密室，我等追赶她到此，她见无路可逃，便跳井自尽了！”

“小的们明白。”两个太监听话地将胜雪扛起来，毫不留情地扔进了井中。

胜雪坠入水中的那一刻，那些曾经遗忘的记忆全都涌了出来，她记起自己在地宫中如何和白岚分开，记起自己被玄楚带走跳入井中逃生……她的心连同她最后的坚守在水中被一点点撕裂、淹没。

“现在你知道了吧！那个狗皇帝是害死白狐狸的凶手！你要像我一样恨他！恨他！”

天胜雪的声音又响了起来。

她终于明白了身体里那个天胜雪如此仇恨玄楚的原因，也能体会到她锥心刺骨的痛苦。可是玄楚为什么会这么做？她不相信他是那样冷漠无情的人，她认为玄楚一定是有苦衷的。

“不要用你愚昧无知的同情心来试图说服我！从我的身体里消失！”

窒息感袭来，她觉得自己再也没有力气和原本的天胜雪抗衡，不过就算她此刻放弃，也不会再给玄楚带来任何伤害了，因为这具身体死了，她和天胜雪都会从这个世上消失。

就在她准备迎来死亡的时候，一个人影跳下来，奋力游向她，拉住她慢慢下沉的手，托住她的头，将一口气渡入了她的口中。

她不可思议地看着面前这双焦灼而不安的眼睛，在满足和平静中最终闭上了眼睛。

"胜雪！胜雪！"将胜雪从井下带上来的玄楚害怕地抱着她，"太医！快传太医！"

当他听到慕锦衣说胜雪不见了的时候，他担心不已，以至于没有思考清楚整件事就仓促地出宫找人。幸好黎王的人及时通知了他，他才能赶回宫来。

当他来到凤栖殿找皇后要人时，密室里空无一人，没人知道胜雪去了哪儿，就算知道也不会说。情急之下，他拔剑杀了密室外的宫人，带着滴血的剑冲进了慈宁宫。母后对他的出现一点也不意外，还试图拖延时间，最后他不得不用萧贵妃的命作为要挟，母后才说出胜雪的下落。

也许那时的母后认为，胜雪已经必死无疑了。但幸好他来得及时，他将胜雪救起之后，发现她还有微弱的气息。

玄楚不敢去想，如果再晚一秒，他是不是就会从此失去她。

7 玉阶生白露

落雪苑中，太医们轮番为胜雪诊治手上和腿上的刑伤。

皇后齐敏焦灼地等在她的凤栖殿内，祈祷胜雪平安无事。

虽然她几次替胜雪求情说话，但还是没能保下胜雪，最后胜雪差点命丧黄泉，皇上一定会责怪她。但就算皇上因此恨她，只要胜雪能熬过此劫，她也没有什么怨言。

想起当时，皇上握着滴血的剑从密室出来的那一刻，看向她的眼神是那么冰冷刺骨，犹如一把利刃扎在了她的胸口上。

阴森可怕的洞穴，丑陋凶残的怪物，摇摇欲坠的地宫，痛苦不舍的诀别，撕心裂肺的嘶吼……昏迷中的胜雪一次又一次经历着失去白岚的痛苦，一次又一次在痛苦中轮回。直到最后，她终于梦到自己抓住了白岚，要把他从洞里拉出来。

白岚还是一点点松开了她的手，他的身体被一团白雾迅速地吞没。

“白狐狸！”

胜雪在痛苦中醒来，房间里没有其他人。

她想坐起来，四肢的痛苦让她根本无法挪动半分。

她的头很痛，根本记不起自己身上又发生了什么。她最后的记忆是白黎来宫里找她，差点被当成刺客抓住，最后白黎挟持皇帝玄楚离开。

白黎如今安全吗？难道那个叫云御侍的人又用我的身体做了什么事，才遭受了如此可怕的惩罚？

想到身体被另一个自己占有，而自己却不知道发生了什么，醒来后，还要承担另一个自己所带来的后果，一股怒火就从心底烧了起来。

这一次，她绝不会再给那个云御侍回来的机会！

突然，门外隐约传来了一阵争吵声。

“荒唐！你怎么可以对她动情！”太后情绪激动地说。

“情这一字，有谁能说得清？朕已经动了心，改不了了！”玄楚的语气也很不快。

“你必须改！她长得那么像虹妃那个贱人，你对她动了心，将母后置于何地？”

“虹妃是虹妃，她是她，她们不是同一个人！母后你想得太多了。”

“哀家不管她是谁！只要她和虹妃那贱人长着一模一样的脸，哀家就不能容她！她必须死！”

“那母后就先杀了朕。只要朕还活着，就不许任何人伤害她！”

“你这是在逼母后啊！难道你要母后跪下来求你吗！”

“是母后在逼朕。”玄楚拔出剑，递给自己的母后，“这一世，朕已经失去她一次，绝不会再失去第二次。母后若真不能容她，那就连朕一起杀了吧。”

“你……”太后不可思议地看着面前的皇帝，“你真的喜欢过那个贱人？”

“她不是贱人。当年是父皇将她困在宫中，是父皇给她无边的宠爱，她从没有主动地抢过任何东西，也没有霸占过任何人。”玄楚为虹辩驳着，越长大，他越明白男女之间的感情有时并不是一个人可以决定的，特别是当一个人面对着比她要强大一百倍的人，更没有拒绝的资格。

“好啊。这就是哀家养的好儿子，这就是先皇选的好皇帝！”太后伤心地指着玄楚问，“你当真要为了一个女人，破坏你我母子的感情，毁了你的一世英名？”

玄楚没有正面回答，而是叫来宫人：“来人啊，送太后回慈宁宫，没有朕的命令，不许任何人前去打扰！”

“失败，这一生，哀家都是那么失败啊！哈哈哈！”

太后凄凉的笑声回荡在落雪苑中。

胜雪好不解，究竟那个云御侍做了什么，让皇帝和太后之间闹得如此不愉快。还有，那个和她长得一模一样，让玄楚爱而不得的女人，真的是先帝最宠爱的虹妃？

胜雪静静地躺在床上，思量着这次醒来后的计划。

与第一次醒来后的激动反应不同，这次她必须要有所安排，不能再贸然行事。否则，不但不能报仇，还会随时失去对这具身体的控制权。

她想，首要的问题是弄清发生了什么，然后她得再见白黎一面。

要实行复仇的计划，她一个人力量有限，白黎就是她目前最好的盟友。

玄楚走进屋内，将烛火调亮了些，拿着太医调制的养筋续骨膏准备给胜雪的手和脚再上一次药。

胜雪闭着眼睛，假装还昏迷着。

玄楚将药膏小心又细致地涂抹到她的十指上，之后又掀开被角，将药涂抹在她的脚踝上。

清凉的药膏渗入皮肤后，有一种酸痒感，胜雪忍不住地动了动脚趾。

玄楚观察到这一点，又抹了一遍药膏。胜雪为了忍住痒，不得不咬紧牙关，她的一举一动全落在玄楚的眼中，令他一直悬着的心终于放了下来。

她醒了，又一次被他从死亡线上拉了回来。

"既然醒了，就别装睡了。"玄楚将药膏放起来，转过身的时候，胜雪已经睁开了眼睛。

如今胜雪的手脚都有伤，她根本无法去伤害玄楚，与其让他知道自己不是那个云御侍，被他羞辱，不如继续假装自己就是云御侍，看看这个狗皇帝是如何对待那个云御侍的。也许面对云御侍的时候，狗皇帝会没有太多防备，这样，她正好可以找时机下杀手。

玄楚回到床前坐下，胜雪却转过头不看他。

他想，她一定在生气，毕竟她这一身的伤是因他而受。

小满送了碗红枣银耳汤进来，玄楚让她把东西放下就出去。

"朕命人熬了红枣银耳汤，来，喝一些，这样身体才能恢复得快些。"玄楚将胜雪扶起来坐好，舀起一勺汤要喂她。

胜雪真的宁愿饿死，也不想喝玄楚喂的东西，但为了复仇，她只能张开嘴，极不情愿地喝下。

这一举动让玄楚愣住了，他仔细盯着面前的这张脸，内心有个念头差一点就脱口而出。

她不是云御侍，她是胜雪!

胜雪又回来了!

玄楚不懂究竟是什么原因会让云御侍和胜雪之间，如此频繁地转换？玄楚决定把胜雪身上的事告知神医花飞雨，让他尽快进宫一趟。

见玄楚不动了，胜雪就紧张起来，生怕自己没扮演好云御侍的角色，被他识破。

“皇上，在看什么？”胜雪忐忑地问了句，尽量让自己的嗓音平静。

“没什么。来，再多喝一些。”玄楚将一碗汤都喂给了胜雪，看她在自己面前伪装得如此温顺，内心竟有种说不上来的苦涩和难过。

“你还记得昏迷前的事吗？”玄楚替胜雪擦着唇角的汤汁，若无其事地问着。

“有些记得，有些忘了。”胜雪聪明地回答，如果玄楚问她哪些记得，她会回答自己被用刑的事，如果问是因为什么事，她就说自己忘了。

“那朕帮你回忆一下。”玄楚告诉胜雪，他本是要慕锦衣护送她回碧水山庄，不想半路她被劫回宫中，逼迫她承认是害死淑妃腹中孩子的凶手。她抵死不认，便遭到了严刑拷打，还好黎王出面洗清了她的嫌疑。

“这次若不是黎王，朕恐怕都无法赶回来救你。明日，朕一定好好赏赐他。”

“奴婢有一事相求。”胜雪想，那云御侍是个谨小慎微的人，对玄楚肯定不会像她这样没大没小。

“说。”

“奴婢想亲自去趟质子府，当面感谢黎王的救命之恩。”

“等你的伤好了再去吧。正好这段时间，黎王也要在质子府里养伤。等你们的伤都好了，再见面答谢也不迟。”

“黎王受伤了？”胜雪担心地问，难道是他伪装成刺客那晚受伤了？

玄楚看出了她的疑惑，解释道：“黎王在凤栖殿上，为证明你不是北霖的奸细，握住你的手用匕首刺伤自己，说服太后相信你是憎恨北霖的南礼人。”

胜雪下意识地低头看自己的双手，好像那上面还流淌着温热猩红的血。

“朕都帮你洗干净了，你不用太介怀，黎王如此是他心甘情愿，也是他亏欠你的。”玄楚又扶着胜雪平躺下去，为她调整好枕头，盖好被子。

“朕明日再来看你。”

玄楚走后，胜雪想了好多。

白黎潜入落雪苑来见她时说的那些话是有一定的道理的。

董太后、玄楚，还有白黎，都是害死白狐狸的凶手，她既然要替白狐狸复仇，就一个也不会放过。

眼下，她要做的第一件事就是利用白黎杀死玄楚，之后再帮白黎登基，杀死董太后，最后，她也许会放白黎一条生路，因为他是白狐狸的弟弟，她不想到了九泉之下见到白狐狸的时候，提及白黎的事会让白狐狸伤心。所以，她不杀他，却也不会让他好过！

就这样，时间在胜雪筹谋复仇的计划中过得飞快，与此同时，平静的皇宫暗地里掀起了一场腥风血雨。

小满告诉她，淑妃滑胎一事，她已经没有了任何嫌疑，皇上还查出淑妃原来并没有怀孕，而是假孕邀宠，犯了欺君之罪。皇上打断了她的手脚后，将她丢进了冷宫。

因为这件事，小满对玄楚的看法又发生了大转变，认为君心难测，日后一定要夹起尾巴做奴才，千万不能惹恼了皇上。

胜雪一点都不意外玄楚对后宫妃嫔处理手段的冷血，只觉得那些把心放在一个禽兽身上的女人很是可悲。

她在屋里躺了十天，一直在琢磨一件事——如果她的样貌真和先帝的虹妃长得一样，那是不是可以利用这点好好做个文章，让玄楚失去皇位呢？

如果她能找到虹妃的一张画像就好了。

她从小满口中打听到，当年先帝痛失虹妃后，对后宫进行了一次大换血，现在留在宫里的宫女和太监都没有见过虹妃。至于飞虹殿，也一直被封着，是一个谁都不能进入的禁地。

胜雪想有机会她一定要去探探这飞虹殿，兴许能找到什么有用的东西。自从上次险些丧命后，玄楚就一直派人在暗中保护她，以至于她想偷偷地去某个地方，都很难甩开那些眼线。

她正苦恼着，萧贵妃就给了她一个机会。

这日阳光明媚，风光正好，萧贵妃来落雪苑探望胜雪，故意提到御花园的菊花开得正盛，她听说胜雪也是爱花之人，提议找一日二人一同去御花园赏花。

胜雪知道这是黄鼠狼给鸡拜年——没安好心，但还是欣然答应。

第二天，萧贵妃就派人来请胜雪一起去赏花。

胜雪抬头看了看天，只见空中乌云密布，并不适合赏花，心中甚是困惑，却也不能推托，就跟着来传话的公公出了落雪苑。

胜雪到的时候，萧贵妃和另外两个陌生脸孔的妃子已经在御花园假山上的凉亭里。见胜雪来了，萧贵妃热情地让胜雪坐在她旁边。

胜雪以不合礼仪为由推拒，恭敬地站在一旁。

这样的她，倒是让萧贵妃有些满意。

身为皇帝的女人，萧贵妃从没想过要一人专宠，可这并不意味着她会允许其他女人专宠，或是在她面前认不清自己的位置。

胜雪的恭敬若是出现在其他妃子身上，萧贵妃也许会给她一条生路，但胜雪不行。因为，萧贵妃从没见过皇上为了哪个妃子生病如此心急如焚，更没看过皇上为救哪个妃子亲自跳进井中……胜雪在皇上心中是不一样的，这就是她必须要除了胜雪的原因。

自从淑妃的那次计划失败后，太后就命她暂时不要轻举妄动。她听说了太后和皇上因胜雪发生争吵，以为太后如今的按兵不动是因为皇上用母子之情说服了太后。

她以为太后陷入了左右为难之地，所以她要帮帮太后，当然也是在帮她自己。

一开始大家还只是谈论花，后来不知怎的，话题就扯到了淑妃身上。

萧贵妃说自己是被淑妃蒙蔽才伤了胜雪，希望她不要放在心上。

胜雪欣然接受了她的示好。

事实上，那日在凤栖殿内被折磨的人是云御侍，对于这一身伤的记忆，她根本不记得。

又闲聊了几句，天空就下起雨来。

大雨滂沱，亭檐挂起飞瀑，天地间扯起万千水帘，雨声如鼓，敲得人心里忐忑不安。

“雨中赏花，真是别有一番韵味啊。”

胜雪附和地点点头，但其实，这些美景在她看来却没有一点韵味。

原本她的视力就有问题，只能看到黑、白、灰三种颜色。就算再美艳的花在她眼里也是一片死气沉沉之态，再加上娇弱的花在暴雨的凌虐下纷纷凋零、萎靡，何来美感？

暴雨下了大概一炷香的时间，骤然停歇了。

就在这时，有人指向西北的方向，惊呼道：“看那边！”

众人的目光顺着这人手指的方向看去，只见在西北方向出现了两道彩虹！

“难道是双虹跨日？”

萧贵妃点头道：“没想到今日赏花能有幸看到双虹跨日的吉象。”

众人眼中美丽的彩虹在胜雪眼中，不过是两道灰白相间的虹。

“妹妹听说，如果能在双虹下祈祷许愿，愿望都能实现。要不我们姐妹一起去双虹下为皇上祈福？”有人提议道。

当所有人来到双虹下时，才发现双虹笼罩在飞虹殿的上空。

“看来，我们只能在这里看看了。”萧贵妃故作沮丧地说。

宫里人都知道，飞虹殿自先帝时就被封了起来，不许任何人进入。纵使她们想在双虹下为皇上祈福，也不敢冒着被杀头的危险闯进去。

“是啊，可惜了。关于这双虹，妹妹还听说过一件事。在民间，如果男子看上了女子，求而不得，只要在双虹下许愿，那女子就会对男子动心，而且死心塌地，直到两人白首。”

“如果是女子看上了哪家公子呢？”萧贵妃问。

“也是一样的，只要女子在双虹下许愿，默念男子的名字，男子就会和这个女子双宿双飞。”

“这等传说，你我就当成故事听听罢了。你我姐妹共同侍奉皇上，怎能贪心地许愿希望皇上心里只有一个女人呢？”萧贵妃训诫后，就解散众人道，“时辰也不早了，今儿就到这儿，妹妹们都回去吧。”

其他人都离开后，萧贵妃忽然问胜雪：“伺候你的那个宫女呢？”

胜雪这才发现，一直跟在自己身后的小满不知何时不见了。

“她应该就在附近。”

胜雪的脚还没有完全好，这一路上都是小满搀扶着她走，如果没有胜雪的命令，小满是不会擅自离开的。

“这宫女也太放肆了，怎能擅离职守！来人啊，去把她给我找出来！”萧贵妃生气地命令。

胜雪急忙跪下恳求：“贵妃娘娘，奴婢想起来，刚才有点冷，奴婢就让小满回去取件衣服。”

言下之意，小满并不是擅离职守：“希望娘娘不要追究，奴婢在这里等她即可。”

“你腿脚还没有完全康复，怎能留你一个人在这里？这样吧，我让人送你回落雪苑。”萧贵妃热心地说。

“多谢贵妃娘娘的好意，奴婢还是在这里等她吧。”

萧贵妃表现得还有些为难：“既然你执意要等，那就等吧。”

送走萧贵妃，胜雪长舒一口气。

她刚才撒了谎，若是萧贵妃执意留下来陪她一起等，或是派人送她回落雪苑，谎言就会被揭穿，到时候小满肯定免不了受责罚。

她看了看空无一人的四周，很不解小满究竟去了哪儿。

小满虽然大大咧咧，却不至于做事不知轻重。自己受伤的这段时间，一直是小满悉心地照顾，她不会无缘无故地擅离职守。

难道她出了什么意外？

想到这里，胜雪就担心不已。小满是知画的妹妹，她不能让小满出事。

胜雪狐疑地看着面前那扇宫门和宫门上的三个镏金大字“飞虹殿”，一个猜测从她的脑海中闪过。

这一定是萧贵妃的阴谋，故意给她各种暗示，让她相信只要在双虹下面许愿就能独占皇上的心，用这种暗示引导她擅自闯入飞虹殿，犯下杀头大罪。

萧贵妃忽略了一点，她根本不是萧贵妃所想的那种一心要飞上枝头变凤凰的女人，她一点也不喜欢玄楚，更不可能为了一个民间传说而冒险闯进飞虹殿。

她会进去的原因，只有一个——将计就计。

胜雪一步步迈上台阶来到宫门前。

萧贵妃今日的重头戏，绝不是姐妹和谐、一起赏花。

双虹贯日，就那么巧合地发生在今天？

小满的失踪究竟和萧贵妃有没有关系？

曾住在飞虹殿里的虹妃，真的和我长得一模一样？

也许一切的答案，都在这扇门的后面。

胜雪鼓起勇气推开了飞虹殿的大门，院中熟悉的一切让她心中的疑惑更大，这里和落雪苑是一模一样的布局和造景。此时的胜雪并不知道今日之前，云御侍已经偷偷来过这里一次。

“小满，你在哪儿？”胜雪猜想，小满或许被萧贵妃绑在这殿内的某个房间里。

胜雪推开正殿的门，发现诡异的是，正殿中悬挂着无数黑色的纱幔，当她将门打开的瞬间，风从外面灌进来，吹动殿内的黑色纱幔，让人顿感阴森。

其实这些纱幔是红色的，火红的颜色。

胜雪穿过一道道纱幔，来到正殿的最里面时，悬挂在墙上的一幅幅画像让她震惊了。

画像上的人不但和她长得一模一样，连一颦一笑都带着七分相似。若不是清楚自己的过去，她甚至怀疑那画像上的人就是她自己。

天底下，竟然能有两个人如此相像！

怪不得玄楚看见她的第一眼，就误把她当成了画像上的虹妃。

忽然之间，胜雪明白了太后要杀她的理由。

儿子喜欢上了老子的女人，这不是乱伦吗？

如果这个秘密被曝光，玄楚的皇位就岌岌可危了！

想到这里，胜雪就取下一幅画，藏进袖中以备今后不时之需。

胜雪在殿内又找了一番，在确定小满没有被关在这里后，就打算离开。

刚一走出飞虹殿，她就被两个侍卫拦下了。

去而复返的萧贵妃面带难色地看着胜雪，惋惜万分地说：“云御侍，我不是告诉过你这里是禁地，擅自闯人者是要被砍头的吗？”

殿外站着的除了萧贵妃外，还有皇帝玄楚、皇后齐敏以及刚才一起赏花的几位娘娘。

好戏终于要上演了吗？

胜雪在内心嘲讽地笑了下，走下台阶，不慌不乱地行礼：“奴婢参见皇上，皇后娘娘，萧贵妃，各位娘娘。”

“你为什么会从里面走出来？”玄楚问，胜雪低着头没有回答。

现在还不是她为自己辩解的时候，也不是她反击的最佳时机。如果玄楚要因此砍她的头，她就把从殿里拿到的画公开，到时候，看他还怎么做这个皇帝！

“皇上容禀，今日臣妾邀请几位妹妹还有云御侍一起去御花园赏花……”萧贵妃把事情的始末原原本本地讲述了出来，不带丝毫隐瞒和篡改，还说她因为担心云御侍一个人行动不便，离开后没多久就返回来，却怎样也找不到云御侍。

害怕云御侍出什么危险，萧贵妃才去求见皇上，当他们一行人赶来事发地时，就看到了胜雪从飞虹殿里走出来。

其他妃子都可以替萧贵妃做证，她说的都是事实。

所有人的证词都说明了一点，没有人教唆云御侍去飞虹殿，没有人设计引她进去，更没有人将她绑架后扔在里面，全是她自己的决定，跟任何人都无关。

“云御侍，你怎么能因为一个民间传言就置先帝的旨意而不顾？虽然我们知道，你是为了替皇上祈福才冒险闯进殿内，但你这样擅自做主、无视先帝，将皇上置于何地？让皇上如何处置你才好呢？”萧贵妃说着，其他人也都议论起来。

先帝在位时，曾有一位妃子因好奇私闯飞虹殿，先帝知道后，将她沉了湖。后来玄楚即位，皇后娘娘的奶娘为捡皇后娘娘掉的纸鸢而误入飞虹殿，最后也活活被杖毙。据说皇后娘娘当时为奶娘求情，在御书房外跪了一天一夜，还是没能改变皇上的主意。从那以后，就再也没人敢进飞虹殿。

“求皇上念在云御侍初到宫中，又是初犯，饶了她这次吧。”萧贵妃第一个替胜雪求情。

“求皇上念在云御侍的初衷是好的，又大病初愈，饶了她这次吧。”又一个妃子跪下来求情。

皇后为难地看着皇上，她知道这些求情的话对皇上来说，不过是一个又一个将胜雪推向死亡的助力。

先帝有旨意，擅入飞虹殿者，杀无赦。

先帝在位时，曾因此事杀过妃子，玄楚即位后，还因此杀了皇后的奶娘。已经有各种事实在告知天下，这道遗旨是不可违背的。

今日若皇上因为几个妃子的求情就放了胜雪，在天下人眼中，皇上就成了一个因美色而置先帝旨意于不顾的昏君；在大臣眼中，胜雪就更成了迷惑皇上的妖女……所有人都会逼迫皇上杀了胜雪，以平息此事带来的负面后果。

此刻，这些妃子有多努力地求情，实则就有多用力地将胜雪逼入死地。

该怎么办？她要做些什么才能帮皇上摆脱困境，才能让胜雪化险为夷呢？

就在皇后齐敏不知如何化解此事时，只听玄楚哈哈大笑了两声。

那笑声太轻松、太愉悦，以至于所有人都愣住了。

“云御侍，你还真是聪明啊，怎么就猜到朕把画像藏在了这里？”玄楚笑着走近胜雪，从她袖中抽出一样东西，当着众人的面将画打开，“前几日，朕替云御侍画了一幅像，云御侍很喜欢，想从朕这里讨了去。可朕的墨宝岂是说要就能要的？于是，朕跟她打了个赌，朕把这幅画藏在宫里，只要她能找到，朕就赏给她。朕记得，她当时还向朕要了一块令牌，朕允许她随意进出这宫里的任何地方。”

“云御侍，你的令牌呢？”玄楚故意问道。

胜雪下意识地看向腰间的那块令牌，这原本是玄楚前日给她，说过几天送她出宫去质子府时用的。

皇后指着胜雪腰间的那块令牌：“莫不是那块？”

玄楚使了使眼色，八宝就走上前将那块令牌取回来交给玄楚。

“如今你既已找到这幅画，那就赏给你了。至于朕的令牌，自然就收回。下一次，你若再擅自做主进了这飞虹殿，朕就砍了你的脑袋，知道吗？”玄楚着重了“擅自做主”这四个字，暗示此事事出有因，而且还有皇帝御赐的令牌，并不是擅自闯入，并不违背先帝的旨意。

胜雪有点纠结，这时候她若回答知道了，就默认了画像上的人是她自己，她能逃过这次劫难；可如果她说不知道，把飞虹殿里还有很多画像的事说出来，虽然能引起别人对玄楚的怀疑，但他已经先入为主地说是她的画像，她若不能提出更有力的证据证明画像上的人是虹妃，别人会以为她病后神志不清，对于她说的话就会当成是胡言乱语，不会对玄楚带来致命的打击。

所以，既然此刻时机尚未成熟，他还把她当成是云御侍，处处维护，那她就暂时答应了吧。

在所有人不解胜雪为何迟迟不答时，她终于开口道："奴婢知道了。"

"好了，此事就此作罢，大家都散了吧。"

"皇上……"没料到眨眼间形势峰回路转，萧贵妃不甘心地叫了声。

"怎么了爱妃？你还有哪里没听明白吗？"玄楚不悦地回头反问。

"臣妾……"

萧贵妃心里愤愤不平，她千算万算也没有算到皇上会用这一招救了胜雪。

可胜雪究竟是从哪里拿到那幅画的呢？在此之前，她手上并没有其他的东西啊。

"臣妾许久未见皇上墨宝，不知今日是否有幸欣赏一番？"萧贵妃鼓起勇气说。

"爱妃，你问错了人。那幅画朕已经赏给了云御侍。"

"贵妃娘娘若不嫌弃，奴婢愿送给娘娘。"胜雪不怀好意地将画送上前。

萧贵妃将画打开，仔细地看了看，最终死心地将画又收起来还给胜雪道："君子不夺人所爱，既然这是皇上画给云御侍的，云御侍又怎能转赠他人？好生收着，千万别弄丢了。"

"多谢贵妃娘娘提醒。"

"既然爱妃喜欢，不如朕明日替爱妃画一幅如何？"

一句话就扫清了萧贵妃内心的不快，她立马喜上眉梢道："臣妾谢皇上。"

玄楚看着跪在他面前的萧贵妃，眼底闪过一抹杀意。

就这样，一场原本杀机四伏的阴谋，轻易被玄楚化解了。

看着众人离开的背影，胜雪不禁重新思考起自己的复仇计划。

这不是她第一次被玄楚救，也不是第一次看到他舌战群儒，颠倒黑白，化险为夷。面对玄楚这样强劲的对手，她深深明白绝不能掉以轻心，一定要步步为营，一击毙命！

回到落雪苑，看着空空的院子，找不到小满的胜雪就更加担心，小满会不会已经被萧贵妃杀了灭口。

晚饭后，八宝公公派人抬来一个麻袋，里面装的正是被人捆住手脚、塞住嘴巴的小满。

一看到胜雪，小满立刻泪流满面。

原来她在跟着胜雪来到飞虹殿附近后，忽然被人捂住嘴巴打晕后拖走，等她醒来后，发现自己被装进了麻袋里。幸好八宝公公带着暗卫们及时出现，她才免于被人沉湖灭口。

胜雪没把今日在飞虹殿外发生的事告诉小满，不想让她太紧张，让小满洗了洗手和脸后，送她回自己的房间休息。

当胜雪返回自己的屋子时，玄楚已经站在屋内。

一下子，她警惕起来，演起了她所想象中的云御侍。

“奴婢参见皇上。”胜雪在玄楚身后行礼道。

“起来吧。”

玄楚坐下来，将那幅画打开：“告诉朕，为什么要把这幅画从殿里带出来？”

虽然心里已经猜到答案，还是想从她嘴里听到。

“奴婢只是觉得好奇，为什么飞虹殿里会有奴婢的画像？而且奴婢一点也不记得自己曾画过这些，难道说是奴婢失去记忆前画的？即便如此，又为什么会挂在飞虹殿里呢？”

看胜雪还在假装，玄楚也不拆穿她：“想不想知道画像中的人是谁？”

胜雪低着头不回答，因为她知道，如果玄楚想说，她就算不想听，也不能捂住耳朵。

“她叫虹，是你的姑姑……”

玄楚把慕锦衣打听到的那些事都告诉了胜雪，希望她能明白，从一开始，他就没有骗过她，说她和他心爱的女人长得一样，是确有其事。

“她是父皇的虹妃，也是朕喜欢的女人……”玄楚把他从未跟任何人提过的往事，在这一晚通通告诉了胜雪，一切的一切都是真实的，除了最后这句话，“所以，朕对你好，也只是因为你长得像她而已。”

没想到他竟然亲口承认自己爱上了父皇的妃子？

“皇上将这一切告诉奴婢，是因为要砍了奴婢的脑袋，让奴婢死得明白吗？”胜雪不明白在她和玄楚关系最好的时候，他都没有在她面前提过关于那个女人的事情，如今为何要对云御侍和盘托出？难道……胜雪只想到了，玄楚会这样做的一个理由——把一切都说出来，让她死得明明白白。

“你错了。朕告诉你，是因为你现在是云御侍，当你变回天胜雪，就会忘了朕今日说的所有话。”

玄楚看出了她脸上表情的微妙变化。这番话他不会告诉云御侍，因为云御侍不是他喜欢的人。他也不会告诉天胜雪，因为就算他说了，胜雪也不会相信更不会关心，所以他把这件事告诉了假装成云御侍的天胜雪，然后假装胜雪什么都不知道。

胜雪有些相信他的这个理由，如果他说的都是真的，那么虹妃就是她那个被赶出家门的可怜的姑姑，也是他那个爱而不得的恋人。

“奴婢还是不懂。奴婢不过是一个小小的御侍，何德何能让皇上倾吐心事？”

玄楚走过去，握住胜雪的手。

胜雪下意识地一缩，又尴尬地停下，她现在是云御侍，不是天胜雪。

“因为云御侍从来不会伤害朕，对吗？”玄楚将胜雪扶起来，看着她的双眸问。

胜雪被他的眼神烫到，呼吸一顿，气急败坏地想：难道云御侍和这个狗皇帝之间有了什么男女之情？

不要！不要！

“多谢皇上厚爱，奴婢一定会尽心伺候皇上的。”胜雪收回自己的手，又跪了下去。

看她这样的反应，玄楚忍不住抓住她的肩膀让她站起来道：“你一向伺候得都很尽心，朕不会亏待你的。”

胜雪听着“伺候”两字，心里特别别扭。

“这几日你身体不适，过些天等你彻底好了，朕再让你好好伺候。”

说完这句暧昧不清的话，玄楚才心情良好地离开了落雪苑。

一向伺候得都很尽心？等你彻底好了，朕再让你好好伺候？难道我和他已经……

胜雪摇摇头，不敢去想这句话背后的含义。

死皇帝，如果你碰了我，我一定将你挫骨扬灰！

云御侍和皇帝之间究竟发生了什么，这个问题就这样困扰了胜雪好几天，直到太医诊断说她已痊愈，可以出宫了，这个问题还盘旋在她的脑子里。

很多个夜晚，她都不敢深睡，生怕自己睡过去后，再醒来就变成了云御侍。

她不知道自己为什么会变成现在这样，于是她飞鸽传书给自己的师父——花飞雨，希望他能想个什么办法治好她。

花飞雨的回信很长，内容从医理谈到玄学，说人有三魂七魄，每个魂魄都代表一个不同性格的自己，说胜雪伤到脑袋又伤了心，受了极大的刺激又命悬一线，导致魂魄没有归位，分裂出一个云御侍来。从某种意义上来说，云御侍也是胜雪，只不过是另一个她所不知道的自己。因为这种情况前所未见，花飞雨也不知道如何治愈胜雪，但他曾听他的师父提过这种病，在某本古书里有记载，只是他师父云游四海去了，等他找到师父，或许就能找到办法。

信的最后，花飞雨提醒胜雪，若想遏制云御侍的出现，只能让自己少做一些对云御侍刺激太大的事情，只要不去刺激云御侍，她就会一直沉睡。

胜雪看完信后，还是一筹莫展。

8 万树影参差

不刺激云御侍的事情，究竟是什么事呢？

终于到了可以出宫的日子，八宝公公送胜雪去质子府。

因为胜雪去之前并没有通知白黎，胜雪到的时候，白黎正躺在院中的长椅上休息。

管家要去叫醒他，胜雪拉住了管家。

如今已是深秋，和煦的秋风轻柔地将枝头的枯叶吹下，落叶静静飘落，像是不忍打扰树下之人的美梦。

看到这一幕，胜雪脑中顿时跃出一段过去的记忆。

世界仿佛在她眼中被重新渲染了一番，她看到天空的颜色恢复成蓝色，屋顶的颜色恢复成褐色，门的颜色恢复成暗红色，草的颜色恢复成深绿色，落叶的颜色恢复成金黄色……

她看到年少的自己蹑手蹑脚地从画面中走出来，双手背在身后，拿着一只刚从草丛里抓到的虫子，小心翼翼地走到正在熟睡的白岚身边，将虫子放在他胸口，然后逃也似的跑开，躲在一旁的树后看好戏。

不一会儿白岚醒了，捂着脸痛苦地大叫：“救命！快救我！”

胜雪急忙从树后跑出，冲到白岚身边：“你怎么了？”

“虫子，有虫子爬进了我的鼻子！它在吃我的肉！疼，好疼啊！”

“让我看看！快让我看看！”胜雪着急地去扒白岚的手，不想他一下子松开，迅速将胜雪搂住压在长椅上。

“好你个小东西，竟敢戏弄我？”

“谁是小东西？我已经十二岁了！还有，戏弄你怎么了？你在我家白吃白喝这么多年，戏弄一下不行吗？”

“十二岁了啊？这么说，你可以为我生娃了？”

“谁要跟你生娃娃！你个色狐狸！快放开我！”

“庄主已经将你许配给我，生娃娃是迟早的事。如果你再这么顽皮，我不介意跟庄主提议让你早几年嫁给我，再多生几个娃娃，你就没精力抓虫子来吓我了。”

“臭狐狸！我恨你——”

当红着脸的自己从画面中跑开的时候，世界又瞬间恢复成了黑白灰三色。

画面中的白岚冲胜雪笑了笑，又走回那个长椅旁，缓缓躺下后，重新闭上了眼睛，一切又恢复成原有的样子。

“不要！”胜雪的眼眶瞬间湿润了，她急切地走到白黎身边，抓住他的手臂摇晃，“不要离开我！白狐狸，你醒醒！醒醒！”

白黎被摇醒，第一反应就是抓住这个女人的手，将她拉到自己近前，紧盯着她问：“你是谁？”

此时的胜雪从恍惚中回过神来，挣扎着要抽回自己的手：“放开我！”

“告诉我你是谁，否则，别想让本王松开！”

胜雪用一个巴掌回答了他的问题，对于这个白阎罗，她从来都不留情面。

被打后的白黎摸着有些发烫的脸，有些狐疑地问：“你是胜雪？”

“难道你想我是她？”胜雪一脸怒气地站在一旁。

她的手腕刚恢复些，被这白阎罗用力一捏，又受了伤。

“我怎么知道你不是她？”

白黎不知道胜雪和云御侍之间转换的规律，不想因为误认而坏了大事。

“你可以问我只有胜雪知道，而她不知道的事。”

白黎想了想，开口问：“我最近一次亲你是什么时候？”

“你什么时候亲过我？”胜雪暴怒地反问。

白黎一下子笑了，确认道：“你果真不是云御侍。”

“我当然不是她。”胜雪答道，忽然想到了什么，指着白黎的鼻子问，“你是不是对云御侍做过什么？”

“你指的是什么？”

“就是……”胜雪着急地指着自己的嘴唇，始终没办法把那几个字说出口，“就是做了禽兽不如的事情！”

“当然做过啊！要不然你以为我为什么会在凤栖殿如此维护云御侍，甚至不惜伤害自己去保护她？”

“你找死！”胜雪气急败坏地冲上去，掐住白黎的脖子就开始用力摇晃。

白黎也不反抗，直到来送茶的管家看到这一幕，前来阻止，白黎才得以呼吸。

“咯咯！”白黎咳嗽不止。

管家心疼地说：“云御侍，请念在我家王爷用匕首捅伤自己，以证云御侍清白的分上，饶了我家王爷吧。”

“谁让你多事的！下去领板子！”白黎大喝，令管家离开。

“你真的捅了自己一刀？”

一开始别人说的时候，她不怎么信，因为像白黎这样狡猾的人肯定会演戏，瞒天过海。

“你若不信，我可以脱给你看。”说罢，白黎起身便要脱身上那唯一一件单衣。

胜雪急忙转过身：“不许脱！”

“那你是信了？”

“是你自己要捅的，又不是我求你的。真假与否，与我何干？”胜雪冷漠地说。

“你说得没错，那一刀是云御侍欠我的，不是你欠的，与你无关。”

白黎也有些生气了，故意说反话。

当日他之所以会冒如此大的风险，根本就是因为他在意胜雪，什么云御侍，他一点也不在乎！

“言归正传，今日我来找你，是有笔交易要跟你谈。”

胜雪闻言转过身来，就看到白黎裸露在外面的身体上缠着厚厚的布带，也许是因为刚才的动作，伤口渗出了血。

“变态！”胜雪骂了句，又转过身去。

“不能怪我，大病未愈，行动缓慢，怎比得上你雷厉风行的速度，说转身就转身。”

“别废话，快把衣服穿好。”

“想快的话，你来帮我穿？”

“做梦！”

“着什么急。”

“快点！”

“你可以转过来了。”重新穿戴好的白黎又躺回长椅上，“说吧，你来找我是要谈什么交易？”

“我可以暂时不杀你，也可以帮你打开机关盒，但你要跟我联手。第一，帮我杀了玄楚；第二，打开机关盒后，我只给你一半的地图，等你帮我去地宫找到白狐狸后，我再给你另一半地图！”

“白狐狸已经死了。”

“你胡说！没有看到他的尸体，谁也不许说他死了！”

白黎还想说什么刺激她，但看到她微红的双眼后，心一软又吞下了要说的话，冷哼了声。

“怎么样？你要不要答应？”胜雪开出的交易条件中，她比较担心白黎不会答应杀玄楚。

“这里是南礼的都城，玄楚那狗皇帝住在守卫森严的皇宫里，你让我帮你杀了他，莫不是让我自寻死路？”

上一次白黎闯进皇宫，只是进了小小的落雪苑就差点丢了性命。这次若再进宫，还要闯进守卫森严的御书房，无异于自杀。

若是能那么容易就杀了玄楚，郡南王也不会筹谋多年未果，转而答应与他合作了。

“如果我引他离开皇宫，离开都城，你能杀了他吗？”胜雪说。

白黎来了兴趣。

郡南王刚给他送来了密函，说如果暂时打不开机关盒，可以改变策略，先想办法除了玄楚。

“你有什么计划？”

“你先回答我，这个交易你到底要不要做？”

白黎想了想，开口说：“当然要做！”

“那好，把机关盒给我吧。”

看着伸在自己面前的这只手，白黎心叹，她倒是迫不及待。

“跟我来。”白黎走回房间，从暗格中取出了一个机关盒。

机关盒的大小和玄楚赏给胜雪的夜明珠差不多，都是球形。

胜雪拿在手里掂量了一下，又看了看，揣摩这东西会是按什么规律制成的。

“怎么样，能打开吗？”白黎紧张地问，“文九日说，打开它的机关密语只有你母亲知道。你想想，你母亲临终前跟你说了什么？”

胜雪闭上眼睛，集中精神回忆……

“雪儿，还记得母亲教你唱的那首童谣吗？”

“雪儿记得。”

“那雪儿给母亲唱一遍好不好？母亲有点累了，想听着雪儿的歌睡觉。”

“好，雪儿唱。”

“丙之晨，龙尾伏辰。均服振振，取虢之旗，鹑之贲贲，天策焞焞，火中成军，虢公其奔……”

回想到这里，胜雪忽然明白了什么。

母亲临终前并没有将机关密语告诉她，而是让她唱那首儿时听了无数遍的童谣。

难道母亲设计机关密语的时候，就是按照童谣里暗含的东西设计的？

“是不是想起什么了？”白黎激动地问。他从胜雪脸上看到了一种恍然大悟的神情。

“你出去，我试试看能不能打开。”胜雪让白黎出去等着，白黎虽不愿意，也只能听从。

胜雪将机关盒拿起来仔细研究：“甲、乙、丙、丁、戊、己、庚、辛、壬、癸是十天干，子、丑、寅、卯、辰、巳、午、未、申、酉、戌、亥是十二地支，那么丙子日是……”

胜雪打开了第一道机关，紧接着，她凭着自己的直觉继续打开第二道、第三道，直到第七道“火中成军”的密语解开时，“砰”的一声，机关盒打开了。

胜雪担心地图被抢走，因而失去交易资格，于是快速用发簪将地图一分为二，然后把其中的一半地图又放回机关盒中。

当她走出来的时候，白黎从她眼中看到了“成功”二字。

“地图呢？”

“给。”胜雪将半张地图扔给白黎，“剩下的半张地图先存在我这里。等你杀了玄楚，帮我找到白狐狸后，再给你。”

“反正普天之下，除了你没人能再打开这机关盒，不如将另一半地图先放在我这里一起保管。”白黎试图将机关盒拿回来。

胜雪眼明手快地将机关盒藏进袖子里：“还是放在我这里比较安全。”

白黎见她态度坚决，只能退让道：“好。就暂时放在你那里，不过，你千万别弄丢了。”

“这可是我和你交易的唯一筹码，它比我的命还重要。”

“你打算如何引玄楚离开都城？如果只是短期的离开，恐怕还是很难得手，最好能拖上几天，我也好布置。”

“等我消息。”

胜雪办完该办的事就准备返回宫中，离开前，白黎又叫住她问：“你当真不记得自己是云御侍时的事？”

“这很重要吗？”胜雪不高兴地反问。

关于云御侍的任何事，她都排斥和厌恶。

“对你不重要，对某些人却很重要。”

白黎有些黯然，他伤害自己救云御侍，并不希望云御侍能多感激他，却希望当胜雪回来后，能记得他曾为她做过的那些事。

与哥哥白岚不同，他白黎向来不做亏本买卖，只要付出，就一定要有回报。

如今，他既然已经对胜雪动了心，也为她付出了这么多，这个女人的心里就必须要有他白黎的位置。

也许不是现在，但一定是将来的某一天。

“只要对我不重要就行。”胜雪头也不回地离开了质子府。

入轿前，她又看了眼喧闹的长街，记忆中五彩斑斓的店铺，如今也都是一片灰白色。

对她来说，从白狐狸消失的那天起，这个世界就已经没有了色彩。

也许，只有找到他，她的世界才会重新恢复色彩。

白狐狸，你一定要等着我！

胜雪刚回到落雪苑，小满就紧张兮兮地跑到她屋里来，告诉她今日宫里出了件大事。

“皇上邀贵妃娘娘一起泛舟，并在舟上给娘娘画像，谁料一阵大风吹来，站在船头的贵妃娘娘竟然一头栽进了玉湖里。当时舟上只有皇上和娘娘两人，幸好有一队守卫经过，跳进湖里将娘娘救起。只是因为娘娘溺水时间太长，到现在还昏迷不醒，太后娘娘召来了整个太医院的太医去坤仪宫，全力救治贵妃娘娘……”

真是好大一股风啊。

胜雪在心里冷笑，她才不信那么巧，一阵风能把贵妃吹进湖里，不过，以玄楚的武功，倒是轻易就能做到令舟颠簸。他对任何人都是如此冷血无情！

胜雪懊悔不已，自己当初真是瞎了眼！竟然还会同情他、信任他，把他当朋友！

“云御侍，各宫娘娘都去探望了，你难道不去吗？”

胜雪觉得可笑，语气却装得平淡如水：“小满你要记住，虽然我住在这落雪苑里，但我只是奴婢，不是主子。所以各宫娘娘可以去，我不可以，也无须去。”

“可是皇上对你……”

小满觉得皇上对云御侍的好，连皇后都比不上。云御侍虽没有主子的头衔，却比主子更有地位。

“皇上对我好，不过是念在我曾救过他的恩情上，除此之外，别无其他。”

胜雪想到一点，于是她非常严肃地问：“如果有机会离开这儿，你愿意走吗？”

小满眨眨眼睛，想了一会儿，点头道：“小满愿意！”

“那好，日后有机会，我一定带你一起出宫。”

除了醒来那日，情绪失控的胜雪对小满说出了她的身世之外，胜雪就再也没在小满面前提过。胜雪觉得小满不知道这个秘密，才是对她最好的保护。

“云御侍，你口渴吗？我给你泡杯桂花茶吧。”

小满开心地给胜雪倒了杯她最喜欢喝的桂花茶，胜雪低头抿了一口，想到一个问题，放下茶盏，起身道：“小满，给我准备一些牛膝草、柠檬草、马鞭草、甘草、玫瑰茄、薄荷、迷迭香、菩提子、香蜂叶，还有茉莉。”

“云御侍，你要这些做什么？”

“很快你就知道了，快去帮我准备吧。”

胜雪将小满准备好的东西包在白色的纱布里，在开水中浸泡了半盏茶的时间后，取出来，将水倒进玄楚赐给她的黑玉壶中。

这黑玉壶可以保持水的温度，是东齐国的贡品，整个南礼后宫也只有三个。

“小满，我有件事要拜托你去做……”

胜雪告诉小满，等下她离开后，替她去趟御书房给皇上送药。如果八宝公公问起，就说她去坤仪宫看望贵妃娘娘了，自己看皇上的药熬好了，就替她送来了。

至于皇上再问其他的，小满就说不知道。

“云御侍，你怎么忽然改变主意了？”

胜雪笑了笑，并没有给出任何回答，就端着黑玉壶离开了落雪苑。

一路上，她都在计算自己的步伐，计算着从落雪苑到坤仪宫的距离，计算着小满赶到御书房的时间。她必须保证接下来的这场戏，自己能将时间把握得刚刚好，否则后果不堪设想。

胜雪抵达坤仪宫后，禀明来意，门口的守卫就让她进去了。

她现在是司药局的人，给贵妃娘娘送些清醒提神的茶汤，是分内之事。

“你怎么会来这里？”

胜雪一走进屋内，太后就勃然大怒：“来人啊！把这贱人给哀家绑起来！”

胜雪早料到太后会是这反应，她假装惊恐地跪下求情：“太后娘娘息怒，奴婢是来给贵妃娘娘送醒神汤的。”

“谁要你这个贱人送的东西！”太后一脚踢翻胜雪手中的黑玉壶，滚烫的茶水倒出来，烫伤了胜雪的手。

她大叫一声，装出楚楚可怜的模样为自己辩解：“太后娘娘饶命，奴婢只是一片好心，这醒神汤说不定可以让贵妃娘娘醒过来。”

“你好心？你的好心就是让哀家的箫儿变成现在这副模样！”太后愤怒地站起来，“来人啊！把这个意图加害贵妃娘娘的贱人绑起来，行盖帛之刑！”

“盖帛之刑？”胜雪从没听过这种刑罚，却从太后的表情中猜测到，这极有可能是比鞭刑、拶指还要令人痛苦百倍的刑罚。

“太后饶命！太后饶命啊！奴婢真的没有要加害贵妃娘娘！奴婢是冤枉的，太后饶命啊！”胜雪哭喊着，拼命反抗。

如果在玄楚没赶来之前，太后就执行了盖帛之刑，要了她的命，这场赌局她就输得一败涂地。

“把这个贱人给哀家绑紧了！”

太后身边的老嬷嬷指挥太监将胜雪按在一张长椅上，用绳索把她的手脚捆绑在椅子上。

胜雪有种“人为刀俎，我为鱼肉”的无助感，内心开始慌张起来。

当第一张浸了水的锦帛盖在胜雪脸上的时候，她的眼前突然变黑，让她感觉死亡近在眼前。

“是你这个贱人害哀家的箫儿溺水，哀家今天就要当着箫儿的面，让你这个罪魁祸首也尝尝无法呼吸的滋味！”

说着，太后又命令老嬷嬷：“加！给哀家继续加！”

一片又一片湿透的锦帛盖到胜雪的脸上，胜雪感觉就像一块又一块大石头压在她的胸口上，她已经快要无法呼吸了，世界仿佛在渐渐地变白，先是屋顶、四周、地面，再到她的脚、手……

“胜雪——”

有人打碎这片纯白，闯进来，扯掉她脸上覆盖的层层锦帛，将她从椅子上抱起来。

“太医！快传太医——”

她听到了玄楚的声音，满足地笑了。

这场赌局，她赢了。

“不许传！”太后站出来阻止，并命令其他人，“退下去，都给哀家退下去！”

“是，太后娘娘。”

众人离开后，房间内就剩下震怒的太后、焦灼的玄楚，还有半昏迷半清醒的胜雪，以及躺在床上始终没有醒来的萧贵妃。

“皇上，哀家今天必须杀了这贱人！”太后指着玄楚怀里的胜雪，不容置疑地宣告。

“恐怕儿臣不能答应。”玄楚抱起胜雪准备离开坤仪宫。

“站住！给哀家站住！”太后急了，“你是哀家的儿子，是南礼的皇上，也是箫儿的夫君，怎么能为了一个贱人做出如此荒唐的事！哀家今日要杀她，既是为了你，也是为了我南礼的江山！你怎么会不明白这个道理，不明白母后的良苦用心！”

“母后错了。不是儿臣不明白，而是母后不懂。”玄楚停下来，“若不是母后咄咄相逼，萧贵妃也不会变成如今这样。”

“哀家咄咄相逼？”

太后想起了那天飞虹殿的事，事发后，她把萧贵妃叫到慈宁宫，狠狠训斥了一番，说萧贵妃不该在这个时候自作主张、轻举妄动。萧贵妃说自己的计划天衣无缝，虽然最后没能陷害到胜雪，但皇上对贤良淑德的她另眼相看，还许诺要送她一幅画像。

太后清楚那不过是皇上敷衍萧贵妃的谎言，却不忍心当面揭穿。

经过这件事，她对萧贵妃也有些看法，她觉得萧贵妃只是有些小聪明、小手段，根本上不了大台面，而且目光短浅，难以委以重任。她可以对萧贵妃和其他各宫妃子之间钩心斗角的事睁一只眼闭一只眼，却不会在大事上犯糊涂。如果这次被人发现飞虹殿内的画像和胜雪之间的关系，恐怕会威胁到皇上的皇位，为了保护皇上，她会舍弃萧贵妃这颗棋子。

萧贵妃的命能留到玉湖出事那天，也幸亏皇上机智，用一个游戏的说辞解决了飞虹殿的事端，没有人知道虹妃和胜雪之间的关系，也没有引起朝堂的议论，威胁到皇上的皇位。

如今，既然皇上认为这一切都是她这个太后在背后筹谋，那就让他这样认为吧，至少还能暂时保下箫儿。

“算她这次命大，但下次就或许没那么巧会有侍卫经过。母后若是真想让萧贵妃好好活着，就不要再逼朕出手。”

皇上没有猜错，那日在玉湖边碰巧救了萧贵妃的侍卫就是慈宁宫的侍卫。

因为太后太了解自己的儿子，飞虹殿那件事之后，她就派了慈宁宫的侍卫暗中保护萧贵妃。若非如此，萧贵妃此刻早已溺死在玉湖了。

“不是哀家逼你，是你在逼哀家！”太后恨铁不成钢地说，“想想你的父皇，想想他最后是怎么被那个贱人伤害的！如果不是那个贱人，你的父皇会郁郁寡欢，无疾而终吗！”

“害死父皇的不是别人，是他自己爱不起、放不下！”

提到父皇，就会让玄楚想到虹，就会揭开他心底的伤疤。

如果父皇当年放虹离开，虹就不会被困在宫里闷闷不乐多年，就不会出现她私逃出宫，最后惨死的结局。是父皇害死了虹，也害了他自己。

“那皇上呢？你如今这样，又何尝不是步你父皇的后尘？”

在太后看来，这个和虹妃长得一模一样，又同样来历不明并且失忆的胜雪，根本就是虹妃的转世，所以才把她的好儿子、南礼的好皇帝迷得神魂颠倒！

这一句，倒是问醒了玄楚。

当年父皇就是把失忆后的虹妃困在宫里，如今的他不也是这样吗？

爱不起，放不下……不也是他内心的真实感受吗？

“母后错了，儿臣和父皇不同。这个女人儿臣虽也爱不起，但放得下。”

他是放不下胜雪，却又不得不放下。

“既然能放得下，为什么不让哀家杀了她！你就不怕她像那个贱人的事泄露后，害你丢了皇位吗！”

玄楚低头看了看怀里的胜雪，笃定地答：“朕这一生只害怕一件事，那就是失去她。”

这个“她”对玄楚而言，代表了虹和胜雪两人。虽然虹对玄楚来说是过去，也是他内心谁都不能替代的存在。当年他有多害怕失去虹，今天就有多害怕失去胜雪。

“她会毁了你的，楚儿！”

“朕若是能够轻易被毁，也不配坐在那龙椅之上。”玄楚回头看了眼太后，“是朕的，朕会守住；不是朕的，朕会成全。母后若真关心朕，就好好在慈宁宫里颐养天年，别再操心朕的事。”

走出坤仪宫的玄楚对门口的守卫命令：“太后多日来照顾萧贵妃，凤体违和，送太后回慈宁宫好生休养，没有朕的命令，不许任何人前去打扰。”

屋内的太后听到这样的命令后，大笑道：“哈哈哈！好！好！哀家倒要看看，你怎么守住她！”

哀家倒要看看，你能比你的父皇厉害多少！

太后憎恨地看着玄楚抱着胜雪离开的背影，当年的一幕幕又在她的脑海重现。

当年她能设计放走虹妃，又将其害死，如今她想要弄死天胜雪，也只须故技重施罢了。

玄楚一路抱着胜雪快步朝自己的御书房跑去，他们前脚刚到，太医后脚便赶来了。

太医用针灸治疗后，胜雪很快就睁开了双眼。

事实上，她早就醒了，在玄楚抱着她快速奔跑的时候，她就已经醒了。

因为贴得太近，她能清楚地听到玄楚的心跳声，这种声音和她脑海中有关白岚的记忆发生了重合，让她想起以前她受伤时，白岚就是这样心急如焚地抱着她往山庄跑。

同样的奔跑脚步声，同样的心跳呼吸声……胜雪的心不明原因地紧缩了起来。

她从来不知道假装成另一个自己会如此痛苦。她藏在衣袖中的手紧攥着，用指甲掐进掌心的痛来分散此时的心痛。

“皇上，云御侍已经醒了。”太医向玄楚禀告。

“赏！”

玄楚来到胜雪的床前，第一眼就看她的眼睛。经历过前几次事发后的变化，他想知道经过今天的酷刑刺激之后，在他面前的人究竟是胜雪，还是云御侍。

胜雪看到玄楚，有一瞬间的不知所措，但很快，她又进入了云御侍的角色，打算起身谢恩。

“躺下，别动。”

玄楚坐在床边，一眨不眨地直视着胜雪。这样的注视让胜雪有些心慌，她低下头道：“奴婢参见皇上，多谢皇上救命之恩。”

玄楚眼中的担忧一扫而光，他猛地拥住没有防备的胜雪，感激地说：“是朕该好好感谢上苍，也感谢你。”

还好她平安无事，还好她不是云御侍。

虽然厌恶这个人的拥抱，此刻扮演着云御侍的胜雪却不能推开他：“奴婢让皇上担心了。”

“你确实让朕担心了，所以朕准备罚你。”玄楚想到一件事，“还有你的婢女，小满。”

正说着，小满就被八宝公公带了进来。害怕被砍头的小满浑身发抖地跪在地上求饶。

“皇上，你这是？”

胜雪不知道玄楚要做什么，担心小满受罚的她有些乱了阵脚。

难道他准备通过惩罚小满来惩罚我？

“云御侍，你是朕的御侍，伺候朕、给朕送汤药是你每日的分内之事。她一个小小的宫女，何以替你做这些？”

“皇上容禀，奴婢今日找到一个醒神的茶汤方子，想到萧贵妃病情危重，便亲自去了坤仪宫送茶汤，不能去给皇上送药。小满她是担心皇上责罚奴婢，这才替奴婢去送药。请皇上念在她一片忠心的分上，饶了她吧。”

“原来在你心里，朕的地位还不如萧贵妃？”玄楚假装生气地质问。

“奴婢知错，皇上饶命。”玄楚的反应让胜雪摸不着头脑了，他不是很喜欢、很在意这个云御侍吗？为什么因为这点小事就对她生气了？

接下来，她该怎么办？她的计划难道要失败了吗？

“云御侍、宫女小满听旨，”玄楚起身宣布，“你们二人无视皇恩，胆大包天，现逐出宫，遣回原籍！”

怎么会这样？和她料想中的完全不一样啊！

“奴婢知错了，求皇上收回成命。”

胜雪急了，难道她想错了皇上和云御侍之间的关系？难道皇上并不是像她想象中的那样，那么在意和喜欢云御侍？

她演这场戏，是为了激化玄楚和太后之间的矛盾，让玄楚认为再把云御侍留在宫里只会是危险重重，当玄楚关心她的时候，她就哭诉，希望能出宫回家去。如果玄楚同意了，她再提起第一次出宫后被人劫回宫差点被害死的事，担心自己在路上再出意外。如果玄楚说这次他会多派侍卫送她，她就继续以云御侍的角色假装怯弱撒娇，说还是害怕。直到让玄楚有了亲自送她回山庄的念头，这场戏才算圆满结束。

如今虽然结果是她和小满被逐出宫，但玄楚并没有答应出宫送她。如果不把他骗出宫去，白黎那边又如何设埋伏杀他？

所以，她必须先求皇上改变主意，再另做打算。

“朕心意已决，你休养三日，便启程出宫吧。”说完，玄楚就头也不回地离开了落雪苑。

关于胜雪的那些算计，他心中何尝不清楚？

她让小满代她去送药，就是为了让八宝好奇，为什么她自己没去？一旦八宝问了小满，知道胜雪去了坤仪宫，定然会告诉玄楚。而坤仪宫是什么地方，那里会有谁，他比任何人都清楚，所以肯定会坐不住，赶去那里救她。

他不是在意她算计他，而是在意她拿自己的生命冒险。

如果小满在去御书房的路上出了什么意外，如果她没能见到八宝，如果他晚了一秒……他不敢想象后果。所以这一次他要给她一个教训，让她知道，任何时候、任何情况下，都不能再拿她自己的性命当赌注或筹码。

在她醒来之前，他思量了整件事，发现她这样做的目的应该是想引发他和太后之间的矛盾，然后送她出宫。但他之前已经答应并且确实派人送她出宫回碧水山庄了啊！如果她开口明说，他是不会拒绝的。

那么究竟是什么原因，让她多此一举呢？

他联想到胜雪在他面前假装云御侍，联想到胜雪之前去了质子府……然后，他想到一个自己不愿意接受，却又不得不相信的事实——她在计划杀他。

只有这样，她才会在他面前如此忍辱负重地假扮云御侍，也只有这样，她才会如此设计这件事，想让他在她受伤后，因不放心她不得不亲自送她回山庄，然后趁机动手。

他想到了母后的话——哀家倒要看看，你怎么守住她！

他知道如果他不出宫，仅仅是派人护送胜雪回山庄，这一路上胜雪很难逃脱母后对她的暗杀。

所以，这一次，他没有别的选择。

三日后，他会陪着她一起出宫，但在这之前，他不会把这个决定告诉她，他必须要让她再做点什么，从他这里换回这个决定。

爱不起，放得下？

玄楚咀嚼着自己在母后面前说的这句话，天底下能轻松做到的有几人？

从他决定去坤仪宫救胜雪的那一刻起，就注定今后他将亲手喝下所爱之人斟满的毒酒，明知有毒，却还要甘之如饴。

“云御侍，皇上真要把我们赶出宫吗？”小满不解地问。

如果皇上要惩罚她们，不该是杖责或其他惩罚吗？为什么明明听上去是在惩罚她们，最后的结果却让人觉得是皆大欢喜呢？她早就想离开这个恐怖的皇宫了。

然而，胜雪对此并不关心。

“小满，你能告诉我，平日里我都是如何跟皇上相处的吗？”难道是自己哪里没演好？忽略了什么细节？所以玄楚才变得如此冷漠，才没有像她预料中的那样关心差点死掉的云御侍？

小满更糊涂了：“云御侍自己都不知道，小满又怎么会知道？”

“那个……”为了不被小满看出端倪，胜雪解释说，“都说不识庐山真面目，只缘身在此山中。我是当局者迷，你是旁观者清。你帮我回忆下，我看看自己是不是哪里做得不好，才惹怒了皇上？”

“云御侍，你又不打算出宫了？”小满想起，刚才云御侍求皇上收回成命的事。

“不是不出宫，是不能这样两手空空地出宫。如果皇上再打赏我们一些银子，我们出宫后的日子会更好过，所以，快告诉我，平日里，我都是怎么讨好皇上的？”

“我想想……”小满思索着，把自己平日里看到的云御侍和皇上之间相处的事都说了出来，说着说着，她自己都觉得不解。

从皇上的表现来看，说皇上不喜欢云御侍，鬼都不信，那为何今日皇上却执意要逐云御侍出宫呢？

胜雪听着小满的讲述，在心里细细地分析，难道说她今天表现得不够娇弱，不够楚楚可怜？

玄楚说三日后就要送她走，她还有三天的时间。

“小满，帮我打听打听皇上他喜欢吃些什么。”

若不是为了自己的计划，她才不屑去知道玄楚的喜好。

“这个不用打听，我现在就能告诉云御侍。”

小满这好打听的习惯，今天终于派上用场了。以前她打听这些，是想着如果有一天主子受宠，她就能跟着有好日子过，可惜云御侍根本没把心思放在皇上身上，所以她打听来的那些消息都蒙了尘。

“皇上他最爱吃南湖菱，太后慈宁宫里的芙蓉湖里就专门种植了这种菱角。每年到了中秋节过后，南湖菱可以采摘的时候，太后就会命人从湖里捞菱角，做菱角糕给皇上吃。”

胜雪有些头痛，她刚刚才惹怒了太后，若是再出现在慈宁宫岂不是自寻死路?

“除了慈宁宫，还有哪里有南湖菱吗？”

小满想了想：“我曾在冷宫附近一个荒废的池子里见过，不知道现在还有没有。”

“小满，给我拿件衣服来。”胜雪起身就要出去。

小满阻止她，说太医叮嘱要她多休息。

“时间不多了，等我们拿到银子出宫后再好好养身子。”

胜雪执意一个人去，留小满在落雪苑等着，如果有什么意外情况，也好有人及时通知她。

胜雪对宫里的环境，不如云御侍那么熟悉，她天亮出的门，到了黄昏才找到冷宫的位置。

因为视力有问题，胜雪辨别不清具体的时间，只知道离天黑不远了。

她来到冷宫附近那个荒废的池子旁，捡起地上的一截枯树枝，拨开池子上面的浮萍还有菱角叶，试图寻找藏在水中的菱角。

胜雪的父亲也喜欢吃这种菱角，她小时候也是喜欢的，后来有一天忽然就不喜欢了。因为有一次她拿了一个菱角喂白岚，从没吃过这种东西的白岚当天就起了一身红疹，从那以后，她也不再吃了。

也许是被人摘过的关系，这里并没有太多菱角。胜雪用枯树枝试了试水的深浅，准备下水去远一点的地方找找看。

当她弯腰将树枝插进池子里的时候，一个黑影闪到她身后，将她推到了池子里。

不等她站起来，一只手就按住她的头顶，用力地将她往水下按。

人们往往会在一次胜利后放松警惕，而这个时候就是敌人卷土重来、乘虚而入的最佳时机。

深谙此道的太后正是抓住了这个有利时机，才在风波刚过去就派人潜伏在胜雪身边，伺机动手。这么好的机会，太后是绝对不会放过的。

胜雪惊恐地扑腾着，心里十分绝望——这次她必死无疑了。

没有人知道她在这里，玄楚在今日宣布送她出宫之后也撤走了守在落雪苑四周的守卫，没人能救她。

与死亡相比，还有一种恐惧更令她害怕，那就是当她看着头顶的水面时，脑中竟然出现了另一个画面，从画面的内容分析，她认为那是属于云御侍的记忆，是云御侍被太后扔进井里后的画面，她甚至能听到脑子里出现的云御侍呼唤玄楚的声音……

她好怕，好怕自己再次失去对这具身体的掌控权。

谁来救她！谁来救救她！

水不断涌进她的口鼻，她渐渐失去力气，意识也变得模糊，最后，她彻底放弃了挣扎。

“不要！”

胜雪惊恐地叫着从梦里醒来，看着四周的环境，有种不真实的感觉。她拍了拍自己的脸，确定这不是在做梦。

“云御侍，你终于醒了！我去通知皇上！”

正好端着热水进来的小满惊喜地放下水盆就要转身。

胜雪急忙叫住她：“等一下！”

“我是怎么被救的？”

小满告诉胜雪，这次幸好她命大！

原来在胜雪走后没多久，八宝就送来一瓶玉露，让小满给胜雪掌心的伤口上药。

发现胜雪不在落雪苑，八宝就逼问小满，小满不想破坏胜雪给皇上的惊喜，只说胜雪觉得屋里闷，想出去走走。八宝问去了哪儿，小满就说冷宫，还解释说，冷宫附近人少，适合散心。

八宝回去后，将这个事禀报皇上。

皇上当时正在御书房和丞相商谈要事，听到此事后，就立马派人去找胜雪。

幸好胜雪被偷袭时，冷宫的淑妃看到了，她大声呼叫引来了很多人，在皇上的人赶到前，救了胜雪。

胜雪被人从池里捞起来后就一直昏睡到现在。

“淑妃她不是疯了吗？”

小满也很纳闷：“是啊，之前听说淑妃被皇上打入冷宫前就疯了。难道冷宫治好了她的疯病？”

“那淑妃现在人呢？”

“皇上念她有功，想将她从冷宫里接出来。淑妃却求皇上准她出家，这会儿已经离宫，在去念慈庵的路上了。”

“走得太快了，我都没能好好谢谢她。”胜雪感叹着，心里却明白，淑妃装疯是在自保，今天之所以救她无外乎是想跟玄楚换得一个条件，远离皇宫这个是非之地。

“皇后娘娘已经替你好好谢过淑妃娘娘了，听说不但以你的名义给念慈庵送去很多香油钱，还专门派了两个宫女随身伺候。”小满讲述着。

“皇后娘娘真是个好人。”

她和皇后齐敏的接触并不算多，但听小满说过，她的性命好几次都是被皇后所救。

如果这皇后不是真的心善包容，那就说明她城府极深。

还好她马上就要离开这个皇宫，对于皇后的事也不需要知道太多。

“我去告诉皇上吧，他已经在外面等很久了。”小满说。

胜雪被带回来的时候，全身都湿透了，太医诊断后，皇上原本要替她换衣服的，后来又改了主意，让小满给她换。自小满帮她换好衣服到现在，皇上就一直站在院中，说等她醒了他再进来。

“等一下。”胜雪叫住小满，“我自己去。”

原本她是想弄菱角讨好玄楚的，现在又搞砸了，希望不要让他更讨厌现在的这个云御侍。

胜雪走出屋子的时候，看到玄楚站在院中的那棵银杏树下，月光透过树枝洒下来，淡淡的，冷冷的，他的背影显得更加孤单。世间万物仿佛化身潜伏的小兽，围在他的四周，静静地守着他。

这样的画面令她一阵心酸。

此时此景、此情此感，她似曾相识，却又很肯定，这不是属于她的记忆。

难道是云御侍的?

胜雪担忧地想着，不知不觉已走到玄楚身后。

“奴婢参见皇上。”胜雪行礼道。

玄楚没有回应她，不知是不想说话，还是正在出神。

“奴婢……”胜雪又一次开口。

“朕改主意了。”玄楚打断她的话，“朕明日便送你出宫。”

“皇上，奴婢身体还未痊愈……”

玄楚转过身来：“朕决定亲自送你回碧水山庄，作为报答，今晚你要陪朕做一件事。”

听到玄楚说亲自送她出宫，胜雪竟有些不敢相信，下意识地问：“不知皇上要奴婢做何事？”

玄楚脱下身上的披风，为胜雪披上，一把搂住她的腰，暧昧地说：“一件朕和你曾经做过的事。”

胜雪的脑海中出现了一些暧昧的画面，她条件反射地要推开玄楚，可玄楚根本没给她反抗的机会，搂住她飞上了屋顶。

到了屋顶之上，胜雪就冷静了下来——这种环境应该不适合做某件事。

玄楚看了眼平静下来的胜雪，淡然一笑，朝着落雪苑外的方向吹了声口哨，顿时，一个黑影踏着月光朝他们飞来。

“皇上，这是您要的东西。”这黑影是玄楚的暗卫，送来的东西是两个酒壶。

“退下吧。”

玄楚接过酒壶后，将其中一个递给胜雪道：“今夜陪朕再不醉不归一次！”

难道云御侍之前和皇上对饮过？胜雪怀疑地接过酒壶。

“你是不是在想，胜雪和朕之间曾经是否不醉不归过？”玄楚喝了一口酒后，问身边的胜雪。

胜雪愣了下，随即反应过来，玄楚把她当成了云御侍，所以才会这么问。

“想必皇上和胜雪之间的关系很深厚，所以皇上才会对奴婢如此照顾。”

胜雪嘴上这样说，心里却想，我倒是要看看你这个小人在云御侍面前是如何篡改真相、蒙骗她的。

“你错了。”

玄楚看着她的双眼，坦然地把他曾经对云御侍说过的话又说了一遍：“从一开始，朕和胜雪就是仇人，朕抢走她的雪泣，她要杀朕；后来，朕在圣池轻薄了她，她要杀朕；她误会朕要杀她的姐妹，她要杀朕；再后来，她认定是朕杀了她的姐妹，伤了她在意的人，没能救她所爱之人，她更要杀朕。她唯一不曾要杀朕，就是误把朕当朋友，和朕在营地附近的林地里对饮藤酒的时候。今日，你手中拿的便是藤酒。”

胜雪喝了一大口，当熟悉的味道滑过她的喉咙时，一种难以形容的伤感从心底弥漫开来。

她和玄楚之间的那些过去，两人之间的距离由远到近，再由近到远，每次改变都令她记忆深刻，化成她心底无法被抚平的褶皱。

假若时间可以倒流，她希望自己从没遇见过他。

“胜雪。”玄楚下意识地唤了声，正在饮酒的胜雪一下子停下来，下一秒，玄楚的手已经抚摸上她的脸。

“皇上，奴婢是云御侍。”

胜雪忐忑地想要躲开，玄楚却同时用两只手固定住她的脸，让她逃不开。

黑夜中，他的眼睛异常明亮，宛若有星光坠落其间，刹那间，光华散去，只余眼底的脉脉深情。

“朕知道你不是她。”玄楚说着，“所以，朕才这样对你。”

炽热的唇，吻向胜雪。

胜雪的大脑“轰”的一下炸开，她用力地推着面前的玄楚。

玄楚握住胜雪的双手，压制住她的反抗，让这个吻变得更深。

这一生，他爱过两个女人，第一个的结局是爱而不得，第二个亦是如此。

爱情对他来说就像诅咒，更像是惩罚。

他不恨命运这样安排，只恨无力改变命运的自己。

就算此去注定会死在心爱的女人手中，他也心甘情愿。

他要让她知道他的心，感受到他的爱，哪怕到最后这份感情化成对方更多的仇恨，他也无怨无悔了。

他就是这样对待云御侍的？

这个禽兽！禽兽！

想到自己的身体曾被玄楚这样轻薄过，胜雪就再也控制不住内心的愤怒，她重重地咬向玄楚的唇，趁他松力的工夫，挣脱出双手用力一推！

玄楚顿时失衡，仰倒下去，一只手却仍紧紧拉住胜雪。胜雪被带倒趴在屋檐上，玄楚的身体从屋檐上快速滚落，最后悬挂在半空之中。

胜雪的手和玄楚的手紧紧握在一起，承载着他身体的全部重量。

此刻，只要胜雪一松手，玄楚就会掉下去，非死即残。

胜雪脑中闪过了这个念头——她既然要杀他，为何不趁现在！

就在刚松开一根手指的时候，她又警觉地改了主意。

他可是皇帝，他的身边有太多暗卫，如果她此刻松手，暗卫一定会出来救玄楚，那么她假装是云御侍的事就会曝光，她的计划就会落空。

所以，她不能这样做。

"皇上，抓紧！"胜雪违心地说着，将玄楚一点点往上拉。

她希望此举能打消刚才她的反抗给他带来的疑惑。

玄楚看着用力拉扯自己的胜雪，内心很复杂。

她是不得已才拉住他的吧？此刻的她，该有多想松开手啊。

"记得当初朕和胜雪被泥石流困在洞里的时候，她也曾像你这样担心朕的生死，霸道地剥夺朕想死的权利。"

"胜雪……"

玄楚凝视着胜雪的双眸。胜雪的心跳猛地加快，紧接着，一种被他看穿的不安令她心跳再次加速。

"如果在你身体里的那个她能听到朕此刻的话，朕想对她说，她是朕愿意舍弃生命去保护的人。若有来生，与她生死不离的人只能是朕。"

说完这句话，玄楚便松开胜雪的手，放任自己掉了下去。

"玄楚！"

没料到他会这样做的胜雪，顿时惊骇地大叫起来。

玄楚眼底的深邃瞬间幻化成万千璀璨星辰，已经有很久，他没有听到胜雪叫他的名字了。这声呼唤中竟然还带着几分担心和焦急？

她是不是还在意我？

是不是在她心里，我并不是无关紧要的人？

如果死能换来她的一点怜悯和关心，那也算是死得其所了吧。

他在笑？胜雪不解地看着张开双臂、面带微笑的玄楚从屋顶坠落，内心一惊：难道，他是要故意寻死？

“皇上！”一个黑影忽然飞出来，接住半空中的玄楚。

玄楚平稳地落到地上，半醉半醒地看向救了自己的蒙面暗卫，一把扯掉他脸上的黑布，用教训的口吻说：“锦衣，你出来早了，朕要罚你喝一杯。”

他要罚慕锦衣，因为慕锦衣应该在他即将落地前出现，而不是当他还在半空中时就出现。慕锦衣早出来的这片刻，让他从胜雪脸上少看了片刻关心的神情。

“皇上，你醉了。锦衣扶你回去休息吧。”慕锦衣扶起玄楚要带他离开落雪苑。

今日皇上召他进宫，让他扮成暗卫守在一旁，没想到看到了刚才那一幕，心惊胆战之余，他对胜雪又多了几分怨恨。

“不行，朕还有一件事没做。”

玄楚推开慕锦衣，一个飞身又来到屋顶之上，将胜雪抱下来，平稳地放在地上。

“朕要你把当初在营地和闵旭之间的事完完整整地告诉她。”玄楚指着慕锦衣说。

虽然玄楚清楚不管慕锦衣说什么，胜雪都未必会信，但他还是决定要这样做。

“皇上，这？”胜雪不解，玄楚这样做是何目的，难道是想试探她？

“先听他说完。”

慕锦衣如实将当初闵旭是如何找到他，又如何劝说他的事情原原本本地都说了出来。其中他重点讲述了闵旭如何利用文奎的阴谋设计引走皇上，再派人谋害胜雪、知画与桃姐的事，着重强调了皇上始终被蒙在鼓里，并不知晓他和闵旭的所作所为。

“皇上，奴婢并不记得那些事。”

就算慕锦衣说得很真实，就算以他的身份和性格，他都不像是会杜撰故事的人，胜雪还是将她听到的事统统从脑子里删去。她不接受玄楚对自己所犯罪行的任何解释，她不相信任何有利于他的陈述。

“朕知道你不记得，因为你不是胜雪。”

玄楚从胜雪脸上的表情看出她并不相信慕锦衣的话，这也在他的意料中。

“也正因为你不是胜雪，朕今日才让锦衣把这些事说出来。”玄楚抽出慕锦衣腰间的佩剑，递给胜雪道，“因为朕今日要让你和锦衣之间做个了结。当年若不是他协助闵旭，你和知画、桃姐就不会受那么多苦，遭遇那么多意外。该怎么做，你替胜雪决定吧。”

“奴婢不敢。”胜雪跪下去。

“你是不敢，还是不愿原谅他？”

“奴婢和慕将军之间并无恩怨。”胜雪恨的人一直是害死知画和桃姐的玄楚，慕锦衣不过是听命于玄楚而已，而且他还是慕夜行的哥哥。

“那就是说，你原谅他了？”

胜雪警惕地纠正：“奴婢是云御侍，无法替天胜雪姑娘决定原不原谅他。”

“那朕呢？你愿意原谅朕吗？”玄楚拉住胜雪的胳膊，迫切地看着她问。

说不出口，即便目前是在扮演云御侍，她也不能违心地说出“原谅”二字。

“皇上，你醉了。奴婢真的不是天胜雪。”胜雪低头，不让玄楚看到她的眼睛。

这个动作已表明了她内心的想法。

玄楚尽管早就猜到她不会原谅他，他的心还是被刺痛了。

他无力地松开她的手，苦笑道：“是啊，朕醉了，你是云，不是雪。锦衣，送朕回宫。”

9 芳草迷归路

看着玄楚离开的背影，胜雪握紧了拳头。

当晚，等小满入睡之后，她悄悄离开落雪苑来到白黎和她约定的地方，将一张字条放在了那里。

天一亮，八宝就来落雪苑传话了。

“皇上呢？”胜雪问，心想不会是玄楚酒醒后又临时改变主意，不亲自送她回碧水山庄了吧？

“皇上一早就出宫等着了。马车已在宫门口备好，云御侍，我们快些走吧。”

胜雪跟着八宝离开皇宫后，改乘马车，出了城才看到一身便装的玄楚和慕锦衣。

几人会合后就正式启程，玄楚走在队伍的最前面，慕锦衣殿后，随行的还有一些乔装打扮的宫女、太监和二十多名伪装成家丁的侍卫以及三辆不知道装了什么东西的马车。

“云御侍，我们这样一点都不像是被赶出宫，倒像是某个富商要回乡省亲。”马车内，小满和胜雪小声议论着。

“你去打听一下另外三辆马车里装的是什么东西。”

从太京出发到碧水山庄，至少要走十天，她必须保证这十天内，白黎动手时不会出现任何差错。

很快小满就打听到了消息，那三辆马车里装的是金银财宝还有锦缎布匹。

“云御侍，皇上他对你可真好。”小满羡慕地看着马背上的玄楚说。

不但亲自送云御侍回家，还送这么多贵重的东西，好一个用情至深的皇上。为什么云御侍就是不肯接受皇上的这份深情呢？要是她愿意留下，一定比贵妃娘娘还受宠。

胜雪笑了笑，不予回答。

马车行驶了一上午，终于离开了太京的地界。玄楚下令，在郊外的一家酒馆里暂作休息。

玄楚来到马车前，对正要下车的胜雪伸出一只手，用眼神暗示她握住。

“奴婢自己可以。”

玄楚见胜雪不理，索性一把将马车上的她抱了起来，压低声音在她耳旁说：“你我现在扮演的可是一对商人夫妇，若不想半途被贼人盯上，最好配合朕。”

“小二，给我的夫人准备一间上房。”玄楚大声吆喝。

胜雪有种上当的感觉。就知道他不会突然这么好心改主意亲自送她回去，原来是想一路上占她便宜。

狗皇帝，我看你能得意多久！

玄楚将胜雪抱进二楼的房间，命小满去打热水给胜雪洗漱，他自己先到楼下等着，一会儿一起用餐。

胜雪不想和玄楚一起用餐，就借口身体不舒服留在了屋内，小满按照玄楚的吩咐将饭菜送进屋内。胜雪原本一点食欲也没有，又怕万一在刺杀玄楚的时候没有力气，就拿起筷子夹了个包子。

咬开包子的时候，里面的一个异物引起了她的注意，胜雪将异物吐出来，发现是一张字条——五里外，死亡谷。

看来白黎准备在死亡谷设下埋伏。可据她所知，玄楚选择的路线绕过了死亡谷，有什么办法可以让他改路线又不会起疑心呢？

胜雪思量着，连玄楚进来都未曾发现。

“怎么，不合胃口？”玄楚发现胜雪就吃了一口包子。

胜雪一惊，急忙将字条攥在手里。

“皇上。”

“出了宫，你我就是假扮的夫妻，不要再叫朕皇上。”

“奴婢不敢。”

玄楚见她执意如此，也不再强求她：“记住一点，在外人面前不要叫。”

“奴婢记住了。”

“你接连遭受意外，身子没有完全康复，再加上旅途劳累，朕怕你吃不消，不如行半日，歇半日？”

“皇上日理万机，能亲自送奴婢回家已是奴婢天大的福气，怎能拖延行程，耽误皇上打理朝政。奴婢的身子已无大碍，即刻就能出发。”胜雪计算着，如果此时出发，天黑前刚好行进到死亡谷附近，到时候，她正好可以想办法让玄楚改道而行。趁着夜黑起雾的天赐良机，白黎的人一定能一举杀了玄楚。

“既然你回家之心如此迫切，朕便依你。”玄楚起身对八宝命令，“传话下去，一炷香的时间后启程。”

关上房门，玄楚的心又沉了下去。

他留意到胜雪的那个小动作，却假装没看到。他想过这是一个让他有去无回的阴谋，却不想让它这么快就发生。

她要他的命，他愿意亲手奉上，但在没看到她安全回到碧水山庄前，他不会让这一切这么快就结束。

“皇上，太后的人一直在附近尾随。要不要臣把他们都解决了？”慕锦衣请示。

“先不用管他们。”玄楚思量后，道，“查查这家店。等朕走后，一个不留。”

“是，皇上。”

队伍很快就再次启程，傍晚时分就进入了山区。

“停一下。”胜雪假装不舒服，从马车里探出头来，“小满，这马车颠簸得让我有些难受，你去请示一下皇上，看看能不能停下来，稍作休息？”

小满跑到队伍的最前面说了情况，玄楚命令众人原地休息。

“小满，你陪我在四周走走吧。”

胜雪拉着小满装作想随意走走的样子，却被八宝拦了下来：“云御侍，这里离死亡谷太近，皇上怕出意外，命云御侍就在马车附近走走，不能太远。”

“死亡谷，那是什么地方？”小满好奇地问。

“那地方在这大山的最深处，常有猛兽出没，误入山谷的人从来没有谁能活着出来。总之，凶险无比。”

“那我们还是留在这里好了。”小满害怕地往后退了退。

“多谢公公提醒。”胜雪违心地笑着说。

玄楚有命令，她不能抗命，那样就会暴露她的目的，让玄楚有所防备。

就在她苦恼该怎样做才能离开这里，把玄楚引到死亡谷时，一道明亮的火光从胜雪身边飞过，紧接着，又飞过好几支冷箭，身后的马车顿时燃起大火来。

“保护皇上！有刺客！”八宝惊慌地大叫着，冲去玄楚所在的队伍前端。

一时间，原本寂静的山林里顿时乱作一团。

厮杀声、尖叫声、呼救声，“轰”的一下炸开来，那些没武功又不能自保的太监和宫女东躲西藏、四下逃散，剩下伪装成平民的侍卫和黑衣刺客奋力拼杀。

一开始胜雪还不解，不是说好了要把玄楚引入死亡谷再动手吗？为什么提前了呢？直到一个黑衣人朝她射了一箭后，她才恍然大悟。

“快躲起来！”玄楚挥鞭抽断了那支差点射中胜雪的箭，让她躲过一劫。

这群黑衣人不是白黎的人，他们的目标是她！

“云御侍，我们快跑！”小满拉住胜雪的手就要带她跑。

胜雪甩开小满的手，爬上燃烧的马车，拉起缰绳：“驾！”

燃烧的马车已让马匹受惊，四匹高头大马随时都可能狂奔。

胜雪驾着燃烧的马车横冲直撞，闯过混战的人群，驶向死亡谷的方向。

“胜雪！”

玄楚见胜雪的马车跑远，跨上马就去追。

胜雪假装马匹失控，害怕地回头大叫：“它停不下来了！救我！快救我！”

她必须把玄楚引进死亡谷，不能让他在半途追上并拦下她。

“抓紧！”

玄楚骑着他的马在后面紧追，那马果然是匹好马，很快就追到了马车。

“别怕，朕来救你！”

玄楚安慰着看似紧张的胜雪，对马车上的她伸出一只手道：“把手给朕！”

“不，我怕，我怕！”胜雪哭着摇头。

她才不想在这个时候半途而废。

“不要怕，朕会抓住你的！相信朕！”

面对玄楚的劝说，胜雪不为所动。就在这时，一个蒙面黑衣人从树上飞下来，挥起长剑砍向马车上的胜雪。

胜雪没有武功，但反应敏捷，只见她一个仰身躺倒在马车上，在黑衣人惊诧的同时又用力拉动缰绳，改变马匹的奔跑方向，用马头将那黑衣人生生撞飞了出去。

经此变化，马匹更疯狂地狂奔着。胜雪很难再平稳地站起来，她知道马车已经彻底失控。

“胜雪！”玄楚惊叫，纵身跳上马车，抱住胜雪从马车上翻下去。

两人在地上滚了很久，直到一块石头将他们挡住。

抱着胜雪的玄楚闷哼一声，双臂蓦地紧绷了下，石头撞到了他背上的旧伤。

砰——

马车狠狠撞上山体，劫后余生的胜雪，呆愣地看着被撞得粉碎的马车。那燃烧的碎块四散飞到空中，就像有人点燃了烟火般，瞬间照亮了眼前的黑夜。

“你有没有受伤？”玄楚担心地问怀里的胜雪。

胜雪这才反应过来两人的姿势有多暧昧，她下意识地推开玄楚后，又担心暴露身份，连忙感谢他：“多谢皇上救命之恩。”

见她还在继续假装，玄楚心里就燃起了怒火。

她可以要他的性命，却没必要把自己的命也豁出去。

“扶朕起来吧，云御侍。”他刻意加重了最后三个字的发音。

胜雪恭敬地将玄楚扶起来后，发现他后背上有块污渍。因为光线不好，看不清那是什么，不过空气中淡淡的血腥味告诉她，玄楚可能受了伤。

忽然间胜雪后悔了，为什么她身上没有备把匕首？如果有了匕首，她就可以趁机杀了玄楚，根本不用等到把他引入死亡谷。

玄楚看了看四周的情况，有些不悦地皱起眉头：“这里怕是离死亡谷不远了，如果锦衣不能尽快找来，你我今夜恐怕凶多吉少。”

“要不奴婢去四处看看，也许能有什么发现？”

胜雪刚转身要走，玄楚就将她拉回来，一把将她抱到树上：“野兽出没的地方，树上比较安全。”

“就在这里等着，救兵很快就会到的。”玄楚说着从怀里拿出一样东西，胜雪差点说出那东西的名字。

“还记得这个吗？”玄楚拿着响玉，问胜雪。

胜雪如今是扮演云御侍的角色，当然要摇头。

“响玉。想当初朕和你被困洞穴之中，就是靠它引来救兵的。”说完，玄楚就吹响了响玉。

熟悉的声音在山林间徘徊流转，被风带到了很远的地方。

胜雪一把握住响玉，她可不想让慕锦衣这么快就找来。

“奴婢试试如何？”

玄楚将响玉交给她，胜雪假装不会，用力吹了好几下，最后惊呼一声：“哎呀！掉了！”

“都怪奴婢不小心，奴婢这就下去找。”胜雪假装懊悔地说着。

玄楚当然知道她是故意的。

“天这么黑，找不到的。算了，也不是多贵重的东西，丢了就丢了。”玄楚违心地说着。

其实，响玉对他的意义早就超过了世上最珍贵的珠宝，因为它见证了他和胜雪曾经互相信赖的那段时光。

“你看那边！”胜雪指着不远处的一棵树。

只见一双琉璃般的兽眼隐藏在树上，正紧盯着他们。

“糟糕，是山猫！”

玄楚带兵打仗的时候见过这种动物，它可以上树，而且极其凶猛。

“管不了那么多了，先走，找个地方躲起来。”

玄楚将胜雪抱下树，拉着她的手朝着北极星所在的方向跑。

身后的树林传来簌簌的声音，不用回头就能猜到是什么在追赶他们。

此刻的胜雪内心是矛盾的，她的身后有猛兽，心里却在计划着杀了玄楚。如何才能在自保的同时杀了玄楚？如果她能控制那只山猫就好了。

玄楚将胜雪的手握得更紧，脚步也变得更快。

就在他们跑进一片野草丛中后，身后的追赶声戛然而止，死一般的寂静让人连呼吸都快停止了。

沙沙，沙沙！

忽然间，他们的左手边再次传来剧烈的响动。

玄楚将胜雪挡在身后，握紧手中的长鞭，准备和山猫拼死一战。

正当他准备凌空抽向那些晃动的草时，一道熟悉的人影从草里冲出来。

“皇上！”

锦衣欣喜若狂地看着面前人，激动地跪下道：“属下救驾来迟，请皇上恕罪。”

“皇上，你可吓死奴才了。”

八宝喜极而泣，从锦衣身后跑出来，哭着说他们追了很久，听到响玉的声音后又再次失去皇上的行踪，还以为皇上遇害了。锦衣将所有人分成四队，朝各个方向分头寻找，终于找到了。

“云御侍！”小满哭着从八宝身后走出来。胜雪怕她失态，拉她到一旁安慰。

“还剩下多少人？”玄楚问。

刚才围攻他们的黑衣人很多，他们这边恐怕死伤不少。

“回皇上，加上臣和八宝公公，还剩下十人。”

“先找个地方避避，天亮后再出发。”玄楚告诉慕锦衣，这附近有山猫出没，让大家小心一些。

八宝听到“山猫”两字，吓得躲在慕锦衣身后。其他人围上来，将玄楚保护在中央，继续前进。

考虑到山林是山猫常出没的地方，慕锦衣带领大家往草丛的另一端走去。

胜雪心中有些困惑，刚刚还紧追不舍的山猫怎么突然放弃了呢？

是它找到了更可口的食物，还是惧怕多出来的人类？

不知道为什么，山猫陡然消失却令她更紧张起来。

不一会儿，走在最前面用刀剑砍草开路的侍卫发现前方有灯火：“启禀皇上，前面好像有个村落。”

“奴才先去看看。”

“等一下。”慕锦衣拦住八宝，观察一阵后，“启禀皇上，此处乃荒山野岭，突然冒出一个村落，着实古怪。依臣之见，不如先守在这里，等天亮后再进去察看。”

玄楚点头默许了他的建议。

大家原地围坐起来，玄楚和慕锦衣始终盯着村落的方向，发现那里偶尔有人声传来，只是因为离得有些远，听得并不是很真切。

村子里的灯火燃到后半夜才陆续熄灭，黑暗吞噬了夜幕下的一切。

胜雪和小满并肩坐在地上，疲累的小满靠在胜雪的肩膀上睡着了，而胜雪却没有一点困意，她思量着自己的计划。

白黎说要把玄楚引到死亡谷，死亡谷在这山里的最深处，那么具体什么地方才是最深处？如果没有意外，她驾马车一直往山林深处驶去就应该能找到死亡谷，但如今她连自己身在何方都不清楚。

如何才能联系上白黎？

胜雪想到，如果能在山林中点起一堆篝火，那冒起的烟和火光肯定能吸引白黎的注意。问题是，现在的情况下，她如何才能生篝火呢？

“冷？”玄楚的披风落在胜雪的肩膀上。

“山里雾气重，你身子还没好。”玄楚解释着，在她的身边坐下。

小满舒服地打起了呼噜，让这样的气氛一下子有些尴尬。

“人还是少些烦恼，会快乐得多。”

玄楚感叹着，将一把匕首放进胜雪手中：“今日来刺杀你的，怕是母后的人。这一路上，肯定凶险重重，拿着它防身。”

“谢皇上。”

胜雪将匕首藏进袖中，心里却想着，有一天能用它杀了玄楚。

“你若困了就睡会儿，现在离天亮还有几个时辰。”

“奴婢不困。”

“当真不困？”

胜雪摇头：“不困。”

“那朕有些困了，借你的腿一用。”说着，玄楚就躺下去，把胜雪的腿当枕头睡起来。

这样的亲近让胜雪感到很厌恶，她好想一刀刺进玄楚的心脏，可慕锦衣正坐在她的对面，让她一动也不敢动。

慕锦衣双臂交叉地坐在她对面，一眨不眨地看着她。胜雪担心会被他识破秘密，只好闭上眼睛假寐。

也许是今日的遭遇太过惊险，她眼睛一闭就真的睡了过去。

等胜雪再次睁开眼睛的时候，她和玄楚竟改变了姿势，玄楚坐着，她睡在他怀里，身体蜷缩着像只温顺的猫。

“奴婢该死。”胜雪急忙起身，内心唾骂自己。

“无碍。朕拿你当了上半夜的枕头，你也用朕当了下半夜的枕头，我们两不相欠。”

玄楚站起身来，不知是因为久坐后腿麻，还是身体出了问题，他在起身后，感到一阵剧烈的眩晕，若不是慕锦衣扶着，早就一头栽倒在地。

“皇上！”慕锦衣担心不已。他有些话想说，又被玄楚的眼神阻止。

“朕没事。既然天已大亮，我们进村吧。”

大家整理了下，把刀剑藏起来，继续装扮成回乡商人及家眷的样子，走进了那座透着几分诡异的村庄。

几人刚走进村子，一个疯女人就冷不丁地跑出来，一把抓伤了一个侍卫的脸，发狂地大笑：“死！都死！统统都得死！哈哈哈！”

“你这疯婆子，瞎跑什么，快跟我回去。”一个老头冲出来将疯女人拉了回去，却连一句道歉的话都没有说。

侍卫欲拔刀追上去，慕锦衣制止了他。

继续往村里走，大家发现这个村子透着一股说不出的古怪。

从村口到村尾是一条笔直的路，路的两边是各种铺子，虽然铺子都开着门，铺子里也都有三三两两的客人，却没有一个铺子的老板在叫卖，也没有听到一个客人在问价砍价。这里静得像是一座死城。

“几位客官，可要住店？”

一个店小二模样的人冒出来，拦住大家的去路，热情地介绍：“这方圆百里就只有我们这一个村子，村子里也就只有我这一家店可以投宿。几位客官若不急着赶路，不如在小店投宿一宿，等准备好马匹干粮，再行上路。”

“我们不投宿。”慕锦衣说。

“不投宿，那就进店用点餐吧。我看几位风尘仆仆，一定还没吃过东西吧。我这店虽小，可菜品极好，都是从山里现打的野味。”店小二继续热情地介绍。

"我们也不用餐。"慕锦衣继续拒绝。

以他的经验，这种深山野林里冒出一个古怪的村子，肯定有蹊跷，早点离开这里才是上策。

"夫人！"小满惊呼一声，扶住假装晕倒的胜雪，求助地看向已经快步走到眼前的玄楚，"老爷，夫人她晕倒了。"

玄楚一把抱起胜雪："休息一晚再走。"

"好嘞！几位爷，里面请！"

小二热情地将众人迎进店里，安排了几间上好的客房，吩咐厨房给众人准备吃的。

用餐前，八宝用银针逐一试了每道菜和酒水，确定都安全后才让大家放心食用。

玄楚将胜雪抱进客房，问店小二村里可有大夫。

店小二说村子里原本有个老大夫，年初去世后，村子里就无人看病了。不过大伙在山里生活久了，对一些常见病都知道如何自医。

"老爷，要不还是早些启程，找个大夫瞧瞧吧。"八宝提议道。

店小二自告奋勇地站出来："如果老爷相信小的，不如让小的给夫人看看？"

"你这种山野村夫懂什么医术！"八宝不屑。

玄楚看了看躺在床上的胜雪，竟点头同意了店小二的提议。

店小二走到近前，查看过胜雪的脸色，又翻开她的眼皮看了看，下结论道："夫人怕是饿晕的，只要休息休息再吃点东西，就会好的。"

"胡言乱语！我家夫人……"

"闭嘴。"玄楚喝止八宝，让店小二去准备些吃的送进来。

店小二刚走，八宝就嘀咕道："不过一晚没吃而已，大伙都没事，云御侍怎么可能饿晕了？那店小二就是在胡言乱语。"

"她有病在身，自是不能跟你们相比。"

玄楚让小满留下照顾胜雪。

"皇上，属下已经检查过这间客栈，有太多可疑之处。"另一间厢房内，已经检查过客栈的慕锦衣悄悄禀告玄楚。

他发现客栈里除了几间客房收拾得干净整洁外，后院的下人房里全是灰尘和蜘蛛网，一看就是许久没人住过的样子。

“这家店一定有古怪，依属下之见应尽早离开。”

观察细微的玄楚认为，何止客栈有古怪，最古怪的怕是那个店小二。

虽然样貌普通，却有着一双养尊处优的手。

那双手的主人不可能是干粗活的店小二，也不可能是在刀口上讨生活的杀手。

他究竟是什么身份，是敌还是友？

暂时没有答案的玄楚不打算采纳慕锦衣的建议，吩咐他派人在暗处观察，确保胜雪安全。

“属下遵命。”

慕锦衣刚一离开，玄楚就无力地撑在桌面上。

他在救胜雪的时候后背受了伤，之后一直忍着没有吭声。若不是胜雪晕倒，需要暂作休息，他恐怕还要一直坚持到抵达安全的地方才有机会处理伤口。

为了不引起恐慌，不引发慕锦衣对胜雪的成见，玄楚叫来八宝，叮嘱他悄悄准备热水和干净的纱布。玄楚预想过这一路会不安全，出发前带了好些止血消炎的药。等八宝把东西准备好后，玄楚就让他给自己上药，处理伤口。

看着那原本光洁的肌肤上新伤落旧伤，八宝的眼睛红了：“皇上，您如此掏心掏肺地对胜雪姑娘，值得吗？”

“当然不值得。”玄楚将染血的衣服丢在地上，换了身干净衣服，平静地说，“但朕愿意如此。”

“都说千金难买心头好，朕对她的情谊就算被她鄙夷丢弃，朕也不后悔。因为从一开始，就是朕自己的选择。”玄楚将头发重新梳理好，恢复些精神的他吃了些东西就准备再去看看胜雪。

这时，锦衣又进来禀告，说胜雪是假装晕倒的，就在刚刚，他偷偷尾随醒过来的胜雪来到后院，发现她在厨房鬼鬼祟祟的不知道在干什么。锦衣担心胜雪又要整出什么幺蛾子，遂来提醒玄楚。

“难道是要下毒？”八宝警惕地去检查玄楚刚刚用过的饭菜，玄楚却一点也不在意，对锦衣说：“即便她醒了，今晚还是在这里留宿一夜。派人好好守着，明天天一亮就出发。”

“遵命。”

慕锦衣心有怨言，却不敢再说什么。对慕锦衣来说，这次被急召回来是改善他与皇上之间关系的最后机会。不管付出什么代价，他都要再次获得皇上的信任，所以，就算他看出胜雪有什么不对，也不能再违背皇上的旨意。

“皇上，要不要传那个宫女来问问？”八宝建议道。玄楚摆摆手，让他也退下。

难道这家店就是她和白黎接头的地方？她假装晕倒，故意拖延时间让他留下，就是在等待时机动手吧。玄楚思量着整件事。

这个村庄在大山深处，后院久无人住……难道说这家店本就荒废了，是白黎的人来这里后伪装成店伙计，把前面的店铺收拾干净后，后院就懒得收拾了？

如果白黎的人能找到这里来设下埋伏，那母后的人又岂会找不到？

这盘棋，朕该如何下？

在这里就杀了白黎，打破她的妄想？还是再给白黎一线生机，给她一线希望？

天胜雪，朕还要陪你一起假装多久？

“传慕锦衣来见朕。”玄楚让八宝把慕锦衣再次传进来。

对于知画和桃姐的事，他询问过慕锦衣好多次，虽然没发现什么端倪，但还是觉得有什么地方自己疏漏了。

玄楚和慕锦衣谈话的时候，胜雪在自己的房间里走来走去。

刚才她偷溜去厨房，本想放一把火，这样浓烟就会是一个可以告知白黎她目前位置的信号。不想被慕锦衣撞见，他很明显是在暗中监视她，令她没有动手的机会。

这样下去，她岂不是要错失机会？必须想个什么办法，既能放火，又不被人发现。

“云御侍，你要的粥熬好了。”小满端进来一碗热粥，胜雪吃得心不在焉。

小满一边为她收拾床铺，一边抱怨这种山里的地方到处都是虫蛇鼠蚁，希望早点离开这儿。

“这是什么？”小满在床底下发现几块石头，不知是何物的她把石头拿到了胜雪面前，胜雪眼睛一亮。

“就是它！”胜雪大喜，一把抢过这几块石头。

“这是什么？”小满不解。

“硫黄石。店家把它们放在床下，大概是想驱除虫蛇鼠蚁。”胜雪解释道，同时内心想好了一个计划。

等小满离开后，她便将硫黄石捣碎成粉末，小心收起来。

考虑到时间问题，胜雪决定在午饭时再执行这个计划，于是她假装休息，让任何人不要进来打扰她。

直到晌午，她叫来店小二，说要吃油酥鸡，并让店小二在杀鸡前先把鸡拿来给她看看。

店小二欣然答应，很快就抓来一只肥硕的土鸡，胜雪故意绊倒店小二，害他手里的鸡飞了出去，满屋子乱跑。胜雪趁店小二抓鸡之时，将硫黄粉倒在了鸡身上。

“连只鸡都抓不到，真是笨手笨脚，快拿下去做好送上来，我家夫人要是再饿晕了，看你怎么交代。”小满生气地呵斥着店小二。

也许是真的怕胜雪生气，店小二很快就做好油酥鸡送了上来，这边胜雪还没有来得及动筷子，就听楼下骚乱起来。

有人大喊：“起火了！快救火！”

店小二脸色一变，转身跑出去，小满也着急起来，胜雪怕连累她，就命她出去看看。

在她离开后不久，胜雪带着磨好的硫黄粉也迅速离开了厢房。

大火从后院的厨房烧起来，火势很快就蔓延到了前店。

慕锦衣护着玄楚要带他离开，玄楚问胜雪是否安全，慕锦衣说已经派人去接了，但玄楚不放心，非要亲自去接胜雪。

玄楚一脚踢开胜雪的房门，发现屋内除了浓烟外，什么也没有。

“人呢？”玄楚问。

“回皇上的话，属下来到云御侍的房间时，屋内已经没人了。”侍卫如实禀告。

“也许云御侍发现起火后，已经离开，躲在外面了。”八宝猜测着，希望说服皇上尽早离开这里。

玄楚站在二楼的护栏前，看着大火弥漫的客栈，内心焦灼不安。

起火后，没有人看到店小二。玄楚起初还怀疑这把火是那个有问题的店小二放的，后来又觉得不太可能。

如果这是家黑店，店小二不可能做放火烧死客人这样杀鸡取卵的蠢事。

那么这把火十有八九是胜雪放的，她这样做的目的又是什么？

想烧死朕？

除非将朕困在房间里，否则不可能实现这个目的。

那是为了制造混乱，给白黎刺杀朕的机会？

为什么起火后，一个人影也没有？就连店伙计也都消失不见了。

店里的人也好，村子里的村民也好，为什么没有一个人来灭火？更没有什么黑衣人出现？

胜雪去了哪儿？

难道是朕想错了？

她并没有跟白黎串通，而是想逃离朕？

想到之前胜雪驾马车飞奔的情景，玄楚有理由怀疑她做出这一系列事情的原因是只想离开他。

但她之前不是千辛万苦地设计让他出宫护送她吗？怎么会半途改变主意，放弃刺杀他呢？

会不会是母后的人把她抓走了？

难道那个店小二是母后的人伪装的，他把胜雪悄悄掳走后，放把火，让朕以为胜雪葬身火海了？

“给朕找！一定要把她平安带到朕面前来！”

玄楚甩出长鞭，卷住对面立柱上的横梁，一个飞身越过火海，到了对面的厢房前，一脚踹开房门，一间接一间地找。

“皇上，火势太大，您还是先出去躲一躲，属下去找。”慕锦衣拦住玄楚，苦口婆心地劝说。

玄楚回身看向已经快要被大火吞没的客栈，一时间，心中混乱得没有头绪。

胜雪，你在哪儿？

“皇上，快走吧！这里要塌啦！”八宝踮起脚，用手挡在皇上的头顶。

慕锦衣见皇上迟迟未动，心生一计，对身后的人使了个眼色，那侍卫立马冲到皇上面前说：“启禀皇上，小的看到云御侍在起火前就已离开客栈。”

“这么重要的事情，怎么才来禀告！”八宝生气地呵斥道。

玄楚一脚踹开侍卫，推开八宝快速离开了客栈。

玄楚刚来到外面，小满就哭着跑到他面前跪下，说她找不到云御侍了，说她担心云御侍是不是还被困在里面。

“你说什么？”玄楚拎起小满的衣领，“她没有跟你在一起？”

“起火时，云御侍让奴婢去看看发生了什么。等奴婢再返回去的时候，云御侍已经不在房间里。奴婢以为云御侍已经离开了客栈，等奴婢来到外面的时候，怎么也找不到云御侍了。奴婢该死，奴婢没有照顾好云御侍，奴婢该死！”

“你确实该死！”玄楚一脚踹开小满，拔出身旁侍卫腰间的长剑，一剑刺向小满身旁的另一个侍卫的胸口。

可怜那侍卫还没反应过来发生了什么，就一命呜呼了。

慕锦衣内疚不已，是他刚刚让这个侍卫撒谎说看到胜雪离开了客栈的，是他害死了这个侍卫。

玄楚将染血的剑从侍卫身体里抽出来，用它指着小满说：“胆敢欺骗朕的，都该死！”

就在小满闭上眼睛，准备迎接死亡的时候，一道熟悉的声音从火海的方向传来：“住手！”

玄楚的剑停在半空。

胜雪从他身边跑过，挡在小满面前，跪在地上恳求：“求皇上开恩，放过小满。”

玄楚一度绝望的心再次复苏。他扔下手里的剑，一把将胜雪从地上拉起来：“你去了哪儿？”

他以为她逃了，或是被母后的人杀了，或是被困在了大火中。

“奴婢看到客栈起火后就离开了客栈，后来担心皇上的安危，又重新返回来，幸好皇上吉人天相，脱离了危险。”胜雪垂下眼眸，假装乖顺温和地撒着谎。

起火后，她确实离开了房间，但她并没有离开客栈，而是藏在地窖中。

她觉得，以玄楚愿意亲自护送云御侍回山庄的态度，玄楚是喜欢云御侍的，所以她才故意藏起来，让玄楚以为云御侍还在客栈中，于是在大火中寻找云御侍。这样一来，她就有机会让玄楚葬身火海。

可惜玄楚还是离开了客栈。她本想继续留在地窖里，直到玄楚发现她还在客栈中，再次冲进火海去找她，但后来她想到玄楚有可能会治罪于小满！

她不允许他这样做，所以才跑出来阻止。

玄楚看着一脸平静的胜雪，好想当场将她的谎言拆穿，又不得不忍住怒火，慢慢松开她，道：“朕是真龙天子，有神灵庇佑，自是不会有事。可云御侍不是，日后若再遇见危险，还是先顾全自己的性命要紧。”

“奴婢谨遵圣谕。”胜雪跪着说道。

她现在相信，玄楚真会为云御侍舍身犯险，所以，云御侍就是玄楚的弱点和软肋，她要好好利用这一点。

“皇上，我们还是赶紧离开这儿吧。”八宝走上前。

“启禀皇上，属下发现，起火后，村子里的人都不见了！”慕锦衣说。

这时，大伙才发现异常。

村民们都去了哪儿？为什么没人来救火，反而都藏匿起来？玄楚觉得十分诡异。

胜雪看着燃烧中的客栈，心里默默祈祷白黎的人能看到烟，尽快找到这里来。因为她不知道自己还能拖延多久。

“提高警惕，先离开这儿。”

玄楚的命令刚下，就听小满又大叫一声：“云御侍又晕倒了！”

胜雪不能让他们这么快离开这里，只能继续假装晕倒。

玄楚抱起她，再次改变计划：“今晚先找个地方休息，明早再出发。”

众人不敢逗留在这个空无一人的村子里，就选择在村尾的一间破庙里休息。

夜幕很快降临，玄楚命人生起篝火，并安排侍卫把守在四周。

慕锦衣在破庙里发现了一些诡异之处，叫来玄楚一起察看。

破庙的柴房里堆放着各种杂物，其中有来自各个地方的衣物和钱币，从衣物的样式来看，应该是不同时期的人所穿。

究竟是什么原因，让这些不同时期的人的衣服和钱币都被遗弃在了这里？玄楚和慕锦衣都不解。

这时，一侍卫前来禀告，说他刚才去方便，回来后发现站在门口的另一个侍卫不见了。

慕锦衣担心遭遇偷袭，忙令其他人在附近查找。

玄楚赶去胜雪身边，怕母后的人对她不利。

“皇上，还是连夜启程吧，这里形势不妙。”

找了一圈没有结果的慕锦衣前来请示，他刚才在破庙附近的林子里发现了很多骸骨。

多年的经验告诉他，此地绝非久留之地。

“皇上，奴才也赞同慕将军的提议。若皇上担心云御侍，奴才愿意背着云御侍离开。”八宝说道。

“朕的人，朕自己会背。”玄楚瞪了眼八宝，吓得他立马缩起脖子。

“禀告皇上，失踪的侍卫回来了！”

一个侍卫带着另一个浑身是血的侍卫跪在玄楚面前。那个浑身是血的侍卫解释，说看到林子里有黑影就追上去了，没想到遇见野兽，遭到攻击，最后杀了野兽才得以逃回。

“深山之中，遭遇野兽是常有之事，你能保一条命回来，实属不易，下去好好养伤吧。”

玄楚让侍卫离开后，又吩咐慕锦衣派人盯着这个侍卫。

不管这个侍卫遇见的是豺狼虎豹，还是其他野兽，与之搏斗并受伤，身上的衣服不可能像现在这般完好，那些血迹也太有规律了。

“属下这就去安排，皇上万事小心。”慕锦衣退了下去。

玄楚看着身旁还在假装昏迷的胜雪，心想，这一次出现的人究竟是白黎的人，还是母后的人？

胜雪听到玄楚和慕锦衣的对话后，内心也有些纠结。

那个突然失踪又突然返回来的侍卫，会不会和白黎有关？会不会是白黎看到了烟，找到这里，掳走侍卫后用什么威胁了他，让他回来探听消息？

如果真是白黎的人找来了，她现在是不是醒过来比较好？

一旦双方交战，她也可以暗中协助白黎。

问题是，她如果现在就睁开眼睛，会不会太明显了，会不会引起玄楚怀疑？

怎么也没人来推推她，叫醒她啊？

就在胜雪头痛该怎么醒过来的时候，小满这个冒失鬼拯救了她。

小满遵照玄楚的吩咐，端了盆清水来给胜雪洗手和脸，胜雪故意用脚绊倒她，她手中的一盆水就倒下来，正好全浇在胜雪的脸上。

“下雨了？”胜雪假装被浇醒，呢喃着睁开眼睛。

“奴婢该死，奴婢该死！”小满惊吓得跪在地上。

八宝想呵斥小满，却被玄楚拦下：“快去准备些干的衣服来！”

“奴才这就去！”

小满离开后，玄楚将自己的外衣脱下来披在胜雪肩上：“夜里寒气大，小心着凉。”

“谢皇上。”胜雪低眉顺目地说。

“朕去外面看看。”

玄楚留下八宝照顾胜雪。

胜雪等他走后，佯装想喝水支开八宝，脱掉玄楚的衣服来到篝火旁。她打算烧了破庙，让玄楚陷入内忧外患的境地。

就在她要点燃干草堆的时候，一个满脸是血、面目狰狞的侍卫闯进来，张牙舞爪地朝她扑过来。

胜雪下意识地后退，不小心踩中了身后地上的乱石，一个踉跄倒在了地上。

就在这时，一根长鞭凌空抽来，卷住那个侍卫的脖子，将他用力拉到一旁。

玄楚冲过来，扶起地上的胜雪关切地问：“有没有受伤？”

胜雪摇摇头：“外面怎么了？”

她听到外面传来嘈杂的声音，心想：难道是白黎的人杀进来了？

“先离开这里再说。”

玄楚拉起胜雪的手要带她离开破庙。

胜雪一路观察，却看不清外面的局势。

为什么是自己人打自己人？难道是白黎的人混进来了？

他们走到院中的时候，十几个黑衣人倏然从破庙的院墙外飞进来。

慕锦衣大叫一声：“有刺客！保护皇上！”

玄楚意味深长地回头看了胜雪一眼，她急忙藏起眼底的喜悦。

“有朕在，不会让你受伤。”玄楚握紧胜雪的手，挥动长鞭迎战黑衣人。

胜雪好想挣脱开，却被玄楚抓得很紧。

其中一个黑衣人和玄楚纠缠起来。胜雪从他的身形和剑法判断出，他应该就是白黎本人。

有了这样的认知，胜雪就有意从旁帮衬起来，偶尔假装摔倒，分散玄楚的注意力，偶尔又故意冲到他身前，让他施展不开手脚，给白黎制造了多次刺杀机会。

当白黎的剑将玄楚的胳膊刺伤之后，玄楚猛地将胜雪拉到自己身前，单臂搂住她，靠在她的肩膀上喘气道："你猜，结局是他死，还是朕亡？"

见玄楚如此对胜雪，白黎站在原地不敢轻举妄动，心想难道玄楚察觉到胜雪的异常，要挟持她逼他就范？

"皇上英明神武，一定不会输。"胜雪违心地说着，偷偷向蒙面的白黎使眼色。

她此刻虽被玄楚挟持，却深知他并没有要伤害她的想法，所以，她准备用藏在袖中的匕首偷袭玄楚，同时让白黎攻击过来配合她，双管齐下，杀掉玄楚。

"朕就赢给你看。"

不等胜雪动手，玄楚忽然松开她，将她推到一旁，飞身朝白黎攻去。

两人一个用鞭，一个用剑，打得难舍难分。

胜雪在一旁暗暗着急，思量着还能做点什么去帮助白黎。

"小心！"胜雪身后传来慕锦衣的惊呼声。

她回头看去。一个扑向她的侍卫被慕锦衣一刀砍掉脑袋，尸身倒在胜雪面前。

玄楚闻声，抽身来到胜雪面前，拉住她的手带她往大门跑去。

白黎瞅准时机，一跃而起，从后刺向玄楚。

慕锦衣瞥见后，飞身挡在玄楚身后，胸口受了一剑。

就在这时，一大拨行为失常的村民冲进了破庙之中。

白黎停下攻击，不可思议地看着眼前的一切。

冲进来的村民全都脸色苍白，眼神空洞，行为异常。

当他手下的黑衣人将剑刺向这些村民的时候，发现他们似乎一点也不害怕，也没有一点要退缩的意思，仍旧攻击着破庙里的人。

"快！保护皇上撤离！"慕锦衣顾不上自己的伤势，挡在冲上前的村民面前，对剩下的人大喊。

侍卫们靠拢过来，将玄楚团团保护起来，欲杀出一条血路。

很快，大家发现，这群村民根本就没有意识，他们不知道自己在做什么，也不知道自己在经历着什么，甚至自己受了重伤，都没有停下攻击的动作。

这样的村民与其说是人类，倒不如说是被人操控的木偶。

玄楚的人和白黎的人都损失惨重。

眼看村民就要将玄楚他们统统围困起来，白黎不得不暂停争斗，联合玄楚的人一起应对村民。

玄楚带着胜雪好不容易杀出破庙的时候，天已经微微亮。

说来也奇怪，原本失控的村民像是接收到了某种命令，齐刷刷地停下来，动作统一地从破庙离开，消失在浓浓的晨雾之中。

与之一同消失的，还有白黎和他仅剩的两个黑衣人杀手。

破庙里发生的变故打乱了白黎的计划，他需要先撤离再另觅时机。

慕锦衣要去追，玄楚阻止道："穷寇莫追。"

"皇上，你没事吧？"浑身是血的慕锦衣关心地问。

玄楚看了眼被刺伤的胳膊，淡淡道："不要紧，对方比我伤得更重。"

"属下未能保护皇上周全，求皇上降罪。"

"起来吧，这事你无过，反而救驾有功。我们还剩下几人？"

慕锦衣清点人数的时候，胜雪发现小满不见了！

"她一定还在里面，我去找她。"

混战的时候，她只顾着如何助白黎杀玄楚，完全忘了小满的安危。逃离破庙的时候，也没能带小满一起。

一想到小满可能会出意外，胜雪就自责不已。

"里面危险，不许去。"玄楚不让胜雪再回去。

胜雪原本想跟他据理力争的，又一想那样的表现不符合云御侍的性格，就"扑通"一声跪下恳求："求皇上一定要救小满。"

"皇上，八宝公公也不见了。"慕锦衣小声地说。

玄楚将胜雪交给慕锦衣，对仅剩的几个侍卫吩咐："你们跟我来。"

重新来到破庙的玄楚仔细检查了每具尸体，并没有发现小满和八宝。

就算小满会趁着混乱跑掉，八宝却绝不会离开。

他们会在哪儿？

"皇上，这里有个洞。"侍卫在破庙的后墙上发现一个半人高的洞。

玄楚在洞里发现了两样东西，一样是宫女头上常见的发簪，一样是八宝的鞋。

“你跟着朕继续去找，你回去保护云御侍。”玄楚正吩咐着，突然听到身后有人开口道：“求皇上带奴婢一起去找。”

玄楚转身，看到胜雪跪在地上。

“云御侍执意要来，属下……”慕锦衣有些为难地解释道。

玄楚离开后不久，不放心的胜雪以死相逼，他才不得不陪她一起进来。

“算了，留你在这里，朕也不安心。”

玄楚没有责怪慕锦衣。

既然胜雪要跟他一起去找，那便一起吧。

若不然，他离开后，若是村民再次返回来攻击她，又该怎么办？

“谢皇上成全。”

胜雪知道这次刺杀失败令白黎大伤元气，他恐怕要休整几天才能再次行刺。她跟在玄楚身边，一方面可以更用心地找小满，一方面也能找其他可以下手的机会，亲自动手。

“锦衣，你去备些火把。”玄楚吩咐道。

刚才在破庙中，情况混乱又危急，他却观察到一个细节——那些疯了的村民似乎很惧怕火焰。凡是燃有篝火的地方，他们都不会靠近。

当然，这一点目前还无法证实，玄楚希望自己的想法是正确的。

“小满和八宝一定是被人打晕后拖走的。”慕锦衣根据地上的痕迹判断道。

这一点，胜雪也赞同。

一行五人沿着地面上拖曳的痕迹一路走回村子，来到村口的那片野草丛前。

“他们是从这里消失的。”慕锦衣指着村口的那块大石头说。

大家对视了一眼，心里都有个同样的担忧。

从刚才的脚印，还有眼前这块大石头的重量可以判断，拖走小满和八宝的人肯定力大无穷。

慕锦衣和两个侍卫用了九牛二虎之力才将大石头移开，一个黑漆漆的洞口就掩藏在石头下面。

“皇上，您和云御侍在这里等着，属下先下去看看。”慕锦衣提议。

“一起。”玄楚拒绝了他，命令道，“把火把点上！”

慕锦衣只能点燃火把，走在最前面。

玄楚下去前问胜雪：“朕给你的匕首呢？”

胜雪正要从袖中掏出匕首，玄楚抓住她的手腕说：“用它保护好自己。”

五人进了洞，玄楚走在胜雪的前面，胜雪将匕首握在手中，好想就这样一刀刺过去，但又因为小满而忍了下来。

没救回小满前，玄楚还不能死。

10 地下千年骨

一进入洞穴，大家就被浓重的腐臭气味熏得非常不舒服。

胜雪的反应更是强烈，胃里一阵翻江倒海，让她无法继续前行，停在原地，弓起上身，捂住口鼻让自己尽量不要呼吸。

胜雪会如此难受，并不是因为她有多娇贵，而是因为相似的洞穴、相似的味道，让她想起了那个可怕的地宫，想起了她的白岚。

记忆中的场景仿佛在她眼前重现，因为她始终不能接受白岚已死的事实，身体在此刻下意识地有了抗拒的反应，好像她再往前多走一步，就会看到白岚的尸体一般。

"你还是上去等着吧，朕一定把他们都带回来。"玄楚抓住胜雪的肩膀，担心道。

胜雪抬头看到玄楚的那一秒，记忆中的场景被一道闪电劈开来，她的意志忽然因仇恨变得强大起来，身体像被重新注入了力量般，那些抗拒的反应瞬间消失了。

他是害死白岚的人，他还没有死，她又怎么能放弃呢！

"奴婢没事。"胜雪低下头，握紧手中的匕首。

玄楚迟疑了片刻，最终决定继续前进。

从洞穴的构造和大小来看，玄楚认为它应该是人工挖建的。

走过长长的甬道后，就看到一座恢宏的地下庙宇。庙宇的四周全是大理石石柱，庙宇前方还有一块巨大的石碑，石碑上刻的文字没人认识，但整座建筑看上去已然有些年头。

“这里是什么地方？”慕锦衣困惑道。一开始他们都认为这个地下洞穴是人工挖建的，可眼前的庙宇却像是一个古迹。

“应该是村民发现了这座地下庙宇。”胜雪判断道。

“分头找。”

慕锦衣带着两个侍卫去庙宇的左边找，玄楚拉着胜雪的手带她去右边找。

很快大家就发现，这座庙宇的外墙是没有任何入口的。

可是怎么会没有入口呢？

“皇上，依属下看，这也许是敌人的调虎离山之计。小满和八宝根本没有被抓到这里，因为里面根本进不去，又没有其他可以藏身之处。不如，我们还是到上面再去找找看吧。”慕锦衣劝说道。他心里清楚小满和八宝肯定在里面，为了皇上的安危，他宁愿舍弃两人的性命。

“不可能，他们肯定在里面。”胜雪激动地否定。她来到围墙前，用手一点点地摸着外墙，“这上面肯定有什么机关，一定能进到里面去！”

对于机关世家出身的胜雪来说，这种密道暗门属于下等设计，只要能找到设计者留下来的线索就很容易破解。

那么这面看上去很寻常的围墙，其线索究竟在哪儿呢？

“皇上，你看这里！”一个侍卫率先发现了端倪。

就在他准备将手指伸进围墙上的一个小洞内时，胜雪急忙阻止他：“别动！”

胜雪推开那名侍卫，仔细研究着这个看上去寻常的小洞：“皇上，您的鞭法有多精准？”

“能在百步之外击中这个小洞吗？”胜雪指着的小洞比她的小指甲盖还小。

“当然能。”

“那好，我们就退到百步之外的地方，请皇上用鞭子抽打它。”

大家都不解胜雪为什么要这样做。

几人退到百步之外，玄楚扬鞭一甩，那鞭头准确无误地击中了小洞，霎时间，无数暗箭从围墙上的琉璃瓦片中飞出。围墙下顿时成为一片箭矢的坟冢。

没有多余的恭维话，大家只觉得周身一冷。

重新返回到围墙下后，胜雪仔细研究着小洞，然后她发现每隔一段距离，就会有一个这样看似是设计者留下的线索。

虽然这些小洞并不在一条直线上，有高有低，有深有浅，却间距均等。在她绕着围墙又走了一圈后，终于发现有两个方位的围墙上没有小洞。

“我发现了！”胜雪指着其中的一个小洞说，“风水学中有四吉星和四凶星之说，吉星是生气、天医、延年、伏位；凶星是祸害、六煞、五鬼、绝命。四吉星中，最吉的是生气，天医次吉，延年更次之，伏位又再次之。而四凶星中，最凶者为绝命，五鬼次凶，六煞更次之，祸害又再次之。根据所有者的命卦不同，八星的分布方位也不同。虽然我不认识那边石碑上的文字，但从石碑竖立的方位上可以判定，这座寺庙的建造是乾卦。如果我的判断是正确的，那么生气在西方、天医在东方、延年在西南方、伏位在西北方、绝命在南方、五鬼在东北方、六煞在北方、祸害在东南方。现在只有绝命和生气两个方位没有小洞，所以暗门肯定在这两个方向上。问题是，我们只有一次选择的机会，究竟选哪一个？”

“绝命是凶，生气是吉，选生气吧？”慕锦衣建议。

玄楚深思了片刻，看向胜雪问：“你认为选哪个？”

“绝命。”胜雪答，“虽然所有者建造的是座庙宇，却把它藏于地下，终年不见阳光，而且这里的腐臭气味这么浓重，可见所有者并不是内心向善之人，所以，我会选绝命。”

“听你的。”玄楚最后决定道。慕锦衣还想说什么，又找不到更好的说辞，于是自告奋勇道：“请皇上先回避一下，属下来做接下来的事情。”

玄楚拉着胜雪退到一段距离之外，这一做法让胜雪内心对他又鄙夷了几分。

真是个贪生怕死的皇帝！

慕锦衣站在围墙前，先用手推了推墙，并没有任何反应。

“试着用力推它！”胜雪大声提醒。慕锦衣当即伸开手臂试着推毫无破绽的墙壁。

所有人都屏住呼吸，暗暗为他加油打气，只听“咔”的一声，那面墙真的被推开了！

一股更臭的腐臭气味从墙后扑面而来，大家急忙用手捂住口鼻。

“皇上不如等在这里，属下进去找。”

“里面不知道还会有什么机关，一起进去看看。”

玄楚安排慕锦衣和一个侍卫走在前面，他和胜雪走在中间，另外那个侍卫殿后。大家从暗门进去后，又是一条黑黑的甬道。与外面不同的是，这条甬道的四周并不是平整的，当慕锦衣将火把点燃后，大家才看清，甬道四周的墙壁里竟然全都是白骨。

这些白骨中有大人的也有小孩的，他们埋入墙里的姿势特别怪异，你似乎能看到他们痛苦的表情，听到他们死前痛不欲生的喊叫声。好一面人间地狱般的人骨墙，建造者真是灭绝人性！

“别看了，快走。”玄楚让慕锦衣将手中的火把移开，不让胜雪看这恐怖的画面。

大家在黑漆漆的甬道里又走了一阵后，才终于来到了庙宇正中央的那座小塔前。

“皇上，你看！”

慕锦衣高举火把，让亮光照进小塔底层的大殿，只见大殿内整整齐齐地跪着一排排的村民。

那些村民看上去像是被人催眠了，一动不动地跪在那里。

慕锦衣正要举着火把走进去，玄楚一把将他拉回来，熄灭他手中的火把道：“火光会引起他们的注意。”

虽然大家都半信半疑，但眼下的情况是“宁可信其有，不可信其无”，谁也不愿意冒风险。

奇怪的现象又发生了，火把熄灭的那一刻，一道幽蓝的亮光从塔顶照下来，一直照到塔底的大殿内。

霎时间，跟进来的两个侍卫都生出了跪地磕头的念头。

在他们的心里，这种光就是某种召唤。

“大家一层层找，千万别弄出太大声响。”玄楚吩咐道。于是，大家就轻手轻脚地走向台阶。

一路上，胜雪都在思量自己看到的那些村民，因为在看到他们的时候，某种熟悉感在记忆深处撞击，她想起小时候神医花飞雨带回来的一个怪人。

花飞雨将那人关在阴暗潮湿的地窖里，整天闭门研究。有一次，胜雪按捺不住好奇心偷溜进去，被花飞雨抓住后暴打了一顿。他警告胜雪以后都不许再进地窖，胜雪不服，他才告诉她那人是异奴，是有人将正常人抓住，然后通过药物毒害对方的神经，使其变成没有意识却可以自由活动的傀儡，用来守护陵墓或是攻击敌人。

毒药是古法炼制，过程极其复杂，配方奇特，受此毒侵害后，异奴会忘了自己是谁，只听命于炼制毒药的主人。更可怕的是，一旦被异奴咬伤，异奴体内的毒就会通过他们的唾液传染给被咬者，一段时间后，被咬者也会变成异奴。花飞雨好不容易才弄回一个异奴，就是想从这个异奴身上找到破解之法。

可惜，直到两年之后，花飞雨都没能找出破解之法，而那异奴最终毒发身亡。

难道这些村民就是异奴？

胜雪有了这个猜想，她就更加坚信小满和八宝暂时没事。

花飞雨说过，异奴所中之毒的炼制过程非常复杂，而且炼制时间漫长。

所以，那个将小满和八宝抓走的人，如果想将他们变成异奴，就不会立马杀了他们。

上到第二层塔后，大家在塔壁上看到了一整面画满壁画的墙，壁画上的内容记载了当初炼毒之人是如何炼制古毒，并将人变成异奴的过程。

“别看了，继续往上走。”慕锦衣催促。

当大家来到第四层塔的时候，并没有发现通往塔顶的旋梯。

胜雪通过蓝光打在地上的影子判断：“他们就在上面！”

大家顺着胜雪手指的方向看去，发现塔顶悬挂着两个被布层层包裹如虫茧一般的东西。

“小满，八宝，是你们吗？”胜雪捏着嗓子小声地喊，顿时，两个“虫茧”挣扎着扭动了下。

“他们的嘴一定被堵上了。属下上去救人。”慕锦衣说着，就用轻功飞了上去。

只见他举刀在塔顶一挥，绳索被砍断，悬挂的两个布包从空中掉了下来。

大家准备伸手去接，连通塔顶的那个空间却一下子被封闭起来，将慕锦衣和那两个布包都困在了塔顶，与其他四人隔离开。

这可怎么办？

不会武功的胜雪焦急不已，玄楚刚要挥鞭抽向那封闭的木质挡板，一个足足有两米多高的异奴就从暗门里走了出来。

他实在太高大了，每走一步，都让塔身有种在摇晃的感觉，而在他身后的竟然是那个店小二。

“我在破庙没有取你们性命，放你们一马，你们却自己送上门来找死。既然如此，就都留下来当我的异奴吧！”店小二一声令下，高大的异奴就冲了过来，两个侍卫忠心地挡在玄楚前面，却被异奴一手一个打飞了出去，当场吐血。

店小二有些不满地在一旁抱怨：“轻一点，别弄死了。”

胜雪被玄楚挡在身后，当异奴攻过来时，玄楚一鞭子卷住异奴的脖子，飞到他身后，骑跨在他的肩膀上，用力一拳打向他的后脑勺，将他打晕过去。

就在胜雪以为这么快就解决了麻烦时，却看到店小二嘴角露出鄙夷的冷笑。

“小心！战斗还没结束。”

店小二听到胜雪的话，拍了两下手掌：“没想到你还是个明白人。”

话音刚落，那倒下的异奴又站了起来，揉了揉自己的后脑勺之后，再次向玄楚攻来。

玄楚将胜雪推到一旁，用鞭子把异奴捆绑起来，异奴挣扎的力量让玄楚的双手都磨出了血。

在他快要撑不下去的时候，顶上的封闭木质挡板被劈开，慕锦衣飞下来，连砍了异奴好几刀，就算这样，他还是没有停止反抗。

“怎么才能让这东西不动？”慕锦衣着急地喊。

胜雪看向一旁的店小二，忽然想起花飞雨说过，炼制者和异奴之间有某种关联，正是这种关联让炼制者可以控制异奴的行动。

于是，她抬手指向店小二：“杀了他！”

店小二一下子脸色大变，立刻往塔下跑。

这时，高大异奴的反抗已经使得慕锦衣和玄楚体力不支，他们根本没精力去追那个店小二。

“云御侍，我在这里。”

“皇上，小心啊！”

小满和八宝从封闭挡板上探出头来，这时胜雪看到塔顶上竟然有根跳动着蓝色火焰的蜡烛。

这一发现让她灵光一闪，她对小满说：“把蜡烛扔下来给我！”

小满和八宝两人用力跳，都很难碰到蜡烛。胜雪在下面急得大喊：“叠罗汉！”

八宝急忙蹲下，让小满踩着他的肩膀站起来，终于拿到了那根蜡烛。而后，小满贴在地板上，伸手将蜡烛递给胜雪。

胜雪拿到蜡烛后，让小满和八宝跳下来。两人害怕摔伤，犹豫着不敢跳。

“再不跳，我们都会死！”

在胜雪的鼓励下，小满和八宝跳了下来，万幸两人都没有受伤。胜雪对正与异奴大战的玄楚和慕锦衣大叫了一声让他们闪开，然后将手中的蜡烛朝异奴扔去。

蜡烛碰到异奴后，点燃了他身上的衣服，瞬间就烧了起来。

“快走！”玄楚指挥大家往塔下跑，来到塔底时，那些原本沉睡的异奴不知怎的全都醒了过来。

“皇上快走！”慕锦衣在最前面挥刀砍杀，玄楚拉着胜雪，胜雪拉着小满，在异奴群中艰难地前行。

这些异奴真的太难对付，他们根本没有任何知觉，杀不死也杀不尽。

胜雪想，也许他们会死在这里。

“皇上，小心！”

身后传来八宝的声音，大家回头看去，只见他双手拿着点燃的衣服从上面跑了下来。

原来，他看到这么多的异奴阻拦皇上离开，中途又返回去，脱下身上的衣服，用蜡烛的蓝色火焰引燃后，又跑了回来。

八宝笨拙地用手中点燃的衣服挥向异奴，想要用火去驱赶他们，这一行为激怒了他们，他们把攻击的目标都集中到他一个人身上。

得以喘息的慕锦衣终于杀出一个缺口，焦灼地大喊：“皇上，快走！”

玄楚抓着胜雪的手猛地收紧片刻，仅仅看了眼八宝后，带着胜雪头也不回地走了。

“皇上快走！”八宝大喊。

所有人都没有回头去看的勇气。

“下辈子，奴才还伺候您……”

胜雪看着玄楚的侧脸，却看不出一丝情绪波动。

可惜了八宝那样忠心耿耿的奴才，为玄楚这样一个冷漠无情的主人白白葬送了自己的性命。

不值，真的不值！

四人刚冲出异奴的包围圈没多久，小满就被一个冲出来的异奴抓住，胜雪转身就去救她。玄楚见此，飞身赶到胜雪身旁，一鞭将异奴抽飞很远，拉起胜雪和小满转身要跑。

“皇上小心！”

小满和慕锦衣异口同声地发出惊呼，却还是晚了一步。

一个不知道从哪里跑出来的异奴张嘴就咬住了玄楚的手臂，冲上来的慕锦衣凌空一刀将异奴的头一劈为二，接过玄楚手里的小满，护送他们往出口的方向跑。

好不容易离开洞穴，慕锦衣和玄楚费尽九牛二虎之力才将原本封住洞口的巨石移回原处。

终于脱离危险的众人都累瘫在地上，长舒了一口气。

慕锦衣发现玄楚的手臂上有血渗出，担心地问：“皇上，您的手臂？”

玄楚看了看伤口，毫不在意道：“不要紧，我们还是快点离开这儿。”

慕锦衣扶着玄楚，打算从来时的路原路返回。

大家穿过长长的野草丛时，胜雪才意识到，也许因为这片野草丛的下面是可怕的庙宇，那只山猫才追到这里后就放弃了。那么这座庙宇中出现的异奴和神医花飞雨之前研究的那个异奴是不是一样的呢？

被咬伤的玄楚是不是也会被感染，然后发病，成为没有任何知觉和神志的杀人机器？

刚才在地下，胜雪比小满还早一些看到那个异奴，但她故意没有提醒玄楚，就是要让他受伤。

胜雪恨恨地看着走在前面的玄楚，心想：如果真是花飞雨说的这样，我的大仇就可以报了！

走出野草丛后不久，他们就遇见了来接应的人。

玄楚看到是自己培养的暗卫后，一直死撑着不让自己倒下的他轰然倒地。

“皇上！”慕锦衣抱起晕倒在地的玄楚，发现他浑身发烫，急忙抱着昏迷过去的玄楚上了马，赶去最近的小镇。

胜雪和小满也紧跟着上了马。到达小镇的客栈之后，慕锦衣找来了大夫，大夫在给玄楚清理伤口的时候发现，他胳膊上的一处咬伤和其他地方的普通伤口不同，咬伤的地方像中了剧毒一般，血肉呈乌黑色，而且有腐臭的气味。

小镇上的大夫哪见过这种伤，就算慕锦衣用刀架在他的脖子上，他也没办法让玄楚醒过来。

慕锦衣踢走无用的大夫，让一个暗卫快马加鞭回宫里请最好的太医，又把胜雪叫到自己的房间。

“皇上是因为救你才被那东西咬伤，如今为救皇上，你必须牺牲点东西！”慕锦衣提着刀慢慢走近。

胜雪害怕地后退：“你要干什么？”

慕锦衣忽然抓住她的肩膀，以闪电般的速度抬刀将胜雪右耳垂上的耳坠和一缕青丝削断，转身将断了的耳坠和头发交给暗卫道：“把这个给神医送去，明日日落之前若不见人，送去的就是项上人头！”

“你要找神医？”胜雪假装不知道地问，“皇上伤得很重？”

“给我听着，如果皇上有任何差池，我慕锦衣发誓，一定要你和你的碧水山庄给皇上陪葬！”慕锦衣恶狠狠地说。

他从一开始就认为皇上对这个女人付出的任何东西都是不值得的，但如果皇上乐于付出，他也乐于看到皇上付出时的幸福和快乐，倘若皇上因此遭遇不测，他一定送这个女人下去陪皇上。

“皇上如今不过是伤口感染，高烧不退导致昏迷不醒而已。慕将军何出陪葬一说？难道慕将军不希望皇上好起来？”胜雪反击道。

慕锦衣一时间心生疑惑，眯起眼睛打量着眼前的人问：“你究竟是谁？”

皇上和其他人都说她现在是失去记忆的云御侍，可他感觉她身上有天胜雪的影子，难道她已经恢复记忆了？还是说是他心有偏见，所以产生了误会？

胜雪一听忙垂下眼帘，收敛自己不小心露出的戾气，低头说：“奴婢是云御侍，也是失去记忆的天胜雪。慕将军若因奴婢一人之错而责难整个碧水山庄，就太过分了。奴婢对碧水山庄一点印象也没有，在我眼里，那不过就是个陌生的地方而已。”言下之意，杀了碧水山庄的所有人也不会让她有痛失亲人的痛苦。

“那我就杀了你和那个叫小满的宫女！”

胜雪不顾生死去救小满的情景，慕锦衣看在眼里，知道小满对如今的云御侍一定很重要。

胜雪的心一沉，假装镇定道："皇上是真龙天子，一定会平安无事的。"

"最好如此！"

慕锦衣离开前，将小满也关进了这个房间，并命人在门口守着，防止胜雪和小满逃走。

"小满，你有没有受伤？"胜雪拉着小满的手检查，担心她也在地下被异奴所伤。

小满红着眼睛，突然跪在地上，哭道："云御侍待小满如姐妹，不顾生命危险救了小满，小满却对不起云御侍，小满该死！"

她和八宝被异奴抓走的时候，根本没想过会有人去救他们，毕竟他们只是低贱的奴才，哪有主子冒险去救奴才的道理，所以她以为自己死定了。直到胜雪出现，救她离开，她一颗心才安定下来。

"你这是干什么，快起来，起来说啊。"

"不，小满不起来，小满该死，该死。"小满又接连给胜雪磕了几个头。

胜雪忙抓住她的肩膀阻止她道："究竟是什么事？告诉我，我就原谅你。"

胜雪觉得小满的反应是另有隐情。

"我……"小满吞吞吐吐，最终开口说出了自己被皇后胁迫，偷偷给胜雪喝的水里掺了东西的事。

"我担心那东西是毒药，曾偷偷试了一次，见没有异常，才敢继续给云御侍服用……"

"你身上还有那东西吗？"

小满点点头，将瓶子拿出来。

胜雪打开瓶子闻了闻里面的东西，之后将其倒进茶碗里，很快心中就有了答案。

这是会让人忘记过去的忘川之水……怪不得云御侍会占据我的身体，一定跟这东西有关。

胜雪将茶碗打翻在地！

一定是玄楚让皇后这么做的，为了让她忘记过去，为了将她困在宫里！

好卑鄙！

"云御侍，那东西……"小满担心地问。胜雪的脸色很不好看。

“我自幼学医，那东西对我没有用。”不想让小满内疚的胜雪这样说道，将她从地上扶起来，“可是小满，如今你将这件事告诉我，意味着背叛了皇后，她不会轻易放过你的。”

“小满这条命是云御侍救的，小满不后悔。”

胜雪拍着小满的肩膀：“如果你相信我，我可以帮你逃过皇后的魔爪……”

胜雪告诉小满，一旦时机成熟，小满需要先离开，这样她才能没有后顾之忧。而且，如果两个人同时消失的话目标太大，所以小满先回碧水山庄，她的父亲一定会好好安置小满。

“把这个东西收好，到了碧水山庄后拿给庄主看。”胜雪取下一枚发簪交给小满，叮嘱她。其实这发簪是普通的东西，父亲会照顾小满，只因为小满和知画长得很像。

“云御侍，你真好。”小满紧紧抱着胜雪，泪流满面。

胜雪拍着小满的后背安慰她，心中坚定了一定要在玄楚死之前和小满双双离开的想法。如果玄楚死了，她和小满的命都难保。

胜雪推算，白黎离开破庙后，一定会潜伏在不远处休整。

这个小镇应该就是最佳位置，慕锦衣来的时候快马加鞭，一定在小镇引起了不小的骚动。如果白黎就在这附近，肯定会按照约定来与她接头。

那么，她和小满安全脱身就是时间早晚的问题了。

不知道玄楚身体里的古毒还有多久才会发作，他能不能坚持到天黑呢？

胜雪相信，天黑之后白黎的人就会出现。

就在胜雪焦急地看着窗外的天色，等待夜幕降临时，慕锦衣去而复返，将胜雪拉拽到玄楚的房间。

他醒了？胜雪很失望。

玄楚不知何时醒了过来，被慕锦衣扶着坐在床上。

“皇上你看，云御侍安然无恙。”慕锦衣指着胜雪说。

看到胜雪的那一刻，玄楚一直蹙着的眉头终于舒展开，灰暗的眸子也亮起来。他看着胜雪，不放心地确认道：“你真的安然无恙？”

“回皇上，奴婢安然无恙。”

听胜雪这样说，玄楚的一颗心才放下来：“那就好，那就好。”

“锦衣，朕命你即刻带人护送云御侍回碧水山庄，不得有误。”玄楚有气无力地命令。

“请皇上收回成命。属下已派人去请神医，明日太阳下山之时，他定能抵达！”

“朕会撑到神医来，但朕现在命令你，先送她走！”玄楚见慕锦衣不听命令，一时着急，语气加重，一口污血吐了出来。

“皇上！”慕锦衣紧张不已，让玄楚又平躺在床上。

这样一来，之前披在玄楚身上的那件外衣就滑落了下来。胜雪看到他被咬伤的胳膊都变了颜色。

这么说，古毒正在快速蔓延？

“咯咯！咯咯咯！”玄楚一边剧烈地咳嗽，一边握紧慕锦衣的手，吩咐道，“现在就送她走……”

慕锦衣不忍看到玄楚再为此事伤神，只能点点头。

玄楚松开他，冲他摆摆手，让他快走。

慕锦衣站了起来，担心地看着床上的玄楚，对他抱拳行礼后，拉住胜雪的胳膊将她带出了房间。

“好好守着皇上，有任何问题，随时向我禀告！”

慕锦衣低声吩咐过守卫后，将胜雪拖到楼下，来到马棚里牵出了两匹马，松开缰绳，用小石头击中马屁股，马匹受惊地扬起前蹄一路奔跑，消失在夜色中。

胜雪正要发问，就被慕锦衣捂住嘴巴拖到了柴房里。

“老实待着！”慕锦衣用布塞住胜雪的嘴巴后，将她推倒在同样被堵住嘴巴、手脚被捆的小满旁边。

“只要神医能治好皇上的病，我就送你们回去。若不然，你们都要留下来陪葬！”

慕锦衣警告完两人后，就站在柴房内的破窗户前，神情凝重地看着玄楚房间里透出的烛光。

皇上刚才突然睁开双眼的时候，慕锦衣欣喜无比，以为皇上的伤有所好转。没想到，那竟然像是回光返照，是皇上对胜雪的挂念让他醒了过来，他睁开眼的第一句话就是问慕锦衣胜雪在哪儿，可有受伤。

慕锦衣说胜雪在隔壁的房间，很安全，皇上却不信，非要亲眼看到才放心。

这才有了刚才那件事。

慕锦衣明白皇上为什么命令他即刻送胜雪走，一是担心太后的人寻来，二是担心在破庙遇到的那伙黑衣人会再次偷袭，三是担心自己身上的伤，害怕会出现什么异常，而误伤胜雪。

慕锦衣无法在这个时候劝说皇上，不想再忤逆刺激他，于是先答应下来，又上演了刚才那一幕。若是以往，他并不认为自己这点小伎俩能骗过皇上，可现在皇上重伤在身，应该不会有所怀疑。

只要再等一天，等到明日太阳落山前，皇上就会无事了。

带着这样的期盼，慕锦衣在窗前一站就是一整晚。

三更刚过，几道黑影在客栈里闪过，暗卫发现后，与其展开了一场厮杀。

柴房中的慕锦衣一直藏在黑暗中观察着外面的情况。他握着刀柄的手先握紧，随后又松开了。

胜雪看不到外面的情况，却从这个小细节分析出，那闯进客栈的黑影不是白黎的人。

白黎若是来客栈，即便寻不到她，也会对昏迷中的玄楚痛下杀手，可这帮人将客栈里的房间翻了个遍，只是寻人，并没有打扰到玄楚。

黑衣人或被杀或逃走。

天微微亮时，客栈里才恢复了平静。

一个暗卫悄悄来到柴房附近，低声对里面的慕锦衣禀报："应该是太后的人。"

慕锦衣吩咐大家继续小心防守后，转身走到胜雪面前，挥手点了小满的昏睡穴后，冷眼盯着胜雪："太后从来没有如此执着地要杀一个人，你是第一个。"

除了令皇上情有独钟之外，她的身上究竟还有什么其他的秘密？慕锦衣一肚子的疑惑。

他所了解的太后，虽不喜后宫女人独占圣宠，却并不见得容不下皇上喜欢的一个女人。之前在宫里，太后费尽心思要杀她，如今她出了宫，太后还如此穷追不舍。

难道她和太后之间有什么私人恩怨？

可是以太后的年龄，太后入宫时她还未出生，两人根本没机会见面，何来的私人恩怨？

胜雪看到慕锦衣怀疑的神情，摇摇头，示意他拿开她嘴里的布。

“你要说什么？”

“太后要杀我，是因为我是唯一能找到南礼龙脉所在的人。只要我不在了，就没人能找到龙脉，龙脉安全，南礼自然能千秋万代。”

“你知道龙脉的秘密？”慕锦衣不相信。

“准确来说，不是我，而是天胜雪。她是碧水山庄的大小姐，她的母亲将龙脉图藏在一个机关盒里，只有她知道如何打开它。”胜雪将这个秘密说出，“所以，太后执意要杀我。”

慕锦衣听完，握住刀柄，意欲拔刀。

“但太后不知道，天胜雪失忆前，就将这个秘密写了下来并交给了另一个人保管，如果她有事，这个秘密就会公之于众，到时候心怀叵测之人蜂拥而去寻找龙脉，南礼就岌岌可危了。所以皇上才要你保全我，将我安全送回山庄，因为只有我好好地活着，这个秘密才会长长久久地被保守下去。”

“你当我是三岁孩童，岂会受你蛊惑！”慕锦衣半信半疑。

“慕将军大可不信我，但若我真的出了事，秘密被公布，所带来的后果，慕将军能承担吗？”胜雪继续说，“更何况，根据我的推测，这个保管秘密的人很可能跟慕家有关。”

慕锦衣想了片刻，忽然意识到她在说谁，一怒之下拔出大刀架在胜雪脖子上：“你胆敢有半句假话，我一定将你大卸八块！”

“慕将军请息怒，奴婢会这样想，是有根据的。听皇上说，天胜雪失忆前在建造寿陵，当时与她有所接触又关系亲密的人，就是负责监守寿陵的慕小将军慕夜行。如果天胜雪意识到自己有生命之忧，需要将这个秘密托付给其他人时，那么这个最佳人选就是慕夜行。慕家虽然对皇家忠心耿耿，但树大招风，慕家未必不担心有一天会因功高盖主而惹来杀身之祸。这个秘密不但可以保住天胜雪的命，还能保住慕家，所以慕夜行选择和天胜雪合作，是个明智之举。而慕夜行其人，奴婢虽没有接触过，但皇上说他天真善良、单纯仗义，所以天胜雪将东西交给他的时候，可能只交代说等她出事再公开，没有明说是什么，慕夜行很有可能并不知道自己拿的是什么。”

“我现在就杀了你，再去问夜行！”

“那慕家就更会成为太后的眼中钉！”胜雪不慌不忙地说，“奴婢都能猜想到刚才那种可能，深谙谋算之道的太后又岂会想不到？如果太后知道天胜雪失忆前把龙脉的秘密告诉了其他人，那么首先怀疑的就是你们慕家，到时候恐怕不是慕将军表忠心就能说服太后的了。

“所以，只有天胜雪好好活着，这个秘密才能永远保守下去，慕家才能一直平平安安。”

“你在威胁我？”

“奴婢不敢，奴婢如今已失去记忆，除了这具身体外，和天胜雪之间没有任何关系。若慕将军能给奴婢一线生机，奴婢感激不尽。”

胜雪跪着磕头道。

眼下白黎没出现，太后的杀手却出现了，如果慕锦衣在这个时候不能保护她，睁一只眼闭一只眼的话，她就必死无疑。

不管他此刻信与不信，只要能坚持到白黎或是花飞雨出现，她就能确保自己安然无恙。

慕锦衣看着跪在自己面前的胜雪，心中摇摆不定。

要不要相信她？

信她，就是和太后对着干，送她平安回山庄；若不信她，就能在太后面前讨个好，也顺便让太后解决这个总是伤害皇上的人。

问题是，如果她说的都是真的，一旦东窗事发，太后知道天胜雪把秘密告诉了其他人，那么首先就会怀疑到慕家，会认为他们如今这样做是借刀杀人，会认为慕家私藏龙脉的秘密是存有二心的表现……到时候，慕家就真的会因为这个女人而彻底倾覆。

“你真的把龙脉的秘密告诉了慕夜行？”慕锦衣问。

胜雪抬头，假装无辜地摇摇头：“奴婢已经失去了有关天胜雪的一切记忆，所以奴婢不知道她把秘密告诉了谁。奴婢只是推断而已。”

慕锦衣激动地揪住胜雪的衣领，怒火滔天地对她说：“知不知道，你的这个毫无根据的推断会害死多少人！从现在起，你必须忘了这个推断，也忘了跟龙脉有关的所有事，否则……”

“奴婢绝不会跟任何人提起，请将军放心。”

慕锦衣内心又挣扎了片刻，而后推开胜雪，失控地走出柴房。

他前脚刚一离开，胜雪后脚就用牙咬掉小满嘴里的布，用肩膀拱醒小满：“醒醒，快醒醒。”

“云御侍，我怎么睡着了？”小满迷迷糊糊地睁开眼睛。

“我们没时间了，快！”胜雪说着就弯下腰去，用牙齿去咬捆在小满手上的绳索。

很快，绳索就被咬开。小满挣脱开后，立马帮胜雪解开了绳索：“云御侍，慕将军为什么把我们关在这里？”

“没时间解释了，跟我走。”胜雪来到柴房门口，透过门上的缝隙警惕地看了看外面。

奇怪，院子里怎么比刚才还要安静？

胜雪看向客栈二楼玄楚的房间，意外地发现，房门外竟然连个守卫也没有！

人都去哪儿了？

感觉异常，怕是有什么陷阱的胜雪不敢在这个时候出去。

忽然，一个披头散发的人出现在柴房门外，不等胜雪反应过来，就一下子推开柴房的破门闯了进来。

那人的力气太大，在推开门的时候，将门后的胜雪也一起推倒在地。

小满惊恐地看着破门而入的疯子，大声尖叫。

胜雪被疯子浑身散发出的气息震慑住，身体不能动弹半分。

疯子走上前，不由分说地就要将胜雪往外拉。

胜雪害怕地挣扎：“放开我！放开我！”

小满看到胜雪有危险，胆小的她不知从哪里来的勇气，拿起柴房里的一根木棍朝疯子的后脑勺打去。

木棍打在疯子的后脑勺上，让他停了下来，小满又一鼓作气地追打了几棍。

按理说在小满的穷追猛打之下，疯子就算是个武林高手也该晕倒在地了，为什么他却一点异常也没有，丝毫不理会小满，继续拉着胜雪往外走。

“放开云御侍！”小满再次冲上去，被疯子一脚踢晕在地。

“小满！”胜雪心急如焚，却根本无法从疯子的手里挣脱，无奈之下，她低头准备咬疯子的手，却在张嘴的那一刻看到疯子的袖口上有一个特殊的刺绣图案——

一团火。

“皇上？”胜雪不可思议地唤了声，疯子却一点反应也没有，反而继续拉着她往客栈的院子里走。

胜雪不由得诧异，眼前这个披头散发、浑身是血、狼狈不堪的疯子真是玄楚？

如果不是他，又怎会穿着绣有玄楚专属图案的衣服？

难道是他杀了玄楚，然后脱了玄楚的衣服穿？

“你到底是谁？”胜雪豁出去地伸手要去拨开挡在疯子脸前的长发，就在这时，慕锦衣带着暗卫冲进来，一部分暗卫冲上客栈二楼查看玄楚的房间，剩下的暗卫将两人团团围住。

“放开她！”慕锦衣将刀对准疯子。

疯子根本不理，继续拉着胜雪往前走。

这时，检查完玄楚房间的暗卫焦急地返回禀告：“将军，皇上不见了！”

慕锦衣一听，眉头一皱，喝问：“说，你把皇上弄哪里去了？快交出来！”

疯子还是不理，闷头往前走，慕锦衣按捺不住了，提刀朝疯子砍来，疯子竟然轻巧地闪躲开了，还以迅雷不及掩耳的速度拔出一个暗卫腰间的剑和慕锦衣打起来。

因为胜雪在，双方在交手中也显得谨慎小心，慕锦衣的刀有力而精准，疯子则是守大于攻，胜雪夹在两人刀与剑的拼杀中，每一秒都提心吊胆。

“你到底是谁？”慕锦衣似乎察觉到了什么，用刀抵着疯子的剑，想要透过他的长发看清他的脸。

疯子还是不说话，用力推开慕锦衣的刀，依旧执着地要带胜雪走。暗卫们冲上来，打算帮助慕锦衣围剿疯子，慕锦衣边应付疯子的剑，边命令其他人原地不动。

这一反应让胜雪确认了内心的猜想，于是在慕锦衣还没有反应过来前，她迅速抽出玄楚送给她防身的匕首，一刀刺向抓住自己手腕的疯子的手臂。

“不要！”在慕锦衣惊叫的同时，一直战斗的疯子停下来，回头看着胜雪。

胜雪被他这一眼看得脊背发凉，松开手里带血的匕首说：“放了我……”

慕锦衣对暗卫们打着手势，让所有人都原地不动。他悄悄走到静止不动的疯子身后，一下子从后抱住他！

“快，看看他的脸！”慕锦衣用尽全力地抱住疯子。

然而，不等暗卫们冲上来，挣扎中的疯子就已经和慕锦衣一起滚倒在地。

两人在地上扭打成一团，旁人根本无法介入。很快疯子就将慕锦衣压倒在地，掐住他的脖子，慕锦衣明明有反击的机会，却根本不反抗。

“放开慕将军！”

一心要置玄楚于死地的胜雪捡起地上的剑，假装要救慕锦衣，朝疯子刺去。

被压在地上的慕锦衣看到胜雪的行为后，惊恐地用力将身上的疯子掀翻，用他自己的右臂挡住了胜雪这一剑。

疯子并没有在意替自己挡了一剑的慕锦衣，从地上爬起后，一把搂住胜雪的腰，将她强行往外带。

暗卫们挡住客栈的出口，意欲拔刀相向，慕锦衣捂住自己受伤的胳膊站起来说：“让他们走……”

暗卫们心怀疑惑地让出一条道来，胜雪这下惊慌了，她确信搂住自己的人就是皇帝玄楚，更认为自己被他带走后不会有什么好下场，所以她挣扎着大叫：“救我！不能让他把我带走！我是云御侍，我若是有事，皇上不会放过你们的！快救我！”

暗卫们有些动摇地看着慕锦衣，慕锦衣的内心同样也很挣扎，从剑法和招式上来看，他感觉这个疯子就是皇上，但因为始终没办法看清疯子的脸，他也不能百分百确定。

就在刚刚，他生气地离开柴房后，发现有几个形迹可疑之人，于是就带暗卫去追，没想到回来时，皇上不见了，还出现了一个疯子。

疯子的手臂被胜雪的匕首刺伤，却像丝毫没有痛感一样用那只受伤的手臂搂着胜雪。不论慕锦衣问什么，疯子都不回答，更像没听见一般……他到底是不是皇上？

“慕锦衣，一定是他杀了皇上！你快杀了他！”

暗卫们更有些按捺不住了，纷纷向慕锦衣投去询问的目光。慕锦衣终于下定决心追上去，从后方用绳索套住了疯子，并以极快的速度将他捆绑起来。

好不容易脱离魔爪的胜雪，抽走慕锦衣腰间的大刀朝玄楚砍去。这一次，慕锦衣没有给她偷袭成功的机会，从半空一把抓住了她的手，将刀从她手中夺走道：“你干什么！”

“他是个疯子！一定是他杀了皇上！我要杀了他替皇上报仇！”胜雪撒谎道，

后悔自己的动作没能再快一点。

慕锦衣没有理会她，用刀柄撩开疯子脸前的长发后，神情一变，低声道："皇上？"

玄楚根本没认出他，或者说他已经不认识任何人，被捆绑住的他疯了一样地挣扎大叫，慕锦衣想要去把绳索弄松一些，玄楚就张嘴要来咬他。不想再出什么意外的慕锦衣只能将玄楚绑得更紧。

"来人，把皇上送回房间。"慕锦衣拉着绳索命令，暗卫们赶上来先点了玄楚的睡穴，没有起效，又敲击玄楚的后脑勺，还是没有起效，最后几个人守在玄楚的四周，只能干着急。

他可是皇上啊，不能下手太重，也不能乱用招式……怎么才能把人平安地送到二楼的房间里？

就在慕锦衣无计可施的时候，几个人抬着轿子走了过来，一个花蝴蝶般的人从轿子里走了出来。

"看来慕将军遇见了难题？"说话的不是别人，正是慕锦衣日夜期盼的神医花飞雨。

"还啰嗦什么，快来医治皇上！"慕锦衣大怒道。

花飞雨也不理他，扬袖朝玄楚一甩，一股奇异的香味就随风袭来。

"小心！"

警惕性极高的慕锦衣提醒众人后，大家急忙用手捂住口鼻，而挣扎中的玄楚却因为那股奇香而晕倒过去。

"皇上！"慕锦衣担心地将皇上抱起来，命令花飞雨跟上后，就心急火燎地将人送回了二楼客房。

花飞雨走到胜雪面前，没有说话，和她对视了一阵儿，唇角勾起一抹释然的笑。

"请神医速速上楼。"暗卫们提醒道。花飞雨弄着胸前长发上的发环，不紧不慢地说："急什么，若是大病早死了，若是小病，晚上片刻也死不了。"

花飞雨走后，胜雪就被暗卫带回慕锦衣的房间关了起来。

小满也被抬了进来，她苏醒后，看到胜雪安然无恙，顿时热泪盈眶："云御侍，你没事真是太好了，太好了……"

胜雪擦掉她脸颊上的泪安慰她："下次再有这么危险的事，千万别为我冒险。"

"云御侍救了奴婢，奴婢的命就是云御侍的，就算下次再危险，奴婢也会拼了命去救云御侍。"小满一点也没听进胜雪的劝说。

"我救你，不是要你来回报我，而是我欠你的，要还。你没有武功，若再贸然行动，只会白白送了性命，让我更内疚。"

小满似懂非懂地点点头。

胜雪看着小满的眼睛，就像看到了她的姐姐知画。

如果她能把小满安全带回山庄，让小满衣食无忧地度过下半生，九泉之下的知画也该瞑目了吧。

"云御侍，慕将军传你过去。"

一个暗卫在门口传话，胜雪起身来到隔壁。

房间里的香炉里焚烧着一种不知名的东西，散发出一股苦涩的味道。

胜雪低头走到玄楚的床前，问正守在床边的慕锦衣："慕将军有何吩咐？"

正在给玄楚针灸的花飞雨接话道："不是他找你，是我。"

"不知神医找奴婢何事？"胜雪假装疏离地说。

听小满说起过，是神医花飞雨将她救醒，那么醒来后的云御侍是见过花飞雨的，只是不知道云御侍是否知道花飞雨是她的师父，所以胜雪没敢贸然开口叫他师父。

花飞雨不冷不热地嗤笑一声："上辈子不知道作了什么孽，这辈子要这么偿还给你。"他一边抱怨着，一边将手中的银针扎进玄楚的百会穴。

"是我用你的性命相要挟，他才肯现身救皇上。"慕锦衣并不打算隐瞒，"现在有一件事只有你能做到，所以才将你叫来。"

"不知神医有何吩咐？"

"皇帝被异奴咬伤后，已染上古毒。据我多年的研究，古毒无药可解，哪怕杀了异奴的主人，失去了控制的异奴也会很快腐烂死去。"花飞雨卖着关子，"但皇上比其他人要幸运一些。他体内有极其凶恶的寒毒，若能将寒毒唤醒，或许能用以毒攻毒的办法抵消掉古毒。但这一猜测，我之前从没有尝试过，能否成功，只能看造化。”

听他说没把握，慕锦衣做出要拔刀的架势。

“将军无须激动，杀了我，你的皇帝非但必死无疑，怕是连全尸都留不下。若将军同意放过我和我的徒弟，我倒是愿意放手一搏，即便真的救不了皇帝，也能让他体面地被葬入寿陵中。”

慕锦衣再次陷入挣扎，之后他忽然朝花飞雨跪下，连磕三个响头恳求：“求神医救救皇上！”

花飞雨最受不了一个男人为了另一个男人跪地求情，这样的画面总让他想起有断袖之好的男人，顿时鸡皮疙瘩起了一身。

“起来，起来！男儿膝下有黄金，况且将军是南礼的战神，将军这一拜，我可受不起。”花飞雨说着，用狐疑的目光在慕锦衣和玄楚之间打量。

这位慕将军从小就陪在皇帝身边，为了皇帝开疆辟土，守卫江山，宁愿牺牲性命也要保护皇上的周全，虽早过了弱冠之年，却一直未娶妻……无论从哪个方面想，花飞雨都认为这慕锦衣对皇帝的感情不一般。

“我带来的竹管中有只冰蚕，你将它取来。”花飞雨对胜雪命令。

“劳烦将军出去守着。这冰蚕认生，若看到陌生人，就会装死。到时候，怕是没办法医治皇上了。”花飞雨一本正经地说着。胜雪心想，那冰蚕什么时候改了性子？见到陌生人会装死？

“是，我出去守着，有劳神医。”

慕锦衣退了出去，叫来所有的暗卫将房间围得密不透风。

胜雪将冰蚕倒出来，小心地送到花飞雨面前，花飞雨一下子拉住她的手，将她拉近，盯着她的双眼问：“什么时候变回来的？”

胜雪眨眨眼睛，继续假装。

“为师走的时候，你还不是胜雪，是什么让你变了回来？”花飞雨强行为她把起脉来。

也想知道自己发生了什么的胜雪，没有挣脱，安静地等他诊断。

花飞雨的表情由凝重变得困惑，困惑后又变得好奇，好奇之后又是欣喜，最后又恢复之前的凝重之色，放下胜雪的手腕道：“她并没有消失，还在你的身体里。”

“到底发生了什么？为什么我身体里会有云出现？她和我究竟是什么关系？”

花飞雨如实地告诉胜雪，她因为白岚的死受了重大打击，再加上头部受伤，真正的她就失去了活下去的念头，所以外伤被治愈后，迟迟不醒。但她内心的某一个地方，却还有一丝要活下去的执念，于是这部分执念醒了过来，变成失去记忆，并与胜雪性格截然不同的云。

云的出现，完全是张白纸，但她有自己独立的思想，有自己决定爱与恨的权利，她的一切都是自由的，属于云自己，不受胜雪控制。

简单一点来说，云和胜雪共用一具身体，却是不同的两个人。

“有没有什么办法可以让她从我的身体里彻底消失？”

胜雪把身体之前出现的异常告诉花飞雨，她偶尔会失去对身体的掌控力，让云控制这具身体。前段时间，她感觉脑中出现了不属于她的一些记忆，她怀疑那是云的记忆。胜雪很担心，这种现象的出现是否意味着云会渐渐占据优势、压制她？

“让为师想想。”花飞雨仔细思量着，“从前几次你和她之间的变换情况来分析，一旦云碰到对你而言记忆深刻的事情，就会将你唤醒，从而替代她；而她替代你的情况，要么是你意志不坚定，要么就是她的执念太强烈。如果你说你有了属于云的部分记忆，那么也许对于云来说，她脑中也有属于你的记忆，这或许是你们两者之间心意相通的开始……又或许是病情恶化的先兆。”

“已经这样了，还能变得多糟糕？”

花飞雨解释，这种情况如果不是两者完美地融合，就是两者较量的开始，融合的结果是两人最后共有双方的记忆，较量的结果不是云死就是她亡。

“帮帮我！绝不能让那个女人控制我的身体！”

一想到云对玄楚的谄媚讨好，她就恨不得捅上自己几刀。

“为师只能尽力，但最后的结果还要看你自己。只要你内心的执念比云强大，她就很难赢你。只是，你要小心一点，当你有任何情况不稳定的时候，千万不能睡着，因为一旦你睡着了，对她而言就是可以乘虚而入的机会。之前云的执念并不强，你还能轻易从她手里夺回对身体的掌控权，但从现在的情况来看，她的执念已经跟你不相上下。你和云，无论谁掌控了身体，另一个人都很难再夺回来。”

“我从现在开始一直不睡可以吗？”

“你又不是铁打的，不睡的话，熬也把你熬垮了。到时候，你一弱，她就出来了。”

“那该怎么办？”胜雪着急道。

“车到山前必有路，况且你现在要杀了玄楚的执念很强，只要你不松懈，她想要强过你的可能性很小。”

“没见过你这么没用的师父！”

胜雪见花飞雨没办法立马消灭她体内的云，生气地一甩手。

“为师再没用也是你师父。这辈子，你想否认也否认不了。”

“天底下哪有师父丢下徒弟自己跑路的！我没你这样的师父！”胜雪气得转过头去。

“师父之所以走，是有不得已的苦衷。”花飞雨告诉胜雪，当初玄楚带回来的那个兽人叫谕东，是东齐国人。当年年轻气盛的花飞雨下墓偷异奴，被墓中的机关所困，幸好被师父无忌所救。无忌当时被暗器所伤，花飞雨帮他上药时发现他背上有三颗痣，觉得很好玩就随口一问。无忌就说这是他们家族的标志，在他的家族里，只要是男子，出生时背上都会有三颗痣。

后来，玄楚将兽人带回宫中鞭打虐待，花飞雨本想好好研究这个难得一见的兽人，却发现了兽人身上的三颗痣。

联想到玄楚所说在墓中的发现，他认定这个兽人就是当年恩人无忌的孩子。

为报答当年的救命之恩，他不得已将胜雪暂留宫中，独自带着兽人离开南礼，去东齐寻找能够治好谕东的良药。

“如果不是那个兽人，我的白狐狸也不会死！师父，你尽快治好他，报答了你师父的恩情，我再杀了他，为我的白狐狸报仇！”胜雪咬牙切齿地说。

若当初兽人谕东没有将她抓走，白狐狸也不会以身犯险进入那样可怕的地方。

“有师父我在一天，你就休想打谕东的主意。”花飞雨警告地扎了胜雪一针，让她四肢僵住不能动。

“所有害死白狐狸的人，我都不会放过。”

“你可以杀了所有你认为该死的人，包括这南礼皇帝，但你就是不能动我恩人的儿子，这点没得商量。”花飞雨说着，继续将银针扎进玄楚的身体。

“既然你支持我杀南礼皇帝，为何又要救他？”

“因为这方圆百里已经被太后的人包围，你我有任何异动，还没有走出这间屋子就会一命呜呼。”花飞雨平静地说，“只有先吊着他一口气，外面的人才能对我们放松警惕，到时候，白黎才能有机会带你走。”

“你知道白黎在哪儿？”这个消息对胜雪来说有些意外。

花飞雨看了看窗户上的影子，压低声音说：“我来的路上与白黎偷偷见了一面。他跟我说，太后一心要杀了你，派出很多杀手沿路追杀，若是正面交锋，他的人很难将你平安带走，只能另想办法。”

“什么办法？”

花飞雨道：“到时你就知道了。”

“师父，你能不能帮我做一件事？”

“说吧。”

“如果有机会走，你先带小满离开，送她回山庄。”

“为师尽力而为。”

说罢，花飞雨将冰蚕倒进玄楚口中。

霎时间，从他的嘴巴开始，一层白霜以极快的速度覆盖了他的全身。

花飞雨说，他先用冰蚕将玄楚完全冻起来，阻止古毒在他身体里继续蔓延，好拖延时间再想办法解毒。

“你有万全的把握可以解除古毒？”胜雪有些怀疑，当年花飞雨把那异奴都研究烂了也没有找到可以治愈的办法，今日就可以了吗？

花飞雨摇摇头：“能不能治好，要看他的运气。”

“如果他运气好呢？”胜雪问。

“那就要看你要不要他好。”

“我当然希望他死！”

“其实……”花飞雨纠结了一下，才把内心的一些话说出来，“师父看得出来，皇上他是真的喜欢你。白狐狸的死虽跟他有关，却并不是他一手造成的。”

“如果你再替他说话，我连你一起恨！”

“就算你恨为师，师父我也要说句良心话。”花飞雨看着昏迷中的玄楚说，“我曾研究过异奴整整两年的时间，虽不说了解得十分透彻，却也明白个七八分。正常来说，一个人一旦染上古毒就会丧失心智，忘了自己是谁，也忘了其他人。他们在完全毒发前，处于一种彻底失控的状态，就连炼制者都很难驯服和操控他们，一旦古毒遍布全身，他们就会沦为炼制者的杀人工具。而刚刚，他毒发后的行为，你不觉得很可疑吗？”

“你是说他不认识任何人，还不会说话，没有痛感？”

“你错了，他是忘了所有人，包括跟他出生入死多年的慕锦衣，但他却记得你。”

花飞雨的兰花指指向胜雪，万分笃定地道：“他在古毒发作后，不记得自己，不记得其他人，却唯独记得你。之所以不顾一切要带你走，是因为在他的内心深处一直记着你，担心你有危险。所以，徒弟，皇上对你的情不比你的白狐狸少一分，你若真要替白狐狸报仇，不如去找整个悲剧的源头——北霖国的董太后。”

“不许你拿他跟我的白狐狸相提并论！这世上只有白狐狸才配爱我，也只有他才能爱我！玄楚是个冷血无情的恶魔，我只想杀了他！”

花飞雨见劝她根本无济于事，也放弃道：“随你高兴。反正，只要你不去杀我恩人的儿子就可以了。”

“你怎么知道董太后的事？”

“当然是你的白狐狸告诉我的，否则我怎么可能知道这段历史。”

“等我杀了玄楚，带白黎去龙脉所在地找到宝藏，他就可以用宝藏里的财宝招兵买马，把董太后拉下马，而我……”关于自己的安排，胜雪并没有说出来。

“你打算怎么办？”花飞雨看胜雪的脸色有些暗沉，担心她想不开，“庄主已经知道了白岚的事，他要我安全地把你带回去。”

“告诉我爹，办完了要办的事，我就会回去。”胜雪心想，等她找到白岚，她和白岚的魂魄都会回到山庄去。

“不许骗为师。”

花飞雨把门外的慕锦衣叫进来，让慕锦衣仔细盯着皇帝，如果皇帝醒了，就去找他来取冰蚕。

“赶了一天一夜的路，累死我了。我先去睡一觉。”花飞雨打着哈欠离开房间。

胜雪起身也准备跟着离开，慕锦衣叫住她：“你也守在这里。”

胜雪不解，慕锦衣说：“等下万一来不及，你也可以先试着将冰蚕取出来。”

“是。”

胜雪在心里骂了师父花飞雨一顿，心想要不是他乱说冰蚕认生，她也不会被强行留在这里。

窗外夜色正浓，云层遮蔽了月亮，晚风停歇在枝头，烛火摇曳，屋内安静得只剩下浅浅的呼吸声。

一直目不转睛地盯着皇上的慕锦衣忽然发现皇上的手指动了，欣喜若狂的他冲出房间去找花飞雨。

胜雪也准备离开，手却忽然被拉住，心一惊，低头去看。

“别走……”没有完全醒来的玄楚拉住胜雪，嘴里喃喃地说，“别走……”

胜雪不想被他拉着，就试着甩开他，可他拉得很紧，她很难将他的手甩开。

“胜雪……”神志不清的玄楚拉着胜雪的手，断断续续地说着，“危险……快走……”

两种不同的情绪在玄楚的内心碰撞着，一方面他不舍得让胜雪离开，一方面他又害怕胜雪有危险，催促她离开。他觉得自己被困在一个囚笼之中，身体忽冷忽热，眼前看到的人影既真实又虚幻。

……他在古毒发作后，不记得自己，不记得其他人，却唯独记得你。之所以不顾一切要带你走，是因为在他的内心深处一直记着你，担心你有危险。所以，徒弟，皇帝对你的情不比你的白狐狸少一分……这一瞬间，胜雪想到花飞雨刚跟自己说过的这番话，心底一处柔软的地方被刺痛了下。

就算像花飞雨所说，他真的对她用情至深，她也鄙视他的这份情，仇恨他的这份情。

因为，他伤害了对她而言很重要的两个人，一个是知画，一个是慕夜行；更因为他害死了比她生命还要重要的白岚。

所以，他的情，她不屑，也不要。

……

“你怎么不许愿呢？”

“我没有愿望要许。”

“怎么可能没有愿望呢？你不想找回自己的记忆吗？”

“不想。”

“为什么？就算是丢了一样东西，普通人都会想着找回来，你为什么不想找回自己的记忆？”

“没有原因，就是不想而已。人终究是要向前看的，不是吗？”

“哈哈哈！说得好！说得好！”

……

胜雪脑中又出现了一段明显不属于她的记忆，那记忆让她的太阳穴疼得突突跳。

“皇上！”

慕锦衣拉着花飞雨冲进来，胜雪还是没办法让玄楚松开自己，只能僵站着。

“按住他的头！”

花飞雨说着，在慕锦衣的协助下将冰蚕从玄楚嘴里拿出来装进竹管中。

冰蚕一离开玄楚体内，他就发狂地大喊起来。

“快！将他送到镇外竹林的温泉里泡起来！”

“啊！啊！”

床上的玄楚痛苦地挣扎，就像身体里住着一只正在啃食他血肉的怪兽一般，慕锦衣刚靠近，就被一脚踢开。

“真没用！你们几个上！”花飞雨指挥着一旁的暗卫，结果玄楚体内迸发的内力将暗卫也全都震开！

“一群没用的！云御侍，你去抱着他，让他安静下来！”花飞雨在一旁着急地说。

胜雪以为自己听错了：“我？”

“没错，就是你！”花飞雨着急地对胜雪使眼色。

当胜雪明白这就是他和白黎的计划后，心里再不甘也只能配合地走上去，抱住玄楚。

说来也奇怪，胜雪一抱住玄楚，疯狂的他就安静下来，像个疲累的孩子般趴在她的肩膀上。

“快！快去备马车！我们只有一个时辰，如果赶不到，一切就白费了！”

花飞雨催促着，胜雪着急了：“神医，我这样怎么离开？”

被皇帝像牛皮糖一样黏着如何才能走出这个房间，去楼下坐马车呢？

“笨死。当然是让他跟你一起走啊！”

胜雪给他一个愤恨的眼神，怎么一起啊？

“说啊！他又没有聋。”

胜雪气结地慢慢站起来，哄孩子般拍着玄楚的后背对他说：“我们下楼吧。”

玄楚点点头，跟着胜雪站起来，半个身子始终靠在她身上，直到走出房间，走下楼，上了马车。

“快走！”慕锦衣焦急地命令车夫，马匹扬蹄狂奔。

马车中坐着胜雪、玄楚和花飞雨三人，气氛一时间有点尴尬。

“冷，我冷……”

玄楚神志不清地说着，往胜雪的怀里靠，胜雪嫌弃地推开他，从花飞雨的针灸包里抽出一根针就准备扎进玄楚的死穴。

“别急。”花飞雨拦住她，夺走她手中的针说，“你若是此刻杀了他，不但会害死你自己，还会连累师父我。一旦你死了，白黎又如何找到宝藏，如何杀了董太后？所以，现在还不是时机。”

胜雪冷眼看着身体蜷缩成一团的玄楚，怨恨老天爷在她的复仇之路上设置了太多的障碍。

她一心要杀他，如今好不容易有了这么好的机会，却不能动手。

“我什么时候才能杀他？”

“等到了温泉，我会支开慕锦衣，到时候，你换身男装潜进林子里和白黎的人碰头，一旦白黎带你平安离开，师父我就立马终止对玄楚的治疗，到时候，他就必死无疑。”

胜雪歪着头，有些不信地看着花飞雨问：“之前你不是说，研究异奴整整两年，虽不敢说了解得十分透彻，却也有个七八分，你说玄楚体内有寒毒，只要把寒毒唤醒，就能以毒攻毒地治好他，那我走了，万一他被你治好怎么办？”

“你的猜测是有些道理。按道理说，以为师高超的医术，这办法有五成的把握可以奏效，只是用寒毒抵消古毒的过程肯定不简单，若为师稍不用心，他要么是被古毒控制，要么是被寒毒冻死，所以说，他的生与死只在为师的一念之间。”

“你确定？”胜雪不放心地又问一次。

“为师确定。”

胜雪看向躺在马车里的玄楚，他的眼睛瞪得很大，双手紧紧抱着自己，不，应该说是用手指掐着自己，指甲都陷进了肉里，表情痛苦得像是要死掉一般。

连天下第一神医都说治不好古毒，那玄楚就必死无疑了。

“我走了，小满怎么办？她还在客栈。”

“放心，我的人会救她走。说不定她现在已经离开客栈了。”

花飞雨这样说，胜雪就安心不少：“但是我走了，你一个人如何脱身？”

“这你就不用操心了，我自有妙招。你要切记，和白黎离开之后，无论知道这里发生了什么事情，都不要再回来！”

花飞雨忽然严肃的警告让胜雪心一沉，她不放心地又问：“你究竟要如何脱身？我离开后，还会发生什么事？”

花飞雨拿出一个瓷瓶：“记得我在寿陵里交给你的那个迷烟吗？有了它，为师想要脱身轻而易举。”

“你撒谎！如果这么容易就可以脱身，你为什么在客栈里不用，在这里不用？”胜雪聪明地想到了这个问题。

这迷烟的威力虽然大，但范围有限，如果能迷倒客栈里或是外面的那群人，他们此刻杀了玄楚逃走，再跟白黎会合岂不是正好？为什么花飞雨要白黎来接应她之后，自己再用迷烟单独脱身？

“就知道瞒不过你这鬼灵精。”花飞雨说。自从玄楚出事后，太后的人对他们的监视就更严密了。等下到了温泉后，借着温泉的雾气才有可能瞒过藏在暗处的杀手，让胜雪顺利地逃走和白黎会合。至于花飞雨，他选择留下来，是为了报恩。

“报恩？”

“是的，和谕东有关。”

一听是和自己无关的人，胜雪的兴趣就立马少了几分：“我不管你怎么报恩，只要别把你这条小命搭进去就行。要知道你爹就你一个儿子，这世上也只有一个神医花飞雨。”

“哈哈哈！”花飞雨大笑起来，像大哥哥一样摸着胜雪的头说，“懂得关心师父，不枉为师呕心沥血地教导你多年。”

胜雪拍开他的手：“你哪有好好教过我，都是我自学成才的！”

两人正说着，一直蜷缩着身子躺在一边的玄楚忽然抽搐起来。

“啊——”

玄楚痛苦的叫喊声把慕锦衣引来，掀开帘子就往里看。

反应敏捷的胜雪急忙蹲下去，扶住玄楚的肩膀，假装关心地抱起他：“马上就到了，马上就到了。”

“啊——”玄楚发出的叫喊声让人毛骨悚然，他推开胜雪，抱着头在马车里痛苦地扭动，那古毒就像一条毒蛇在他的身体里游走，令他失控地不停捶打自己的头，甚至用力撞向马车的内车壁。

“皇上他到底怎么了？”慕锦衣着急不已。

花飞雨用银针扎进玄楚的几处大穴，令他稍微冷静下来后，对马车外的慕锦衣大吼：“怎么还没到？再拖下去，你的皇上必死无疑！”

“我来驾车！全速前进！快！”慕锦衣跳上马车，从车夫手里抢过鞭子，加速赶路。

“他怎么了？”胜雪问，并不是关心玄楚，而是怕他真的不药而愈了。

花飞雨为玄楚把了脉后，道：“应该是寒毒要醒了，必须尽快赶到温泉，只有在那个环境里，才能抑制寒毒发作的速度和强度，才能延缓他死亡的时间，为你平安离开制造机会。”

“白黎他……”胜雪还有疑问，可刚开口就被花飞雨捂住了嘴巴。

花飞雨指了指马车外的慕锦衣，提醒她小心隔墙有耳。

11 月落山客瘦

在慕锦衣的快马加鞭下，马车很快就到了郊外的一个温泉池。

长寿池虽比不上寿陵的圣池，却在方圆百里很有名，据说这附近的村民都很长寿，原因就是大家爱在这里泡温泉。

慕锦衣的人一到，就要清理温泉池里的村民，想把他们都赶走。

花飞雨走出马车阻止道："慕将军不可！"

慕锦衣不解，皇上贵为千金之躯，怎能和平民百姓在一个温泉共浴？

"敢问将军，究竟是皇帝的命重要，还是身份面子重要？"

"当然是皇上的命重要。"

"那为何不能为了保命，而屈尊降贵和百姓共用一泉？"

"神医，现在都什么时候了！别再跟我讲这些大道理，我要赶走这些人，也是为了让你有更好的环境为皇上医治！"

"如果是为了让我更好地医治，将军就更不能赶走这些村民了。"花飞雨掀开车帘，让慕锦衣看到车里已经奄奄一息的玄楚，说，"虽然我行医济世，不信鬼神，但这世间诡异稀奇之事太多，有时候宁可信其有，不可信其无。"

"何解？"

"你看看这些村民，哪个不是健健康康，面色红润，有他们在旁，再加上温泉池里的热气，这附近阳气十足，就算是小鬼来收魂，怕是也难靠近。”

“神医你这是……”慕锦衣是将军，他更不信什么神鬼之说。

“其实，我是还有一点担心……”知道用这一说辞很难说服慕锦衣的花飞雨，只能继续说，“这世间的毒不说有一万种也有一千种，每一种毒都有不同的解毒之法，有的研制出解药就行，有的只要将它逼出来就行，而有的则需要转移，比如苗寨的蛊毒。那炼蛊之人将蛊虫放进敌人的身体，操控蛊虫来折磨中毒者，要解这种毒，则需要找一个和中毒者身体各方面相近的人，将蛊虫引入那个人的身体，才能解了中毒者之毒。而这古毒我以前从没有解过，万一它的解毒之法和蛊毒相似，古毒在皇帝体内被寒毒赶了出来，却因没有可以再转移之人又返回皇上体内，那我们岂不是前功尽弃？”

“神医是要用这些村民来解毒？”慕锦衣被说服，“我懂了。”

慕锦衣返回去，将那些刚被逼上岸的村民又全都赶进温泉中，并命令他们不许出来。

花飞雨命令暗卫将玄楚从马车里抬出来，放进温泉中后，让所有人后退到三百步外的地方守着，不许靠近。当然，这个“所有人”除了胜雪，理由是，她要帮皇上取冰蚕。

慕锦衣担心皇上的安危，提出要留在温泉池旁边守着，花飞雨接连问了他三个问题。

“你懂医术吗？你会解毒吗？你能让冰蚕不怕你吗？”

“我不懂，也不会，更不能让冰蚕不怕我。”

“那你留在这里做什么？”花飞雨睨了慕锦衣一眼，心想他难道是想在一旁看皇帝的湿身？

“我……”慕锦衣绞尽脑汁，终于想到一个可以让自己留下来的理由，“我也可以泡在温泉里，为皇上解毒分忧！”

“你不能进来！”花飞雨拒绝，说他这种常年征战沙场的人身上的煞气太重，若古毒也像冰蚕那么敏感，他的出现会干扰整个解毒的过程。

“你确定没有在胡编乱造？”慕锦衣有点急眼了。

“你不信我，那你来啊。反正我也不想治，万一治不好，还坏了我神医的名声。”花飞雨假装要走，慕锦衣用刀柄架在他的肩膀上：“你留下，我走。”

“这就对了嘛。”花飞雨推开肩膀上的刀柄，对慕锦衣摆手，“你快点走吧，别再耽误时间了。记得，要走得越远越好啊！”

慕锦衣握紧手中的刀，严肃地警告：“如果皇上有任何闪失，我……”

花飞雨打断他，揉着太阳穴，不耐烦地说：“我一听你说话就头痛，你还是快走吧。再耽误下去，皇上就真的会有闪失了。”

慕锦衣又担忧地看了一眼皇上，还有温泉池里的那些村民后，带着不安转身离开。

慕锦衣刚一离开，花飞雨就对着四周说：“你们也都退远点吧，若是留在这里让我紧张，而影响治疗的话，你们也没法跟你们的主子交代。”

“我数到三，如果你们还不走，我就不治了。”花飞雨竖起手指，数道，“一……二……”

“二”字的话音刚落，四周的竹林里就簌簌响动了几声。

再次安静之后，花飞雨放松地长叹一口气：“终于都走了。”

“现在怎么办？”胜雪压低声音问。

“你过来，我告诉你。”花飞雨带着胜雪来到温泉旁，对里面的一个男孩点点头，那男孩就把用牛皮密封包裹好的一套衣服从水里拿出来，交给他。

“他……”

“这是我和白黎早就商量好的，他们都是被白黎收买的人。”

胜雪还是有些担心地看着手里的衣服：“就算我换上衣服藏在他们中间，一旦发现我不在，慕锦衣也会问起的。”

“这你就不用担心了。白黎他早就替你考虑好了。”

这时，一个瘦弱的村民站起来，揭开脸上的人皮面具，走上岸。

“等下她换上你的衣服，伪装成你，再给你贴上一张人皮面具，短时间内，慕锦衣察觉不出来。”

好一招偷龙转凤。白黎安排得如此细致，胜雪也不再迟疑，换好衣服后就贴上人皮面具泡进温泉中。

花飞雨见一切准备妥当，就走到玄楚身后准备进行下一步。

当他走近后，他发现玄楚的额头上凝结着一颗颗冰珠，那是寒毒发作的表现。玄楚原本乌黑的双唇也渐渐恢复了血色，特别是他被异奴咬伤的手臂，伤口已经停止渗血。

难道他的医治方法真的可以奏效?

不行，他不能在此刻让玄楚好起来!

花飞雨急忙将玄楚头上的几根银针拔出来，不再阻止下行血和上行血之间的流通，让古毒迅速地流向玄楚的大脑。

“啊——”

声嘶力竭的叫喊声，差点震破人的耳膜。

慕锦衣闻声急忙赶过来：“你把皇上怎么了？！”

“是古毒！快，让你的人来，把皇帝按在温泉里。让其他无关紧要的人赶紧离开！”

“你们都给我滚出来！”慕锦衣拔刀冲温泉里的村民大喝，十几个人惊慌失措地从温泉里爬起来，惊慌地跑开。

伪装后的胜雪担忧地回头看了花飞雨一眼，在他的点头示意下，毫不犹豫地混在人群中离开。

暗卫们此刻也赶来了，按照慕锦衣的吩咐，分别抓住玄楚的手，按住他的肩膀将他困在温泉中。

“神医，你快来看！”慕锦衣发现，有几条黑色的血线从玄楚手臂被咬伤的地方一路上延到脖颈、脸颊，直达头顶。

“古毒在迅速扩散，马上就要失控了。”花飞雨刚说完这句话，玄楚就挣脱开困住自己的暗卫，和暗卫们打了起来。

他陡然变得力大无穷，暗卫们又不敢伤他，很快就被打倒在地。

眼看皇上就要从温泉里逃掉，太后派来的守在暗处的杀手再也按捺不住地现身，用网困住了玄楚。

在慕锦衣无暇顾及其他人的时候，杀手中的领头人一刀刺中了假胜雪的腹部，完成了太后交代的密令。

花飞雨假装悲痛地大喊：“胜雪！”

“还我徒儿的命来！”演技高超的花飞雨捡起地上的剑朝杀手砍去，慕锦衣冲上来替他挡住杀手的还击：“只有他能救皇上，不能杀他。”

“他杀了我徒弟，我不救了！不救了！”

慕锦衣转身用手中的刀架在花飞雨的脖子上，威胁说：“你现在若不救，死的可就不仅仅是天胜雪，还有你和碧水山庄的所有人！”

“卑鄙！”花飞雨假装悲愤地痛骂。

慕锦衣蹙眉看着倒在血泊之中的天胜雪，心中有种说不出的失落和怅然。

很久之前，他就想让这个女人死，为了能杀掉这个令皇上受伤和痛苦的女人，他还辜负了皇上的信任，被皇上误会。

如今，这个女人就这样轻易地被太后派来的杀手杀死，他竟然有些难以接受。

是因为她说龙脉的秘密被告知了夜行？还是担心皇上病好后，责怪他没有全力保护她？不管是哪种原因造成了他此刻情绪的波动，他都不想再深究了。

“快给皇上解毒！”太后派来的杀手也用剑逼迫着花飞雨。

花飞雨冷笑了下，一甩袖，一股青色的烟从袖口里飘出来，慕锦衣和杀手根本没料到他会有如此一招，来不及做出反应就中了迷烟，一一倒地。

花飞雨用脚踢了踢已经没有反抗能力的杀手，心中得意地想，还好他布局周密，不然就算迷倒了慕锦衣的人，也难以摆脱太后派来的杀手。

幸好玄楚的异常将这两伙人都聚集起来，将分散的目标变得集中，为他的一击即中创造了极好的机会。

确定一切都已搞定后，花飞雨朝密林吹了声口哨，一个男人从密林深处走了出来。

胜雪跟着其他人一起往镇子的方向狂奔，半路上，忽然跳出一个黑衣人捂住了她的嘴巴，将她拉到一旁。

胜雪惊骇地以为自己又遇见了杀手，抬腿就朝黑衣人的裆部踢去。

黑衣人一个不备被踢个正着，松开胜雪，痛苦地捂住下身。

胜雪趁机又朝黑衣人的后背用力一击，踢开他，拔腿要跑。

黑衣人看着胜雪的背影，痛苦而艰难地叫出两个字：“别，跑……”

奔跑中的胜雪停下来，困惑地走回去，一把扯下了黑衣人脸上的黑布，讶然地喊出了这个人的名字：“白黎？”

其实白黎是担心四周还有埋伏，才换了夜行衣，也正是因为他抓住胜雪时精神高度紧张，过于在意四周的动静，才会被胜雪偷袭得逞。

“嘘，跟我走。”

白黎带胜雪往密林的另一个方向走。

那里早有一辆马车停着，还有四个黑衣人守在马车附近，见白黎将人带了回来，黑衣人中的一个跳上马车，急忙赶车。

车里面，胜雪扯掉脸上的人皮面具，有些歉然地对额头还有冷汗的白黎说：“对不起，我不知道是你。”

白黎尴尬地扬了扬眉，僵硬地说：“我没事，不用放在心上。”

“我们这是去哪儿？”胜雪问，她心里还有一些疑问没有弄清楚。

“你和我约定，我帮你杀了玄楚，你帮我解开机关盒，用藏宝图带我进古墓。”白黎故意提醒。

“可是玄楚还没死。”

“他中了古毒，必死无疑。”

胜雪心里有一股说不清的不安，她冷静地思考着整件事。

师父花飞雨说玄楚必死无疑，白黎也说他必死无疑，可她走的时候，玄楚并没有死，她无法确定玄楚会不会真的死掉。

而且，她不明白，一开始她要杀玄楚的时候，师父花飞雨就劝说和阻止她，虽然当时的那些理由听上去很有说服力，可现在想想却有些疏漏之处。

如果师父不想让玄楚死，又为什么后来跟她保证会杀了玄楚？

如果师父真的有能力从慕锦衣和太后派来的杀手手中逃走，为何非要等到去了温泉池再行动？

“你是什么时候见到我师父花飞雨的？”

胜雪想到一个细节，当初花飞雨出现的时候，是从轿子里出来的。

如果是慕锦衣派去的人找到他的，那么花飞雨应该是风尘仆仆地从马上下来。

“是他先找到我的……”

白黎告诉胜雪，他在破庙被异奴攻击遭受重创后就来到这个小镇休整，等他带人准备返回去再救胜雪时，慕锦衣就带着玄楚和胜雪来到了小镇。

为了不打草惊蛇，白黎和他的人乔装后在镇子里住了下来，这时候他们又发现有另一伙杀手潜伏在四周。就在白黎头痛如何应付两伙人，杀了玄楚并把胜雪救出来时，花飞雨出现了。

白黎还告诉胜雪，花飞雨带着一个年轻人，他发现花飞雨在很多问题的抉择上都会跟那个年轻人商量。白黎有些不解地询问胜雪，是否知道那个年轻人是谁，和花飞雨又是什么关系。

胜雪摇摇头，她从没见过花飞雨和其他人交好，就更不知道会是谁能让傲慢的花飞雨对他言听计从。

但这个年轻人的身份目前并不是胜雪要探知的重点，她继续推断："按你所说，师父他应该不是慕锦衣的人找来的，应该是他自己主动来找我的。他又不是神算子，怎么会提前知道我有危难，提前赶来救我？

"如果不是为了救我于危难，那他来这里的目的又是什么？"

越想越觉得可疑，胜雪叫停马车，掀开车帘跳下马车，往回跑。

"你干什么？"白黎也跳下马车，拦住她。

"我要回去看看。"

"看什么？"

"看看我师父有没有脱身，也看看玄楚有没有死。"

"你不能去！"白黎不放她走，"花飞雨说，无论怎样都不能让你再回去。"

"他这样吩咐，我才更要回去！"胜雪焦急地推开白黎，"让开！"

白黎又追上去拦住她："我好不容易才把你救出来，你居然还想回去？"

"我把面具贴上，假装成村民，就回去看一眼，不会有事的。"胜雪将人皮面具拿出来。

"那也不行！我答应过花飞雨要带你尽快离开，而且你也要履行我们之间的约定，带我去古墓！"白黎拉住胜雪的胳膊不松手。

"等我亲眼看到玄楚已死，我一定带你去找宝藏。现在，松手，否则，你休想知道剩下的半张藏宝图在哪儿！"胜雪坚定地说。

白黎见她如此执着，只能妥协道："你必须答应我，不许贸然行事。"

"一言为定！"

两人在马车里又重新伪装了一番，化装成普通的老头老妇后就往回赶。

他们刚到小镇附近，就看到一群村民惊慌失措地往外跑。

白黎拉住一个年轻人问："发生了什么，为何如此惊慌？"

年轻人像是受到了很大惊吓，根本不听白黎问什么，甩开他的手大喊道："死了！死了！都死了！”

白黎和胜雪交换了个眼神，加快脚步往镇里跑。

他们离开不过一个时辰的工夫，整个小镇就已经空无一人。不仅如此，小镇上还一片狼藉。在他们离开的这一个时辰里究竟发生了什么？

“糟糕，师父！”

担心花飞雨出事的胜雪快步往小镇另一头的密林跑去，结果在密林与小镇相交接的地方发现了一具尸体，越往里走尸体就越多。

白黎将胜雪拉到自己身后，提醒她小心。

“这些尸体中有会武功的黑衣人，还有穿着普通的村民，难道村民和黑衣人打起来了？”白黎猜测道。

胜雪也不解，这里的村民应该不会主动攻击黑衣人，黑衣人也不会屠杀手无寸铁的村民，出了什么问题？

“快，抓住他，把他抓起来！”

是师父的声音！

胜雪听到花飞雨的声音，更快地跑向温泉。

“别过去！”白黎追上她，将她拉到一旁，躲在一棵大树后面。

他们从树后探出头去，看向温泉的方向，花飞雨和一个年轻人站在一起，指挥着一群发了疯的村民围攻玄楚、慕锦衣还有黑衣人。

是他？那个兽人！他怎么会在这里？还有，他怎么变得像个人了？是师父改变了他？难道，他就是师父口中的恩人子嗣谕东？

“你认识那个年轻人？”白黎从胜雪的表情猜到了。

“他叫谕东，他的父亲曾救过我师父。”

“你看，那些村民是不是有些眼熟？”

胜雪仔细看过去，讶异地发现：“他们是破庙里的异奴！”

“没错，他们怎么会在这里？”

“你看玄楚，他是不是有点怪？”白黎认为玄楚和异奴交手的动作看上去一点都不像是一个会武功的人，倒是和异奴的动作有些接近。

两人正观察着，玄楚就被一群异奴推倒在地并层层压住。

“皇上——”

慕锦衣挥刀砍杀面前围堵的异奴，想要冲过去救玄楚，无奈异奴实在是太多、太难缠，他根本无法脱身。

很快，浑身是伤的他就被异奴击倒，一群异奴围上去要咬他，花飞雨急忙喝止：“住手。”

一个面色苍白的男人从树上跳下来，有些不满地说：“花蝴蝶，你为何要阻止我杀他？”

“我们的目标只是皇帝，放了他。”

“不能放。他会回去通风报信，到时候，我们的计划就会失败。”谕东拒绝。

“我会想办法让他一直沉睡到我们的计划成功。”花飞雨一边说一边用迷烟放倒了慕锦衣。

这时候谕东对那个面色苍白的男人说：“我把人交给你，多久你能把他炼好？”

“不出意外，一个月。”

“成交。”

“那我要的东西呢？”

“给你！”花飞雨丢了一个瓶子给那个面色苍白的男人，说，“这是半个月的药，等你炼好后，再给你之后半个月的药。服用一个月，你体内的余毒自然就解了。”

“看在你花蝴蝶的名声上，我玉面罗刹信你。”

专注观察的两人丝毫没察觉到身后的异常，直到一个黑影朝他们扑来，白黎才反应敏捷地一把推开胜雪：“小心！”

两人躲闪的同时回头看去，身后不知何时多了一群狼。

“跑！”白黎拔剑斩杀狼，胜雪想跑却被其他狼堵住了去路。

“是你？”玉面罗刹趁白黎分身乏术的时机，让异奴抓住了胜雪。

“救我！”胜雪害怕地大喊。

“住手！”花飞雨赶过来，“你怎么回来了？”

“师父，这里到底发生了什么？你到底要做什么？”

白黎是见识过异奴的凶残的，他举剑指向花飞雨并命令道：“放了胜雪！”

花飞雨看向玉面罗刹，也命令：“放了她，她是我徒弟。”

玉面罗刹上下打量了胜雪一眼，阴阳怪气地说：“怪不得她知道异奴的秘密，原来是你的徒弟。”

“不能放她。”谕东反对，“是她害死了我母亲，不能放她走。”

“害死你母亲的不是她，是南礼的萧太后。你必须放她走。”

“萧太后和她都是凶手，我要杀了她为我母亲报仇！”说完谕东就拔剑要杀胜雪，玉面罗刹准备看好戏，自然不会参与其中，于是对自己的异奴悄悄下令，放开了胜雪。

恢复自由的胜雪立马跑向白黎，指着谕东说：“他就是那个把我抓进地宫的兽人，就是他害死了白岚，杀了他！”

白黎本就对哥哥的死心存愧疚，知道眼前这个人就是凶手之一后，当然不会善罢甘休。两人很快就打起来。

花飞雨在一旁着急得不行：“别伤害他！他是我恩人留下的唯一血脉！别伤了胜雪，那是我唯一的徒弟！”

“杀了他，我就陪你去找宝藏！杀了他，我就助你打倒北霖的董太后！”

“胜雪，让他们停下来！快停下来！”

见自己的劝说无用，花飞雨就跑到胜雪面前央求她。

“除非你告诉我这一切究竟是怎么回事，否则，我是不会让白黎停手的。”

不想见两人受伤的花飞雨只能把整件事全盘托出。

花飞雨带谕东从南礼皇宫离开后，一边治疗谕东身上的伤，一边教谕东人类的语言和行为。谕东很聪明，很快就学会了花飞雨教他的所有东西。然后谕东想起了小时候的很多事情，他说当年他的父亲和母亲为了避开麻烦，一直在地下隐居，但父亲手中有张地图可以离开地宫，每次就按照地图所指的路线到地面上定时补给生活所需。

有一次父亲补给回来后就显得有些忧心忡忡，母亲问他，他摇摇头说没事。

一家人在地宫又生活了一个月，父亲又像往常一样去地上买补给。只是这一次他带的东西比以往要多，说是因为冬天快到了，要多储备点食物。

父亲返回后，显得更加心事重重。当天夜晚，小谕东睡不着就在甬道里玩，一时间迷了路，不知怎的就跑到了地面上，结果一个男人抓住他，不让他走。

后来父亲来找他，他才从两人的对话中得知，父亲上一次出来被这个叫闵旭的人跟踪并胁迫，要父亲带古墓里的宝藏出来，否则就报官。

父亲不想被人知道他们还活着的事，就答应了闵旭。这次父亲出来买补给，为避免再被人跟踪就多带了几套衣服，每半天就换一套，同时还把古墓中的陪葬品带了不少出来交给闵旭，希望能封住他的嘴，不要声张。

不想闵旭根本就是个狡诈的小人，他索要宝藏只是一个幌子，真正的目的是想弄清楚谕东的父亲是否真的能进入地宫，拿到那里的东西。

在闵旭确定了谕东的父亲确实可以自由进出地宫后，尾随他来到了甬道口。几次尝试进入失败后，闵旭就守在出口，等待谕东的父亲下次再出来时抓住他。

谁也没想到，小谕东因为贪玩，一路从地宫走出来，被闵旭抓住。

谕东的父亲为找小谕东也来到了上面，闵旭让小谕东的父亲交出他所绘制的地宫图，来交换小谕东。

谕东的父亲把地图交给闵旭后，闵旭却出尔反尔要杀了他。谕东的父亲拼死保护小谕东，让他逃进地宫里，可小谕东找不到回去的路，在地宫里兜兜转转很久，最后藏在一个小洞里躲过一劫。

后来，他听闵旭跟一个黑衣人说："回去后禀告萧贵妃，她吩咐的事我已经办妥，地图会藏在安全的地方，直到需要的时候，闵旭再双手奉上。还有，把甬道口用铁链封锁起来！别让他们再出来。"

听完这些，胜雪明白了当初自己在地宫里那面墙上看到的故事，真相并不是莫愁认为的那样。

当年莫愁误会夫君无忌，以为他背叛了他们的爱情，自私自利地带着儿子和财宝抛下她离开，还给甬道口上了锁，要害死她，因此痛恨自己的丈夫无忌，郁郁而终。

但其实无忌并没有背叛和抛弃她，而是遭到闵旭的暗算被杀，甬道口的锁链也是闵旭所为。他们的儿子小谕东逃跑后被一群狼收养，过上了野兽般的生活，渐渐忘记了人类的语言和行为。但谕东的内心始终惦记着自己的母亲，所以经过多年的尝试，他终于进入地宫之中。可惜等他找到母亲莫愁时，莫愁已经被虫豸控制，他救母心切，才想着要抓一个女人来从虫母手中解救出自己的母亲。

见胜雪有些动容，花飞雨继续说："这些年，谕东过得太不易，他并不是有心要抓你害你，而是一心救母。当他在我的医治下恢复了人类的言行，知道以前的萧贵妃就是当今南礼的萧太后，便恳求我帮他报仇……"

花飞雨还告诉胜雪，当年萧贵妃之所以要拿到地宫的地图，是想以此作为手中的筹码，一旦先帝没有让她的儿子，也就是玄楚继位的打算，萧贵妃就会用龙脉威胁先帝，从而将玄楚推上皇位。

只是先帝一直看好玄楚，萧贵妃一直没有用到地图，就一直将它保存在闵旭手中。为了更好地保护龙脉，闵旭才改名换姓变成了文九日。

花飞雨和谕东原本的计划是在半路用狼群偷袭玄楚的人，并趁乱抓住玄楚要挟太后做交换，再杀了太后。这也是花飞雨会这么快出现在小镇的原因，他们早就知道玄楚走的路线，一直尾随准备找机会下手。

当他们来到这里后，发现了异奴的事就临时改变计划，决定用计抓住玄楚，将他交给玉面罗刹炼成一个听话的异奴，再将他送回宫中去杀太后。

至于玉面罗刹为何会答应花飞雨，是因为他在多年炼制异奴的过程中身体也染上了古毒，花飞雨答应用他独家炼制的药丸帮他解毒续命。

直到这时，胜雪才终于明白师父一开始一再阻挠和劝说她不杀玄楚，还要支走她的原因。

“就算他一心救母，难道这样就可以害死我的白狐狸吗？如果不是他，我的白狐狸就不会死！我不会原谅他，不会原谅他！”

胜雪一想到当初就是谕东这个兽人将她抓进洞里，就是他让白狐狸遇害的，她就恨意丛生。她推开花飞雨，捡起一把剑就要去帮白黎。

“不能去！”花飞雨拉住她。

胜雪用剑指向自己的师父：“他想利用玄楚去杀太后，我会让他如愿，但白狐狸的命，我现在就要向他讨回来！”

“白狐狸已经死了，人死不能复生，你就不能放下仇恨吗？”

“除非我死，否则我放不下！”

“如果白狐狸还活着，他不会想要看到你变成现在这样！虽然冤有头债有主，但谕东并不是存心要害死你的白狐狸，这个道理你为什么就是不明白呢？”

“我什么道理都不想明白！”说完，胜雪挥剑斩断被花飞雨拉住的衣袖。

一旁看了很久热闹的玉面罗刹吩咐身后的异奴，让他们一部分去救谕东，一部分去拦胜雪。

没有拿到全部药丸的玉面罗刹不允许胜雪和白黎破坏他和花飞雨之间的交易，可他没有想到的是当他的异奴把谕东和白黎分开，并拦下胜雪后，得到喘息机会的谕东转身一剑，刺中了胜雪的肩膀。

“不要！”

花飞雨惊恐地大喊。

白黎拼尽全力砍杀异奴，朝胜雪奔去。

也许是刚才和白黎对战时消耗了太多体力，谕东这一剑并不致命，当他从胜雪的肩膀上将剑拔出，准备再刺一剑时，之前被异奴们压在地上的玄楚忽然咆哮了一声，推开身上的异奴，一把搂住要倒下的胜雪，将她抱在怀里朝密林深处逃去。

“胜雪！”花飞雨完全被那样的玄楚吓到了，他从没有见过那样凶猛且失控的异奴。

“把她放下——”白黎紧追而去，谕东则唤来自己的狼群，让它们也去追击。

胜雪被玄楚抱在怀里，她的内心是抗拒而厌恶的，可失血过多令她没有了反抗的力气，她甚至绝望地发现另一个自己正在身体里苏醒，甚至能感受到云因为玄楚的靠近而不断加快的呼吸和心跳，感受到云因为玄楚的受伤而难过的心情。

不！不要让她醒来！不要让她控制我的身体！

我恨玄楚！我恨他……

12 落花如有意

湛蓝色的天空中飘浮着大片的纯白云朵，它们平缓地移动着，天空显得好低好低。

一种宁静而祥和的感觉充盈着胜雪的胸口，她伸手想触摸眼前的天空，肩膀上却传来一阵剧痛。这痛楚令她想到了什么，一下子坐了起来。

在看到玄楚躺在不远处后，她悬着的一颗心终于放下来。

"皇上！皇上！"胜雪跑到玄楚身边，焦急地唤着他。

玄楚没有任何反应，他的气息和脉搏都很微弱，身体凉得像刚从冰水里捞起来一样，嘴唇是紫黑色的，身上有剑伤，还有野兽的咬伤。

担心和困惑让胜雪努力去回忆不属于自己的记忆，这样的做法令她头痛无比，可她必须要知道发生了什么，所以她集中所有的注意力，抱住自己的头，咬住下唇用尽全力去想。

有一堵墙在她的记忆深处，她能感知在这堵墙的另一面就是天胜雪的记忆，却很难冲破它。于是她大叫，让愤怒去撞击；于是她狂躁，用心焦去冲击；于是她哭泣，用痛苦去敲击……她用尽全部的力气，终于冲破了那堵墙。

世界一下子变了。

她偷窥到天胜雪的世界是灰白的，毫无生气的；偷窥到属于天胜雪的记忆，知道在她被玄楚从井里救出后的这段时间里，玄楚和天胜雪之间发生的所有事。

看着肩膀上被简单包扎过的伤口，胜雪泪如雨下，昏迷不醒的玄楚令她的心口一阵阵抽痛。

按照花飞雨的说法，中了古毒的他是没有自己的意识的，就算花飞雨用冰蚕唤醒他体内的寒毒，歪打正着地帮他抑制了体内的古毒，但他抱着天胜雪离开的时候，他的眼睛还是灰色的。

是他对天胜雪的爱让他战胜了体内的古毒，也是这份爱让他做到了常人所不能做到的事情。

他真的好爱好爱天胜雪，可天胜雪怎么对他如此铁石心肠？

是天胜雪让他变成了现在这样，是天胜雪毁了他……

胜雪抱起玄楚，用自己的体温为他取暖，揉搓着他冰冷的四肢。

“不会有事的，我不会让你有事的。醒过来，求求你醒过来。”

胜雪知道这样的做法对玄楚并没有太多帮助，她需要一些可以令他身体迅速暖和起来的东西。

于是，她把玄楚轻轻放下，站起来四处寻找。

他们所在的地方是一个断崖上的石窝，石窝里全是鸟粪和树枝，还有一堆干草。

胜雪跑到干草旁，拨开干草后发现里面有几个鸟蛋。

这里是一个鸟窝?

从鸟窝的大小和位置，胜雪猜测，这里应该是山鹰的巢穴。

玄楚一定是为了躲避狼的追捕，才带她逃到这里，巢穴里的味道掩盖了他们的气味。

不知道白黎他们现在在哪儿。

胜雪不想跟他们任何一个人联系，也不希望被他们中的任何一个人找到。无论是白黎，还是花飞雨，他们都想让玄楚死。她要凭借自己的力量把玄楚救活，她相信自己可以，一定可以。因为共她有了天胜雪的记忆后，对药理知识懂得更多。

鸟蛋也是一味药材，具有养血润燥、扶助正气的功效，于是她拿起一个鸟蛋走到玄楚身边，轻轻将蛋敲开后，把蛋液喂进玄楚口中。

她爬出石窝，小心翼翼地走过狭窄的石壁，来到山林间，为玄楚采摘有用的药材。

不知道玄楚体内的古毒现在是怎样的一个状态，他醒后会不会彻底丧失意识变成异奴？他体内的寒毒呢？是已经被唤醒，还是又沉睡了？他醒来后，寒毒是会消失，还是会继续发作折磨他？

对于未来，她无从知晓，也不敢想象。

但有一点，胜雪可以确信——无论发生什么事，她都不会离开玄楚。

哪怕是死，她也要陪着他，这是她心甘情愿的，也是天胜雪欠他的。

胜雪在林间刚找了一会儿，一大片阴影从她面前的地上掠过，胜雪急忙抬头看去。

糟糕，是山鹰！

外出捕猎的山鹰此刻返回自己的巢穴，如果它发现鸟蛋被人吃了，旁边又躺着没有任何反击能力的玄楚……

胜雪心一惊，拔腿往回跑。

气喘吁吁的胜雪赶到时，山鹰已经回到了石窝里。

胜雪将一根树棍握在手里，小心翼翼地走到玄楚身边。

凭她一人之力，很难在赶走这只巨大的山鹰后，再背起昏迷中的玄楚逃掉。

毫无办法的胜雪只能站在玄楚面前，做好了决一死战的打算。

果然山鹰在发现鸟蛋少了一个后，对出现在石窝里的胜雪表现出强烈的敌意。

它眯起眼睛，半垂下鸟头，一眨不眨地盯着胜雪。

“来吧，你这只恶鸟，我不怕你！”胜雪握紧手中的树棍，朝山鹰挥动。

山鹰一开始还害怕地后退几步，在了解到胜雪的实力后，就扇动着它巨大的翅膀朝胜雪飞来。

山鹰用利爪将胜雪手中的树棍抓走，失去了武器的她被山鹰推倒在地。

山鹰弯钩一般的鹰喙朝胜雪的眼睛啄来，胜雪尖叫着抬起手臂挡在自己脸前。

然而下一秒，并没有什么疼痛袭来。

“走！快走！”

胜雪放下手臂，看到玄楚徒手抓住了山鹰。山鹰愤怒地用利爪去撕他，用鹰喙去啄他，他眉头都没皱，双手抓得更紧。

“还愣着干什么，快走啊！”

胜雪回过神来，重新捡起地上的树棍冲上去：“我来帮你！”

也不知道从哪里来的力气，胜雪这一棍狠狠打在山鹰的头上，瞬间这只凶猛的山鹰就蔫了下来。

“让你凶！让你凶！”

胜雪继续朝山鹰打去，之前有些发蒙的山鹰仿佛感受到了强大的威胁，变得更加凶猛。它奋力挣脱开玄楚的双手，朝胜雪狠狠地啄去。

玄楚追上去，抱住山鹰的身体，张口咬在山鹰的脖子上。

山鹰越奋力挣扎，玄楚便越用力地咬住它。

坐在地上的胜雪惊恐地看着眼前的一切，她发现此刻玄楚的一只眼睛是灰色，另一只眼睛是血红色，这样的他不像是人，更像是来自地府的厉鬼。

直到血染红整个石窝，直到山鹰不再动弹，玄楚才松开嘴，虚弱无力地倒下去。

“皇上——”胜雪跑过去，抱起玄楚，颤抖的手一点点移到他的鼻下。

活着，他还活着。

胜雪泪流满面地将玄楚抱在怀里，害怕失去对方的恐惧令她快要承受不住了。

“为什么要这么傻？”

“她好几次要杀你，为什么还要救她？”

胜雪心里清楚，玄楚拼出性命要救的那个人是天胜雪，不是她。

“胜雪，快走……”昏迷中的玄楚又喃喃地说出了这句话。

一刹那，胜雪感觉灵魂被撕裂出一道伤口，一张冰冷的脸在伤口处嘲讽地看着她，对她冷笑着。

“不！我不会让你再醒过来！不会让你再伤害皇上！”

胜雪收起悲伤，扶起玄楚，带着他艰难地离开石窝。

花飞雨说温泉可以抑制玄楚体内寒毒发作的速度，而寒毒又可以抑制古毒，如果她能找到温泉，那是不是就可以继续尝试花飞雨的办法，用延缓寒毒发作的办法去抵抗古毒？

胜雪认为，玄楚之所以不像其他的异奴那样完全失去意识，也许和玄楚自己的意志力强大还有他体内的寒毒有关。

也许花飞雨的办法是可行的。

可到哪里去找一个温泉呢?

胜雪想到了出现在天胜雪记忆中的寿陵圣池，想到了天胜雪记忆中可以吸毒的灵蝶。

“不管付出什么代价，我都会带你去圣池！”

胜雪架着玄楚顺着河流的方向往上游走。

她从天胜雪记忆中的细节发现，那个小镇在河流的下游处，她必须往上游走才能避开花飞雨和白黎。

按理说失去了意识的人，身体会变得比正常时要沉重，可玄楚的身体却很轻。胜雪怀疑玄楚的身体已经被彻底掏空。

“如果你死了，我陪你一起，这样你就不会寂寞。”

听到“死”字，玄楚垂在胜雪肩膀上的手动了动。

“如果你不想让天胜雪死，就一定要坚持到我带你到圣池。”

胜雪强压下内心的苦楚，擦干脸上的泪水，架着玄楚继续前进。

两人走着走着天就黑了下来，山中浓厚的湿气让月光都变得朦朦胧胧的，让人有些头晕目眩。河面上泛着粼粼波光，虽然水声哗哗，却并没有给这黑夜带来多少灵动。

实在走不动的胜雪将玄楚放在一棵树下，用手从小河里捧来一些水喂给他。

担心玄楚怕冷的胜雪，还想办法生起一堆篝火，从河里抓了几条鱼。

将鱼洗净后，胜雪就将鱼用树棍串好，放在火上烤。

她存在于这世上的时间并不长，此番所经历的这一切，对她而言都是刻骨铭心的第一次。

哪怕这些经历都是痛苦的，她也不委屈不后悔，因为一生的长短，其实并不单纯地由时间决定。

有的人也许生命短暂，却经历了旁人一生都未必会经历的事，生命因此而丰富深刻；而有的人虽活到耄耋之年，却一生碌碌无为，平庸的生命毫无意义。

她诞生于几个月前，却在短短的时间里经历了人生的各种跌宕起伏，悲欢离合，铭心刻骨。

这些都是她存在过的痕迹。

等待鱼肉烤熟的时间里，胜雪的思绪随着篝火的燃烧又飘到很远的地方。

如今她的脑子里，不但有属于她自己的记忆，还有属于天胜雪的记忆。

之前她因一心想救玄楚而忽略了天胜雪很多的感受，现在她放空下来，那些东西就在她的脑中不断回放。

在此之前，她只是从玄楚口中听到过天胜雪和白岚的事，如今在她拥有了天胜雪的记忆后，这些故事就真真切切地存在于她的脑海中了。

曾经她不懂，天胜雪为何要如此憎恨玄楚这样一个深情似海的人，为何一心要杀他。现在，她懂了。

可是，就算她懂了，也不允许天胜雪再伤害玄楚。

她坚信这里面一定有什么误会，坚信像玄楚当初跟她说的那样，知画和桃姐的死确实跟他无关，所以，在一切真相没有查清楚之前，她不会让天胜雪再回来。

她想，她会爱上玄楚，应该就是冥冥之中注定的，是老天爷在庇佑着玄楚。

因为天胜雪伤害了玄楚，她要替天胜雪弥补。

天有些冷了，胜雪用衣服裹紧身体，这时她碰到了衣服里的一样东西，下意识地想到这就是天胜雪手中的另外半张藏宝图，被她缝在了里衣内。

胜雪将半张藏宝图取出来，借着火光看了看。

哧——

火苗灼伤了胜雪的手，她痛呼一声，手里的半张藏宝图就掉进了篝火里。

胜雪本想去捡的，后又放弃了。

因她有过目不忘的本领，藏宝图上的内容已经全记在她的脑子里，捡与不捡已经没什么不同。

胜雪看着烧着的藏宝图出神，忽然发现身后站着一个人，回头的同时，一阵窒息感袭来。

不知何时醒来的玄楚掐住了她的脖子。

胜雪害怕地握住他的手想要掰开：“皇上，松手，快松手！”

胜雪艰难地说着，玄楚根本没听见，继续掐着她。

“是我，是我啊，皇上！”

玄楚灰暗的双眸里一片死气沉沉。

“皇上，皇上……”

胜雪的声音越来越微弱，她想也许是皇上体内的古毒发作了，他已经不认识她，要杀了她。

虽然马上要死掉的感觉让胜雪很恐惧，但能死在玄楚手中的无悔感又让她平静下来。

如果她死了，天胜雪也不会再伤害玄楚了。

胜雪的唇边，浮上一抹如释重负的笑意。

枝叶间透出的天空有些泛红，朵朵浮云在天空发光、颤动，鸟儿在金色的晨光中抖动着漂亮的羽毛，在林间叽叽喳喳地鸣叫，寂寥的空气里充满着清凉的露水味道。

天，又亮了。

若不是喉咙处的肿痛感，再次醒来的胜雪还以为自己已经死了。

当她惊慌地从地上站起来，转身去看时，玄楚就躺在她的不远处，他的身体呈一个奇怪的姿势，双手抱着自己，蜷缩着身体，双目紧闭。

确定他还有气息后，胜雪将他的双臂一点点温柔地掰开。

她守在玄楚的身旁，却怎么也想不起昨晚后来发生了什么。

他为什么要杀她？为什么后来又没有杀她？

这个答案恐怕只有等玄楚醒来才能知道。

胜雪背着玄楚继续沿着河流往上游走。

正午时分，她看到一支商队在河边让马儿饮水，于是她走过去，撒谎说她和夫君遭遇劫匪，夫君身受重伤昏迷，希望这支商队能载他们一程。

领队答应将他们送到最近的村子里。

黄昏时分，他们抵达村子，领队带着他们一起投店，胜雪担心玄楚像昨晚那样发病，将他绑在床上后，就悄悄离开了客栈，准备去找点草药回来。

返回时，胜雪无意间偷听到领队和他手下的谈话。

原来他们在遇见胜雪之前，刚从一个村子离开，在村子里看到了悬赏图，是一张画像，说是看到的人或是知道线索的人禀告朝廷后，都有重赏。

领队眼尖，一眼就认出胜雪口中的夫君就是画像上的人，于是他假意帮她。

他和手下商量，等胜雪睡着后，用迷烟将她迷倒卖进青楼，再用她带着的那个人去官府换银子。

这一发现，让胜雪惊骇得捂住嘴巴，急忙返回房间，将还在昏迷中的玄楚背起来后，悄悄来到马厩前，牵出一匹马准备逃走。

领队的手下却发现了他们："头儿，他们要逃走！"

"抓住他们！"

……

胜雪急忙将玄楚推上马，自己也骑上马扬鞭逃去。

领队不甘心到嘴的鸭子飞了，急忙带人上马去追，从没有骑马经验的胜雪在马上显得笨拙而慌乱。

她的双手紧紧握着缰绳，紧张得呼吸都快要停止了。

"追！别让他们跑了！"

商队的人紧追不舍，他们左右夹击，想逼胜雪停下来。

胜雪骑着马不知如何躲闪，很快就令马儿受惊发起疯来。马背上的玄楚摔了下去，胜雪心急地去抓他，也差点摔下马。

"看你还往哪儿跑！"商队的人将胜雪围起来，其中一人跳下马抓住胜雪，一支冷箭划破夜空射中那人的胳膊，疼得那人立马松开胜雪。

"什么人？"领队喝问道，只见街尾处有五匹骏马踏着夜色疾驰而来。

来的不是别人，正是已经苦苦寻了胜雪七天七夜的白黎。

胜雪的马扬起前蹄，将她从马上摔了下去。

看到胜雪从马上跌下的那一刻，白黎已经飞过去，在半空一把搂住胜雪，平安地将她接住，放在地上。

"皇上！"

落地的玄楚令胜雪心痛地发出一声惊呼，也就是这一声，让白黎的手松开来，讶异地看着怀里的这张脸，狐疑地问："你是云御侍？"

胜雪心一紧，收起脸上的担忧之色，准备假装自己是天胜雪时，白黎把这一切都看在眼里，笃定地握紧她的手臂喝问："为什么是你？你把她怎么了？！"

白黎手上的力度太重，扯到胜雪肩膀上的伤口，疼得她皱起眉头。

“如果你想知道答案，就带我和皇上一起走，否则，你永远也别想见到她！”胜雪威胁。

“你敢！”

“你可以试试。”胜雪迎着他凶狠的目光看过去。

白黎终于妥协地松开她，将她交给手下，自己一跃上马道：“把这里清理干净，带上她和狗皇帝一起走！”

“是，王爷。”

白黎的手下将那支商队的一伙人杀了，带着胜雪和玄楚跟上白黎的马离开。

一行人来到野外的一间破草房里落脚，胜雪担心玄楚的病情，留在他身边照顾着。

门被人一脚踹开，白黎怒气冲冲地闯进来，拉起胜雪的手，将她拽起来问：“说，要怎样才能让你消失？”

“王爷若不想看见我，大可以一剑把我杀了。”胜雪镇定地说出两人都知道的一个事实，“不过，如果王爷杀了我，也等于杀了天胜雪。”

“不要以为本王拿你没办法！”白黎咬牙切齿地攥紧胜雪的手腕，冷冷地告诉她，“本王可以把你交给神医花飞雨，他一定有办法让你彻底消失掉！”

白黎拉着胜雪要带她走，胜雪拉住一旁的桌子：“如果王爷非要如此，那就永远也别想再找到那另外半张藏宝图！”

“你说什么！”

“王爷交给天胜雪保管的那半张藏宝图已被我烧掉。现在，图就在我的脑子里，我死或是我消失，就永远也不会有人能找到宝藏！”

“你……”白黎一怒之下掐住胜雪的脖子，逐渐地收紧。

他最恨有人威胁他，更别说这个女人还破坏了他的计划！她以为自己是谁？不过是和天胜雪共用同一具身体而已！她不配享有他的纵容，更不配拥有天胜雪的一切！

就在胜雪以为自己会被白黎掐死的时候，一直昏迷的玄楚竟然站了起来。他猛地冲向白黎，白黎惊觉后回头看去，朝玄楚用力一推。

玄楚被推出去很远，落在屋外的院子里。

白黎松开胜雪，讶异地走到院中，看着浑身是伤的玄楚从地上爬起来，脚步踉跄地继续朝他走过来。

白黎抬脚将他又踢出去很远，玄楚又一次站起来。

月光下，玄楚的脸色苍白如纸，空洞的双眸坚定地看向白黎身后的胜雪，一步一晃地继续走来。

白黎飞身到玄楚面前，想跟他打一场，却发现如今的玄楚根本不会什么武功，只会机械地挥动手臂而已。

在他试图去咬白黎的时候，白黎将他踢倒在地，用脚将他的头狠狠踩在地上。

“你的武功没了？”白黎困惑又厌恶地看着玄楚。

在温泉池的时候，虽然玄楚也中了古毒，但他却变得力大无穷，武功更是比正常时要高很多，所以才能从那么多异奴的手中挣脱，并带走胜雪。

现在呢？同样是古毒发作，他的武功却荡然无存。

“你这样的废物，活着有何用！”白黎拔剑欲刺向玄楚的心脏。

胜雪冲上来，用身体挡住地上的玄楚，苦苦哀求白黎：“别杀他，求求你，别杀他。”

尽管眼前这个女人是云御侍，不是天胜雪，但这样的话还是惹恼了白黎。他一脚将玄楚身前的胜雪踢开，道：“让开，否则本王连你一起杀！”

胜雪只觉得一股腥甜从胸口往上涌，但她仍爬起来，跑到玄楚面前继续挡在他和白黎之间：“我帮你找宝藏，我把你的天胜雪还回来，只要你不杀他，我什么都可以答应你！”

玄楚体内的古毒和寒毒，只有圣池里的水和灵蝶能化解，胜雪只能暂时安抚白黎，让他带上玄楚一起走，这样她才有机会带玄楚去圣池。因为圣池所在的地方，就在宝藏的附近。

“你怎么会拥有胜雪的记忆？”白黎揪起胜雪的衣领。

在此之前，所有人都以为云御侍是云御侍，她和天胜雪是两个独立的个体，每个人都有自己的行事风格、做人态度，更拥有各自独立的记忆。

如今很显然，这个特性被打破了。

“她的身体都已经是我的了，还有什么我会不知道？”胜雪嘴角带血，淡然一笑。

“你最好带本王顺利找到宝藏！”白黎又用脚踩向玄楚的头，警告胜雪道，“还有，给本王记住，你现在的身体是胜雪的，不许你靠近这狗皇帝！”

她从白黎眼中读到了某种未说的含义，点头答应后，起身走出三步远。

“不够！”白黎加重脚上的力度，胜雪只能咬着牙，又继续走了十步。

“算你听话。”

在白黎抬开脚，打算转身离开时，原本被他踩在脚下的玄楚一下子站起来，朝不远处的胜雪跑去。

胜雪一惊，下意识地想到之前被玄楚攻击掐住脖子的事情，以为玄楚又要杀她，于是下意识地后退一步。

而这时，白黎握剑从后朝玄楚刺来。

千钧一发之际，胜雪又不顾一切地扑向朝她奔来的玄楚，一把将他抱在怀里，让他躲过了白黎的剑。

白黎看到胜雪飞扑过来，却很难收回手中的剑，只能将剑尖偏了偏方向，但剑刃还是割伤了胜雪的手臂。

“你疯了吗！”白黎怒火中烧地大吼，他真的要被这个女人气疯了！

若不是因为她和天胜雪共用一具身体，他早就一剑杀了她！

“别伤他，他不会伤我。”胜雪将玄楚紧紧抱在怀里，不让他看到白黎近在咫尺的剑。

“他已经是异奴，没有意识，随时都会杀了你。”

“如果他要杀我，就不会救我，更不会让我活到现在。”胜雪坚持道。

她能感觉到怀里的玄楚每听见白黎说一个字，就会做出挣脱的反应。

为了不让玄楚惹怒白黎，胜雪只能将他抱得更紧。

两人紧紧抱在一起的画面再次刺激了白黎，他收起剑的时候，故意从玄楚的腿前掠过，剑尖将玄楚的小腿割出一道伤口。

因为中了古毒的关系，玄楚根本感觉不到任何痛楚，倒是胜雪，因为这道伤口心疼地急忙用手去捂。

白黎恨恨地对手下命令道：“派人通知花飞雨，告诉他，他要的人现在在本王这里。”

他可以不杀玄楚，但也不会让玄楚活着。

“不可以！”胜雪跪着去求白黎，“不可以把皇上交给花飞雨！”

白黎厌恶地又一脚将她踢开："本王最讨厌得寸进尺的女人，你若再多要求，本王现在就杀了他！"

若是之前，冷静下来的白黎或许还真有些忌惮现在的云御侍，毕竟她脑子里装着对他非常重要的半张藏宝图。但现在，知道了云御侍的弱点后，他就肆无忌惮了。

只是，这云御侍的弱点为什么是玄楚？她应该恨他，像天胜雪一样恨得要杀玄楚啊！

白黎骑跨上马，落寞地消失在林间。

胜雪将玄楚扶起来，带进屋内。

整个过程，玄楚的目光都没有离开过胜雪，被她牵着，一步步跟着她。

胜雪对这样的玄楚也有些不解。

他什么时候会对她发狂，什么时候会安静听话，什么时候会伤害她，什么时候又会保护她？他的一切都变得那么不稳定，让人捉摸不透。

但也许正因为这样，才让胜雪觉得，这样的玄楚并不是一个没有任何知觉和意识的异奴。

回到屋内，胜雪让玄楚躺下休息，玄楚拉着她的手不松开。胜雪就守在他身边，轻声安慰说："睡吧，我不走。"

玄楚依然睁着眼睛，尽管他的双眼里看不出任何情绪，却能感受到他的某种意志在看着胜雪。

胜雪整理着玄楚凌乱的头发，抚摸着他的额头，安抚着他狂躁不安的情绪。

她想哼唱些什么来哄他入睡，却发现自己根本不会任何小调。

夜色撩人，清风伴花香，远处苍苍，近处茫茫，谁人听懂伊人殇，唯有凄冷白月光。

胜雪闭起眼睛感受今晚的一切，当风从她的发丝间吹过，当月光落在她的身上，当夜莺的声音传进她的耳朵，一首婉转动听的小调哼了出来。

她感受着，放任着自己的感情，跟着自己的心哼唱着。

"这是什么歌？"

不知何时已经返回来的白黎，站在门口问。

胜雪惊慌地睁开眼睛，第一反应就是看身边的玄楚，发现他不知何时已经熟睡。

她轻轻松开他的手，走到白黎面前："我随便哼的。"

直到和她对视的这一秒，白黎才从一种幻觉中醒过来，意识到自己刚才把云御侍当成了天胜雪后，一股莫名的怒火令他一把将胜雪拖到了外面。

“本王警告过你，不许离他太近。”白黎将胜雪丢在地上。

胜雪不说话，低头跪在地上。

这样的她让白黎更生气，她这样的女人怎么配占有胜雪的身体！

“给本王好好照顾这具身体，再有损坏，本王就在玄楚身上如法炮制。”白黎说完将一瓶药扔给地上的胜雪。

他刚才离开是去村子里找药，尽管他痛恨占有这具身体的云御侍，却不想伤害拥有同一具身体的天胜雪。

胜雪温顺地拿过药瓶，起身走进另一个房间后为胳膊上的新伤上药，考虑到玄楚身上的伤，胜雪并没有把药全部用完，而是悄悄藏起一大半。

怎样才能支开白黎，给玄楚用药呢？

上药的问题还没解决，胜雪又开始担心另一个问题——如果花飞雨来了，要怎样才能阻止他带走玄楚呢？

因为这样的担心，胜雪一晚上都无法安睡。

天蒙蒙亮时，白黎就催促他们动身。

陷入昏迷的玄楚被放在马背上，胜雪和白黎共骑一匹马。

一行人走了一天一夜，到第二天早上才来到寿陵所在的区域。

白黎不知道从哪里得到的消息，知道地宫的入口就在寿陵之中，具体来说就在白岚消失的那个洞穴里。

如今他们必须要想办法进入建造寿陵的营地，再神不知鬼不觉地找到那个洞穴，按照藏宝图中的标志，闯过层层机关进入地宫，找到宝藏。

白黎选了个隐秘的地方休息，不一会儿十几个黑衣人就聚集而来。

原来他早就在这附近有所安排，为的就是有一天拿到地图后可以顺利进入地宫。

在白黎的指挥和安排下，黑衣人拿来很多士兵服，白黎让大家都换上，准备天黑后潜入营地。

玄楚被人粗暴地从马上扔下来，白黎不耐烦地看了一眼问：“花飞雨呢？怎么还没来？”

“消息已经送达，但最近查得紧，怕是一时难以脱身。”

“花飞雨毕竟只是个行医的，不懂这里面的水有多深。”白黎擦着手中的剑，冷漠无情地说，“我黎王都很难做到的事情，他以为就凭他一个神医和一个兽人就能做到？未免太小看萧太后的能力。”

“王爷说得是。”一个手下担忧地说，“那王爷此举会不会带来麻烦？毕竟神医目前是太后缉拿的要犯。”

“有句话说得好，最危险的地方往往是最安全的地方。更何况，萧太后再聪明，也想不到玄楚会在本王手上。至于花飞雨，他虽然没什么武功，但脱身保命的本领却是无人能及。相信他，一定不会带着太后的尾巴来见我。”

“不过，”白黎停下来，对手下命令道，“若三更时分再不见人，杀。”

“属下遵命。”

听到这番对话，胜雪哪能坐得住？她来到白黎身后，鼓起勇气说：“如果你杀玄楚，就连我一起杀了！否则，我是不会带你去找宝藏的。”

白黎手腕一转，长剑就抵在胜雪的咽喉：“你以为我不杀他，他就能活吗？”

“看看他现在的样子，跟死了有什么两样？”

“对我而言，只要他还有心跳，还有呼吸，不管他能不能走，会不会思考，能不能说话，有没有感情，都是活着的。不要把他交给花飞雨，也不要杀他，我答应你，一定帮你拿到你想要的东西。”

“交给花飞雨，他或许还能死得体面些。你应该清楚，一旦找到宝藏后，我就会让花飞雨把这具身体还给真正的胜雪，你就会死。到时候，玄楚在真正的胜雪手里，只会死得更凄惨。”

白黎说得很直白，以他的把握，胜雪目前只有一个选择——就是配合他，否则玄楚会死得很快，很痛苦。

“如果真是这样，那我宁愿现在就和他一起死！也好过被你利用完后，再惨遭毒手！”胜雪说着就冲上前，去夺白黎手中的剑打算自刎。

白黎握住她的手腕一把将她拽到自己的怀里，禁锢住她的双手，让她无法动弹，道：“你不怕死的样子倒是有几分像她。可你忘了一点，胜雪的心在白岚死的那一刻就跟着死了，所以她可以无所顾忌地舍弃一切，包括她自己的命。但你不是，你的眼里还带着抗争和希望，这说明你的内心并没有完全绝望。”

白黎将胜雪推开："所以，别在本王面前求死，万一哪天本王当了真，你后悔都来不及。"

胜雪失落地坐在地上，视线被泪水模糊。

她的难过不是因为求死不成，而是因为对自己怨恨。她恨自己太没用，如此轻易就被白黎看穿，不但无法逼迫白黎妥协，更没办法救玄楚。

白黎说得没错，她的内心没有彻底绝望。

她爱玄楚，因为爱他而怀抱希望，所以只要玄楚还活着，她是永远不会绝望的。

"把人带下去。"白黎命令。

一个腿脚不方便的戴着面具的黑衣人走上前来，将胜雪从地上扶起来。

"等一下。"白黎忽然叫停黑衣人的动作，像是有些犹豫，之后又摆摆手说，"下去吧，好好看管。"

黑衣人点点头，将胜雪带到一旁。

一时间陷入困境的胜雪，心情非常沮丧。

究竟还有什么办法可以让白黎改变主意，让他放玄楚一条生路呢？

黑衣人给胜雪递来一壶水，胜雪摇摇头，一点都不想喝。黑衣人不放弃地又递给她，面具下的一双眼睛认真地看着她，似乎认识她一般。

发现胜雪在打量她后，黑衣人急忙收回手打算离开，胜雪一下子拉住她："等一下。"

虽然她戴着面具，穿着一身夜行衣，但从身形还是能看出来是个女人。

"可不可以帮我给皇上喂点水？他也一天没喝水了。"胜雪恳求着，内心有种说不出的确定，这个黑衣人和其他人不太一样，应该会答应她。

果不其然，黑衣人点点头，带着水壶来到玄楚身旁给他喂了点水。

天很快暗了下来，为了不被发现，不能点篝火，一群人藏在山林中，除了透过枝叶间洒下的月光能隐约照亮一点外，基本上视线里看到的都是一片漆黑。

时间缓缓地流逝着，每过一秒，胜雪的心就焦灼几分，稍微有点风吹草动，她就担心是花飞雨来了。

她好恨自己的脑子，怎么会和天胜雪差这么多？为什么就不能想个办法救玄楚？

她已经带玄楚来到寿陵了，只要再想办法带他去圣池解毒就可以，为什么她想不到办法呢?

寂静的四周忽然骚动了起来，胜雪看到好几个黑衣人朝玄楚的方向跑去，听见有人压低声音说：“按住他！别让他乱动！”

玄楚醒了？胜雪想到这点。

以她的观察，每到夜幕降临时，玄楚都会有苏醒的迹象，只是有时睁开眼睛看了看，又再次昏睡过去，有时则是彻底地醒来并制造麻烦。

“你去哪儿！” 黑衣人拦住要离开的胜雪，她的任务就是负责看管胜雪。

“皇上醒了，我去看看。”

“不用。你在这里等着，那边会有人处理的。”

黑衣人不允许，胜雪又听到一声惨叫。

“啊！他咬住我了！让他松口！松口！”

“打！往死里打！”

……

玄楚引起了更大的骚动。

“求求你让我过去吧，我能让皇上冷静下来，我可以让他安静，求你了。”胜雪抓住黑衣人的手哀求着。

黑衣人终于不忍心地点点头，带着胜雪一起来到玄楚的身边。

此刻的玄楚因为苏醒，又变得狂躁不安，白黎的手下控制住他的四肢将他压在地上，并用绳索勒住他的嘴，防止他再咬人。

这些黑衣人中有不少人见过异奴，或是跟异奴交过手，他们都很害怕玄楚。当其中一个黑衣人的手被玄楚咬后，不知道是他的心理作用，还是真的很难受，他嚷嚷着痒，不停地挠抓伤口，其他人则像躲避瘟疫般远离他。

“发生了什么事，这么吵？”白黎闻声赶来。

“回禀王爷，属下不小心被他咬了。”被咬的黑衣人上前禀告。

“没用的奴才！”

话音刚落，黑衣人就被白黎一剑刺死。

“好好看着，再有意外，杀。”白黎不会允许玄楚再制造出什么混乱以致暴露他们。

“不要！”胜雪跪在白黎面前，“让我陪着他，有我在，他不会吵闹的。”

白黎用滴血的剑指着胜雪，警告她不许多事。

“你不是想要天胜雪回来吗？如果现在杀了皇上，就会惹怒花飞雨，到时候他未必会帮你。所以，在花飞雨出现前，让我陪着皇上，我能让他安静。”

白黎想了想，对看管胜雪的黑衣人命令：“好好看着。”

“是，王爷。”

从胜雪的手扶起玄楚的那一刻，他就慢慢安静下来。

这样的变化，令看管胜雪的黑衣人都觉得诧异。

“有水吗？”胜雪问黑衣人要来水壶，从自己的衣裙上撕下一条，蘸着水小心地擦着玄楚脸上的泥。

他玄楚，南礼国历史上最厉害的玄皇，是百姓称颂、敌人畏惧的皇帝，怎么可以沦落到如今这般田地？

想到玄楚为天胜雪的牺牲和付出，想到他如今悲惨的遭遇，心酸的泪水再次决堤。

“我一定会救你的，一定会的。”胜雪许诺般地说着。

“他已经没有意识，无药可救了。你最好离他远点。” 黑衣人好心地提醒，刚才那个被咬黑衣人的下场已经是个例子。

这句话提醒了胜雪，令她茅塞顿开，于是她擦干脸上的泪水，将水壶还给黑衣人说：“能不能麻烦你再弄点水来？”

黑衣人接过水壶，并没有离去。

“他刚刚的狂躁，应该是跟缺水有关，多喝水对他控制情绪很有用。”胜雪撒谎道。

黑衣人因为这个谎言被胜雪支开。

胜雪看着眼神空洞的玄楚，捧着他消瘦的脸，用尽全力地看进他的眼眸深处，对那里不知还有没有的灵魂说：“咬我，求求你咬我一口，这样我才能救你……”

玄楚一动不动，根本没有任何反应。

胜雪急了，黑衣人取完水马上就会回来，她的机会只有这一次。

“求你了，就算是为了天胜雪！”胜雪继续哀求着，玄楚在听到“天胜雪”三个字的时候，灰色的眸子动了动。

这样的反应又一次给了胜雪暗示，她收回自己的手，掐住自己的脖子，看着玄楚的眼睛说："你是知道的，对不对？知道现在的我是云，不是天胜雪，对不对？"

"如果你知道，那就请你好好看着，我是如何在你面前杀了她，杀了天胜雪！"

说完，胜雪就用力掐着自己。

她和玄楚在林间度过的第一个夜晚，玄楚忽然要杀她，或许就是感觉到她不再是天胜雪，那么如果他真的有所感应的话，就一定会为了保护天胜雪来攻击现在的云。所以，她要这样去刺激他，刺激他去咬她。

果不其然，在胜雪刚一用力掐自己后，玄楚忽然发狂地扑上来，握住胜雪的肩膀，一口咬了下去。

得偿所愿的胜雪安心地放下双手，任由玄楚咬破了她的皮肤，撕裂她肩膀上的血肉。

"该死！快放开她！"

取水回来的黑衣人看到这一幕后，拔剑就要去杀玄楚，胜雪一把握住她的剑，无声地摇了摇头。

黑衣人讶异道："你故意让他咬你？为什么？你知不知道，这样会死的啊！"

胜雪摇摇头："反正我和他的结局最后都是死路一条，不如赌一把。"

"疯了！你果然疯了！" 黑衣人气急败坏地转身要走，胜雪拉住她："你是认识我的，对不对？"

黑衣人的身体一僵，停在原地，没有回头。

"不，应该说你认识天胜雪。"胜雪纠正道，刚刚黑衣人说她"果然疯了"，显然之前黑衣人听说了什么，如今亲眼所见，有些无法接受。

"如果你真的认识天胜雪，就请你看在她的面子上，不要把这件事告诉黎王。"

"你如今这样，迟早会被发现。"

"等花飞雨来了，我自己会说出来，不会连累你的。"胜雪恳求着，她担心万一白黎知道这一变故后，会提前带她进古墓找宝藏，那么她就没机会看到花飞雨，更没机会救玄楚了。

"你……"黑衣人低叹道，"何苦如此？王爷他不会杀你的。"

胜雪摇摇头："你家王爷喜欢的人是天胜雪，不是我。我抢了天胜雪的身体，他早已对我恨之入骨。"

“什么你的，什么她的？你和胜雪就是一个人！为什么非要假装成两个？”

黑衣人的反应更确定了胜雪的猜想——她不但认识天胜雪，还跟天胜雪很熟悉。

“不是我要假装，而是老天的捉弄。也许你帮了我，老天爷就会把天胜雪完完整整地还回来。”

黑衣人最终艰难地点头说：“只要你帮王爷找到宝藏，他一定不会亏待你的。”

胜雪看着黑衣人的背影，由衷地说：“谢谢。”

胜雪回头，看着已经松开口的玄楚，黑暗中的他虽然还是面无表情，但给人的感觉有些怪怪的。

“这一下，谁也别再想把我们分开了。你生，我生；你死，我也不能活。”

胜雪按照从天胜雪记忆中读到的过去，了解中了古毒的人的一个特点。

当异奴咬了一个正常人后，这个正常人就会和异奴之间存在某种联系，一旦异奴意外死去，被咬的正常人也会跟着死掉。这一点和炼制异奴的人与异奴之间的控制关系是等同的。

所以，如果花飞雨不救玄楚，放任玄楚去死，那胜雪也会死。

一直安静的玄楚忽然动了，他抬起手来，指着胜雪被咬伤的地方，用手指一下接一下地点着。

他这是什么意思？告诉我受伤了？

胜雪猜测着，不懂玄楚这个举动的含义。

玄楚依旧用手指轻轻地点着，生怕触碰到她的伤口，会弄疼她一般。

“是担心我被咬后，也感染古毒？”胜雪问。

玄楚停下来，不再有任何动作。

想来是胜雪说中了玄楚的心思，于是胜雪假装无碍地笑着说：“不会有事的。”

这个时候，白黎将花飞雨带了过来：“这就是你要的人。”

胜雪急忙将玄楚挡在自己身后，心想，该来的终于来了。

只一眼，花飞雨就认出眼前的人并不是天胜雪，他吃惊地上前几步，一把抓住胜雪的手腕替她把起脉来。

“本王发现她的时候，她就已经不是天胜雪。这几天，也一直是这个样子。”白黎走过来。

“你……”花飞雨放下胜雪的手腕，眼中流露出震惊和不安之色。

“没错，我不是天胜雪，天胜雪被我困在这具身体里，除非我放弃，否则她永远都出不来。”

“你说什么！”白黎恼怒地拔出剑。

“她说得没错。”花飞雨让白黎收起剑，略为沮丧地说，“之前我就提醒过我那呆徒弟，她和这个云御侍已经实力相当，一旦有一方放松警惕或自动放弃，另一方就能夺回对这具身体的控制权。如今，这个云御侍的执念已经强过了胜雪，我很难再靠医术将胜雪唤醒。”

“这么说，这女人就会永远占着胜雪的身体！”白黎更难接受这一点。

花飞雨点点头：“目前看是这样，但眼下，这还不是最重要的问题。”

“还有什么问题？”

花飞雨回头扫了一眼胜雪，一把拉开她的衣领，露出里面的咬伤说：“她感染了古毒，若不尽快解毒，她也会……”

“你这个女人！”

白黎怒不可遏地再次拔剑要杀胜雪，花飞雨当然不允许他这么做：“冷静点！别忘了，胜雪也在这具身体里！”

白黎忽然明白胜雪会这样做的原因，紧咬着牙喝问：“你以为你这样做，我就会放狗皇帝一条生路？做梦！我一定会杀了他，在你面前亲手杀了他！”

“你不能杀他！”花飞雨再次阻止白黎，“谕东被慕锦衣抓了，他要我七日内把皇帝带回去交换，否则他就会杀了谕东。”

“这是你的事，与本王何干？让开！”

“如果你还想让胜雪回来，就必须按我说的做！”花飞雨徒手抓住白黎的剑，剑刃割破了他的手掌，鲜血顺着他的手滴下来。

“你真的有办法让她回来？”白黎半信半疑。

“只要我花飞雨说可以，就一定可以。”花飞雨笃定地说。

白黎不甘地收回手中的剑：“本王也给你七天时间，如果七日内，她不能帮我找到宝藏，如果你不能让胜雪回来，她，他，还有你，都得死。”

“一言为定。”

两人达成一致后，花飞雨走到胜雪面前，长舒一口气后坐下去，低头为她包扎肩膀上的咬伤："这就是你想要的结果？"

"我只想皇上能痊愈。"

"他中毒太深，而且体内有两种奇毒，能活到现在已经是个奇迹，想要痊愈，我恐怕保证不了。但你身上的古毒，中毒未深，我可以帮你解除。"

花飞雨看到胜雪变成云御侍后，他内心顿时轻松了很多。

这是因为，如果现在的胜雪还是天胜雪，那么他恐怕无法将玄楚从她手里活着带走。没有了玄楚，就意味着失去和慕锦衣做交换的筹码，意味着他恩人的孩子谕东和他的狼群都会被杀死。

他从没想过自己会卷入任何纷争，如今却深陷其中，无法脱身。同样，他更没有想到，自己认为天衣无缝的计划，最终却会以失败收场。

当玄楚带走胜雪后，他们追击了很久却还是失去了两人的踪迹，最后反被萧太后和慕锦衣的人追杀。

眼下他也不想什么替恩人报仇的事，只希望能带走玄楚，和慕锦衣顺利换回谕东，这样他也算对得起自己的恩人。

至于向萧太后复仇的事，只能从长计议，再等时机了。

"把这个吃了。"花飞雨扔来一粒白色药丸，"是我用剩下的药从玉面罗刹手里换的。"

胜雪接过药却转身就喂进了玄楚嘴里。

"你……"花飞雨想阻止，却也晚了，"那东西对他已经没用了。"

"如果你不尽全力治愈皇上，你以为萧太后和慕锦衣会放过你吗？他们要你把皇上带回去，并不是要你带一个异奴回去！你既然这么了解异奴，就一定有办法治愈他！"

胜雪的话提醒了花飞雨，慕锦衣和萧太后要的皇上，绝不会是现在这样的皇上。如果他带回一个异奴皇上，他和谕东的命一样会丢掉。

"我是研究过很久的异奴，却从没有治愈过一例。"

"但皇上和那些异奴不一样啊！你不是也说过，皇上体内有寒毒，可以用以毒攻毒的办法！更何况，你不觉得皇上并没有彻底地失去意识，他还是有反应、有感受的吗？"胜雪抓住玄楚的肩膀，把这些天发生在她身上的事情，把玄楚的每一样异常的反应都告诉了花飞雨，她不希望听到花飞雨说玄楚无药可救。

“你说他知道你不是胜雪时，想过要杀你，以为你是胜雪时又试图保护你？”花飞雨不可置信地问着。

“是的。皇上他心里很清楚，他从没有失去自我，更没有忘记自己所爱的人。就在刚刚，他还在担心我被他咬伤的地方，他只是在这具身体里沉睡了，就像天胜雪也在我的身体里沉睡了一样！他会醒过来的！一定能醒过来！”

花飞雨思量着胜雪的话，白黎的手下走过来，扔来一套士兵服让他换上，说三更一到，就潜入营地。

花飞雨拿起士兵服继续深思，最后转头对胜雪说：“如果你说的都是真的，那或许他还真的有救。”

“之前在温泉的时候，皇上体内的寒毒就表现出可以抑制古毒的反应，只是那温泉太普通，没办法彻底消除掉古毒。所以，我们需要更强大的圣池，圣池附近还有白色的灵蝶，当初皇上就是用它们来吸走体内的寒毒，只要我们带皇上去圣池，就一定能解了他体内的古毒。”胜雪说着，冷不丁被花飞雨捏住下巴，将一粒药丸喂入她嘴里说：“这可是最后一粒。”

“虽然我的医术不如你好，虽然我是第一次接触古毒，但请你相信我的直觉好不好，带皇上去圣池，一定能治好他的！”那圣池是胜雪心中最后的救命稻草，“圣池就在这营地里，带皇上去试试，一定可以的！”

“你既然知道圣池，就一定知道它不是什么人都可以进入的。以玄楚目前的身体情况，很有可能会适得其反，一进入圣池后，他或许会气血逆流，七窍流血而死。”

“我相信自己的直觉，也相信老天爷不会残忍地对待一个如此深情的皇上。”

“胜雪她若是知道你做的这些，她会……”

“杀了她自己。”胜雪打断了花飞雨的话，“所以，今天发生的所有事，都不要让她知道。”

“为什么？”

“我怕她会更恨皇上。”胜雪第一次在其他人面前说出自己内心的想法，“因为另一个她爱上了皇上。”

花飞雨有些吃惊，若有所思地点头道：“我知道了。”

之前他所不解的问题在胜雪的这句话中找到了答案。天胜雪和云御侍之间的较量，其实就是爱与恨的对决，当恨大于爱时，天胜雪的力量就会大于云御侍，反之则是眼前的这个状况，由云御侍占上风。

这场爱与恨的博弈，意味着两种不同的选择，更意味着两种不同的未来。

花飞雨无法预测最终的结果，只希望最后无论是谁获胜，都能拥有好的人生。

花飞雨找到白黎，骗他说胜雪体内的古毒只有去圣池里泡一下才能彻底清除。

白黎顾忌圣池附近的守卫严密，怕此举会暴露行踪引来麻烦。

胜雪说她知道一条路可以躲开守卫抵达圣池。

“开什么玩笑，那里是圣池。”花飞雨不信。

“你那徒弟曾经跟着一只灵蝶误闯进去过，她拥有天胜雪的记忆，应该不会有错。”白黎说。这一句话让胜雪疑窦丛生。

她是因为和天胜雪共用一具身体，才能拥有天胜雪的记忆。这段过去，当初玄楚没有追问过，其他人也没有追问，只有知画和桃姐知道详细的过程，那么白黎又是如何知道的？

“如果她真的已经开始拥有我那呆徒弟的记忆，我们就更要抓紧了。”花飞雨有些焦灼。

“为什么？”白黎拉住他问。

“因为这意味着她已经快要彻底吞噬掉胜雪，胜雪的身体、胜雪的记忆，都已经被她占据。”

白黎的大脑空白了一秒，紧攥着花飞雨的手臂问：“你确定可以让胜雪回来？”

“如果你不阻止我带她去圣池，我就确定。”

“好，只给你两个时辰，天一亮，我们就必须进入地宫。”

13 积雪浮云端

换装后的白黎带着所有人，轻易就潜入到了营地之中。

因为有之前那个照顾胜雪的黑衣人引路，一切都进行得非常顺利。

黑衣人应该对这里非常熟悉，所以才清楚每个地方有多少守卫，多长时间才会有巡逻的卫兵经过。可惜黑衣人一直在队伍的最前面，戴着面具还低着头，胜雪看不到她面具之后的脸。

黑衣人将所有人带到一片竹林，指着竹林尽头的小路说，当初天胜雪就是从这里进入圣池的。白黎留下了几个人在附近把风，其他的人就跟着胜雪走进了竹林深处。

胜雪凭着原本的记忆在浓雾弥漫的竹林中走了一炷香的时间，浓雾中出现了一束忽闪忽闪的白光，不等它飞近，胜雪就指着它笃定地说："那就是灵蝶，跟着它就能找到圣池！"

大家跟在灵蝶的后面，穿过层层迷雾之后终于来到了传说中的圣池。

这是胜雪以云御侍的身份第一次来这里，眼前的一切和记忆中的画面一点点地重合着，也一点点地重复上演着。

她仿佛亲眼看到了天胜雪第一次在这里看到玄楚沐浴的情景。

那月光下梦幻一般的场景让人难以忘怀。

"请王爷去旁边守着，别让任何人来打扰我。"花飞雨对白黎吩咐，白黎并不同意："你想用对付慕锦衣的办法来对付本王？"

"王爷多虑了。这里是寿陵，是慕家的地盘，支开王爷，我又能跑到哪里去？"花飞雨继续说，"解古毒必须一鼓作气，否则就会被古毒反噬，所以，不能受任何干扰。"

白黎看了看胜雪和玄楚，妥协道："谅你也不敢逃。"

说完，白黎就飞到最高的树枝上监视着圣池外的守卫。

"我们开始吧。"胜雪着急地要往圣池走，花飞雨拉住她："你确定你这具身体能承受圣池里的水？"

尽管之前谕东刺伤她肩膀的那一剑的伤口已经结痂，但她的身体上还有大大小小的很多伤，再加上连日来的奔波，她的身体状况并不适合下水。

"神医多虑了。"胜雪轻松地笑着推开花飞雨的手，"天胜雪之前就是在这里被皇上救的，她已经和圣池里的水有过接触，不会出现异常的。"

对于圣池的效用，他略有耳闻，知道胜雪说得不假，可是还有一个问题让他比较担心："你的衣服，他……"有些话他羞于说出口。

泡圣池是不可以穿衣服的，因为圣池里的水会让衣服变得很沉，容易溺水。

"反正天胜雪已经会恨我，又岂在乎再被她多恨一些。只是，神医你可不可以答应我一件事。"胜雪跪在花飞雨面前，"等皇上醒后，千万不要让他知道我为他做了什么。"

"这是为什么？你不是喜欢皇上吗？"花飞雨不懂。

"正因为我喜欢皇上，所以不想让皇上恨我。"胜雪黯然地说，"对皇上而言，天胜雪就是他的全部，他不允许有任何人伤害她，或是给她带来危险。"

花飞雨似懂非懂地点点头，这男男女女间的爱恨情仇，对他而言是这世上最难解的疑难杂症。

"我答应你。你去吧，有事就叫我。"说完，花飞雨也转过身去，背对着圣池。

胜雪走到玄楚面前，看着月光下站得笔直的他，脑中再次浮现出了天胜雪的记忆。

脸一红，胜雪低下头，小心地解开玄楚的衣衫。

随着衣衫一件件脱落，胜雪的呼吸也变得越来越急促。

尽管知道此刻的玄楚没有任何意识，她还是紧张得快要死掉。

连日来的折磨，他的身体已经清瘦了很多，但他的皮肤还是很有光泽，使得他如神明一般高贵，让人不敢直视。

胜雪心跳如擂鼓，她垂眸，让视线看向别处，牵着玄楚的手一步步走向圣池。

此刻，她心中有种异样的感觉，仿佛一刹那周遭的世界都发生了翻天覆地的变化。她没有在密林深处的圣池中，而是在一座宅子里，四周全是面带笑容的街坊，一身红衣的她蒙着红色的盖头，被同样一身红衣的玄楚牵着，一步步走进了大堂之中。

这一次的牵手，好像将他们两人永远地连在了一起。

如果这个办法不能救你，那我就陪你一起死。胜雪看向身旁的玄楚，握紧他的手走进圣池中。

随着池水一点点没过她的膝盖、大腿、腰部、胸部，她感觉池水如一条火蛇顺着她的脚踝一直往上蹿。那火蛇的身体好烫好烫，被它爬过的皮肤都仿佛被烫伤了般，疼得胜雪皱起了眉头。

但不管在水里的她有多么难受，都始终没有松开玄楚的手。

一开始玄楚还没有任何反应，但渐渐地，他的额头开始出汗，四肢也开始出现抽搐的迹象。胜雪发现圣池水中的玄楚，皮肤渐渐变得透明，可以清晰地看到皮肤下的血管中有黑色液体在流淌。

那些黑色液体源源不断地从四肢百骸流向他的心脏，却被某种白色的气团阻挡在外。

胜雪想靠近一点看清楚时，玄楚忽然大吼一声，用力推开她，在圣池中痛苦地挣扎起来。

“他怎么了？”花飞雨担心地回头问，胜雪从水下浮上来：“皇上好像很痛苦，神医你快想想办法，帮帮皇上！”

胜雪冲到玄楚身旁，抓住他正伤害自己的手。

片刻的工夫而已，玄楚已经将自己胸口抓得鲜血淋漓。

花飞雨从袖中拿出三根银针，朝玄楚射去，精准地刺进他头顶的三个穴位中，阻止他的自残行为。但玄楚的痛楚并没有因此而减轻，他叫得更惨烈了。

“快，堵住他的嘴，别让他发出声音！会惊动守卫的！”花飞雨在一旁焦急地命令。

胜雪试图用手捂住玄楚的嘴，他却张嘴咬伤了胜雪。无奈之下，胜雪一下子握住玄楚的肩膀，用自己的唇封住了玄楚的喊叫。

玄楚安静了，他木讷地看着胜雪，缓缓闭上眼睛，宛如被人抽走了灵魂般，一下子开始无力地下沉。

胜雪急忙潜入水里抓住他，把一口气过到他的嘴里，将他重新带出水面。

这时候一大群白色的蝴蝶飞过来，纷纷落在玄楚身上，紧接着不可思议的事情发生了，灵蝶们将玄楚托了起来，悬浮在水面上。

密密麻麻的灵蝶包裹着玄楚，发着诡异的白光。

胜雪呆呆地看着，内心的一根弦绷得很紧很紧。

老天爷，求求你一定要救救皇上，他是一个好人，他一定要长命百岁。

花飞雨也被眼前的景象惊呆了，学医多年的他还是第一次见到这样神奇的生灵，心想，也许云御侍的直觉是对的，这圣池真的可以救活玄楚。

当一片树叶从枝头凋落，飘到池面上时，半空中的灵蝶们一下全部散开，天空中下起了白色的蝴蝶雨。

失去了托力的玄楚“嘭”的一下掉入池水中，迅速下沉。

反应过来的胜雪一头扎进池水中，奋力朝不断下沉的玄楚游去。

眼前再次出现了天胜雪的记忆，天胜雪和玄楚第一次在圣池相遇时，玄楚也曾两次潜入水下去救她。后来，属于云的记忆也浮现在眼前，萧太后命人将云御侍投入水井之中，也是玄楚跳下来救了她……每一次天胜雪有危险，他都全力以赴，奋不顾身。

这样的他不该落得如此下场。

胜雪好不容易抓住玄楚，想要将他拉出水面的时候，水下的玄楚忽然睁开了眼睛，一把搂住近在咫尺的胜雪，捧住她的后脑勺，吻了下去。

他的唇是火热的、霸道的、强势的。

这一刻，他好像把自己压抑了许久的感情完全释放了出来，通过这个吻清晰而强烈地告诉被他强吻的女人——他爱她，已经爱到了无可救药的地步。

突如其来的吻令胜雪的大脑空白了一秒，她的心也跟着漏跳一拍，但很快她就清醒过来。

她知道玄楚把她当成了谁，也清楚这个吻是属于谁的。

酸楚的眼泪在她心底汇成了一片汪洋。

她闭上双眼，不想破坏玄楚此刻的感受，不想被他识破自己的身份。

中了古毒后的玄楚感觉自己被囚禁在一个黑暗的牢笼之中，看不到任何人，也不知道今夕何夕。他以为自己已经死了，后悔并且不甘。

他后悔到死都没能让胜雪知道自己的心，他许诺过要让她平安地回到碧水山庄，可他食言了。他放不下她啊，不甘就这样奔赴黄泉，可他却只能眼睁睁地看着自己的身体一点点被黑暗吞噬却无能为力。

绝望之际，黑暗被闪电劈开一道裂口，他奋力从牢笼中逃了出来，一睁眼就看到了自己朝思暮想的女人。

这一刻，一种死而复生的心情令他抛开一切，不再束缚自己，迫切地把自己的心掏了出来。

他爱她，他要让她知道。

吻越来越深，他紧紧搂着她，像是要把自己和她完全融合在一起。

胜雪的心一阵阵刺痛着，却像她的泪水融入池水中一般，悄无声息。

当耗尽所有力气的玄楚再一次失去意识后，胜雪才将他带出水面，拖上岸。

“你感觉怎样？”花飞雨急忙拿来衣服披在胜雪的身上，拿起她的手腕替她把脉。

“别管我，先去看看皇上。”胜雪担心地说。

“他能有力气吻你，就说明死不了。”花飞雨不悦地说。

刚才水下的事情，他看得一清二楚。若不是这圣池的水普通人不可以进入，他早就冲下去把玄楚拎出来暴打一顿。

再怎么说，玄楚吻的也是天胜雪的身体，以他对胜雪的了解，她肯定不会同意。

“皇上他并不是有意轻薄，他……”胜雪看着一旁的玄楚，把自己被强吻时的感受说出来，“他以为自己快要死了，把我当成了她。”

“如果他能活着，应该感谢的人是你，而不是我徒弟天胜雪。”花飞雨放下胜雪的手腕，心安了下来，她体内的古毒在玉面罗刹的解毒丸和圣池的作用下已经完全化解。

“现在，让我来看看他。”花飞雨为玄楚检查着。

“神医，皇上他体内的古毒解了吗？”

花飞雨摇了摇头。

胜雪的心一下子坠入冰窟，他又开口说："没想到啊，这世上真的有奇迹。"

"神医？"胜雪期盼地看着花飞雨。

"算他命大，体内的古毒和寒毒都没了。"

"真的吗？太好了！"胜雪欣喜不已地站起来，却因为体力不支而一头栽倒在地。

醒来后，胜雪发现自己已经离开了圣池，躺在一个山洞中。

身边燃着一堆篝火，黑衣人在烧热水。

"皇上！"胜雪起身就要去找玄楚，却一阵头晕目眩。

"小心。"黑衣人走上来扶住她，"神医说你的身体太虚，不应该太操劳。"

"皇上呢，他们把皇上怎么了？"胜雪焦急地抓住黑衣人的手询问。

"王爷和神医正在商量此事，皇上他被绑在树下，暂时没有危险。"

"带我去见他，求求你带我去见他。"胜雪要跪下哀求，黑衣人扶住她，不忍拒绝地说："好吧，我可以带你去看看他，但只能远远地看一眼，不能靠近。"

"好，我只看一眼。"胜雪不放心玄楚，只要亲眼看到他还活着，是安全的，就可以了。

黑衣人带胜雪来到洞外，指着不远处的一棵大树说，蒙着双眼的玄楚就被绑在那里。胜雪向前走了几步，就被拦住。

黑衣人好心地提醒："姑娘若是想救皇上，可以去求求我家王爷。"

"谢谢，请你带我去见黎王。"

胜雪出现的时候，白黎和花飞雨正因为如何处置玄楚而起了争执。

白黎获知玄楚的古毒已解，勃然大怒，认为花飞雨欺骗了他，要立马杀了玄楚。

花飞雨不允许他杀玄楚，要带玄楚去交换谕东。

白黎根本不在乎谕东的死活，执意要杀玄楚。

花飞雨就用拒绝帮天胜雪夺回身体为要挟，逼迫白黎同意。

白黎认为花飞雨又是在骗他，认为花飞雨没有能力把天胜雪再变回来，不打算再相信花飞雨，还准备连花飞雨也一起杀了。

"……本王就不信，等本王登基之后，还找不出第二个神医来救胜雪！"

就在白黎拔剑欲杀了花飞雨时，胜雪急忙冲了上去大喊道：“白阎罗，住手！”

久违的三个字让花飞雨和白黎都愣在了那里，特别是白黎，他的手一抖，剑刃就割伤了花飞雨的脖颈。

“他是我师父，你不能杀他！”胜雪快步走上前，一把将白黎的剑从花飞雨的脖颈旁推开。

“胜雪，你回来了？”花飞雨惊讶地要去为胜雪把脉检查，胜雪甩开他的手说：“难道你不希望我回来吗？”

“真的是你？”白黎不可置信地走近，胜雪藏起内心的胆怯，鼓足了勇气迎着他的目光看去道：“不是我，难道还是那个没用的云御侍！”

“白阎罗，你究竟放不放我师父走！”话音未落，胜雪就被白黎拥入了怀中。

这一抱让胜雪不知所措了，她是借用了天胜雪的记忆，模仿她说话的语气和方式叫白黎为“白阎罗”，可她却不知道天胜雪被白黎抱住后会有怎样的反应。

在天胜雪的记忆里，白黎他不敢这样放肆。

“放开我！”胜雪凭感觉地用力推开白黎，“你答应我的事情都没有做到，现在还想杀我师父？你究竟还想不想要宝藏，想不想为我的白狐狸报仇！”

“我没有！”

听到白黎不称呼自己“本王”，胜雪心里就松了一口气，这个称呼上的细节是白黎认可眼前的人就是天胜雪的一种表现。

“你让我帮你杀了玄楚，可你师父却要他活着。我只能先杀了你师父，再去杀玄楚。”白黎为自己辩解。

胜雪假装自己并不知道后续的事情，问：“师父为什么要玄楚活着？他不是要替谕东的父母报仇，把玄楚变成异奴后去刺杀萧太后？”

这段记忆本不是云御侍所拥有的，但此刻说出来，就更能说服白黎相信她就是天胜雪。

“在温泉，玄楚将你劫走后，那个该死的云御侍就抢夺了你对身体的控制权。她记下那半张藏宝图上的内容后，就烧了它，以此为要挟，让我不杀玄楚。后来，我通知你师父，要他将玄楚带走。没想到他阳奉阴违，竟然骗了我，偷偷解了玄楚体内的古毒，还要我把玄楚交给他带走。”

胜雪回头看向花飞雨问：“白阎罗说的都是真的？”

花飞雨盯着胜雪看，他的冷静让他比白黎观察到了更多细节，然后他配合着胜雪的问话答：“是真的。但你要相信师父，师父绝不会放过玄楚的。如今他武功全失，让他痊愈不过是为了顺利地换回谕东，至于师父曾经答应你的事，徒儿放心，师父一定做到。”

“不要相信他！一旦把玄楚还回去，又如何能再杀了他？”

“黎王若是不信，可以试试我手中的这粒毒药。”花飞雨从怀里拿出一粒药丸，“只要让玄楚服下它，就算放他回去，也无人能解。”

“古毒都能解，何况一粒毒药？放虎归山，后患无穷，不如现在就杀了他，一了百了！”

“等一下！”胜雪着急地按住白黎的手，阻止他再度拔剑的动作。

白黎狐疑地看向她，这一看，让胜雪的心头一紧，手心立马出了很多冷汗。

胜雪强压下内心的恐惧，继续假装天胜雪说：“当初他在地宫中害死了我的白狐狸，如今既然要他死，不如将他也带进地宫，让他给我的白狐狸陪葬！”

“我们去的地方凶险无比，万一他要是逃了怎么办？干脆让我先砍了他的头，再带进地宫给白岚陪葬。”

“他已经没了武功，逃不了。更何况一刀杀了他，也太便宜他了。我有个办法，可以让他生不如死，痛不欲生。”

“什么办法？”

“哀莫大于心死。他不是喜欢我吗？不是对我一往情深吗？那我就用他的这份情一点点折磨他的心，令他心痛欲绝，心如死灰。”

“你准备怎么做？”

胜雪的提议引起了白黎的兴趣，胜雪将自己的计划悄悄告诉了他。

白黎不可思议地看着眼前的胜雪，一把抓起她的手腕问：“你当真是天胜雪？”

“或者，你应该叫我，雪儿。”胜雪镇定地说道。

白黎危险地眯起双眼，再一次紧盯着胜雪看。

她是胜雪吗？如果她是，为什么会轻易让我叫她雪儿？

雪儿……是属于我哥哥白岚的特有称呼啊。

白黎记得，白岚还活着的时候，他曾戏谑地叫胜雪“雪儿”，胜雪当即就给了他一个白眼，不许他这样叫她，宣告说这世上能唤她“雪儿”的人只有三种：一是父母亲人，二是师父，三就是自己所爱之人。白黎不属于这三种中的任何一种，只能称呼她胜雪、天胜雪或是大小姐。

难道说，对胜雪而言，如今的白黎已经可以归于三种中的一种了？

如果是，那是哪一种？

“白阎罗，你不相信我？”

白黎越是不说话，胜雪的心里就越是没底，她不知道自己还能演多久，于是继续用激将法说：“还是说，你怕我骗你？”

白黎抓起胜雪的手腕，霸道地说：“我黎王还没有怕过任何人，更没有怕过任何事！我倒要看看，你将如何践踏那皇帝的爱，如何打碎他的心！”

胜雪淡淡一笑，藏起心底的黯然与悲伤。

白黎留下几个黑衣人听胜雪吩咐后，就去做寻宝藏的准备。

依照计划，天亮后，他们就会按照地图上的标记从一个山洞进入地宫。

“你在做什么？”白黎一走，花飞雨就将胜雪拉到一旁。

其实他一早就看出眼前的这个女人并不是天胜雪，但当时情况有些复杂，他从胜雪的眼里看到了哀求，所以就暂时没戳穿她。

“神医，请帮帮我……”

胜雪一下子朝花飞雨跪下去，卸下伪装的她说出了自己的计划。

她要假装成天胜雪和白黎成亲，然后再亲手杀了玄楚，抛尸荒野。

“你怎么突然……”花飞雨不懂。

之前的她可是为了玄楚连命都不要，怎么转眼就变了？

“求神医成全！”胜雪又结结实实地磕了一个响头，花飞雨急忙将她扶起来：“你这头可是我徒弟的，别磕傻了，我不好跟她交代。”

“神医，请听我说完……”

两行晶莹的泪滑过胜雪的脸颊，她抑制不住内心的悲伤，将计划全盘托出。

假装成天胜雪和白黎成亲，是为了让玄楚对天胜雪死心。经历了这么多事情之后，胜雪明白，无论天胜雪如何伤害玄楚，即使要杀了他，玄楚都不会放弃天胜雪，不会弃她于不顾，所以胜雪要让玄楚对天胜雪彻底死心，只有这样，他才能真正地放下天胜雪。

要亲手杀了玄楚，是为了演给白黎看。白黎刚才的态度已经很明确，他不准备让玄楚活着离开，所以胜雪恳求花飞雨，在她动手杀玄楚之前，先给玄楚服下可以续命的神药，她有了天胜雪的记忆，知道花飞雨的身上有那种神药。她还希望花飞雨告诉她，那一刀要刺在哪个位置，可以让懂行的白黎认为那一刀就会让人必死无疑，却实际上又留有活着的一线生机。

至于抛尸荒野，则是希望在白黎丢弃了玄楚的尸体后，让花飞雨有机会可以带走他，再偷偷治好他。

因为花飞雨说过，要用玄楚去交换谕东，所以胜雪相信花飞雨一定能医好玄楚并带他去见慕锦衣。只要玄楚回到了他的皇宫里，玄楚就会好好活下去，好好继续做他的皇帝。

“此法虽然凶险，却可以试一试。只是这具身体是我徒弟天胜雪的，你不经过她的同意就擅自做主嫁给白黎，日后她醒了，我这个做师父的该如何向她交代？”

“神医可以告诉天胜雪，就说我云御侍用自己的命还她这份情。”胜雪继续娓娓道来，自从她拥有了天胜雪的记忆，就知道天胜雪最想做的事情除了杀玄楚替白岚复仇外，还有一件就是找到白岚，“如今藏宝图在我脑中，我一定能进入地宫找到当年白岚出事的那个地方。我会替她完成这个心愿，然后把这具身体永远还给她。”

此时的胜雪没有告诉花飞雨，原本的天胜雪除了要找到白岚外，还有要随他而去的念头。如果进入地宫中找到的只是白岚的尸骨，天胜雪也绝不会让自己再继续苟活。但现在，她不能告诉花飞雨这些，担心会影响她的计划。

“你真的打算永远放弃这具身体？”

“神医应该比任何人都清楚，目前这具身体的状态，除非我们中的任何一个心甘情愿地放弃，否则永远都会是此消彼长的共存状态。她弱我强，她强我弱，谁也无法令另一个人彻底消失。所以，云恳求神医，帮帮我。”说完，胜雪又磕了一个响头。

“你为玄楚做了这么多事，当真可以放下他？”花飞雨也有种担心，如果最后眼前的胜雪反悔，他救了玄楚，她却不履行诺言，占有这具身体和玄楚在一起的话，那就害了他的徒弟天胜雪。

“云来到这个世上的时间虽然不长，却懂得天胜雪都未能懂的一个道理。男女之情，未必两情相悦，相伴到老就是最好的结局，放下和成全也能成为永不磨灭的美好。爱一个人，只要他能快乐平安，这份爱就值了。”

“我那痴情的徒儿要是懂得这个道理，就不会像现在这样了。”

“神医，你这是答应我了？”胜雪期盼地看着花飞雨，这个计划里，他的决定才是成败的关键。

花飞雨点点头：“虽然你的办法听上去没有什么问题，但那白黎不是等闲之辈，万一计划有变，你被他识破，很有可能会惹怒他，后果不堪设想。”

“只要神医一口咬定，除了你没有人能让天胜雪回来，他便不会杀你。而我和天胜雪共用一具身体，他更不会杀了我。只是皇上的命，就请神医一定要以命相搏。只要拖延到我带玄楚下地宫，一切就有了回旋的余地。”

“白黎是个非常危险的人，若不是你在圣池昏迷后情况不明，他关心则乱，你刚才的表现，未必这么容易就能骗过他。接下来，你该做什么，怎么做，都务必小心。”花飞雨叮嘱道。

“云一定会的。”

成功说服了花飞雨后，胜雪擦干脸上的眼泪，来到不远处白黎留下的几个人面前，吩咐他们去弄两根蜡烛和一块红布。

局势紧张，也讲究不了那么多，反正成亲也只是个做给玄楚看的形式而已。

“你……真的，恢复记忆了？”照顾天胜雪的黑衣人走到胜雪身后。

刚才胜雪和白黎的对话，她并没有听见，只是后来听其他人说胜雪恢复了记忆，要和自己的主子成亲才惊讶地跑来求证。

胜雪转身之前，极力在天胜雪的记忆中搜寻着有关这个黑衣人的消息，可不管她怎么找，都找不到这个人是谁。但从这个黑衣人的种种表现上看，她又很确定，对方是认识她的。

“为什么要蒙面？”胜雪避开她的问题，转身的同时就准备去揭开黑衣人脸上的面具。

黑衣人有武功，在她靠近前就闪躲开，单手按住脸上的面具，生怕被她揭开。

“你究竟是谁？为什么要帮我，却又不敢面对我？是不是你做了什么对不起我的事情？还是说，你背叛了我？”胜雪大声喝问着，学着天胜雪的架势。

这一下，问住了黑衣人，她急忙低下头，转身就要走。

“别走！让我看看你的脸！”胜雪急忙要去追，白黎却突然出现，挡住了她。

“她是谁？为什么要躲着我？”胜雪继续追问白黎，既然黑衣人是他的人，他肯定知道底细。

“她是对整件事来讲都无关紧要的人。等我们找到宝藏，我再告诉你。”

“可是……”

“时间不早了，先办正事。”

“等一下！”胜雪忽然叫停，白黎困惑地看着她：“反悔了？”

“白阎罗，我们先说好，今晚只是演戏给狗皇帝看，这场婚礼并不算数。我此生只嫁给白狐狸一人！”胜雪强调道。

白黎的眸子暗了暗，握住胜雪的手腕用力了几分，咬了咬牙吐出三个字：“我知道。”

“你知道就好，千万别当了真。我可是你的嫂嫂。”胜雪学着天胜雪的语气甩开白黎的手。

“你若不愿意，我也不想这么麻烦，我现在就去杀了那狗皇帝！”白黎被胜雪的话刺激得有些怒了。

“不要！”胜雪急忙拉住他的衣袖，“我不要他那么痛快地死。”

白黎没有再说什么，重新拉起胜雪的手，和她十指交握，道：“那就别再惹怒我。”

胜雪挣扎了几下，没能抽回自己的手，索性就放弃了。

反正白黎不知道，胜雪刚才那番话不过是为了拖延时间，让花飞雨可以找机会喂玄楚服下续命神药，从这里到捆绑玄楚的地方也没多远，他牵也牵不了多久。

很快，一切就按照胜雪的计划准备就绪了，守着玄楚的黑衣人假装晕倒，胜雪气喘吁吁地跑过去，二话不说就去解绑住玄楚双手的绳索。

“谁？”双眼被蒙住的玄楚警惕地问。

“皇上，是我。”胜雪换成云御侍的语气说。

“是你啊。”玄楚的语气很失落。

虽然双眼蒙着黑布，但只听了这一句，他就知道这个女人不是天胜雪。在他失去意识前，留在他身边的人是云御侍，但他一直都知道那不过是天胜雪伪装的。此刻，云御侍若是出现的话，就意味着天胜雪不在了。

究竟发生了什么？为什么天胜雪又不见了？

他醒来后的一段时间，脑中总有些零散的片段，那些都是他体内古毒发作后的记忆，但他记忆最清晰的则是自己曾在水下亲吻过天胜雪。

如今看来，也许真的只是一场梦而已。

“这是哪里？谁绑了朕？”玄楚觉得四周的环境有些眼熟，却又一时想不起来是哪儿。

“这里是在寿陵的旁边，绑架皇上的是北霖国的黎王。他要杀了皇上，皇上你快走吧。”胜雪揭开玄楚眼睛上的黑布说。

玄楚有些困惑，缺失的记忆让他无法记起自己是如何被掳的。

“皇上，这里太危险，还是快走吧。等下他们醒来就不好办了。”胜雪催促着玄楚离开。

“跟朕一起走。”玄楚拉起胜雪的手就要带她一起走。

“不，奴婢走不了。”胜雪抽回自己的手，低头黯然地说，“奴婢如今……”

“如今怎么了？”玄楚焦灼地再次握住胜雪的手腕。虽然这个女人不是天胜雪，可她占着胜雪的身体，如果这具身体有什么意外，他也是绝不允许的。

“奴婢，如今已是不洁之身。”胜雪按照原计划说着谎言。

玄楚的心一凉，握住她的手陡然一松，紧接着又再次用力握紧，一把将胜雪拉到自己近前，怒火中烧地看着她喝问：“是谁？告诉朕，是谁？”

“是，是黎王……”胜雪假装怯弱地回答。

玄楚的反应在她的意料之中。普天之下，有几个男人可以容忍这种事？更何况是贵为九五之尊的他。

“怎么可以！你怎么可以让他……”玄楚咬牙切齿地说着，眼中燃烧着熊熊怒火，恨不得将眼前这个女人活活掐死！

这是胜雪的身体，是对胜雪而言最珍贵的东西，是代表胜雪对白岚爱情的坚守，所以他从没想过要自私地占有这具身体。

可她，云御侍，凭什么，凭什么将它送给了白黎！

“皇上息怒，奴婢如今已是黎王的人，不能跟皇上回宫了。还请皇上速速离去吧。”胜雪从玄楚手上挣脱开，再次劝说他离开。

“不！朕要带你一起回去。”

“皇上这又是何苦？以奴婢的身份，以奴婢如今不洁的身体，还有什么资格再留在皇上身边？奴婢的存在只会是皇上的污点，还请皇上忘了奴婢吧。”

玄楚不给胜雪挣脱的机会，再次抓紧她的手：“朕是皇上，朕说你有资格，你就有资格！跟朕走！”

“这样会让百官对皇上有微词，会让天下人耻笑皇上，奴婢不能害了皇上。”

“百官有微词，朕就杀了百官；天下人耻笑朕，朕就杀了天下人。朕是一国之君，不惧鬼神，更不惧和天下为敌！”

如果她是真的天胜雪，听到这番话时，会不会有所心动呢？胜雪面对如此坚决的玄楚，心中有了些许动摇。

他是一国之君，竟然可以不在意女子是否清白，甚至愿意为了她与天下为敌。

她还要继续她的计划，继续伤害他吗？

如果还有其他选择，还能有其他的办法，她一定不会继续。可眼下，只有这个办法可以让他死心，可以救他了。但是，玄楚坚定地看着她的眼神让她心碎。

胜雪咬了咬牙，她没有再拒绝，握住玄楚的手和他一起逃走。

两人没逃出一百米远，白黎就忽然出现，他的人将二人再次围住。

“皇上，你想去哪儿？”

“大胆白黎，见到朕竟敢不行礼！”玄楚将胜雪拉到自己身后。

白黎假惺惺地点了点头：“臣……”

正打算行礼时又突然停下来，他直起腰傲慢地看着玄楚说：“自古以来，成王败寇，如今的情况已经很明显，本王再向败寇行礼岂不是笑话！”

“白黎，你以为掳了朕，就可以平安无事地离开南礼？”

“只有本王不想离开的地方，还从没有本王无法离开的地方。面对事实吧，玄楚！你输了。”

“有胆子跟朕一对一地较量！”玄楚握紧胜雪的手说，“如果朕输了，任你拿走项上人头，可如果朕赢了，你必须放我们离开。”

“好啊，本王倒要看看，你怎么赢！”说罢，白黎就将一把剑扔向玄楚。

玄楚接住剑，松开胜雪的手，离开前回头小声对她说：“等下找到机会，先逃走。”

“可是，皇上……”

“这里离寿陵不远，你先逃，去搬救兵。只有这样才能救朕。”

胜雪噙着泪，点点头。

“来吧，白黎。”玄楚拔剑朝白黎刺去。

玄楚因为没有了武功，他的剑空有招式，没有任何杀伤力。

白黎不急于进攻，而是用闪躲和简单的招式应战，他的目的不在于打赢玄楚，而是像猫逗耗子一样为了践踏对手的尊严。

即便白黎只用了三分力，还是将玄楚弄得伤痕累累。

一会儿，他的剑割伤了玄楚的腿；一会儿，他又一脚踢中玄楚的胸口……每次玄楚的进攻，他都能在让自己毫发无伤的同时，再给玄楚来一点“回礼”。

这样的战斗，让守在一旁的胜雪再也看不下去了。

她害怕，还没等她的计划实施，玄楚就会被白黎活活折磨死，于是当白黎再一次一掌将玄楚打飞出去的时候，胜雪没有按照之前的约定，没有等白黎的信号，提前冲上去，从地上扶起了浑身是伤的玄楚。

“皇上！”因为有白黎在场，胜雪无法做真正的自己，只能做着表面上的担忧和心疼将玄楚扶靠在自己肩膀上。

这一掌力道太大，玄楚吐了一口血。

“玄楚，你输了。”白黎走过来。

“愿赌服输，你现在就可以取朕的人头，但是放她走。”

“走？”白黎冷笑了下，“她已是本王的人，又如何能离开本王？”

“白黎，你个禽兽！她是白岚的未婚妻，是你的嫂嫂！”

“未婚妻？嫂嫂？”白黎嗤笑，“你莫不是脑子伤了，还没有复原？她只是我哥未过门的妻子，那就说明还没有成为既定的事实，没有拜堂成亲，又如何是我嫂嫂？”

“她是你哥白岚最爱的女人，你这样对她，就不怕日后九泉之下无法面对白岚吗！”

事到如今，没有了武功的玄楚只能用这种办法，希望白黎可以看在白岚的面子上，放胜雪离开。

“这个你可就说错了。她既是我哥最爱的女人，我自当要替哥哥好好照顾她、疼爱她。”白黎说完，看向玄楚身后的胜雪命令道，“还等什么？过来。”

胜雪正要走过去，玄楚抓住她：“别过去。”

“皇上，奴婢已经是黎王的人，就让奴婢过去吧。”

“不许去，朕不许你去！”玄楚仍旧抓着她，不松手。

“奴婢会求黎王，让他放了皇上。所以，让奴婢走吧。”

“就算是死，朕也不会让你走！”玄楚说得很坚决，就算没有了保护胜雪的能力，也要拼死保护胜雪。

玄楚将胜雪用力推到一旁，趁着白黎不备之际，握剑朝他快速刺去。

白黎一时失察，被玄楚一剑刺中衣袖，钉在了身后的树干上。

就在玄楚准备再补一剑的时候，后腰一阵剧痛袭来，顿时没有了力气的他被白黎一脚踹飞出去。

跌落在地的玄楚震惊地看着白黎身旁的人，无法理解她手中为何握着一把滴血的匕首，那匕首还是他送给她的。

“你……”

玄楚不明白胜雪为何要伤他？是想来救他，反而弄伤了他？可为什么她脸上没有一丝惊慌痛苦的表情，反而眼里满是冷漠与仇恨？

她……究竟是谁？

“哈哈哈！玄楚，没想到吧？”白黎走到玄楚面前，拎起他的衣领，蔑视着他，“看看现在的你，武功没了，你死后，皇位也将拱手送给他人，连你最喜欢的女人也背叛了你，你输了，输得彻彻底底，一干二净！”

“你把她怎么了？”对于胜雪的突然转变，玄楚困惑不解。

“我把她怎么了？哈哈哈！”白黎又开心地大笑，“亏你被称为英明神武的玄皇，却被一个女人蒙骗，耍得团团转！”

“玄楚，你看清楚了！在你面前的究竟是谁！”胜雪握着滴血的匕首走近一步。

她是云御侍？不，云御侍没有勇气杀人。

她是天胜雪？不，她的眼神，还不够恨……

“不，你不是她，不是她……”他没有说明这个“她”是何人，大家却都心知肚明。

“狗皇帝！给我看清楚了！我是胜雪，碧水山庄的大小姐天胜雪！”胜雪有些着急地靠近玄楚，用匕首抵着他的下巴说，“你喜欢的那个云御侍，那个贱人，早就不在了！”

玄楚被这几句话弄得有些摇摆不定，他所了解的云御侍不会是这样说话的人。

难道，真是天胜雪？

“我一直在假扮她，假扮云御侍那个贱人留在你身边！假扮她的楚楚可怜，博得你的同情，假扮她对你恭恭敬敬，让你放松戒心！你以为这次送我回山庄是你的临时决定吗？错！这是我的计划！全是我的计划！我故意让萧太后对我起杀心，故意让你们母子不和，故意让我成为众矢之的，故意引起你的护花之心，要亲自把我送出宫，送回山庄，这样我才能让黎王在半路截杀你！”

她说的每一件事，玄楚早都心知肚明，听到时并没有太多的震惊。

只是他越来越不确定，眼前这个女人究竟是胜雪，还是云御侍？

难道胜雪和云御侍的记忆可以共有了？若非如此，如果这个女人是云御侍，又怎么会知道这些天胜雪做的这些事呢？还是说，是我多想了，她就是天胜雪？

“可你刚才……”

就算天胜雪之前做的事是场阴谋，那刚才她救他时的眼神和言行又为什么那么像云御侍？

“你以为我是真心救你？”这次换胜雪冷笑，“我这样做，无非是想践踏你一个帝王的尊严，毁了你拥有的一切！想想看，你一个皇帝亲口说愿意为一个失了清白的女人与天下人为敌，而这个女人最后不但背叛了你，还根本不屑你做的一切！这件事若是传了出去，后人将如何撰写你的历史？如何议论你？什么‘玄天大帝，威仪天下’你还配吗？你玄楚不仅生前失去民心，死后都将被人唾弃！”

“无论世人如何非议朕，后人如何评论朕，朕都不介意。朕只想让你知道，朕不后悔带你出宫，也不后悔对你说过的任何一句话。”

听到玄楚这样说，胜雪再也克制不住地一把推开他：“你以为你染上古毒是意外吗？这一切也全是我造成的！我早就看到有异奴袭来，故意引你来救我！我就是要你死！就是要你这狗皇帝不得好死！”

胜雪咬牙切齿地说着，把对自己无能的恨、对白黎的恨、对天胜雪的恨全都汇聚在一起，她需要用这些恨意来蒙蔽玄楚的眼睛，来骗得白黎的信任。

这些记忆是她从天胜雪那里读取到的，如今用来刺激和伤害玄楚，只为让他对天胜雪死心。说出的这些话让胜雪的心里下起了血泪雨，所谓“伤人三分，自伤七分”，就是此时她的真实写照吧。

“如果杀了朕真能平息你心中的怨恨，那就动手吧。朕，不会恨你的。”玄楚闭上眼睛，他不想看见胜雪眼里的仇恨，那仇恨如利刃深插进他的心。

她是天胜雪……只有她是，才能如此地恨他。

“受死吧！”胜雪努力克制着身体的颤抖，紧咬着牙关，按照计划握紧手中的匕首朝玄楚的胸口刺去。

“等一下！”

手臂在半空被白黎握住，他一把夺过匕首说：“有件事，我们好像忘记告诉他了。”

胜雪知道白黎说的是什么，却不想再继续演下去，于是她坚持说：“不用了！让我现在就杀了他！”

白黎不理会胜雪的要求，一把将她从地上拉起来，拥进怀里说：“东西都已经准备好，今夜如此良辰美景，别浪费了。”

说完，他根本不给胜雪继续反驳的时间，将她交给手下说：“把本王的王妃好好装扮起来！”

“你要带她去哪儿？”玄楚不安地站起来，他的后腰中了一刀，伤口虽不深，却血流不止。

“当然是准备了一场好戏给你看。”白黎让人将玄楚绑起来带到山洞中。

洞里早已简单装饰一番，因为条件简陋，只有几匹红色的绸缎挂在洞顶，一块大石头上摆放着两根红色蜡烛。

“白黎，你究竟要做什么？”

“你不是为了她可以与全天下为敌吗？既然你如此关心她，本王怕你死不瞑目，打算在你死之前在这里和她拜堂成亲，也算了了你的一件心事。”

“白黎，你休要胡来！她是胜雪，此生只爱白岚一人的天胜雪！”玄楚大喊，他无法接受白黎占有胜雪的身体，更无法接受白黎和胜雪成亲，所以他只能这样说，告诉白黎，胜雪此生爱的只有白岚，不是他玄楚也绝不会是他白黎。

白黎一把拉住玄楚的头发，让他痛苦地仰起头：“你是在讽刺本王，就算娶了她，也只是得到她的身子，得不到她的心？”

“朕不知道你用什么卑劣的手段占了胜雪的身子，但朕相信，她一定不是心甘情愿的！如果你真的爱她，真的对自己的哥哥白岚有一点点愧疚，就别用任何东西威胁她！放她走，给她自由！”

玄楚的话刺激到了白黎，他愤怒地一拳击在玄楚后腰的伤口上，痛得玄楚当即就弓起身体，冷汗淋漓。

“本王会让你看到，她究竟是不是心甘情愿！”

白黎将玄楚丢在一旁，催促下人快一点。

不一会儿，盖着红盖头的胜雪就被人带了出来。

白黎走到胜雪面前，牵起她微凉的手，准备带她拜堂成亲。

“如果你要反悔，现在还来得及。”白黎低声对红盖头下的胜雪说。

胜雪是有些后悔了，之前她对玄楚说的那些话，做的那些事，已经让她的心有些承受不住了。她怕接下来再发生些什么事，在刺激玄楚的同时，也会卸下她最后的伪装。

但现在箭在弦上，已经不得不发。此刻停下来，只会让白黎怀疑，让玄楚陷入更大的危险之中。

于是，她沉默地摇摇头。

“良辰已到，新郎新娘拜堂成亲！一拜天地……”神医花飞雨在一旁为新人引导着。

“不要！不要！”

玄楚挣扎着从地上站起来，他想冲上前去阻止这一切，却被白黎的人按住，眼睁睁看着两人的婚礼完成，眼睁睁看着白黎掀开胜雪的红盖头，挑起她的下巴，俯身吻了下去。

就在胜雪下意识地伸手抵在白黎的胸口时，白黎的动作戛然而止，他一只手握住胜雪抵在他胸口的那只手，一只手搂住胜雪的腰，紧盯着她的双眸说：“他不信你是真心嫁给我。”

说真的，不管她如何伪装成天胜雪，她毕竟不是天胜雪，在面对白黎的时候，心底总会有种说不出的忐忑与恐惧，但她不能在他面前表露出来，哪怕是一点点的怯意，都会毁了她精心策划的一切。

“不管他信与不信，我们不都在他面前成亲了吗？他喜欢的女人不仅设计要杀他，还当着他的面嫁给别的男人，这样的伤害够让他痛不欲生了！”胜雪继续假装恨入骨髓地说。

“如果我说还不够呢？”白黎一把将胜雪搂近，紧贴在他的胸膛上。

“那就让我一刀杀了他！”胜雪开始害怕白黎接下来要做什么。

“我会给你机会，但现在，我要做更重要的事情。”说完，白黎就俯身对着那娇艳的唇瓣吻了下去。

“畜生！放开她！放开她！”玄楚声嘶力竭地大喊着，却根本无法挣脱黑衣人的控制，他这一生从没有像此刻这么无力过！

玄楚的叫喊声，让本打算反抗和挣扎的胜雪最终放弃了。

她闭上双眼，放任白黎的吻一点点侵入，肆无忌惮地在她口中攻城略地。

这样的她让白黎心中的欲望之火越烧越旺，他将薄唇移开，移到胜雪白玉般的脖颈上，贪恋地吻着，带着久违的满足感。

胜雪始终没有睁开眼睛，她试图放空自己的大脑，让自己不去感受那湿热的吻，不去感受那游走在自己身体上的炽热双手和喷洒在自己脖颈上的火热气息……她祈祷时间过得快一点，再快一点。

看到了这些，他就会彻底死心了吧？就不会再为天胜雪舍弃一切了吧？

“哈哈！哈哈哈哈！哈哈哈哈！”

一直大吵大闹的玄楚忽然大笑起来，让热吻中的白黎不得不停下来。

“你笑什么？”白黎喝问，心想难道玄楚被刺激疯了？

“朕笑你自诩聪明，却连眼前人是谁都分辨不清！”玄楚大笑，“她不是胜雪！不是胜雪！哈哈哈哈哈！”

玄楚这样一说，白黎立马沉下脸来，意味不明地看了胜雪一眼。

担心被识破的胜雪急忙解释：“别听他胡言乱语！他是在嫉妒你！”

白黎一把攥起胜雪的手腕将她带到玄楚面前：“看清楚了！她就是胜雪，天胜雪！”

玄楚眼底带笑地看着面前的胜雪说：“她是云御侍，不是天胜雪。”

“凭什么说她不是胜雪？”白黎暴怒。

玄楚迎着白黎愤怒的目光看去，一字一顿，语气笃定地反问：“你又凭什么证明她是呢？就因为长了张一模一样的脸？”

一开始，玄楚也以为这个女人是天胜雪，但当白黎亲吻她，她没有任何挣扎和反抗的时候，他就判定她是云御侍。

我欲与君相知，长命无绝衰。山无陵，江水为竭，冬雷震震，夏雨雪，天地合，乃敢与君绝！

他曾爱过，深爱过两次，对于爱的体会比任何人都更清楚。

当初他喜欢上胜雪时，怀疑过自己是不是把胜雪当成了虹的替代品，是不是因为她长得像虹，所以才喜欢上她？但后来他才发现，他爱上的是胜雪，不因为她的面孔像谁，也更不因为她是谁，只是他爱上了她而已。

因为这份爱，他可以跟过去告别，可以把对虹的喜欢深埋在心里，可以让自己的眼里、心里都只有胜雪一个人，更可以让自己为了她放弃一切……

他在爱的过程中渐渐懂得，真正的爱是永恒的、无可替代的。

胜雪对白岚的爱也是如此，无论白岚是生是死，都不可能有人替代他在胜雪心中的位置，更不可能让胜雪忘记他。

白黎抽出一把匕首，塞进胜雪的手里，命令道："杀了他，证明他错了！"

一切按着胜雪的计划进行着，却比原计划的气氛更剑拔弩张。

匕首握在胜雪手中，像烧红的烙铁一般烫得她掌心灼痛。

事到如今，她只能按照之前的计划，将匕首刺进玄楚左胸口上三寸的地方，看似一招毙命，却能给他留下一线生机。

"狗皇帝，今天就是我为白狐狸报仇的日子！拿命来吧！"

就在胜雪一鼓作气准备将匕首刺进玄楚的胸口时，白黎再次握住她的手腕，拦住她道："等一下。"

白黎握着胜雪的手，将匕首向心脏的位置移了移："刺这里。"

胜雪的脊背一下子冒出涔涔冷汗，她如何能想到白黎会做出这样的事？

这个位置刺下去，玄楚必死无疑啊！

怎么办？不刺，就会暴露计划！

"刺啊！如果你是胜雪，就尽管把朕的命拿走！朕说过，你随时可以拿去！"

"狗皇帝，你给我看清楚，今日取你性命的人是我天胜雪！"胜雪揪住玄楚的衣领，将他拎到近前，希望这样的姿势，能够错开白黎指定的位置。

"你不是她。"玄楚再一次强调，语气波澜不惊，他已经很确定自己的判断了。

"如果你是胜雪，可以有一千种一万种办法来报复朕，折磨朕，却唯独不会用和白黎成亲这个办法。”

“为什么不可以？我知道你喜欢我！就是因为你喜欢我，想占有我，才害死了我的白狐狸！所以我要嫁给白黎，我要让你在死前亲眼看到，你喜欢的女人成了别人的妻子，我要让你失去一切，却到死都得不到我！我要让你死不瞑目，永生永世不得安息！”

“这就是你的理由？”玄楚不屑地一笑，看向胜雪身后的白黎说，“胜雪是怎样固执而执着的女子，岂会为了报复朕，而背叛她对白岚的感情？白黎，你被骗了。”

“住嘴！”

眼看自己就要被拆穿，胜雪也来不及做太多的考虑，握紧匕首就准备刺下去。

只有她真的刺下去这一刀，白黎才会相信她是真的胜雪，也只有这样，才能同时救她和玄楚两个人。

举起的匕首再一次在半空被白黎拦下。他一把夺走胜雪手中的匕首，握住她的手腕，冷冷地看着她说：“本王忽然想起来，既然他是害死本王兄长的凶手，这仇还是由本王亲自来报比较好。”

说完，白黎就甩开胜雪，转身刺向玄楚。

“不要——”胜雪用力地推开白黎，飞扑到玄楚面前，用身体挡住他，“不要杀他，求求你，不要杀他！”

这样的反转，就好像有人重重地甩了白黎两个耳光，让他深感被戏弄，他一脚踢向胜雪的腹部，在她痛得弓起身体的同时又一把拉拽住她的头发，让她抬起头来看着他：“贱人，你胆敢骗本王！”

此时再说什么已是无用，胜雪除了哭泣外，不知还能做什么来挽救。

“刚才你不是很会演，很能说吗？怎么现在不说了，不演了？”白黎用力拽起胜雪的头发，像是要把她的头发连头皮一起拽掉。

“放开她！”玄楚想推开白黎，反被他一拳打飞。

因为身体本来就有伤，白黎这一拳又带着怒气，玄楚被打飞后许久都没有起来。

“皇上！”担心玄楚遭遇不测的胜雪心焦地大喊着，这一喊更刺激了白黎的神经，他一把掐住胜雪的脖子，强迫她张开嘴巴后，将她的舌头拉了出来。

“本王有没有告诉你，本王最痛恨欺骗？！既然你用你的舌头骗了本王，本王现在就将它割去！”

“住……手！”玄楚捂着剧痛的胸口从地上爬起来，摇摇晃晃的身体，似乎风一吹就要倒下去。

“别伤害她……”玄楚有气无力地说着，“身体是胜雪的，你伤害她就等于伤害胜雪。你若真有怒气，就把朕的舌头拿去。”

说完这句话，玄楚就再也没有前进的力气。他虚弱地跪在地上，捡起白黎的长剑准备去割自己的舌头。

看到玄楚这样，胜雪内心的悲伤和愤怒就再也遏制不住，一瞬间爆发出来，歇斯底里地冲着玄楚大喊：“为什么你要这样对自己！天胜雪根本不爱你，从来没有爱过你！”

玄楚淡然一笑：“她爱不爱朕早已不重要，重要的是，朕爱她，胜过一切。”

“她的心已经全部给了白岚，白岚一死，她就是一个没有心的人！无论你为她做什么、牺牲什么，她都不会有任何感觉！为了这样一个女人，值得吗？值得吗！”

胜雪质问着，这些话她已经憋在心里很久，就算知道他的答案是什么，她也要问出来！

她爱的男人，奉上一切，倾其所有，却连那女人的一点点真心都换不回？

这样的结局，他能接受，她不能！

“值不值得是朕的问题，接不接受是胜雪的问题。这件事从来牵扯的都只有朕和胜雪两个人而已，旁人说什么，怎么看，对朕而言，毫无意义。”

“毫无意义……”胜雪哭着笑了，“原来我做的这一切对皇上来说，是毫无意义的事情……”

冷漠又疏离的四个字将胜雪的心一下子打入万丈深渊。

她为玄楚吃的那些苦，做的那些事，受的那些伤……都被这四个字抹杀得一干二净。

她觉得自己的心脏被人“嗖”的一下从身体里掏走，血淋淋的心脏被踩在地上，碾压得粉碎。

他怎么可以对她如此残忍？怎么可以把胜雪捧到天上，却把她丢进泥里？怎么可以连她最卑微的期盼都不屑一顾？

她从没盼望他会感激她做的这一切，也没奢望他能对她有任何回报，她甚至不想让他知道她喜欢上了他……只要他能好好的，只要他能忘了胜雪，继续快乐地活着，她的心就有了安慰。

如今，连这些都被他说成是没有意义的。

“皇位对你没有意义，活着对你也没有意义，那什么对你来说才是有意义的？被天胜雪杀死，还是为天胜雪而死？”胜雪绝望地问着，忽然停止哭泣道，“那我就让你的意义变得没有意义吧！”说完，她握住白黎手中的匕首，往自己的脖颈割去。

她要亲手杀了天胜雪，这样玄楚才会真的死心。

“你干什么？”白黎一把推开胜雪，因为离得太近，胜雪的脖子上还是被割出一道血痕。

“云御侍！”匆忙赶过来的花飞雨扶起倒在地上的胜雪，有些心疼地看着她说，“你还是没能骗过他。”

“花飞雨，你也跟她一起联合起来骗本王！”白黎用匕首指着花飞雨喝问。

“如果不是你坚持要杀皇帝，我们又何必骗你？”花飞雨将止血的药膏抹在胜雪脖子上的刀口上后，将她扶起来，对白黎说，“胜雪和云御侍现在共用一具身体，云御侍已经可以读取胜雪的记忆，这说明她已经是个完整的存在，不会因为我的任何治疗而消失。”

“你说什么？”白黎对这样的事实有些难以接受。

“我说的是，如今的情况，除非云御侍自动放弃，否则，她会永远和胜雪共用一具身体，而且，如果她的执念比胜雪强大，你就永远也别想再看到胜雪。”花飞雨将实情说出。

“不信！本王不信！”白黎一把推开花飞雨，抓住胜雪的肩膀，恶狠狠地摇晃她，“胜雪，天胜雪！你给本王回来！快回来！”

“这样做是没用的。”

“那本王就让这贱人自己放弃！”话音刚落，白黎就用匕首割伤了胜雪的胳膊，“本王现在命令你赶紧从这具身体里消失！否则本王就日日折磨你，夜夜惩罚你！让你痛不欲生，生不如死！”

在白黎准备割下第二刀时，花飞雨冲上来一把抓住匕首：“你越是这样，胜雪就越难回来！”

花飞雨告诉白黎，云御侍对这个世界的感受越深刻，对这个世上的东西越眷恋，执念就越强大。白黎的伤害只会让她比胜雪更强大，只会起到相反的作用。而他和云御侍联手的理由，一是为了满足云御侍的心愿，让她在救了玄楚后心甘情愿地消失，换回胜雪对身体的控制权；二就是他可以用玄楚换回谕东。

“……玄楚就是云御侍在这世上最放心不下的人，如果你想让胜雪回来，就最好完成云御侍的心愿，放玄楚离开。”

“不！本王不会让他活着离开的！本王现在就去杀了他！”白黎松开胜雪，朝玄楚的方向走去。

“他死，我亦不会苟活！”胜雪拉住白黎，她就算被玄楚伤得再深，也无法做到对他置之不理。

白黎迅速点了胜雪的几个穴位，让她无法动弹：“本王倒要看看，是你对那狗皇帝的爱强大，还是胜雪对他的恨更强大！”

此时的白黎认为，如果胜雪和云御侍必须要通过较量来分出胜负，掌控身体的话，也许杀了狗皇帝，云御侍就会绝望，胜雪就能回来了。

“就算胜雪回来了，她也不知道藏宝图上的内容，无法帮你找到宝藏！”这是胜雪最后的筹码。

“你都能读取胜雪的记忆，又凭什么认为胜雪不能读取你的记忆？”

白黎不理会胜雪的威胁，继续走向玄楚，花飞雨追上去阻止他，两人打了起来，可花飞雨又怎么是白黎的对手，没几下就被打趴下了。

白黎走到玄楚面前，像拎块破布般将他拎起来，不由分说地一刀捅进玄楚的腹部：“这一刀，是为我哥哥白岚！”

“不！不要！求求你不要！”被点了穴位的胜雪在原地痛苦万分地嘶喊着。她真是太没用了！无论是智慧还是勇气，她都无法跟天胜雪比，她无法保护自己心爱的男人，还要眼睁睁地看着他被人伤害。

也许，她的出现，从一开始就是错的；也许，没有她，玄楚就不会沦落到今天这个凄惨的境地。无助和绝望一点点侵占着胜雪的心，她感觉身体里的那个自己正像花儿一样迅速枯萎、颓败、凋零……

也许，她就不该活着……

白黎直接无视胜雪的哭喊，紧接着又捅了第二刀：“这一刀是为胜雪！”

白黎抽回血淋淋的匕首，无情地看着玄楚说：“这最后一刀，则是送你归西！”

玄楚忽然握住刀，气息微弱地对白黎说：“这一刀，可不可以晚点？”

“怎么，怕死了？”

玄楚勾了勾唇角，更多的血从他的嘴里流出来：“朕不怕死，却怕因为朕的死，害你无法达成所愿。”

“朕听花飞雨说，胜雪现在的情况只有一种办法可以改变，那就是让云御侍心甘情愿地放弃。既然她在意的人是朕，你现在就不能杀了朕。”玄楚停下来，缓了缓又继续说，“更何况那张藏宝图，只有云御侍知道，如果你冒险杀了朕，万一胜雪回不来，又或者万一胜雪无法读取云御侍的记忆，你岂不是前功尽弃，赌输了？”

“本王既然愿赌，就不怕输。”

“可为什么要赌呢？”玄楚的气息越来越微弱，意识也开始模糊，为说完最后的话，不得不用手按压腹部的伤口，让自己因疼痛而保持清醒，“如今朕已成为你的阶下囚，取朕的性命又何必急于一时？让朕跟你一起去寻宝，等你找到宝藏，云御侍的记忆就不再重要，到时候你再用朕去唤醒云御侍体内的胜雪，等朕被胜雪亲手杀死，你就赢了。”

“你可知道本王要找的是什么宝藏？”

“不管你要找什么，对朕而言都不重要。”

“那对你而言重要的是什么？你为什么要帮本王去找宝藏？”

“因为你现在非杀朕不可，而朕却不能现在就死；只有朕活着，才有机会唤醒云御侍体内的胜雪，因为她恨朕……”

说完最后这句话，玄楚再也支撑不住，昏了过去。

白黎愿意赌，他却不愿啊！玄楚不想因为他的死，让胜雪没有了复仇的目标，放弃求生的念头，在身体里永远沉睡。

他要胜雪醒来，哪怕是她抱着亲手杀了他的执念醒来。

14 得失不复知

这是哪儿？

死气沉沉的森林中闪烁着亮光，明明像是带给人希望的指引却透着危险的气息。光怪陆离的景象让云害怕得想要逃，她的双脚却被地面吸住了，无论她如何用力，都无法将它挪开。

“有人吗？”云大喊，回应她的只有寂静。

“这是哪儿？有没有人带我离开这儿？”

她记得昏过去前，白黎正在伤害玄楚，她因为忍受不了那种无助的痛苦就有了轻生的念头。

现在，她不知自己身在何处。想到还在水深火热中的玄楚，她的内心焦灼不安。

“来人啊！带我离开这儿！快带我离开这儿——”

“放弃吧，云！没人会带你离开这儿！”天空中飘来了冰冷的声音，是那样熟悉。

“天胜雪？”云辨认出来了，“你是天胜雪，对不对？”

意识到自己被困在天胜雪的执念里，云惊恐不已。

上一次，她被天胜雪的执念困住，失去了对身体的控制权，让天胜雪醒了过来。

“你既已猜出是我，就别再做无谓的挣扎和反抗，放弃吧！”

一股黑烟从森林里飞出来，拖着长长的黑色尾巴，如流星坠地般砸在云的身上。

云只觉得心口一痛，被黑烟砸中的身体竟然出现了一个透明的空洞。

怎么会这样？云惊恐不已，她不知道自己身上发生了什么。

不等她缓过神来，又一股黑烟蹿出来。云无法逃走，本能地用手去挡，黑烟又击中了她的掌心。她疼得弓起身体，捧着受伤的手半天直不起腰。

看着掌心透明的空洞，云的内心更加不安，她喝问看不见的天胜雪："你要做什么？"

"当然是让你消失！"

第三股黑烟从另一个方向急速飞来，在云根本来不及反应的时候，又重重砸向她的后背，疼得她大喊一声，"咚"的一下跪在地上。

被黑烟击中的地方，虽然没有流血，却疼得像刀割。

意识到天胜雪是要消灭自己后，云内心的斗志再次燃烧起来。她抬起头，看向空荡荡的四周，宣誓般地大喊："我不会消失！只要他还需要我一天，我就永远都不会从这个世上消失！"

"你去死！"天胜雪怒吼的声音又引来了一股黑烟，直击云的胸口。

但奇怪的是，这一次的黑烟并没有给云带来太多痛苦，而是在靠近她之后就迅速散去了。

发现这个异常的云慢慢直起身来，对着根本看不见的天胜雪叫喊："我知道你恨我，恨我占有了你的身体！恨我爱上了你恨的人！恨我用你的身体去做你厌恶的事情！但你又知不知道，在你恨我的同时，我也同样恨着你！"

"身体是我的，我才是我，你什么都不是！有什么资格恨我！"天胜雪反问。

黑烟继续攻击着云，它不再撞击，而是拧成一根绳勒住她的脖子。

云紧紧抓着黑烟，艰难地回应："也许对你，对这世上的大部分人来说，我什么都不是，但只要对他而言，我是被需要的，就足够了！"

"需要？他怎么会需要你？别自作多情了！"

"我是自作多情，我是不自量力，我是厚颜无耻，但如果不是这样的我出现，他的心恐怕早已被你撕碎，他也恐怕遭了你的毒手！不管在他眼里我是什么，只要我认为他需要我，我就是被需要的！天胜雪，你怎么就看不到他为你做的一切？"

"我和他的事轮不到你来管！不管你多喜欢他，今天我都要让你彻底消失！"

天胜雪已经没有耐心，缠绕在云脖子上的黑烟越收越紧。

云感觉自己马上就要窒息了。然而，就在这个时候，她脑中想起玄楚说的一句话——她爱不爱朕早已不重要，重要的是，朕爱她胜过一切。

皇上，你能如此不顾一切地爱她，我也能如此不顾一切地爱你。我不会离开的，在你还需要我的时候，我永远也不会离开你！

云用尽全部的力气，一把扯断了脖子上缠绕的黑烟。

刹那间，四周的景象变成虚幻的黄沙，在风中消失不见。

视野里一片葱绿，阳光透过密密麻麻的枝叶照在胜雪的脸上，她条件反射地抬起手去遮挡。

掌心感受到阳光温度的那一刻，胜雪一下子从地上坐了起来。

她没有消失，她还存在着，不在梦境里。

“醒了？”花飞雨走过来，替她检查了一番后，稍稍安心地低叹一声，“还好是你。”

“神医，皇上呢？”

花飞雨摇了摇头，胜雪的心一下子凉了，紧张地抓住他的手：“皇上他怎么了？”

“被你从身后捅了一刀，又被白黎从正面捅了两刀，你说他能怎么了？”

“皇上他……”胜雪的手无力地垂下来，面如死灰。

“他本来已经被阎王的小鬼收走了，只不过阎王和我私交好，卖了我一个面子，又放他回来了。”不忍心再刺激胜雪的花飞雨将实情说出。

在胜雪昏过去后，白黎被玄楚说服，答应暂时留他一条性命，让他跟着一起去地宫找宝藏。

“但这样也只是缓兵之计，一旦白黎拿到他要的东西，还是会杀了玄楚。所以，你必须想办法帮我在地宫中救走玄楚，这样我才能赶得及拿他去换谕东。”这也是花飞雨在知道醒来的是云御侍而不是天胜雪后感到庆幸的原因。

如果醒来的是天胜雪，他就不知该如何是好了。

天胜雪本来就恨谕东，恨玄楚，恨不得杀了这两人，又怎会让他救走玄楚去交换谕东？所以，在他带走玄楚前，还是让云御侍掌控这具身体吧。

“好，我一定会想办法。但是，现在可以让我去看看皇上吗？他的伤如何了？”

这才是她能战胜天胜雪醒来的原因，她心中记挂着玄楚，不亲眼看到他平安，是无法安心的。

“恐怕还不能。白黎还在气头上，只让我用药吊着玄楚一口气，不让我好好医治他，你这时若去看玄楚，只会令白黎更生气。”

“神医，你……”

“放心，我花飞雨要救的人，绝不会轻易死掉。只是玄楚目前的伤势真的很严重，下去地宫后，不能再参与激烈的搏杀，否则……”

“云来生做牛做马一定报答神医的恩情。”胜雪跪着说。

“我不需要你做牛做马，你只要记得答应我的事情即可。一旦我带走玄楚，你就必须要消失。”

“我……”胜雪忽然有些迟疑，“我若消失了，她是不是还会去杀皇上？”

“有件事我一直没告诉我那呆徒弟，其实白岚的死并不是她所认为的那样。等你消失了，我就把这件事告诉她，相信她就不会那么恨玄楚了。”花飞雨突然神情黯然。

这件事一直藏在他的心里。天胜雪出事前，他没有机会告诉她；她出事后，他又觉得没必要告诉一个失忆的人；后来，当他想说的时候，却总是因为被各种事情牵绊，错失坦白的机会。现在，经历了这么多事情后，他觉得应该还天胜雪一个真相。

胜雪本想追问的，但想到花飞雨不跟她提，应该是不想让她知道，就没有再问。

“好，我答应你，继续履行我们之间的约定。”

有时候不得不佩服花飞雨的医术，竟可以在短短一夜之间将一个将死之人恢复到行动如常的状态，当然这个如常状态仅仅指他可以正常行走，却改变不了他依然虚弱的身体。

“神医，皇上他现在这样，真的可以跟我们一起下地宫吗？”胜雪不放心地问。那几刀让玄楚流了多少血，她都没有回想的勇气。

“常言道福兮祸之所伏，祸兮福之所倚，如果不是你当初非要带他去圣池解毒，也许今日我的药就不能令他恢复得如此快。”花飞雨小声地告诉胜雪，虽然玄楚身上的古毒和寒毒都解了，但体内却残留着很多毒血，这些毒血若不是这次受伤后流出了体外，总有一日还是会要了玄楚的命。让花飞雨觉得神奇的是，玄楚在毒血全部流出，服用过他的起死回生药后，伤口愈合得很快。所以，经过一夜的休养后，玄楚又重新站了起来，只是他的身体依然非常虚弱。

“请神医以后多多照顾皇上。”胜雪又一次恳求。

“放心吧，有我在，他死不了。”

“还啰唆什么，快走！”白黎的手下走过来催促胜雪。

一行十五人在一个黑衣人的引领下，在密林深处找到了一个山洞。

“王爷，就是这里。”黑衣人说。这个黑衣人就是之前负责照顾胜雪的那个人，没想到她竟然也知道这地宫的入口。

“藏宝图上的东西，你确定都记下了？”下山洞前，白黎问。

他已经将自己手中的另外半张地图交给胜雪，让她把这半张地图和她脑中的那半张地图拼接在一起。

“记下了。”

“那就出发！”

随着洞里的光线越来越暗，胜雪的太阳穴忽然痛起来，一些属于天胜雪的记忆不受控制地蹿了出来。

这个山洞就是当初白岚遇险的地方，因此，天胜雪的意念忽然变得强大起来。

“走啊！”白黎用力推了胜雪一把催促道，她一个不稳就跌倒在地。

花飞雨急忙走上前，将她扶起来，小声地在她耳边问：“怎么了？是不是哪里不舒服？”

“这里是天胜雪曾经来过的地方，她对这个地方的印象很深，我有些承受不住。”胜雪如实地说完后，握住花飞雨的手央求，“求求你帮我抑制住她，不然，我恐怕很难再继续前行。”

花飞雨在胜雪的虎口和其他几个穴位上扎了几针后，又用曾经提醒天胜雪的话同样提醒她：“你必须要一直保持清醒，一旦失去神志，我也无法控制她，到时候……”

“多谢神医，我一定会坚持到最后。”胜雪被花飞雨扶起来后，就遭到了白黎的冷嘲热讽，让她别装模作样，动作快点。

花飞雨有些看不过去，与白黎理论了两句：“不管怎样，这具身体也是我徒弟胜雪的，你这样对云御侍，就不怕我徒弟回来后会恨你？”

“胜雪若回来，她只会感激我。”白黎不屑一顾地说。

他之所以对云御侍如此刻薄狠辣，除了憎恨她占有了天胜雪的身体外，还有他站在天胜雪的角度来看待云御侍所做的这一切，认定天胜雪一定非常痛恨云御侍的所作所为。

“这洞里有吃人的虫豸，还是小心为上。”走在队伍偏后位置的玄楚开口提醒。白黎看了看黑衣人，询问她的看法。黑衣人摇摇头表示并不是很清楚。

“把火把都点上！”为了以防万一，白黎让所有人都拿着火把。

听到玄楚的声音，胜雪的头痛减弱了很多。她清楚这个对天胜雪来说熟悉又印象深刻的地方，对她并不利，所以她握紧双拳，强迫自己集中精神，不容许意志力有片刻的涣散。

大家在黑暗潮湿的洞里走了许久，并未发现吃人的虫豸，直到面前出现了三条岔道。

“走哪条？”白黎问。

胜雪回忆着地图上的标记，知道面前的三条岔道并不简单，无论从哪条岔道进去，等待他们的都是一个恐怖的通道迷宫。

“选哪条都一样，关键是，我们要沿着火苗指引的方向走，才能走出去。”

“你确定？”玄楚的语气中透着质疑。作为十五人中唯一一个曾经进过地宫的过来人，他很清楚这里面有什么。

“如果黎王给我的藏宝图是真的，我就确定。”胜雪举起火把走进其中一条通道中。

大家都跟着她走进通道。果不其然，没走出多远，通道的前方又出现了五条岔道。胜雪高举火把在五条岔道的入口前走了一圈，只有在一条通道的入口前，火把的火苗改变了方向，直指那条通道。

“就是它。”胜雪选择了这条通道，进入后不久又出现了更多的岔道，但她始终用这样的办法，做出了一个又一个选择，直到将大家平安带出通道迷宫。

“你在戏耍本王？”

看到横在眼前的石墙，白黎暴怒了。

“王爷，你看！”黑衣人将火把移近石墙，发现墙壁上刻有密密麻麻的图案。

“这是什么？”花飞雨也好奇地凑近去看。因为他的火把离得太近，火苗的温度烤着墙面，忽然间，墙里的一个东西动了动。

花飞雨吓了一跳，揉揉眼睛再去看，看到墙面上一个凸起的浮雕。

“上朱雀，下玄武，左青龙，右白虎，这是地宫的墓门？”花飞雨研究着，“这墓门有千斤重，如何才能打开？”

“地图上只说了八个字，上三，下五，左一，右七。”胜雪回忆着地图上的标注，在这道墓门的标志上只有八个字而已。

“这八个字应该是打开墓门的关键。”玄楚走上前，“我南礼先人自古在棋盘上论兵法，这八字应该是跟棋法有关。可是墙面上只有浮雕却未见任何棋盘或棋子……”

“也许我们应该再仔细找找。”胜雪也走到墙面前，她虽然没学过机关设计，却因为拥有了天胜雪的记忆，对这些事多少有些了解。

“都过来，一起找！”白黎命令所有人都来到这面高大的墙面前，用火把仔细查找。

就在胜雪在研究墙面上的机关藏在何处时，站在墙面最左边的一个杀手忽然捧住自己的脸痛苦地大叫起来。

大家迅速聚集过去，白黎强行按住杀手，将他的手从脸上拿开的一刹那，玄楚抱住近前的胜雪，将她扑倒在地。

一条红色的小蛇从左边的青龙浮雕下钻了出来，张嘴喷射出大量毒液。

白黎反应迅速地一剑斩断了那小蛇的脑袋，紧接着，又有越来越多的小蛇从浮雕下钻出。白黎的手下用刀砍，用火烧，却还是无法阻挡不断钻出的毒蛇。

见白黎忙于应付毒蛇，无暇顾及其他，胜雪拉起玄楚的手，带他跑进通道中：“快跑！”

因为没有火把，他们很快就迷路了，胜雪站在一个四面都是通道岔口的地方，不知道该往哪里走。

“别跑了，再跑远了，就找不到回去的路了。”玄楚气喘吁吁地靠着洞壁说。

胜雪诧异地看着他，走到他面前，不解地问：“为什么还要回去？黎王一旦得到他要的东西，就会杀了皇上啊！”

“朕早知道他的打算，只是你别忘了，胜雪的师父花飞雨还在他手里。若我们此刻离开，白黎一定会杀了花飞雨泄愤。”玄楚直起身来，转向来时的方向说，“胜雪误会朕害死了知画和桃姐，如今朕不能再让她觉得花飞雨的死也是朕导致的。你若想走，就走吧，朕要回去。”

“不能回去！”胜雪拦住玄楚，“皇上不想被天胜雪误会，难道就想看到南礼覆灭，生灵涂炭，民不聊生吗？黎王要找的宝藏可是皇上的先祖们留下的，一旦黎王找到宝藏，就会用宝藏去招兵买马！还有，地图上标注着南礼的龙脉也在地宫之中，若黎王找到龙脉，势必会破坏，到时候南礼覆灭，皇上又该如何向先祖交代？如何向南礼的百姓交代？难道说，在皇上眼里，天下苍生的性命都不及一个天胜雪重要？”

“如果朕说是呢？”

玄楚的反问让胜雪心中最后一点坚持瞬间崩塌。她知道天胜雪在玄楚心中的地位胜过一切，他可以为了天胜雪和天下为敌，却没想过玄楚会为了天胜雪而不惜赔上天下苍生的性命。

“您可是皇上啊……”胜雪心痛地说。

他是皇上，不是普通的男人，他肩负着江山社稷和黎民百姓啊！

“如果你还当朕是皇上，就跟朕一起回去。”玄楚拉起胜雪的手。

话已至此，胜雪还能再说什么？

只要这是他的选择，只要他让她一起，哪怕是刀山火海，她也不会退缩：“奴婢遵旨。”

玄楚眼中闪过一抹愧疚，他不会告诉眼前的这个女人要回去的真正理由，除了不想让天胜雪误会花飞雨被杀跟他有关，更重要的原因是，一旦花飞雨死了，就没人可以把他的天胜雪带回来。所以，他要带她一起回去，利用这次地宫之行让她彻底从天胜雪的身体里消失。

她全心全意为他，他却想着如何杀了她。这样的孽缘，又何尝不像他和胜雪？

但他没有选择。

两人返回时，白黎的人已经把毒蛇全部消灭了。地上全是密密麻麻的毒蛇尸体，有四个杀手被毒蛇咬伤，死相恐怖地横在地上。

玄楚刚一露面，白黎就冲上来，用沾着黄色毒液的长剑指着他：“你敢逃走？”

“他没有！”胜雪从玄楚身后走出来，为他辩解，“皇上没有逃。刚才情况危急，皇上只是带奴婢去通道里躲一躲而已。”

白黎怀疑地眯起眼睛，并不信胜雪的话。

“如果我们真要逃走，又为什么要回来？黎王若是不信，现在就杀了我们好了！”胜雪视死如归地闭上眼睛。

花飞雨急忙走过来推开白黎的剑：“如今我们之中只有云御侍知道地图，杀了她，我们都无法离开这里，还是先办正事要紧。”

“若你再敢离开本王的视线，本王就先杀了他！”白黎用玄楚继续威胁胜雪。

“好了，好了，我们快来看看如何打开这个石壁。”花飞雨举起火把又来到石壁前。

刚才那群毒蛇从石壁上的浮雕里蹿出后，浮雕就脱落了好大一片，借着火把的光亮看，脱落后的地方是一个类似棋盘的东西。

“快过来看！”花飞雨有所发现。

白黎让手下小心翼翼地用匕首将浮雕一点点剥开，一个棋盘的轮廓越来越清楚。

就在杀手用匕首将石壁下方的玄武浮雕完全剥离的时候，一个隐藏在浮雕下的小洞就显露了出来，大量银白色的浓稠液体从小洞里流泻出来。最先碰到液体的杀手立马出现了七窍流血、嘴唇发黑的迹象，还没走出三步远就倒在了地上，再也没起来。

“是水银，有剧毒。大家别碰到了！”花飞雨提醒道，而后急忙跳到之前被毒蛇咬死的杀手的尸体上，其他人也都照着他的办法做。因为可以踩的尸体很有限，剩下的人基本都紧挨着站在一起。

胜雪被玄楚一把搂住腰，拉到一具尸体上和花飞雨挤着站在一起。

水银流成了一条小河，在尸体四周蜿蜒。

“你的脚！”胜雪发现那个曾经照顾自己的黑衣人有一只脚站在水银里，急忙提醒她。

黑衣人看了看自己的脚后，淡淡地说了两个字：“没事。”

“她那只脚肯定是假肢。”花飞雨小声地说着，解除了胜雪心里的困惑。

“把木台搭起来。”白黎命令。

白黎的手下从随身带的包袱里拿出十几块木板。那些东西看着简单，却一块变出十几块，重新组合后，一个简易的木台很快就出现在石壁前。

“你这次准备得还真充分啊。”花飞雨感叹道。

白黎的手下个个背着包袱，里面都是从盗墓人那里搜罗来的工具。

“继续。”

白黎不理会花飞雨，让手下把剩下的两个浮雕也尽快清理干净。

只有整个棋盘都露出来，他们才能知道如何打开石墙。

白黎的人又接着清理玄武上面的朱雀浮雕，这一次从浮雕下飞出了无数的红色蝴蝶，那些蝴蝶和林间的灵蝶外观一样，唯一的区别就是它们的翅膀颜色不同。

这红色蝴蝶的翅膀上有一对金色的亮点，当它扑闪的时候，就犹如鬼魅之眼。

虽然这些蝴蝶看起来很可怕，但它们毕竟是蝴蝶，并没有太大的攻击性。大家都静静待在原地，看着这些诡异的蝴蝶在四周乱飞。

一个杀手忍不住伸手去抓那蝴蝶，蝴蝶停在他的指腹上，他的指腹上就被弄出了一个几乎看不见的伤口，血从伤口里渗出来。霎时间，洞里的蝴蝶全都疯狂起来，它们在空中打着旋，突然朝那个杀手俯冲下去，眨眼间就将他层层包围起来，再散开后，那杀手的全身就布满了密密麻麻的伤口，就像全身溃烂了般，倒在水银中，命丧黄泉。

“别让它碰到你！”花飞雨大喊道，而后蹲下去，脱下身上的外衫将自己包裹起来。

其他人也都紧跟着照做。

胜雪正苦恼自己是女子，没有外衫可以脱的时候，眼前就忽然暗了下来。

脱了外衫的玄楚将胜雪搂在怀里，用自己的衣服将两人一起包裹在里面。

忽然变小的空间，忽然缩短的距离，胜雪的心跳都快要停止了。

他们真的靠得很近，近到胜雪可以看见玄楚长长的睫毛下，一双深邃的眼眸中有她的影子。

如此温柔似水的眼神，他看的除了是天胜雪，还能是谁？

心里燃起的一道光，霎时间烟消云散。

不管她做了什么，牺牲了什么，他都不会在意，就像天胜雪对他一般。

“把火药管拿出来！”白黎对手下命令。

他发现这些蝴蝶对血的气味特别敏感，于是他一剑砍下一具尸体的手臂，将它用力抛掷到其中的一条通道内，将所有的蝴蝶都引走后，命人用火药管迅速炸掉通道口，将蝴蝶和这里完全隔开。

解除了蝴蝶的危险后，白黎站起来看着右手边的最后一个白虎浮雕，阻止手下再贸然行动。四个浮雕有三个都设置有致命的机关，那么最后一个肯定也会有。究竟会是什么呢？

为了减少不必要的伤亡，白黎看向玄楚说："你去！"

"不可以！"胜雪和花飞雨异口同声地拒绝。

"本王说让他去，他就必须去，否则，现在本王就要他的命！"白黎强势地命令。

玄楚为了不引起不必要的冲突，松开胜雪的手，走到石壁前。

胜雪想靠近帮忙，被花飞雨拦住："别过去，他不想让你受伤。"

胜雪紧张不已地看着玄楚，拼命从天胜雪的记忆中读取关于机关的事情，她想找到这面墙上还会有什么机关，如何才能避免。

果然，她在天胜雪的记忆里找到了一点线索，天胜雪曾在祖传的机关秘术书中看到过关于这个东西的介绍，可惜不等她弄清楚具体的破解之法，玄楚手中的匕首就将白虎浮雕的一只眼睛从墙上剥离了下来。

一股奇香蹿进了所有人的鼻中，当花飞雨意识到有危险，准备提醒大家捂住口鼻时，一切都已经晚了。

黑漆漆的地宫大门前，一片鸦雀无声。

云在一间挂满红色绸缎的宫殿里醒来，晚风从窗户里灌进来，红色的绸缎在夜色中摇曳生姿。她想起这是南礼后宫中的飞虹殿，心中纳闷自己为什么会到这里来。

突然，她听到有人嬉笑的声音，于是循着声音穿过一匹匹红色绸缎往宫殿的深处走去。很快，她看到了两个熟悉的人影，一个是皇上玄楚，另一个……她有着和天胜雪一模一样的容貌。

云读过天胜雪的记忆，知道这个和天胜雪长得一模一样的女人就是虹妃。可虹妃不是已经死了吗？她怎么会和皇上在一起？这场梦怎么会做得这么离奇？

意识到这是自己的梦后，云就壮着胆子走上前。在现实中，她无法开口从玄楚口中问到的一些事情，在她自己的梦里，她必须要知道。

“皇上，你喜欢天胜雪，是因为天胜雪长得像她吗？”云指着玄楚搂着的虹妃问。

“当然不是，朕的爱妃是独一无二的，天胜雪又是谁？”

她梦里的玄楚竟然忘了天胜雪？这样的事让云不知道是该高兴还是难过。

她会高兴，是因为玄楚终于忘了天胜雪；而她会难过，也因为玄楚忘了自己最爱的人。

“天胜雪是一个奴婢，和虹妃长得一模一样。”

玄楚的眼睛里满含困惑：“虹妃又是谁？”

云抬手指向玄楚怀里的女人。

玄楚和虹妃忽然同时哈哈大笑起来。虹妃娇羞地靠在玄楚的胸口说：“皇上，这宫里什么时候多了一个这么有趣的疯丫头？”

“她不仅疯，还有点傻，竟然连朕最疼爱的云妃都不认识，着实该打。”玄楚挑起怀中女人的下巴问，“云儿想让朕如何惩罚这个疯丫头？”

云的大脑“轰”的一下变得空白，她震惊地看着面前的女人：“你不是虹妃，你是谁？”

这时，空气里传来了天胜雪的声音。她阴冷地笑着说：“她当然不是虹妃，也不是我天胜雪，她是你云御侍，是你心里最想成为的人！”

云内心深处的某个地方有邪恶的东西蹿了出来。这些东西本应该被牢牢地禁锢在她心底的牢笼中，此刻却一下子冒了出来。

她感觉身体变轻，当她低头看去的时候，双手被一团团黑色的烟雾包裹着，那些烟雾像长了触角一样往她的皮肤下面钻，她的血管已经在慢慢变黑。

“不！不是这样！不是这样！”云失控地甩着双手，“我从没想过成为他的妃子！从没想过要拥有他的宠爱！我只是不想看他受伤，不想看他难过，不想看他无助！”

“撒谎！你为他做了这么多，不就是想把我和虹妃都从他的心里赶走，不就是想让他喜欢你，只喜欢你吗？”

“我没有！”云跪在地上，双腿因为黑色烟雾的侵蚀已经无法正常站立。

“别否认了。天下间的情爱，哪有不自私的？既然你如此想替代我和虹妃在他心里的位置，那我就成全你，在这里一直待下去吧！”天胜雪说完后，天空中飞来一团更大的黑色烟雾，将云团团包裹。

“啊！”

就像窒息的人终于又恢复了呼吸般，再次醒来的胜雪有种恍如隔世的感觉。

她已经被困在这具身体里太久，若没有那迷烟，她恐怕永远也无法再醒过来。

她的手捂在胸口的位置，被困的云御侍似乎还在做垂死挣扎。没有片刻的耽搁，胜雪坐起身来，抽走一旁杀手腰间的长剑就准备刺向玄楚。

“不要！”花飞雨一把握住长剑。

玄楚醒来后，第一眼看到的便是满眼仇恨的胜雪，还有她手中近在咫尺的长剑。

她回来了？玄楚心中一阵欣喜，恨不得顶着那长剑扑过去，将胜雪紧紧抱住。

“别杀他。”花飞雨也从胜雪的眼睛里看到了异常，虽然有些意外，但也在意料之中。

若不是他长年累月和各种毒药打交道，这次吸入了迷烟后也会一直被困在梦里醒不来。之后，他是第一个醒来的。还好他随身带着解药，他第一个救醒的人就是自己的宝贝徒弟。当他救醒玄楚，准备趁机带他和胜雪一起离开时，才发现此次醒来的却不再是云御侍，而是真正的天胜雪。

“师父，你利用我的事，我可以不计较，但今天你若再阻止我杀他，就休怪我不念师徒之情！”胜雪态度坚决。

她的记忆还停留在被谕东刺伤后昏倒在镇上那个温泉池的时候，之后发生了什么，她毫不知情，包括云御侍读取她的记忆并假扮她做的那些事。

“如果你非杀不可，那就先杀了师父吧！”花飞雨就是不松手。那剑刃已经将他的手割破，鲜血直流。

“为什么要这样对我？帮你恩人的孩子报仇就可以，帮我报仇就不行吗？”胜雪委屈地哭起来。

花飞雨有些内疚，用另一只手去擦胜雪的眼泪，胜雪无情地一把将他的手推开：“别碰我！我需要的不是你假惺惺的关心！”

“雪儿，师父真的有苦衷，但请你再相信为师一次。先不要杀他，等我们离开这里，为师一定给你一个理由！”花飞雨本想说出那件事，又觉得胜雪刚醒来，怕她一时难以接受，打算再缓缓。

“别为难你师父，朕的命，你随时可以来取。”玄楚开口。花飞雨没有提到用他去交换谕东的事，他也不想此时再节外生枝。

只要她醒过来，他心愿已了。

“雪儿，为师我……”花飞雨欲言又止。

“狗皇帝，我可以先不杀你！等找到我的白狐狸，再用你的头去祭奠他！”胜雪终于丢下手中的剑。

“趁他们还没有醒来，我们快走！”花飞雨催促两人，胜雪却站在原地不动，她看了看四周，发现这里的环境很眼熟，然后她在倒着的木台上发现了白黎。

“你们把他怎样了？”胜雪喝问两人。白黎是白岚的弟弟，她不希望他出事。

“他只是吸了迷烟……”花飞雨的话还没有说完，胜雪就走过去，抢走他手里的药瓶要去救醒白黎。

花飞雨急忙拦住她，告诉她这里是地宫，白黎带她来找宝藏，一旦找到宝藏，他们都会遭到毒手。

“他会杀了你们我信，但他绝不会杀我。”胜雪坚信道，甩开花飞雨的手走到白黎面前。

闻过药瓶中的解药后，白黎和其他人都陆陆续续地醒来了。

“你醒了。”胜雪走上前，欲扶起白黎，却被他一把甩开。

“小心！”若不是玄楚眼明手快拉住胜雪，她就从木台上摔下去，掉进水银中了。

“白阎罗，你疯了？”胜雪气不打一处来。

白黎将胜雪从玄楚手里拉过去，捏住她的下巴，恶狠狠地说：“本王之前好像有件事忘了告诉你，再叫‘白阎罗’这三个字，本王就割了你的舌头！”

“是我！”胜雪气急地说。

此时的她并不知道在自己昏睡过去后，云御侍曾经假扮过她，和白黎成了亲。

白黎愣怔住，心中有怀疑也有期待，难道胜雪回来了？

“白阎罗，你看清楚，在你面前的人，是我，天胜雪！”胜雪用力地摇晃了下他的肩膀，心里暗骂白黎蠢，连她都分辨不出来。

“真的是你？”白黎终于反应过来，激动地抓住胜雪的肩膀，想把她抱进怀里，结果被胜雪一掌推开。

“我们是不是已经到了地宫之中？”胜雪站起来，看了看四周和面前的那面石墙。

“把藏宝图给我，这是一个棋盘机关，地图上应该有闯关暗语。”胜雪回头对白黎说。她记得自己昏过去前，有一半藏宝图是她保管的，只是后来不知道发生了什么，她醒来后，人已经在地宫之中，所以她认为那一半藏宝图现在肯定在白黎手里。

白黎不想刺激胜雪，隐瞒了另一半藏宝图被云御侍看完后烧毁的事，走到胜雪身后说：“上三，下五，左一，右七。”

胜雪看了看面前基本上剥离得差不多的浮雕，用手把上面的碎渣全部擦掉后，一个完整的棋盘呈现在大家面前。

这并不是一个普通的棋盘，而是上面已经有很多棋子的一个残局。

所谓的八字暗示，指向棋盘上的四颗棋子，解开这个棋盘机关的关键就在于如何移动这四颗棋子。

胜雪回头告诉白黎，只有四颗棋子移动到正确的位置，在赢了这盘棋的同时才能打开机关。

白黎是北霖人，骑术剑术自然不在话下，对棋术却知之甚少。

“朕来。”玄楚走上前，仔细地看完整个棋局后，谨慎地移动着棋子。当最后一颗棋子被挪动后，原本吸在棋盘上的棋子哗啦啦全都掉下来，棋盘的四个角，也就是之前浮雕所在的方位出现了四个滚轴。滚轴在隐秘外力的转动下，将沉重的石墙抬了起来。

剩下的十人迅速地走进去。

“轰”的一声，石墙重重地落下来，堵住入口。

“现在，我们只有一条路可走了。”白黎指着面前唯一的一座石桥说。

15 爱恨两茫茫

这是一座无法容纳两人并肩而行的窄石桥，桥的另一头并不完整，在三分之二的地方断了，断桥下是深不见底的深渊。

应该是设计者故意而为之，因为这座桥的正前方有一个圆形平台，那平台之上摆放的金银珠宝让整个洞穴都熠熠生辉。

“把飞天锁拿出来！”白黎走到断桥处对身后人命令。

前端是铁爪的飞天锁被人用力地朝平台扔去，抓住上面的一座金佛像后，那人用力拉了拉，确定它足够承受一个人的重量，然后将另一端固定在断桥上。

白黎让黑衣人先用飞天锁飞过深渊抵达对面的圆形平台，其他的人再陆续抵达。

“把这里的东西都给本王装起来！”

白黎的手下本来有十一个，后来死了五个，剩下的这六个手下将身上带着的袋子尽量装到最满。

白黎开始在平台上四处查看，他记得闵旭说这地宫里不但有宝藏，还有龙脉。现在宝藏找到了，龙脉又在哪儿?

“王爷，快看。”黑衣人惊讶地叫了一声。胜雪觉得这黑衣人的声音很耳熟，却一时想不起来是谁。

白黎来到黑衣人发现的地方，这是个金色的方形小祭祀台，台上有一本书，上面写着年代很久远的文字。白黎认不出来，就让胜雪来看。

“《天机卷》？”胜雪翻开厚厚的书封，里面的内容让她惊喜不已，“这里面记录的是兵法布阵和机关之术……”越往后翻，胜雪就越爱不释手，“我们天家祖上传下的机关术不过是这书中的一个章节而已……”

言下之意很明显，如果谁能拥有整本书的内容，岂不是天下无敌？

“给我看看。”白黎将书从祭祀台上拿过去，想仔细看一看。

这一拿可不得了，书离开祭祀台的那一刻，书下的一个凹槽内就弹出一个巨大的火球，火球喷射得极高，直冲洞顶。当火球撞到洞顶并燃烧开后，一条金光璀璨的巨龙跃然出现在洞顶。

“龙脉！”黑衣人指着头顶的巨龙说。

“真是踏破铁鞋无觅处，得来全不费工夫。”就在白黎想着如何才能毁掉那洞顶之上的龙脉时，众人脚下的石面开始剧烈摇晃并摆动起来。

白黎定睛一看，原本平滑的石面变得凸凹不平，从祭祀台开始，四周裂开了数道深深的口子，一道又一道，有横有竖，非常均匀。

洞顶上的石头开始纷纷掉落，连整个平台都摇摇欲坠，快要倾倒。

“快把藏宝图拿出来让我看看，再不离开就来不及了！”胜雪扶着祭祀台催促。

白黎此时才不得不把真相说出来：“藏宝图被云御侍那个贱人烧了，我不知道出口在哪儿！”

“该死的贱人！”胜雪也咒骂了句，让白黎先把书放回去试试，可惜没有用。

地面裂得更厉害了，片刻的工夫，圆形平台就分裂成无数均匀的小块。

白黎的一个手下没站稳，从一块踩到另一块上面后，另一块忽然坠下去，那人也跟着一起掉下了深渊。

“快想办法离开这儿！”花飞雨惊慌地抱着一根金柱子大喊。他感觉自己脚下的那块石板像是沸腾的水一样，咕咚咕咚地往上翻。他不敢把身体的全部力量踩在上面，生怕像旁边那个杀手一样被石板下喷出来的火球烧成灰烬。

胜雪将书拿开，发现刚刚喷出火球的那个地方是一个有半臂深的圆形小凹槽，凹槽的最下面有个突起的地方：“我找到了！快拿东西来按着这里！”

胜雪虽然有所发现，但眼下人人自危，没有人可以帮她。

“让朕来！”离胜雪最近的玄楚一把拉开她，将自己的手臂伸进凹槽，按下突起机关的瞬间，脚下的地面都安静了下来。

所有人都长舒一口气。

眼前的危机解除了，可如何离开这里又成了一个大难题。

来时的那座断桥在刚刚的变故中已经碎成一块块，无法通过；即便冒险通过断桥，之后也无法打开石墙，还是死路一条。石台的背面又没有其他出口，难道找到宝藏的下场就是要被困死在这里？

“本王不会认输的！绝不会！”白黎气愤地一脚将地上的金色琉璃瓶踢飞。

胜雪眼尖地看见白黎踢飞琉璃瓶的地方，那块石板上刻着五行八卦的文字。

“这是一个八阵图的机关，如果我能找到解开它的密语，说不定就能找到出路！”胜雪惊喜地叫道，而后将平台上所有标注五行八卦的文字都找了出来。

仔细研究过平台和祭祀台后，她问玄楚：“南礼开国皇帝的生辰是什么时候？”

玄楚毫无保留地说出来，胜雪回头提醒其他人都找个可以固定住自己的地方后，便握住玄楚的手臂，小心翼翼地转了起来。

原本安静下来的石板又开始移动起来，但是这一次并不是毫无规律的，而是随着玄楚手臂转动的方向，石板上相应的横格也转动起来。

第一次尝试后，胜雪又继续转动玄楚的手臂，改变着脚下石板的排列。当她转到最后一圈时，一条石板路出现在祭祀台的右侧。石板路拼好的一刻，石壁上打开了一扇小门。

“出口在那儿！”

黑衣人说着，率先走过石板路来到石壁上的小门前，在得到白黎的首肯后，她第一个走进去探看。

不一会儿，她就带来了好消息：“这里是个通道！”

“快点撤离！”白黎吩咐其他手下带着装满金银珠宝的袋子离开，胜雪也走上石板路，玄楚见大家离开，刚一抬起手臂，圆形石板又开始异样波动起来，走在石板上的一个杀手被脚下突然反转的石板扣在下面活活压死。若不是白黎会武功及时将半途中的胜雪拉过去，她恐怕也要遭遇不测。

见此，玄楚急忙将手臂又重新伸进凹槽之中，不敢再妄动。

大家这才意识到，玄楚的这只手臂是保证机关不再被启动的关键，一旦他离开，石板就会发生变化，困在上面的人就别想离开。

眼下还待在石板上的就只剩下玄楚和花飞雨两人。

“师父，你快过来！”胜雪让花飞雨赶紧过去。

花飞雨看向玄楚问：“他呢？”别的人都走了，玄楚一拿起手臂，石板就会动，他是根本无法离开的啊。

胜雪犹豫了一秒，恨恨地说：“本想用他的人头去祭奠我的白狐狸，现在只能便宜他，让他留在这里多活一阵子了。”

见她真的决定如此，花飞雨难过地说：“雪儿，你怎么变成现在这样了？玄楚他在有些事情上的确有错，但你的命是他救的。这些日子也是他在保护你，你怎么可以如此冷血无情地留他一个人在这里等死？你心里对他难道就没有一点点怜悯之情？”

“怜悯之情？”胜雪冷哼，“他这样的禽兽，不配！”

“仇恨已经蒙蔽了你的双眼，扭曲了你的内心，再这样下去，总有一天你会后悔的！”

“你快过来，别让我后悔认你为师。”胜雪丝毫不退让。

如果说在白狐狸死之前，她对杀玄楚还心有不忍，在白狐狸死后，她的心里对玄楚就只有恨。不管别人做什么，说什么，都不能改变她的决定。她只有一个念头，就是杀了玄楚，为白狐狸报仇。

花飞雨后退一步，摇头说：“如果他不能和我一起离开，师父我就不走了！”

他的坚持并不是单纯地为了保护玄楚，而是因为两点：其一，玄楚死了，他就没办法救谕东；其二，玄楚若真的死在这里，他有些良心不安。毕竟他还没有把那件事告诉胜雪，而那件事是胜雪会如此恨着玄楚的理由之一。

“本王再问你最后一次，走还是不走！”白黎不耐烦了。

“不走。”花飞雨坚持。他相信自己的呆徒弟不会真丢下他离开。

“那就留下陪他一起死！”白黎拉着胜雪的手要带她先走。胜雪甩开白黎的手，转身问花飞雨：“他给了师父你什么好处？他对师父也有救命之恩吗？为什么你宁愿留下来陪他一起死，都不愿意离开？为什么你要帮我的仇人，为什么要让我伤心难过？”

“因为这是为师欠他的，也是为师欠你的。”花飞雨打算不准备再继续隐瞒了，此刻如果他再不说出当初的真相，事情就真的再也无法挽回了。

“还记得白狐狸来寿陵找你吗？其实，那个时候他是从黎王府里逃走的，为的就是要带你离开南礼，不让你为他做危险的事。他体内的毒根本没有解，找到你之后，我们只有七天的时间返回北霖的黎王府，这样才能保住他的性命。后来，你被带进这古墓中，白狐狸为了救你耽误了回去的时间……”说到这里，花飞雨停顿了一下，“所以，就算玄楚能把白狐狸从这里平安地带出去，白狐狸也会毒发身亡，无力回天！不是玄楚弃白狐狸于不顾，害死了白狐狸，而是白狐狸自知命不久矣，放弃了离开啊！”

胜雪的记忆一下子回到白狐狸出事的那天，她以为白狐狸在自己身后，却没想到他根本没有往上爬，她冲到洞里要去拉他上来，他却松开手坠落下去，他最后对胜雪说的那三个字“对不起”，胜雪一直不明白是什么意思，今天终于得到了解释。

白岚不但骗胜雪说毒已解，还隐瞒自己要回去的最长期限，他把不利的一面都隐藏了起来，只表现给胜雪好的一面。他许诺了胜雪一个根本不可能实现的美好未来，背弃了两人白头偕老的誓约，残忍地留她一人在世间独活。

“不……不……”

胜雪的胸口仿佛被人用力撕裂，很痛，很痛，泪水从她的脸上滑落。

她的难过并不是因为自己对玄楚的误解，而是因为她的白狐狸。

“我们离开后，是一起回山庄吗？”

“傻瓜，我们再不回去，你爹就真要给我下追杀令了。”

“爹不敢！他知道你是我最喜欢的人。杀了你，我会跟他断绝父女关系！”

“我的雪儿要记得，这世上唯一不会欺骗你、背叛你的，便是你的父亲，除了他，雪儿谁也不要相信，就算信，也不能全信。”

“这么说，你也会骗我了？”

当时她这样问他的时候，他没有回答，只是笑而不语。

“白狐狸，你快说！你会不会骗我？会不会骗我？”

“如果我骗了雪儿，雪儿会怎么办？”

“我会给你赎罪的机会。骗我一次，我罚你一次；骗我两次，罚两次……不管怎样，都不许你再离开我！”

"傻瓜，我不是在你身边吗！"

"白狐狸，不管发生什么事，都不要再丢下我，好吗？"

当时她这么问的时候，他仍没有确定地回答她，只是在她的眉心落下一个吻。

她越是回想，有些事就越是清晰。

面对她的很多问题，他都没有正面回答过。

如果不是心中有愧，他何以如此？

"他说了不会骗我，他说了要和我白头偕老，他说了一定会娶我为妻，原来都是骗我的，骗我的……"胜雪心中涌起无法言语的悲伤，滚烫的泪水浸湿了她的衣裳。

"胜雪，别信他！他之所以这样说，是为了保住狗皇帝的命，拿狗皇帝去换谕东！慕锦衣抓了谕东，限他七日内带狗皇帝回去换人，他的话你一个字也不要信！"白黎怕胜雪动摇，继续道，"你不要忘了，狗皇帝是怎么害死知画和桃姐的！他的手上沾满鲜血，百死不足为惜！"

"我是要用玄楚的命去换谕东，但我说的每一个字都是真的！如果你非要让胜雪恨一个人，那个人也应该是你！如果当初你没有用白狐狸的命去要挟她，胜雪她又怎么会来南礼？白狐狸又怎么会不顾一切地要来带她走，却因此而死？如果你全心全意地去救白狐狸，白狐狸又怎会为了兄弟之情，不愿让胜雪恨你，到死都对胜雪隐瞒真实病情？是你破坏了她原本拥有的一切！你才是罪魁祸首！"

"不要说了！都不要再说了！"胜雪打断两人的争吵，目光哀伤地扫了扫他们，"我不信你们！谁也不信！"

说完，胜雪就哭着跑开了，白黎紧跟着去追，却没能看见胜雪跑进了哪条岔道，于是他将人分成三队，让他们分别进通道去找，务必把胜雪找到。

"都杀了。"白黎对黑衣人命令。他不会让可以干扰胜雪的花飞雨再活着，更不会让那个可以有机会翻身的玄楚活着。

"你不该告诉她。"只剩下两人的石台上，玄楚低低地说。

花飞雨说的那些事也解开了玄楚内心的很多困惑：为什么白岚在下古墓救胜雪前，让自己好好照顾胜雪；为什么他明明有机会可以离开，却没有努力就轻易放弃了……原来是他自知命不久矣，不想连累胜雪，更不想让她恨他唯一的弟弟白黎，所以才没有离开，让胜雪以为他是死在塌陷的意外中，而不是无药可救，毒发身亡。

纵然这样的真相还了玄楚一个清白，却伤了胜雪。

想到胜雪眼中的悲伤，玄楚的心就揪成一团。

“是啊，我也有点后悔了。”花飞雨黯然地说，他本想瞒胜雪一辈子。

也许是他不想让胜雪在仇恨的路上越走越远，也许是他想让胜雪学会放手，也许是他觉得玄楚太可怜，也许是他单纯地不想让白黎站在胜雪身边……不管是因为什么，他已经把这个秘密告诉了胜雪，他希望从今以后她不要再因仇恨迷失自己。

“去看看她吧。这个时候，她的身边需要你。”玄楚劝说道。

他担心白黎找到胜雪后，又利用脆弱的她。人在脆弱的时候，最容易被利用，也最容易自伤。

“那你……”花飞雨有些担心。

“我暂时还死不了。如果你能平安带她出去，就去寿陵搬救兵，我会等你们来的。”

花飞雨想了想，对玄楚点点头，转身走上石板。

此时黑衣人突然从出口处飞过来，用剑刺向花飞雨。

“小心！”玄楚大叫，手一动，那石台就抖了抖，花飞雨一个没站稳跌倒在石板上，恰恰躲过了致命一剑。

黑衣人没有罢手，挥剑又向花飞雨刺去。

花飞雨爬起来就跑，在金雕像中躲来藏去。眼看实在躲不掉了，他拿起金制的东西就挡，和黑衣人苦战起来。

玄楚无法离开，只能用手控制八阵图的机关，让它在花飞雨危难之际动一动，干扰黑衣人的进攻，帮他拖延时间。

正当两个人打得如火如荼时，胜雪突然去而复返。

此时的花飞雨被黑衣人一脚踢倒在地。

“师父！”胜雪冲上前，拿起地上的金盘朝黑衣人扔去。

金盘砸中了黑衣人脸上的面具，“啪”的一声，面具掉在地上。

“桃姐？”

胜雪不可思议地看着面具下的这张脸，怎样也找不回自己的思绪。

桃姐她还活着？她怎么会成为白黎的手下？她又为什么要杀我师父？

发现自己的容貌被看见，桃姐下意识地用手挡脸，但一切已经晚了。惶恐之际，她收起手中的剑离开了石台。

正要从通道离开时，碰上了匆忙赶来的白黎。

看到桃姐没了面具，看到胜雪扶起地上的花飞雨，白黎知道自己的事怕是已经曝光了。没有片刻迟疑，他抢过桃姐手中的剑将它横在桃姐的脖子上，威胁胜雪道："跟我走，否则我杀了她还有你的婢女知画。"

"知画还活着？"胜雪问。

一切发生得太快了，她甚至以为自己看到的都是幻觉。

刚才她受了刺激跑开后，在通道里跑了很久，直到眼泪在脸上风干，直到腹部因奔跑而绞痛难忍，她才停下来蹲在黑漆漆的通道里任悲伤将自己笼罩。

她该相信谁的话？师父的，还是白黎的？如果她选择相信花飞雨，就意味着相信了白岚对她的隐瞒和欺骗，意味着她在白岚死后所做的一切都错的；如果她选择相信白黎，一切都还是原来的样子，她的爱没有错，她的恨亦没有错。

她应该选择相信后者的，可为什么心里有个声音在说要相信花飞雨？

她的脑子里全是白岚出事前和她相处的画面，他说的每句话，脸上的每个表情，做的每个细微的动作……她早就从他眼里看出了什么，不是吗？她早就猜到他一定发生了什么，隐瞒了什么，却还是选择盲目相信他。

如果她有面对一切的勇气，如果她刨根问底，如果她再表现得坚强些，白岚会不会就把实情都告诉她？

是她不够勇敢，才让白岚选择了隐瞒；也正是因为她偏执地要替知画和桃姐报仇，才让事情变得复杂，耽误了白岚回去治疗的时间……原来，她最该恨的人，是她自己！

想到这里，胜雪猛地站起身来。

她决定回去救花飞雨，不让她的仇恨再伤及无辜的人。

至于玄楚，就算白狐狸的死不是因为他见死不救导致的，那知画和桃姐的死也是他一手所为！她还是不会原谅他，但她会救他，因为她要去代替玄楚控制八阵图的机关，这样，花飞雨才能带玄楚离开，才能用他去换谕东。

而她，也可以永远地留在这地宫中陪她的白狐狸。

可胜雪万万没想到，当她返回时见到了这样的一幕。

"没错，她们两个都活着。阿桃是我的手下，当初就是她掳走了你的知画。你要是不信，可以自己问她。”白黎也不再伪装，眼下的局势对他非常不利，他若想带胜雪走，只能用这样卑鄙的手段威胁她。

“对不起，胜雪。”桃姐歉疚地说。

当初她听主子的命令隐藏在工匠中，就是为了暗中保护、监视并督促胜雪完成主子交代的任务。但后来经过相处，她发现胜雪真的把她当成了姐妹，再见面时，内心的愧疚感让她几次瞒着主子白黎偷偷帮助胜雪。

“原来是你……”

一下子，胜雪脑中的那些不解之谜全都被解开了。

她初到寿陵被人欺负，关在地窖里，迷糊中感觉有人给她吃了什么，帮助她度过寒冷的夜；后来，她被闵旭和太后的人折磨，有人暗中给慕锦衣通风报信；再后来，她收到白狐狸身上的东西，被人暗中提醒要加快查找文九日的进度……原来这一切都是桃姐做的！桃姐是白黎的人，是白黎安插在她身边的奸细。

她被白黎利用，误会了玄楚，恨错了他！

这一切都是她的错！从一开始她就错了啊！

胜雪心里有什么东西在一点点溃散，她好像正在失去一样非常重要的东西，那便是——活着的理由。

“这件事，你也不必恨我。若不是桃姐，你怕是早就死在了寿陵里。现在，你必须跟我走，否则，她和知画都得死！”

“你这个卑鄙的小人！”胜雪冲上去要打白黎。

白黎推开桃姐，一把抓住胜雪的手腕，将她的双手全都禁锢住。

“你恨我也好，要杀我也好，这一世我认定了你，就绝不会轻易放手！”说完，白黎就点了胜雪的穴位，要将她强行带出去。

“王爷，他们怎么处置？”

“杀。”

“白阎罗，你若是杀了他们，我就恨你永生永世！”

“那你就永生永世别想逃离我！”白黎扛起胜雪，带她往出口的通道走。

就在这时，三个杀手痛苦大叫着从通道里跑出来。

白黎预感不妙，将胜雪放在地上，命身后的人去拦住那些杀手。

派去的人干净利落地杀了三个疯掉的杀手，尸体倒在地上后，从嘴里、耳朵里、鼻孔里爬出来密密麻麻的虫子，那些虫子迅速地跑向白黎派去的人。

那些人来不及做出反应，虫子便爬上了他们的身体，迅速钻进皮肤，引起他们同样痛苦地号叫。

“是虫豸！快回来！”玄楚大喊。

“炸！给本王炸！”白黎命人向虫豸大军扔火药管，虽然火药管的威力让虫豸尸横遍野，却也让通道有塌陷的危险。

玄楚焦急地阻止，白黎却毫不理会。

“给本王顶着！”白黎让剩下的人用性命相搏，他拉着胜雪要强行带她离开。

胜雪一口咬伤白黎，趁他松手的空隙，拔腿就往回跑。

白黎要去追，一大群虫豸横在他面前，忠心的手下冲过来挡在虫豸大军前：“王爷，快走！”

白黎皱起眉头，看着跑向平台的胜雪，艰难地说：“我一定会回来救你！等着我！”

“快走啊，王爷！”

又一群虫豸冲上前，白黎在剩下的杀手的护卫下跑进了通道。

“抓稳！”

胜雪刚一来到平台上，玄楚就转动手臂，让那条连通平台和通道的石板消失。

虫豸大军就被隔离在通道口前。

“胜雪。”花飞雨走过去，问她有没有受伤。

“师父，去看看她。”胜雪气息急促地说。刚刚她往这边跑的时候，若不是桃姐一路保护她，她恐怕早就被虫豸大军包围了。

花飞雨将桃姐从地上扶起来，发现她的眼睛里钻进了一只虫，他想要去抓，却根本来不及。

虫子进入桃姐身体的那一刻，她发出了痛苦的哀号。

这一声哀号引得通道口处的虫豸大军激动得窸窣作响。

“她怎么了？”胜雪来到桃姐身边，握住她的手。

虽然桃姐利用了胜雪对她的信任，掳走了知画，但她也曾几次三番救过胜雪，她的那只脚也是因为胜雪才失去的。

花飞雨摇摇头：“那东西一旦进入身体，就没有取出的可能性，它会在她的身体里，以我们想象不到的速度迅速孵化、扩散，要不了多久，她恐怕就会……”

“胜雪……”桃姐握紧胜雪的手，她知道自己活不了了，有些话必须现在说出来。

“对不起，我不知道事情会变成现在这样……”胜雪低着头，无法说出原谅她的话。

胜雪可以不恨桃姐，却无法原谅她。毕竟是她和知画的假死让胜雪误会玄楚，因为要杀玄楚报仇，才害白岚耽误了时间，最终丧命在这地宫之中。

“主子让我把知画关在地牢里，必要时用她的命要挟你。出发前，我已经将地牢中的人换了，知画她现在应该在回碧水山庄的路上……”

“你……”胜雪心生感激，却还是不知该说些什么。

“我自知罪不可赦，也不敢奢求你的原谅，只求来世，我能成为你的奴婢，以报今世之恩，赎今世之罪。”桃姐将手中的剑交到胜雪手里，央求她，“让我痛快点去吧。求你了，胜雪。”

一时间，曾经的姐妹情谊在胜雪的心中翻涌，她和知画还有桃姐相依为命、惺惺相惜、并肩战斗的那些画面在她眼前重现。她握着剑的手微微发抖，根本没有刺下去的勇气。

“动手吧，胜雪，这一剑也是我欠你的。就让我少些愧疚地离开吧。”

“等一下！”玄楚叫停胜雪的动作，“不能这样杀她。”

“为何？难道你还有救她的办法？”花飞雨问。

“今日可是十五？”玄楚问。

花飞雨算了算日子，点点头。

玄楚看向胜雪说：“还记得我们在石室墙壁上看到的那番话吗？如果朕没想错，这些虫豸之所以还守着这里迟迟不离去，是因为它们盯上了桃姐和胜雪，它们在等虫母的出现。而桃姐，就是它们即将诞生的虫母！如果你现在只是用剑杀了桃姐，她肯定会像莫愁一样变成一个被虫豸控制的傀儡。到时候，她失去意识，我们都要死。”

“那怎么办？”

玄楚迟疑了下，才开口说：“只能把她扔下去。”

“不可以！”胜雪第一个站起来反对，“一定还有别的办法。”

“你见识过被虫豸控制的莫愁，应该知道没有别的办法了。”

就在玄楚试图说服胜雪的时候，桃姐从地上站起来，决然地跑向平台外。

“桃姐，不要！”胜雪起身去追，却只看到桃姐最后留下的一抹释然的微笑。

她掉了下去，带着对胜雪的愧疚，带着这一世被人控制的解脱，掉入了深不见底的深渊。

那些逗留在通道口的虫豸就像收到了某种命令，也都跟着掉下去。

胜雪悲痛地跪在地上，眼泪再次决堤。她又失去了一个自己在意的人，如果不是桃姐，只怕被虫豸侵入的人就是她，桃姐又救了她。

“别难过了，我们还是想办法早点离开吧，这里撑不了多久。”花飞雨握紧胜雪的肩膀安慰道。

虫豸大军已经不见，玄楚转动手臂控制机关，将平台和通道又重新连接起来。

“不，你和他走，我留下。”

“我答应过你爹要把你平安带回去，怎么会让你留下！”

“不，这一切都是因我而起，都是我的错，我要留下陪我的白狐狸。”胜雪甩开花飞雨的手，走向小祭祀台。

“如果说错，那也是我这个当师父的错！是我医术不精，没能救你的白狐狸！要留下的人，应该是我！”花飞雨也走到祭祀台前，对玄楚说，“你带胜雪走，这样她就能平安回家，慕锦衣也会放了谕东。”

“不，你带胜雪走，去找慕锦衣，他自会带人来救朕出去。”

“这里已经快要塌了！万一他赶不来呢！还是你带胜雪走，然后再带人来救我。”

“别推来推去！朕是皇帝，朕命令你带她走！”玄楚急了。

“我花飞雨从来不卖皇帝的面子，这次也不例外！胜雪是我徒弟，我以师父的身份，拜托你带她走！”花飞雨握住玄楚的手臂，“以前的事，希望你不要介怀。这一次，如果你们能平安离开，请像从前一样护她爱她。”

这句话和当初白岚离开前的语气一样，都有种安排身后事的感觉。

“都别吵了！我留下，你们都离开！”胜雪走到两人中间，“我爹虽然看起来身体强健，可每年到了秋天——我娘去世的时节，他就会咳嗽不断。师父你出去后，一定要替我好好照顾我爹。”

不给花飞雨说话的机会，胜雪又看向玄楚：“这辈子，我胜雪欠你太多太多。今生无法偿还，若有来生，我虽不能许你相守……却可以许诺永不相见。”

她的来生也是属于白狐狸的，玄楚对她的情，她来生也不能回应。只求来生，她和他不会遇见，她从未出现在他的世界，他拥有值得相守一生的人。

“胜雪……”玄楚和花飞雨再次同时开口，两人都不同意她的决定。

“天胜雪求你们成全！”胜雪跪下去，“我不能让白狐狸一个人待在这个地方，他说过要娶我的，就算追到地府，我也要嫁给他。”

说完，胜雪朝两人磕了三个响头。

此时，细碎的石块不断地下坠。

“要生一起生，要死一起死。你若留下，我们陪你一起！”玄楚说完，看了看四周的环境，忽然有了一个决定，“我们可以拼一次，也许都不用留下。”

花飞雨看着玄楚：“你有什么办法？”

玄楚指向头顶的金雕龙：“我虽然没有了内力，但鞭法却没有忘记。那边有白黎用过的飞天锁，你把它取给我……”他准备用飞天锁钩住洞顶金雕龙的龙角，将它拔下来，插进凹槽中替代自己的手臂，抵住机关。

虽然可行，但这样做的风险极大。如果龙角坠落时出现任何偏差，就无法顺利进入凹槽中，计划就会失败；就算龙角准确无误地掉进凹槽，那么玄楚收回手臂的时间必须和龙角插进凹槽的时间相差最小，只有这样才能避免八阵图重新启动，同时还要小心以免伤到自己。

“你有信心吗？”花飞雨将飞天锁拿回来，递给玄楚问。

玄楚淡然一笑，单手接过飞天锁：“相信朕。”

这三个字让胜雪的记忆又倒回到她和玄楚做朋友的那段时间。每次她遇见危难的时候，玄楚都让她相信他，她原本是相信的，直到发生知画和桃姐的事，她以为自己被他利用，以为自己被他愚弄，因此憎恨玄楚。

现在真相大白，她才知道自己有多蠢。

如果她能一直相信他该有多好！

“我相信你。”胜雪站起身来，直视着玄楚的眼睛坚定地说。

既然他们都坚持要生一起生，胜雪自然不能固执地坚持留下，这样会连累他们。她决定先离开这里，再想办法甩开他们，去找她的白狐狸。

她欠玄楚的，今生也许都无法全部还清。但现在，她首先可以还的就是信任。

玄楚的心一下子升腾起来，像是悬浮在美丽的云端，轻轻的，前所未有地放松。

他以为有生之年，都无法再获得她的信任和原谅。

他以为有生之年，都无法再看到她对他真诚的笑。

他以为有生之年，都无法再让她放下心中的仇恨。

和花飞雨对视一眼后，玄楚甩出飞天锁。第一下，飞天锁并没有抓住龙角，掉了下来。玄楚又甩第二次，这一次飞天锁不但缠绕上龙角还抓住了它。

深吸一口气后，玄楚一用力，那龙角就从顶上掉了下来。

一刹那，时间仿佛变得缓慢起来，三人的目光都凝聚在那个在半空坠落的龙角上，看着它垂直朝凹槽飞来，看着它进入凹槽的那一瞬，玄楚抬起手臂，“啪”的一声，龙角插到了凹槽底。

尘埃落定的这一刻，三人都长长地舒了一口气。

花飞雨急忙从玄楚手中接过飞天锁的另一端，将它缠绕在祭祀台上，不让它被弹出来或是发生移动。

“快走！”玄楚拉起胜雪的手，带着花飞雨一起跑进通道。

身后传来轰隆隆的声音，那是地宫塌陷的信号。原本就摇摇欲坠的通道此刻也开始变得危机重重，不断有石块往下掉，大量的泥土和碎石掉落在胜雪的头上、背上，像是要把他们活埋在里面。

玄楚将胜雪拉进怀里，用身体和手挡着那些碎石，带着她在谜一般的通道里狂奔。

因为太慌乱，也因为根本不知道哪条通道才能离开，三人在通道里耽误了很长时间，直到一点亮光出现在黑暗的尽头，三人疾步朝亮光奔去！

他们跑近时才发现，那亮光是顺着一个狭小的洞投进来的。三人顾不上考虑其他，花飞雨在前，胜雪在中间，玄楚殿后，相继爬进狭小的洞中。

这洞真的很小，他们只能身体紧贴着地面前进，身下凹凸不平的地面将每个人的身体都磨得伤痕累累。

玄楚发现这个小洞里有很多虫豸的尸体，心想也许这就是虫豸大军在洞里移动的某个通道。他不敢想象在洞的前方等待他们的会是什么，只能在心里祈祷顺利离开此地！

花飞雨最先出去，然后把胜雪从洞里拉拽出来，当他准备去拉玄楚时地面突然一阵剧烈摇晃，一块大石掉下来，眨眼间，洞口被碎石埋了起来。

“不！”胜雪跪在石头堆前用力挖着，酸涩的眼泪瞬间溢满眼眶。

玄楚还在里面，他还在里面！

花飞雨也徒手挖着，他不能让玄楚死在这里。

掉下的碎石很快就被两人挖开。当他们推开挡住洞口的大石头时，却没能看到玄楚。瞬间，绝望和悲伤从胜雪的心底快速掠过。

迟了吗？

她终究还是害死了玄楚。

“朕早已拟好密旨，等朕回京后你便自由了。朕若是死了，那道圣旨一样有效。”

“你为什么要对我这么好？”

“如果朕说没有理由，你信吗？”

“当然不信！”

“你真的很像她，像到朕有时会把你当成她。”

“所以，你是因为我像她，才对我好，发现我不是她的时候，才又折磨我的吗？”

“你倒是很了解朕。”

“还好我内心足够强大，要不然被你今天宠、明天虐的一通折腾，早去见阎王了。”

“朕去见他就够了，你好好活着，将来跟你的白狐狸成亲。”

当初他和她因泥石流被困在山洞里，她以为必死无疑的时候，他不惜牺牲自己也要救她。他把唯一活下去的机会让给了她，她却还是怀疑他、误会他。

这个算不上是好皇帝的男人，这个算不上是好朋友的知己，在一次次被她误会、伤害后，还无怨无悔地守护她、珍惜她……她却没能救他！

这是上苍对她的惩罚吧！

惩罚她有眼无珠，惩罚她偏执冷血，惩罚她不懂珍惜……

心一点点沉落进冰冷的深海，压抑、痛苦、悔恨如利刃，一刀刀折磨着她的灵魂。

第一次，她觉得自己不该醒来，不该从云御侍那里夺走对这具身体的控制权。

“没死！他还活着！”花飞雨又钻进洞里，将被灰尘埋住的玄楚拉出来。

原来意外发生后，玄楚怕被石头砸伤，急忙后退了很远，后来被灰尘掩埋，只是在胜雪的位置很难看见他罢了。

“玄楚！”胜雪扑上去，紧紧抱着他，像是一松手就要失去他一般。

失而复得的喜悦，让胜雪的双眼再次红了。

她叫他的名字时，语气里不再是冰冷的杀气，而是发自真心的在意和担心。此刻，玄楚觉得即便死了也值得了。

“还记得吗？朕从洞里救过你一次，这次你又在这里救了我，我们扯平了。”玄楚打趣地笑着说，擦掉胜雪脸上的眼泪。

“不，我们之间永远也扯不平。我欠你太多，太多了……”

“那就好好活着，慢慢还给朕。”

“你们来看这里！”花飞雨发现了一个洞，玄楚看过去只觉得心猛地一沉。

这难道就是冥冥中注定的？

胜雪在这里失去了她的白狐狸，兜兜转转了一圈后，她又重新回到了这里？

他以为当初他和胜雪离开后，这里就会毁于一旦，没想到还保留了一些东西。比如那面记录着无忌和莫愁故事的墙，还有那个虫母居住的子洞。

玄楚还没反应过来，身后的胜雪就猛地一把推开玄楚，朝子洞的洞口跑去。

“快拦住她！”玄楚大喊着去追胜雪。花飞雨不明白发生了什么，只能挡在胜雪面前。

胜雪此刻已经完全顾不上其他，她仿佛听到白岚在洞里呼唤她！

她要去找他！要去找他！

“胜雪，你怎么了？”花飞雨拦住胜雪，被她用力推开，倒地的时候抓住了胜雪的腿，将她也拉倒在地。

“放开我！他在等我，他在等我！”胜雪疯狂地大喊着，用力挣扎。

玄楚赶过来，抱着胜雪的手臂，不让她再乱动，随后对花飞雨吩咐道：“快去把那边井口上的石头搬开！”

花飞雨也顾不上问原因，起身就去搬石头。

胜雪知道那口井就是离开这里的通道之一，也知道玄楚要做什么，于是她更疯狂地挣扎：“放开我好不好！求求你放开我好不好！”

“他在叫我，你听到了吗？他在叫我雪儿！”

“冷静一点，他已经死了！那是你的幻觉！”

“不！不是幻觉！他叫我雪儿，他说他等我很久了！我要去找他！让我去找他！”胜雪哭喊着。

这样的她让玄楚心碎，他如何不知同样的场景重现对胜雪的打击有多大，又如何不知白岚对胜雪意味着什么，但他不能松手啊！一松手，她就会跳进子洞里。

“朕不会让你去的！就算再被你恨一次，朕也绝不会让你去！”玄楚说完，对花飞雨大吼，“快！快把井口的大石头推开！”

花飞雨使出全身的力气，终于把那块从洞顶掉下来的大石头从井口推开。

“胜雪她怎么了？”花飞雨返回来，不解地问。

玄楚不忍说，花飞雨却从他的表情猜到了：“难道这真是天意如此？”

“什么天意？朕是真龙天子，就算是天，也被朕踩在脚下！朕不会让她去找白狐狸，就算她再也不原谅朕！”

“别这样对我，好不好？他不在了，我活着还有什么意义？让我去陪他，好不好？”胜雪哀求着，希望玄楚能改变心意。

“你不是欠朕太多吗？等你把欠了朕的都还清，朕就放你走！”说完这句话，玄楚就把胜雪击晕过去。

“你这样做，她又会恨你了。”花飞雨从玄楚手里接过晕过去的胜雪。

“已经被她恨习惯了，再被恨一次，又有什么关系。”玄楚假装轻松地说，内心却无比沉重，“你先带她离开吧。”

“你呢？”

“朕去找样东西就走。”说完玄楚就要转身。

花飞雨拉住他：“你不会不走吧？”

“朕若不在了，她又该恨谁呢？”玄楚拍拍花飞雨的手，让他安心。

“那我们在外面见！”花飞雨带胜雪跳进井里，从地下河离开了地宫。

当他们好不容易从地下河爬上岸的时候，却好巧不巧地遇见了白黎。

没想到他还没有离开，正准备重新进去救胜雪。看到胜雪，白黎快速冲过去将人从花飞雨手中夺过去，他的手下也立马将花飞雨控制住。

“你对她做了什么？”白黎大怒。

“她只是晕过去了。”

白黎眉头一皱，将胜雪打横抱起，准备带她走。

“你要带她去哪儿？”

“跟你无关。”白黎漠然地回了一句。

此时，他怀里的胜雪微微转醒，蒙眬中看到一张熟悉的脸，下意识地唤了声：“白狐狸，是你吗？”

白黎的脚步一下子停在原地，再也控制不住地亲下去。

他已经拿到了宝藏，拿到了那本奇书，他马上就会坐拥天下，却好像快要失去她，这让他极度不安。

他不甘，不愿，不能。所以，他要让她接受他，哪怕是用强，他也要把自己塞进她那颗冰冷的心里；哪怕会被冻死，他也甘之如饴。

胜雪被突如其来的吻弄得骤然清醒，一巴掌扇到白黎的脸上。

白黎一松手，胜雪就掉了下来，站到了地上。

“放开她！”花飞雨气愤地大喊。

“权力也好，地位也好，爱人也好，从来都是要紧紧握在手里的东西，只要本王想要，绝没有放手的道理。”白黎攥紧胜雪的手腕，霸道地说。

“你白阎罗想要的，绝不会放手；我天胜雪想死，也绝不会活！”胜雪宁死不屈地说。

话音刚落，一支箭穿过树林，射中了那用剑威胁花飞雨的杀手。

白黎脸色大变，拔剑和树林中多出来的侍卫拼杀起来。

是慕锦衣，寿陵的守卫听到爆炸声，他听闻后就速速赶来了。

一边是疲惫的黎王手下，一边是强健的骁勇侍卫，谁胜谁负，很快就有了结论。只是在最后的那一刻，当慕锦衣挥刀砍向白黎时，胜雪却推开白黎，替他挡了这致命的一刀。

这样的变化，不光花飞雨和慕锦衣惊住了，连白黎都完全蒙了。

“胜雪！”白黎冲过去，抱起胜雪，“为什么要救我？你不是……”

不是恨我吗？不是讨厌我吗？不是宁愿死都不愿意跟我走吗？

“我是恨你，讨厌你，却不能让白狐狸唯一的弟弟死……我怕他在九泉之下不原谅我，不娶我……”胜雪虚弱地说着。

“不！不！”白黎痛苦不已。

慕锦衣无暇去看他们，走到花飞雨面前，揪住他的衣领喝问：“皇上呢？”

“他……”花飞雨不知该如何回答。因为不管他说什么，恐怕都很难让慕锦衣相信玄楚是自己离开的。

“你是不是对皇上做了什么？”慕锦衣用刀架在花飞雨的脖子上，眼中杀气腾腾。

花飞雨的脸都吓白了，却在这时看到一个人影从林中走来，那人影的轮廓那么像……

“皇，皇上……”

“我在问你皇上在哪儿？”

花飞雨抬手指向慕锦衣的身后，慕锦衣回头看去，当即松开花飞雨朝玄楚跑去。

“皇上！”慕锦衣跪在玄楚面前。

然而，不等他再说什么救驾来迟的话，玄楚就绕过他，走到胜雪身边。

看着胜雪胸口上那一道明显的刀伤，他觉得自己的心都要裂开了。他一把推开白黎，将胜雪抱在怀里，握住她的手，嗓音颤抖地说：“朕回来了。”

胜雪笑了，眼中是感激和欣喜：“这样，我就可以安心地跟白狐狸走了……”

“朕不许！”玄楚对花飞雨大喊，“还站在那里干什么？快救人啊！”

花飞雨跑过来，欲将药丸喂入胜雪口中。

胜雪紧咬着牙，拒绝吞药。

“你看看这是什么？”玄楚从怀里掏出一样东西，那是一个用破布包裹的手镯，准确来说，那破布是当年白岚身上的衣服，而手镯则是当年胜雪发明的雪泣。

看到这两样东西，胜雪眼中一下子燃起亮光。

玄楚趁机捏开她的嘴，将药丸喂了进去。

“白狐狸……白狐狸……”胜雪握着雪泣哽咽地唤着。

“你不是要找他吗？朕帮你把他找来了。你不是要陪着他吗？朕把他带来你身边。不要去其他地方，不要丢下朕，你想怎样都好，求你留在朕可以看见的地方。”玄楚几乎是用哀求的语气，“这一世，你已经伤朕太深，别拒绝朕，别对朕太残忍……”

她要如何做才能在不伤害玄楚的同时，又能去找她的白狐狸？

一行晶莹的眼泪从胜雪的脸庞落下，她把那块破布和雪泣紧紧抱在怀里，痛苦地蜷缩着身体。

“胜雪！”玄楚恐惧地大喊着。

花飞雨急忙去检查：“她只是暂时昏了过去，快带她回去疗伤！”玄楚一把抱起胜雪往营地跑。

寿陵的暖阁。

花飞雨正在为胜雪疗伤，慕锦衣问玄楚如何处置白黎。

玄楚心中有两个声音，一个要杀，一个要放，但最终他闭上眼睛，无力地说了三个字：“放他走。”

“皇上，放虎归山，后患无穷……”

“他是胜雪想要保护的人，朕不能杀他。放他走！”

“臣，遵旨。”

夜凉如水，喧嚣止；烟岚氤氲，乱人心。

他和她历经相遇、相识、误解、仇恨、原谅……曲曲折折，对对错错。

结局会如何？

“胜雪，你听着，哪怕上天入地，杀神弑佛，朕也不许你跟他走！欠朕的，你这辈子必须还给朕，一天都不许少。”玄楚紧握着胜雪冰凉的手，期盼着她醒来。

“你自由了，今后这具身体只属于你。”

“不！他爱的人是你！你留下，我消失！”

“他对我的爱是永远也不会有回报的，而你爱他，所以，留下来替我好好报答他，好吗？”

“天胜雪，你这样太自私了！你以为把身体给我，皇上他就会爱我吗？你错了！他只会恨我，恨我夺走了属于你的东西！”

“可我不能留下，我的白狐狸已经孤单太久，等我太久了……”

“白狐狸，白狐狸，你的心里只有白狐狸！你为什么不能忘了他，和皇上重新开始？”

“这个问题的答案，就跟你明知道他不会爱上你，还心甘情愿地为他牺牲一切的答案是一样的。”此时的胜雪已经可以读取云御侍的记忆，她看到了玄楚和云之间的过往，同时也知道了一件事，“从你睁开眼睛，第一次看到这个世界的时候开始，他就出现在你的世界里。从那一刻起，他就印在你的眼底，刻在你的心底，从你无法忽视和忘记的人，变成了你的世界、你的生命、你的全部……所以，别问我为什么不，因为爱情从来不是取舍，不是替换，而是执着和注定。好好爱他，就像你之前做的那样。”

“不！我做不到！你不能丢下他，不能这样对他！”

“替我跟他说声，对不起，再见。”

床上的人动了动眼皮，缓缓睁开了双眼，映入她眼帘的那个人虽然一脸憔悴，却依然那么耀眼。

这一眼，注定了一生一世的眷恋。

“皇上，要下雪了。”

落雪苑中，玄楚呆呆地站了许久。

“该回去了。”玄楚收回放空的思绪，拉紧身上的貉裘走出院门。

“云。”玄楚回头，对身后的女人说，“命人封了这院子吧。有些事既然忘了，就忘了。”

“奴婢遵旨。”云御侍看着玄楚走远的背影，泪光闪烁。

云间雪，雪云间，终其一生，她所求的不过是他的一眼回眸，繁世如花，爱断天涯。

“神医，求求你让胜雪回来好不好？”

“她已经不在了。”

“皇上他太痛苦，再这么折磨自己，他会死的。求你了，神医，求求你救救皇上！”

“也许可以试试，忘川之水。”

（全册完）